Dana Lukas
Eichhörnchenglück

AF217017

PIPER

Zu diesem Buch

»Vielleicht war es ein Zeichen. Oder eine Art Strafe. Ich hatte viel zu lange vor dem Haus gestanden und mich nicht überwinden können hineinzugehen. Ich stand sogar schon zum zweiten Mal vor der Eingangstür, denn nach dem ersten Versuch war ich eine sehr große Runde um den Block gegangen, um mir Mut zuzusprechen. Doch auch anschließend brachte ich es nicht über mich zu klingeln oder zumindest die zwei Stufen nach oben zu gehen, um überhaupt klingeln zu können.

Und in diesem Moment kam die Nuss geflogen, von irgendwo über mir, wahrscheinlich einem Fenster, vielleicht auch dem Balkon. Sie knallte mir direkt gegen die Stirn, so fest, als hätte sie jemand mit voller Wucht geworfen.

War das möglich?«

Dana Lukas ist das Pseudonym einer tierbegeisterten Schriftstellerin aus dem Ruhrgebiet, die sich für ihren Roman von den Eichhörnchen auf ihrem Balkon inspirieren ließ.

Dana Lukas

Eichhörnchen Glück

Roman

PIPER

Mehr über unsere Autorinnen, Autoren und Bücher:
www.piper.de

Wenn Ihnen dieser Roman gefallen hat, schreiben Sie uns unter
Nennung des Titels »Eichhörnchenglück« an *empfehlungen@piper.de*,
und wir empfehlen Ihnen gerne vergleichbare Bücher.

Von Dana Lukas liegen im Piper Verlag vor:
Weihnachtszauber mit Alpakas
Eichhörnchenglück

Originalausgabe
ISBN 978-3-492-32109-9
April 2025
© 2025 Piper Verlag GmbH, Georgenstraße 4, 80799 München, *www.piper.de*
Für direkten Kontakt und Fragen zum Produkt wenden Sie sich bitte an:
info@piper.de
Redaktion: Hanna Bauer
Umschlaggestaltung: zero-media.net, München
Umschlagabbildung: Lee Avison / Trevillion Images
und FinePic®, München
Satz auf Grundlage eines CSS-Layouts von digital publishing
competence (München) mit abavo vlow (Buchloe)
Gedruckt von ScandBook in Litauen
Printed in the EU

Für die waghalsigsten, witzigsten
Akrobat*innen unter den Tieren

Eins

Mich traf eine Nuss.

Am Kopf.

Nicht im übertragenen Sinne.

Wortwörtlich.

Eine Walnuss, beinahe so groß wie ein Golfball und mit Sicherheit genauso hart. Es tat richtig weh.

Vielleicht war es ein Zeichen. Oder eine Art Strafe. Ich hatte viel zu lange vor dem Haus gestanden und mich nicht überwinden können hineinzugehen. Ich stand sogar schon zum zweiten Mal vor der Eingangstür, denn nach dem ersten Versuch war ich eine sehr große Runde um den Block gegangen, um mir Mut zuzusprechen oder was auch immer ich brauchte. Doch auch anschließend brachte ich es nicht über mich zu klingeln oder zumindest die zwei Stufen nach oben zu gehen, um überhaupt klingeln zu können.

Und in diesem Moment kam die Nuss geflogen, von irgendwo über mir, wahrscheinlich einem Fenster, vielleicht auch dem Balkon. Sie knallte mir direkt gegen die Stirn, so fest, als hätte sie jemand mit voller Wucht geworfen.

War das möglich?

Ich hatte keine Zeit, darüber nachzudenken, denn noch bevor ich eine Entscheidung darüber treffen konnte, ob es möglich war, dass jemand mit Walnüssen nach mir zielte, sauste die nächste durch die Luft. Und auch dieses Mal hätte sie mich getroffen, wenn ich nicht gerade noch rechtzeitig den Kopf eingezogen und einen Sprung zur Seite gemacht hätte. Die Angriffe kamen eindeutig aus dem Fenster im ersten Stock gleich über der Terrasse. Aber ich konnte niemanden erkennen, nur eine zur Seite geschobene Gardine. Gerade als ich einen Schritt nach hinten machen wollte, um besser sehen zu können, schoss eine weitere Walnuss zu mir nach unten und landete knapp neben mir auf dem ungepflegten Vorgartenrasen.

Es war Oktober, und die beiden großen Bäume rechts und links vor dem Haus hatten bereits einen Teil ihrer bunten Blätter abgeworfen. Das Laub lag überall auf dem Boden verstreut. Das kannte ich so nicht. In meiner Familie kam Unordnung nicht infrage.

Ich entschied, dass ich nicht abwarten wollte, bis das nächste Flugobjekt zu mir unterwegs sein würde, sondern machte endlich die drei Schritte zur Eingangstür meines Elternhauses und schloss auf.

Es war wie eine Zeitreise.

So oft war ich über diese Schwelle getreten, unzählige Male nach der Schule, manchmal rennend, wenn ich vor meinen Mitschülern auf der Flucht gewesen war, abends oft widerwillig und wütend, weil ich zu einer bestimmten Uhrzeit hatte zu Hause sein müssen, sogar heimlich hatte ich mich irgendwann hereingeschlichen, nachts, wenn ich von einem Konzert kam, das mir meine Eltern nicht erlaubt hatten. Immer war da dieses bedrückende Gefühl in der Brust gewesen, wie ich es auch jetzt wieder empfand. Nie hatte mich jemand begrüßt.

Ich war mit achtzehn ausgezogen. Das war inzwischen über zwanzig Jahre her, und seitdem vermied ich es, von Dortmund, wo ich inzwischen wohnte, an den Niederrhein zurückzukehren. Sogar für die letzten Feiertage hatte ich Ausflüchte gefunden. Doch vor einigen Monaten war mein Vater gestorben, Herzinfarkt mit Anfang siebzig, und offenbar stimmte etwas mit meiner Mutter nicht. So weit hatte ich meinen Onkel am Telefon verstanden. Er war meisterhaft darin, mir ein schlechtes Gewissen zu machen.

Ich hielt mich nicht lange im Eingangsbereich auf. Ich wusste, wo ich hinmusste. Das Schlafzimmer lag im ersten Stock.

Das Erste, was ich dort sah, war eine alte Frau.

Eine alte Frau im Ehebett meiner Eltern.

Sie lehnte an einem Kissenberg, zugedeckt bis zur Taille. Ihre dünnen Arme mit den großen Händen waren auf der Decke ausgebreitet, die Augen geschlossen. Rings um sie herum lagen Dinge verteilt, die sie wohl gebraucht hatte, brauchen würde oder eventuell brauchen könnte: Taschentücher und Tablettenschachteln, ein langer Stock mit einem Greifarm am Ende, zwei Fernbedienungen, eine (hoffentlich) leere umgefallene Tasse, ein Teller mit einem angebissenen Brötchen, das Telefon, Kopfhörer, Schnapspralinen, Zeitschriften und ein Buch, ein Wollschal, Kekse, ein Fieberthermometer und, ja, ein kleiner Haufen Walnüsse.

Hatte *meine Mutter* mich beworfen?

Die Wurfrichtung stimmte zumindest. Von ihrem Schlafzimmer aus konnte man auf der einen Seite zum Garten schauen, das andere Fenster zeigte zum Eingangsbereich.

War es möglich, dass meine Mutter extra zum Fenster gegangen war, um mit Nüssen auf mich zu zielen, und dann schnell zurück ins Bett geklettert war, als sie gesehen hatte, dass ich reinkam? Und tat jetzt nur so, als würde sie schlafen?

9

Das musste ich erst einmal sacken lassen. Ich überlegte bereits, ob ich zurück nach unten in die Küche gehen sollte, vielleicht einen Kaffee machen, vielleicht eine Kleinigkeit essen, oder mich in den Garten setzen, als sich meine Mutter plötzlich aufrichtete.

Blitzschnell.

Sie griff nach einer Walnuss.

Zielte.

Und warf sie aus dem Fenster.

»Was machst du da?«, entfuhr es mir.

Erschrocken drehte sich meine Mutter zu mir um, starrte mich einen Moment an, als würde sie mich nicht gleich erkennen, dann verdunkelte sich ihr Blick, als sie es doch tat, da war ich mir sicher.

»Annike. Das Gleiche könnte ich dich fragen«, erwiderte sie. »Abgesehen davon sagt man Guten Tag. Ich bin mir sicher, ich habe dir das anders beigebracht.«

»Und ich bin mir sicher, deine Mutter hat *dir* beigebracht, andere Menschen nicht mit Nüssen zu bewerfen. Schon gar nicht die eigene Tochter.«

»Was redest du wieder für einen Unsinn?«

»Du hast mich doch gerade mit Nüssen beworfen.«

»Habe ich nicht.«

»Da sagt die Beule an meinem Kopf was anderes.«

»Ich bin vielleicht alt, aber ich weiß wohl noch, in welche Richtung ich Nüsse werfe. Und in deine war es nicht.«

»Ha!«

»Nichts ha.«

»Dann gibst du zu, dass du Nüsse geworfen hast?«

»Ich gebe gar nichts zu.«

»Ich hab es doch gesehen.«

»Aus dem Fenster. Und nicht in deine Richtung.«

»Aber ich stand unten.«

»Wo unten?«

»Auf der Straße. Vor dem Haus. Und da hast du mich mit Nüssen beworfen.«

»Wann?«

»Vorhin. Gerade. Als ich reinkommen wollte.«

»Wenn man reinkommen will, lungert man nicht auf der Straße herum.«

»Ich habe nicht auf der Straße *herumgelungert*«, widersprach ich und musterte sie.

Das war typisch für meine Mutter. Plötzlich war *ich* diejenige, die sich rechtfertigen musste. Dabei hatte *sie* mit Nüssen nach mir gezielt.

»Aber warum tust du das überhaupt?«, fragte ich, um von mir abzulenken.

»Ich verjage die Eichhörnchen.«

»Mit Nüssen?«

»Womit soll ich sie sonst verjagen? Mit Wattebäuschen?«

»Du weißt schon, dass sie Nüsse fressen, oder?«

»Nicht, wenn sie davon getroffen werden. Dann nehmen sie die Beine in die Hand.«

»Aber warum willst du sie vertreiben?«

»Weil es scheußliche Tiere sind.«

»Diese kleinen puscheligen Fellkugeln mit den süßen großen Augen und lustigen Fransen an den Ohren? *Die* Eichhörnchen meinst du?«

»Sie tarnen sich nur.«

»Sie tarnen sich?«, wiederholte ich.

»Eigentlich sind es Ratten.«

»Ratten?«

»Sie tragen nur niedlichere Kostüme.«

»Aha.«

»Sie zerstören alles.« Meine Mutter wies unbestimmt

11

nach draußen. »Es gibt eine ganze Horde von ihnen. Sie rennen rum und buddeln.«

»Wir haben Herbst. Sie sorgen für den Winter vor und verstecken ihr Futter. Damit sie nicht verhungern.«

»Der Garten und meine Blumenkästen sehen wie die reinsten Schlachtfelder aus«, fuhr sie fort, ohne auf meinen Einwurf zu achten. »Nur weil diese Mistviecher zu blöd sind, sich zu merken, wo sie ihre Nüsse vergraben haben.«

»Eichhörnchen sind zu blöd?«, fragte ich zurück.

»Sie tun immer so geschäftig und sehen dabei ach so niedlich aus«, fügte meine Mutter hinzu. »Wenn sie sich ihre Verstecke einfach mal merken würden, müssten sie nicht dauernd rumrennen und rumbuddeln und den Leuten die Blumen zerstören.«

»Dann sind sie eben ein bisschen vergesslich«, erwiderte ich. »Das ist doch süß.«

»Das ist nicht süß. Das ist dumm.«

»Und deshalb bewirfst du sie?«

»Ich lasse ihnen ihr Getue nicht durchgehen. Wenn du zu doof bist, um zu wissen, wo du vor ein paar Wochen dein Futter vergraben hast, musst du dich nicht wundern, wenn du bald ausgestorben bist.« Abwehrend verschränkte meine Mutter die Arme vor der Brust.

Ich sah sie an, nicht überrascht, nein, überrascht war ich erschreckenderweise nicht. So war sie schon immer gewesen. Ich wusste nur nicht, dass sich ihre Strenge und Unnachgiebigkeit auch auf die Tierwelt vor ihrem Fenster erstreckte.

»Findest du das nicht etwas hart?«, fragte ich deshalb. »Es sind nur Eichhörnchen.«

»Das ist nicht hart. So ist das Leben«, erwiderte sie.

»Wie du meinst«, sagte ich, weil ich nicht schon in den

ersten fünf Minuten unseres Wiedersehens mit ihr streiten wollte.

Das würden wir uns für später aufheben. So viel war sicher.

Ein wenig ziellos schaute ich aus dem Fenster, ließ den Blick über das Bett meiner Mutter gleiten. Sie sah wirklich aus, als hätte sie sich hier dauerhaft eingerichtet. Vielleicht hatte Onkel Theo doch recht, und mit ihr stimmte etwas nicht. Ich musste mit ihm sprechen.

»Brauchst du denn irgendwas?«, fragte ich, nachdem wir beide einige Momente geschwiegen hatten.

»Was soll ich brauchen?«

»Keine Ahnung. Willst du was essen? Oder einen Kaffee?«

»Und dann *was*? Machst du mir dann was zu essen? Oder einen Kaffee?«

»Deshalb habe ich gefragt, ja.«

»Warum bist du überhaupt hier? Was willst du?«

»Ich will gar nichts.« Nicht einmal hier sein, setzte ich in Gedanken hinzu. »Onkel Theo hat mich angerufen.«

»Der soll sich um seine Angelegenheiten kümmern.«

»Tut er ja.«

»Was hat er dir erzählt?«

»Nichts. Nur, dass du im Bett liegst ...«

»Ich *liege* nicht im Bett. Ich sitze, wie du siehst.«

»Und dass du nicht aufstehst.«

»Das ist lächerlich. Natürlich stehe ich auf. Erst vorhin bin ich aufgestanden. Ihr müsst nicht immer aus allem ein Drama machen.«

Es war sinnlos.

»Und wie siehst du eigentlich wieder aus?«, wollte meine Mutter wissen.

»Wie sehe ich denn aus?«

13

»Schmuddelig.«

»*Schmuddelig?* Warum sehe ich schmuddelig aus?«

»Deine Hose ist kaputt.«

»Meine Hose ist *nicht* kaputt. Das nennt sich *used.*«

»Glaube ich gern. Und was ist mit deinen Haaren?«

»Was soll damit sein?«

»Müssen die so kurz sein?«

»Ja.«

»Du siehst damit aus wie ein Mann.«

»Wenn du meinst.«

»Und deine Fingernägel sind ganz schwarz.«

»Das ist Nagellack.«

»Da brauchst du dich nicht wundern, dass du von anständigen Leuten mit Nüssen beworfen wirst.«

»Ich koche mir jetzt einen Kaffee«, sagte ich, um die nutzlose Diskussion zu beenden. »Entweder du willst dann auch einen oder eben nicht.« Ich deutete ein Schulterzucken an. »Deine Entscheidung.«

Einen Augenblick zögerte ich noch, sah zu, wie meine Mutter eine weitere Walnuss zwischen den Fingern drehte.

Würde sie noch etwas sagen?

Kam irgendeine Reaktion?

Natürlich nicht.

Schließlich wandte ich mich ab und verließ das Zimmer. Erschöpft und gefrustet vom ersten Zusammentreffen lehnte ich mich im Flur neben der Tür an die Wand und schloss die Augen.

Ich wusste, wie sie war. Ich wusste es doch. Und trotzdem ...

»Ich kann dich noch hören«, kam es in diesem Moment aus dem Schlafzimmer.

Ich seufzte auf. »Guten Tag, Mutter«, warf ich zurück, stieß mich ab und ging nach unten in die Küche.

»Du bist schon da«, begrüßte mich Onkel Theo, als ich die Küche betrat. Er musste gekommen sein, während ich mir das erste Scharmützel mit meiner Mutter geliefert hatte. Die beiden hatten immer ein enges, aber nicht einfaches Verhältnis zueinander gehabt. Er wohnte einige Straßen weiter und war beinahe täglich hier, nicht erst, seit mein Vater gestorben war. Mir kam es oft vor, als würde er sich seit meiner Kindheit Sorgen um seine Schwester machen, vielleicht sogar länger.

Ich war erleichtert, ihn zu sehen, wie ich mein ganzes Leben erleichtert gewesen war, wenn er auftauchte. Onkel Theo war in meiner Familie so etwas wie ein Gegengewicht, der Versuch, eine versalzene Suppe mit einer ordentlichen Portion Zucker zu retten.

»Ich brauche erst einmal einen Kaffee«, erwiderte ich, nachdem wir uns herzlich umarmt hatten, und er lachte.

»Dann warst du schon bei deiner Mutter.«

»War ich.«

»Und ihr hattet wieder richtig Beef?«

Onkel Theo war Ende sechzig und bis zu seiner Pensionierung vor vier Jahren Lehrer gewesen, für Englisch und Erdkunde, mit Leib und Seele. Sein oft unpassendes und inzwischen nicht mehr aktuelles Vokabular an Jugendsprache hatte er jedoch genauso wenig in Rente geschickt wie sein Abonnement der *New York Times* im Original und seine Vorliebe für Reisespiele.

»Hatten wir.«

»Dann übernehme ich das für dich.«

Ich ließ mich auf einen der Stühle am Küchentisch fallen und sah meinem Onkel zu, wie er sich daranmachte, die Kaffeemaschine zu befüllen.

Das Haus meiner Eltern kam mir immer wie ein typisch deutsches Haus am Niederrhein vor, mit pragmatischem,

pflegeleichtem Fliesenboden, einer Eiche-rustikal-Einbau-
küche und Scheibengardinen vor den Fenstern. Es war
das erste frei stehende Einfamilienhaus in einer Straße
von Reihenhäusern, mit der gleichen dunkelbraunen Klin-
kerfassade, wie sie für die gesamte Nachbarschaft obliga-
torisch schien. Das passte zu meinen Eltern: Nicht aus-
scheren, aber immer ein kleines bisschen besser als der
durchschnittliche Mittelstand, eine alles entscheidende
Treppenstufe höher, von der aus meine Mutter gerade
weit genug über den anderen stand, um auf sie herab-
schauen zu können.

Mein Vater war Orthopäde gewesen und meine Mutter
Frau Doktor. Noch heute stand das so an der Türklingel:
Herr und Frau Dr. Wilhelm Bednarz.

Wenn mich früher jemand gefragt hatte, was mein Vater beruflich mache, antwortete ich immer: Füße. Orthopäde kam mir wie die langweiligste Art von Arzt vor, weil
er die meiste Zeit Einlegesohlen und Stützkorsetts ver-
schrieb. Meine Mutter dagegen hatte nie gearbeitet. Sie
war Ehe- und Hausfrau und hatte es als Auszeichnung
verstanden, zu Hause zu bleiben, eine Auszeichnung, die
sie sich verdient hatte. Wodurch konnte ich nicht sagen,
sie fühlte sich wohl einfach dem großstädtischen Stadt-
teiladel angehörig.

Aber ohnehin hätte meine Mutter keine Zeit gehabt,
um arbeiten zu gehen, nicht einmal mit Haushaltshilfe
und Teilzeitkinderfrau. Sie war ständig von Schmerzen
und Krankheiten geplagt. Mal war es Kopfweh, mal ein
entzündeter Zehennagel, mal ein eitriger Backenzahn, ein
kribbelnder Ringfinger oder die Bandscheiben. Meine gesamte Kindheit fühlte ich mich wie auf der Krankensta-
tion meiner Mutter, immer musste ich Rücksicht nehmen,
immer ging es nur darum, was sie brauchte.

»Trinkst du deinen Kaffee immer noch fast schwarz?«, fragte mich Onkel Theo.

»Tue ich.«

»Also mit Milch und Zucker?« Er grinste leicht.

»Genau.« Ich grinste zurück.

»Geht fit«, antwortete er.

»Sie bewirft Eichhörnchen.«

»Ich weiß.«

»Mit Nüssen.«

»Ich weiß.« Er stellte eine Tasse Kaffee vor mich, zog sich einen Stuhl zurück und setzte sich zu mir. Mit ausgestrecktem Arm schob er mir einen kleinen Teller mit Keksen über den Tisch, wie früher.

Ich lächelte.

Onkel Theo war der kleine Bruder meiner Mutter, auch optisch schon immer gewesen. Ein Mann wie ein Zweiglein, mit Kleidung, die ihm stets eine Nummer zu weit schien, das schüttere schwarze Haar ordentlich nach hinten gekämmt, die großen Augen blinzelten durch noch größere Brillengläser hindurch. Er hatte selbst nie geheiratet, keine eigene Familie, deshalb war er, seit ich denken konnte, enger Teil der unseren gewesen. Er war auf eine Weise mütterlich zu mir, wie meine Mutter es nie für mich sein konnte.

Oft hatte ich das Gefühl, Onkel Theo wäre zu zart, zu fein, um nicht von den wilden Sturmböen des Lebens umgepustet zu werden, aber manchmal kam mir der Verdacht, dass er biegsamer war als wir alle und dem Wind widerstand, weil er ihm nichts entgegensetzte, sondern sich einfach mit ihm bewegte.

»Sie wirkt auf mich nicht so anders als sonst«, sagte ich und nahm einen Schluck Kaffee.

»Doch. Ist sie.«

»Vielleicht etwas älter«, fügte ich hinzu, »aber das trifft auf uns alle zu, schätze ich.«

»Sprich nur für dich«, erwiderte Onkel Theo mit einem Zwinkern.

»Sie sagt, sie steht auf.«

»Um auf die Toilette zu gehen, ja. Mehr nicht. Sie verbringt den ganzen Tag da oben. Das ist so strange.« Er deutete mit dem Finger zur Decke und kam mir dabei vor wie E. T., der Außerirdische, der nach Hause telefonieren will.

»Diese Phasen hatte sie doch früher auch schon. Als Kind habe ich sie manchmal wochenlang nicht gesehen. Und dann kam sie plötzlich wieder runter und sah aus wie das blühende Leben.«

»Ich glaube ...«, wollte er mich unterbrechen, doch ich sprach weiter. »Du hast das damals vielleicht nicht so mitbekommen. Für mich ist das nicht neu.«

»Dieses Mal ist wie ... Dieses Mal ist es anders.«

»Wieso?«

»Es ist einfach so. Sprich mit ihr. Dann wirst du es selbst merken.«

»Denkst du, es ist wegen meines Vaters?«

Weil er tot ist, wollte ich hinzusetzen, aber es ging mir nicht über die Lippen. Natürlich hatte ich über den Verlust meines Vaters gesprochen, mit meiner Freundin Aisha, mit meinen Leuten zu Hause, aber im Grunde hatte ich dabei nur Onkel Theos Worte wiederholt, als er mich angerufen und mir davon berichtet hatte: »Annike, dein Vater ist verstorben.«

Mein Vater ist verstorben. Tot hatte ich ihn bisher nicht genannt. Das war ein Unterschied, obwohl ich nicht genau sagen konnte, welcher.

»Gut möglich. Es ist ja erst ein halbes Jahr her.«

»Aber was soll ich tun?«

»Hol sie da raus.«

»Aus dem Bett?«

»Aus dem Zimmer.«

»Wie?«

»Keine Ahnung.«

»Vielleicht solltest *du* damit anfangen, nicht alles, was sie haben will, in Griffweite um sie herumzustellen. Wenn sie keine Schnapspralinen mehr hat, wird sie schon nach unten kommen.«

»Denkst du, das habe ich nicht versucht?«

»Bleib standhaft, Onkel Theo.« Ich zwinkerte ihm zu.

»Das ist leichter gesagt als getan.« Er seufzte, und ich musterte ihn.

»Alles in Ordnung?«, fragte ich ernst und sah ihn aufmerksam an.

»Ist alles nicht so easy.«

»Sie darf einfach nicht immer ihren Willen durchsetzen.« Ich tunkte einen Keks in meinen Kaffee, wie ich es früher mit Onkel Theos Kaffee getan hatte.

Er war der Einzige, den es nicht gestört hatte, wenn ich nicht aufgepasst und das Gebäck so lange hineingehalten hatte, dass es abgebrochen und in der heißen Flüssigkeit verschwunden war. Er hatte nur gelacht und den koffeinierten Teigmatsch ohne zu murren getrunken.

Wenn wir heute telefonierten, was wir regelmäßig taten, mindestens einmal im Monat, kochten wir uns beide einen Kaffee und setzten uns irgendwo gemütlich hin, mit jeweils einer Kekspackung an unserem Ende der Leitung.

»Sie hat ihre Mittel und Wege.«

»Frau Adanır?«

»Frau Adanır«, stimmte Onkel Theo zu.

»Kommt sie immer noch zweimal die Woche her?«

»Jeden Dienstag und Freitag.«

»Ist sie nicht langsam zu alt? Sie war doch schon fast in Rente, als ich ... keine Ahnung ... ein Teenie war.«

»So alt ist sie auch wieder nicht.«

»Aber fast.«

»Denk an den Keks«, erinnerte mich Onkel Theo und deutete auf meine Tasse.

Gerade noch rechtzeitig gelang es mir, das aufgeweichte, durchtränkte Gebäck aus dem Kaffee in meinen Mund zu befördern.

»Auch nach all den Jahren unübertroffen köstlich«, sagte ich und grinste meinen Onkel an.

»Wie lange kannst du bleiben?«, wollte er wissen.

»Keine Ahnung. Nicht lang.«

»Was geht bei dir?«

»Alles wie immer. Die Band hatte vor Kurzem einen Auftritt.«

»Wo?«

»Bei einem internationalen Stadtfest. Die Bühne war so klein, dass wir fast nicht alle drauf gepasst hätten. Aber es war großartig. Da waren so viele tolle Leute. Eine Sängerin aus Afghanistan, ein Kinderchor aus dem Senegal, ein Musiker mit einer Oud. Außerdem Menschen aus Friedensvereinen, von der Geflüchtetenhilfe und der Seebrücke. Wir haben nachher alle noch beim Abbau geholfen und mit einigen von denen zusammen gegessen. Da war so eine außergewöhnliche Stimmung. Der Wahnsinn. Wir wollen jetzt gemeinsam zwei oder drei Sachen auf die Beine stellen und richtig was bewegen. Auch in unserem Stadtteil. Es ist wirklich so, Onkel Theo, Musik verbindet die Menschen. Überall auf der Welt.«

Ich hatte mich ein wenig in Rage geredet und sah, dass mein Onkel lächelte.

»Wohnst du immer noch in dieser ...?«, fragte er dann.

»WG? Jep.«

»Geht ihr euch nicht langsam alle auf die Nerven?«

»Wieso sollten wir?«

»Keine Ahnung. Ich dachte nur. Und wie ist die Lage an der ... Jobfront?«, fragte er und wirkte, als würde er mit den Zehenspitzen dünnes Eis betreten.

Typisch Onkel Theo.

»Alles prima.«

»Was machst du gerade?«

»Frag mich lieber, was ich gerade nicht mache. Ich arbeite nämlich nicht bei *Fiffis pfiffige Frisuren.* Wer hätte gedacht, dass man für einen mobilen Hundesalon einen Führerschein braucht?«

»Sheesh.«

»Ja, haha.«

»Was ist mit deinem Führerschein?«

»Sagen wir so: Die übermächtige Staatsgewalt hat sich entschieden, ihn für eine bestimmte Zeit sicher für mich zu verwahren.«

»Annike.«

»Was denn? Alles gut.« Er schien nicht beruhigt, deshalb fügte ich hinzu: »Mach dir keine Sorgen, Onkel Theo. Ich habe das im Griff. Hab ich doch immer. Wenn ich Geld brauche, verdiene ich mir was. Aber bis dahin mache ich, was mir Spaß macht. Meine WG und ich beteiligen uns an einem richtig coolen Urban-Gardening-Projekt. Da bauen wir unsere eigenen Karotten und Kartoffeln und sogar Kürbisse an. Diesen Sommer haben wir zum ersten Mal Salat gegessen, den wir selbst gepflanzt haben, und eine Suppe aus von uns gezogenen Zucchini gab es auch.«

Er nickte zögerlich, aber nicht überzeugt.

»Sprich mit deiner Mutter«, sagte er stattdessen, nachdem ich einen weiteren Keks in meinem Kaffee aufgeweicht und mir anschließend auf der Zunge hatte zergehen lassen.

»Mir hört sie doch am allerwenigsten zu.«

»Das stimmt nicht.«

»O doch.«

»Versuch es trotzdem. Ich bin mit meinem Latein am Ende.«

»Und ich hatte nie Latein. Nur Französisch. Das war ja die erste große Enttäuschung meiner Mutter.«

»Du weißt, was ich meine. Rede mit ihr. Hol sie da raus, sonst weiß ich nicht ...« Er brach ab.

Ich musterte ihn. Onkel Theo sah ernsthaft besorgt aus. Jetzt passte sein Gesicht zu seiner Stimme am Telefon. Da war etwas gewesen, was mich nach meiner zehnten Ausrede doch hatte zweifeln und schließlich, nach weiteren zehn Argumenten, warum ich ohnehin die falsche Person war, die hier etwas tun konnte, das Zugticket hatte kaufen lassen.

Hatte er recht?

War es dieses Mal anders?

War es ernst?

»Aber nicht sofort, oder?«, fragte ich und trank den letzten Schluck Kaffee. »Ich brauche erst einmal frische Luft.«

Als ich vor der Haustür stand, wusste ich nicht, wohin ich gehen sollte. Ich hatte mich nie besonders wohlgefühlt in dieser Siedlung. Alles zu spießig, zu klein, zu eng, zu gleich. Als Teenager hatte ich es kaum erwarten können, von hier wegzukommen, und bei jedem meiner Besuche spürte ich wieder die gleichen Beklemmungen wie als Kind, als Jugendliche, als junge Erwachsene.

Frische Luft?

Gab es die in einer deutschen Reihenhaussiedlung überhaupt?

Das Haus meiner Eltern stand am Anfang des Wendehammers, kurz vor der Sackgasse, und genau so war mir das Leben hier immer vorgekommen. Gleich da vorne ging es nicht mehr weiter. Hier hatten die Häuser zwar etwas mehr Abstand zueinander, aber die Zäune waren auch höher. Der kürzeste Weg zur Schule befand sich auf der anderen Seite, gegenüber unserer Eingangstür, ein schmaler Trampelpfad zwischen zwei Hecken hindurch, den die Leute mit ihren Hunden oft nahmen, um zum Park zu kommen. Aber als einzige Punkerin in der Nachbarschaft hielt ich mich lieber an die vorgesehenen Wege.

Auch jetzt bog ich nach rechts ab und ging ein Stück die Einheitsfassaden der Reihenhäuser entlang. Ich hatte nie verstanden, warum Menschen viel Geld für ein Hausstück bezahlten und sich dann einredeten, es wäre ein ganzes, und jeden Zentimeter bis aufs Blut verteidigten. Ich erinnerte mich an Streitigkeiten um Bäume, deren Blätter auf die andere Seite des Zauns fielen, Winterdienst, der nur exakt bis zur eigenen Grundstücksgrenze erledigt wurde, und an ein Weihnachten, an dem die Polizei gerufen wurde, weil die Festbeleuchtung in das falsche Fenster blinkte.

Die Reihenhaussiedlung als Boxarena.

»Annike?«, sagte plötzlich eine Stimme meinen Namen, und ich zuckte zusammen.

Hastig sah ich mich um, nur, um festzustellen, dass es für eine Flucht zu spät war. Frau Hollander hatte Abfall in die Tonne geworfen und kam jetzt mit schnellen Schritten von der anderen Straßenseite auf mich zu. Sie wohnte in Nummer 23, einem der wenigen vermieteten Häuser, auch das wussten hier alle sehr genau und hatten früher entsprechend die Nase gerümpft.

»Hallo«, erwiderte ich, auf diese beiläufige Art, um weitergehen zu können.

Aber natürlich ließ mich Frau Hollander nicht.

»Besuchst du auch mal deine alte Mutter, ja?« Sie betonte das Wort »alt«, dabei waren sie wahrscheinlich ein ähnlicher Jahrgang.

»Hm«, machte ich als Antwort, drehte mich nur mit den Schultern leicht zu ihr, um einigermaßen höflich zu sein, hielt die Fußspitzen gleichzeitig nach vorne gerichtet, um jeden Moment weiterlaufen zu können.

Wie immer verstand Frau Hollander die subtilen Botschaften meiner Körpersprache nicht.

»Ich habe deine Mutter schon länger nicht gesehen. Ist bei euch alles gut?«

»Sicher«, sagte ich.

»Herrje, du bist ja immer noch so groß.«

»Ich warte täglich darauf, dass sich das ändert.«

»Und du trägst immer noch Schwarz.«

»So ist es.«

»Wir dachten ja alle, die Phase würde irgendwann vergehen.«

»Offenbar nicht.«

»Aber wenigstens sind deine Haare jetzt nicht mehr so ... Du weißt schon.«

»Bunt?«

»Stachelig. Und auch diese Schminke ... Das muss dich damals ja ein Vermögen gekostet haben.«

»Hatte ich aus dem Baumarkt.«

»Aus dem *Baumarkt*?«

»Zwanzig-Liter-Eimer Abtönfarbe.«

»Aber ...« Sie blinzelte irritiert, dann kicherte sie etwas

nervös. »Du hattest schon immer einen seltsamen Humor.«

»Danke.«

»Du bist doch inzwischen auch längst über vierzig. Was machst du so?«

»Spazieren gehen mit über vierzig.«

»Und sonst?«

»Nichts sonst.«

»André arbeitet bei einem Autoteilehersteller, und Tim ist bei der Sparkasse.«

»Aha.«

»Tim macht da richtig Karriere.«

»Okay.«

»Und er ist glücklich verheiratet. Er hat sogar ein Kind. Ist dein Mann auch mit?«

»Mein Mann?«

»Ja, deine Mutter hatte mir erzählt, du hättest da jemanden.«

»Wann?«

»Vor ... Ich weiß nicht ... Ein paar Monaten ... Letztes Jahr oder vorletztes. So einen Großen ... mit witzigen Haaren.«

»Kommt mir nicht bekannt vor.«

»Wirklich nicht?«

»Nein.«

»Ich habe schon drei Enkelkinder.« Frau Hollander wartete auf eine Reaktion. Als keine kam, fügte sie hinzu: »Kinder hast du wahrscheinlich auch keine, oder?«

»Doch.«

»Ach ja?«

»Die sind über die Feiertage im Hundehotel.«

»Sie sind was?«, fragte Frau Hollander zurück.

»Nur über die Feiertage.«

»Du hast dich nicht verändert, oder?«

»Nope.«

»Ist das Jugendsprache?«

»Schon lange nicht mehr.«

»Eins meiner Enkelkinder ist schwarz.«

»Ist nicht wahr.«

»Oder farbig. Jedenfalls mit dunkler Haut. Wie nennt man solche Kinder?«

»Kinder.«

»Nein, die schwarzen.«

»Kinder.«

»Du verstehst nicht, was ich meine. Jedenfalls ist sie ganz aufgeweckt. Meine Enkelin, meine ich.«

»Ist doch toll.«

»Deine Mutter hätte bestimmt auch gerne welche. Enkelkinder, meine ich«, fügte sie eilig hinzu, bevor ich etwas erwidern konnte.

»Ich glaube nicht.«

»Alle Frauen in unserem Alter hätten gerne welche.«

»Die sollen viel Dreck machen.«

»Es gibt wirklich nichts Schöneres als so einen kleinen Menschen ...«

»Ist die Mülltonne nicht richtig zu?«, fragte ich dazwischen und deutete auf die andere Straßenseite, wo der Deckel der Aschentonne vor Haus Nummer 25 ein Stück aufstand.

Frau Hollander drehte sich um.

Bildete ich mir das ein, oder ballten sich ihre Hände zu Fäusten?

»Ich habe dem das schon tausend Mal gesagt, diesem dämlichen Gnatzkopf«, schimpfte sie plötzlich. »Wenn die so viel Müll machen, müssen sie sich größere Tonnen bestellen. Wie sieht das denn aus?«

»Wie bei Flodders«, antwortete ich, obwohl ich wusste, dass die Frage nicht an mich gerichtet war.

»Ja, oder? Und am Ende werfen sie dann wieder heimlich ihren Müll in unsere Tonnen. Oder hinten ins Wäldchen. Denen werde ich was erzählen.«

Frau Hollander hob zum Abschied kurz die Hand und stapfte bereits mit großen Schritten über die Straße. Erleichtert atmete ich auf. Wer auch immer in Haus Nummer 25 wohnte, tat mir ein wenig leid, aber nicht genug, um nicht froh zu sein, dass sich Frau Hollander ein anderes Opfer suchte.

»Was machst du da?«

Als ich in die Küche zurückgekommen war, stand die Tür zum Garten offen. Onkel Theo lief mit einem kleinen Körbchen seitlich am Haus entlang, ging wiederholt in die Knie und bückte sich, um etwas aufzuheben. Aus der Entfernung konnte ich nicht erkennen, was es war, aber der Anblick erinnerte mich an eine Ostereiersuche.

Der Garten war groß, eigentlich viel zu groß für eine so kleine Familie wie unsere, und auch größer als die restlichen Gärten in unserer Straße. Vor allem hinter den Reihenhäusern blieb kaum mehr als eine handtuchgroße Rasenfläche. Meine Mutter hatte den vorderen Teil bepflanzt, um den hinteren kümmerte sich zweimal im Jahr eine Gärtnerin. Mehr wurde nicht getan. Als Kind hatte ich mich manchmal darin versteckt, aber das war sinnlos, wenn niemand einen suchte. Wenn Onkel Theo zu Besuch gekommen war, hatte ich mich oft wie ein Äffchen an seine Beine gehängt, und er hatte mich über das Gras getragen. Das hatte ich geliebt.

Jetzt blieb Onkel Theo stehen, richtete sich auf und sah mich an, drückte sich dabei eine Hand in den Rücken.

»Ich sammle die Nüsse ein.«

»Welche Nüsse?«, fragte ich. Dann fiel es mir wieder ein. Beinahe gleichzeitig schauten wir nach oben zum Fenster meiner Mutter. »Sie wirft die Nüsse aus dem Fenster, und du sammelst sie ein?«

»Pst«, machte mein Onkel und legte einen Finger auf die Lippen.

»Was? Darf sie nicht wissen, dass du die Nüsse wieder ...«, fuhr ich etwas leiser fort, aber er schüttelte so heftig den Kopf, dass ich meinen Satz nicht beendete.

Onkel Theo hob eine weitere Walnuss ganz in der Nähe der Stelle auf, an der ich zwei Stunden zuvor getroffen worden war, dann kam er zu mir und forderte mich mit einer Handbewegung auf, mit ihm zurück ins Haus zu kommen. Ich warf einen letzten Blick nach oben, schließlich folgte ich ihm.

»Du weißt schon, dass das ziemlich seltsam ist? Sogar für eure Verhältnisse«, sagte ich, während er das Körbchen auf den Küchentisch stellte.

»Ist mir klar«, erwiderte er, ging zum Küchenschrank, nahm zwei Schälchen, ein Geschirrhandtuch und einen Nussknacker heraus und setzte sich.

Ich sah zu, wie er alles vor sich zurechtlegte und dann damit begann, jede Walnuss einzeln aus dem Körbchen herauszunehmen, sorgfältig abzureiben, kurz in der Hand zu wiegen, zu befühlen und in eine der beiden Schalen zu legen. Nach welchem System er vorging, wurde mir nicht klar.

»Sie kann nicht von dir verlangen ...«

»Sie verlangt es nicht. Sie weiß es ja nicht mal.«

»Aber musst du wirklich immer ihr Laufbursche sein?«, fragte ich.

»Lass es gut sein«, sagte er mit einem entschiedenen Ton in der Stimme, der mich überraschte.

Ich zögerte, beobachtete, wie er konzentriert weiterarbeitete, und nahm schließlich schulterzuckend auf der anderen Seite des Tisches Platz.

»Kann ich dir helfen?«

»Das musst du nicht.«

»Ich weiß.«

Onkel Theo stand auf, holte ein weiteres Handtuch und reichte es mir, ehe er an seinen Platz zurückkehrte.

»Nach welchem System machst du das?«, wollte ich wissen, als er eine Nuss in das linke Schälchen legte.

»Du bist doch kein Otto. Das wirst du schon merken«, antwortete er.

»Okay«, murmelte ich und streckte die Hand nach dem Körbchen aus.

An der Nuss, die ich herausnahm, konnte ich nichts Ungewöhnliches entdecken. Sie war ein wenig schmutzig, ja, aber davon abgesehen? Ich rieb den Dreck ab, betrachtete die braune, unebene Oberfläche, strich mit den Fingern darüber.

War das die Nuss, die mich vorhin getroffen hatte?

Was sollte damit sein?

»Sie kommt mir vor wie eine ganz normale Nuss«, sagte ich etwas ratlos.

»Dann kommt sie hier rein.« Onkel Theo deutete auf die linke Schale.

»Und die anderen sind ... *was?*« Ich spähte auf den rechten Haufen. »Unechte Nüsse?« Ich lachte auf. Als sein Gesicht ausdruckslos blieb, griff ich nach einer der Walnüsse. »Nicht dein Ernst«, entfuhr es mir. Denn jetzt spürte ich es auch. Das war keine normale Nuss, keine echte. Diese Nuss fühlte sich etwas leichter an, weniger hart, obwohl sich von außen kein Unterschied erkennen ließ.

»Was ist das?«

»Eine Deko-Nuss«, erwiderte Onkel Theo ruhig.

»Eine *Deko-Nuss?*«

»Aus einer Art Hartgummi.«

»Aus einer Art Hartgummi?«, wiederholte ich seine Worte ein zweites Mal, was uns beiden auffiel. »Wieso? Ich meine ... *wieso?*«

»Wegen der Eichhörnchen«, sagte er, aber als ich ihn weiter anstarrte, fügte er hinzu: »Ich möchte nicht, dass sie verletzt werden.«

»Das musst du mir erklären«, forderte ich meinen Onkel auf.

Er war gerade dabei, eine der Nüsse zu säubern, hielt jedoch inne und sah mich an.

»Als deine Mutter das erste Mal Walnüsse bestellt hat ...«

»*Bestellt.*«

Onkel Theo überhörte meinen Einwurf. »Da wusste ich noch nicht, wofür sie die haben wollte. Ich dachte, sie hätte einfach Lust auf Nüsse. Aber dann wurde mir klar, dass sie versucht, damit die Eichhörnchen zu treffen.«

»Das wird sie nicht schaffen. Eichhörnchen sind viel zu schnell und viel zu flink. Die lassen sich doch nicht von einer fliegenden Nuss erwischen.«

»Wahrscheinlich nicht. Aber was ist, wenn doch? Ich möchte nicht dafür verantwortlich sein, dass eins von ihnen ... ohnmächtig wird oder vom Baum fällt oder eine Gehirnerschütterung hat oder Schlimmeres. Sie stellt sich sogar schlafend, damit sich die Eichhörnchen in Sicherheit wiegen, und dann zielt sie.«

Ich dachte an den Moment oben im Schlafzimmer. Die

Beschreibung entsprach dem, was ich vorhin beobachtet, aber noch nicht richtig verstanden hatte. Meine Mutter war richtig heimtückisch auf ihrer Eichhörnchenjagd.

»Ich befürchte, ich weiß sehr genau, was du meinst«, sagte ich. »Aber trotzdem. Ich glaube nicht, dass die Eichhörnchen ernsthaft in Gefahr sind. Unschuldige Menschen vor der Haustür dagegen ...«, fügte ich hinzu und rieb mir zum Beweis die schmerzende Stelle an der Stirn. »Wahrscheinlich ist es für die Tiere gefährlicher, wenn sie versuchen, die Gumminüsse zu fressen.«

»Das fiel mir dann auch ein.« Onkel Theo machte ein zerknirschtes Gesicht. »Und deshalb sammle ich sie sicherheitshalber jedes Mal wieder ein. Ich möchte die armen Tierchen ja nicht auch noch vergiften, wenn sie die Nussangriffe meiner Schwester überlebt haben.«

»Du bist ziemlich süß, Onkel Theo. Weißt du das?«

»Habe ich schon öfter gehört«, gab er grinsend zurück.

»Mich hat aber vorhin definitiv eine richtige Nuss getroffen.«

»Ich tausche sie nach und nach aus«, antwortete er. »Deine Mutter soll ja nicht misstrauisch werden.«

»Und wofür dann der Nussknacker?« Ich deutete auf das Gerät vor ihm.

»Ich dachte, es wäre das Mindeste, dass ich den Eichhörnchen als Entschuldigung ein paar geknackte Nüsse rauslege. Sie essen sie lieber, wenn sie sie nicht selber öffnen müssen.«

»Die essen sie *lieber?*« Ich verstellte meine Stimme, als würde ich mit einem Baby sprechen.

»Du musst mich nicht auch noch aufziehen. Ich weiß selbst, dass das etwas ... weird ist.«

»Ich ziehe dich gar nicht auf. Ich verstehe nur einfach nicht, wie ihr zwei verwandt sein könnt.«

»Sei still und sortier die Nüsse«, gab er mit einem Lächeln zurück.

»Aye, aye, captain.«

Nachdem Onkel Theo und ich die Walnüsse gesäubert und die Schälchen zur Seite gestellt hatten, brachte er meiner Mutter ein Butterbrot nach oben und verabschiedete sich anschließend. Ich blieb eine Weile ratlos in der Küche zurück.

Allein im Haus, ohne wirklich allein im Haus zu sein. Das kannte ich von früher. Mit einer Mutter, die sich oben im Schlafzimmer verkrochen hatte, und einem Vater, der im Keller irgendetwas machte, um nicht raufkommen zu müssen, war mir diese Situation mehr als vertraut. Sie hatte sich in unterschiedlichen Phasen meines Lebens unterschiedlich angefühlt. Mal erleichternd und frei, mal einsam und verlassen, mal einfach egal.

Heute wusste ich nicht genau, wie ich mir hier unten vorkam. Das Haus sah wie immer aus. Es hatte sich nie viel darin verändert. Nach jeder längeren Krankheit hatte meine Mutter neue Gardinen aufgehängt, die Wände neu streichen lassen, neue Kissen auf den Stühlen verteilt, aber wirklich anders hatte es dadurch auf mich nicht gewirkt. Selbst wenn Möbel ausgetauscht worden waren, hatten es meine Eltern geschafft, Tische, Schränke und Sessel auszusuchen, die beinahe identisch aussahen. Das war auch seit den über zwanzig Jahren meines Auszugs nicht anders.

Ziellos schlenderte ich durch die Küche und über die Diele ins Wohnzimmer. Ich kannte noch genau die Sitzanordnung meiner Eltern. Der Platz meines Vaters war auf dem Sofa, egal ob mit Zeitung oder beim Fernsehen, meine Mutter saß auf dem wuchtigen Sessel, dessen Lehne man nach hinten klappen konnte. Lange Zeit hatte das mechanisch funktioniert, und man musste zunächst der Fußstütze einen kräftigen Stoß geben, zu kräftig für mich als Kind, und mein Vater hatte mir manchmal dabei geholfen. Irgendwann hatten sich meine Eltern einen Sessel zugelegt, dessen Sitzposition elektrisch verstellbar war, und ich hatte es geliebt, ihn mit der Fernbedienung hoch und runter zu fahren, bis man mit mir geschimpft hatte, weil der Sessel kein Spielzeug sei und von meinem Unsinn kaputtgehen könne. Ab da hatte ich es heimlich gemacht.

Auch jetzt fühlte es sich noch verboten an, als ich mich in den Sessel fallen ließ, links in die seitliche Tasche griff und die Fernbedienung herauszog. Mit einem gleichmäßigen Surren setzte sich die Lehne in Bewegung und senkte sich nach hinten ab, während die Fußstütze nach oben kam und mich in eine liegende Position brachte.

Was war das für ein Geruch?

Ich drehte leicht den Kopf und schnupperte an der Polsterung. Eindeutig. Das war der leicht minzige Duft von den weißen und rosafarbenen Pfefferminzschokoladenbonbons, die meine Mutter immer gerne gegessen hatte. So oft hatte ich gesehen, wie meine Mutter hier gelegen und geschlafen hatte, und es nie verstanden. Mir war das zu unbequem, zu hart vorgekommen, aber als ich jetzt den Kopf zurücklegte und zur Decke schaute, schlief ich ebenfalls ein wenig ein.

Ich wusste nicht, wie lange ich eingedöst war, aber als ich aufwachte, hingen Abendschatten im Zimmer. Ich rieb mir die Augen, streckte mich und richtete erst die Sessellehne, dann mich wieder auf.

Was hatte mich geweckt?

War da nicht ein Geräusch gewesen?

Doch. Ganz sicher.

Ich sah mich um, lauschte.

Da war es wieder. Ein Rumsen.

Von wo kam es?

Ich schaute mich um.

Von oben? Konnte es meine Mutter gewesen sein?

Nein. Oben schien alles still.

Aber da. Wieder. Aus dem Garten.

Ich stand auf und ging zur Terrassentür, öffnete sie leise und spähte hinaus.

Der Garten war düster, die hohen Hecken, die ihn umrandeten, machten ihn noch dunkler. Obwohl die Sonne bereits nicht mehr zu sehen war, fühlte sich die Herbstluft noch angenehm lau an. Nicht mehr lange und es wäre auch tagsüber richtig kalt. Ich trat nach draußen, ging ein Stück, suchte mit den Augen den Rasen, die Bäume und Sträucher ab.

Zunächst konnte ich nichts erkennen. Aber dann schälte sich ein Umriss aus der Dämmerung. Links, einige Meter von mir entfernt, in der Nähe der Garage.

War das ein Kind?

Was machte ein Kind im Garten meiner Eltern?

Hatte es einen Ball?

Ein weiteres Mal ertönte das rumsende Geräusch. Und jetzt erkannte ich, woher es kam. Das Kind schoss. Gegen die Garagenwand.

Ich schlich mich einige Schritte weiter heran. Es hatte mich noch nicht bemerkt, schoss ein weiteres Mal. Gerade bückte es sich, um sich den Ball erneut zurechtzulegen.

Was mir als Erstes an dem Mädchen auffiel, das vielleicht zehn oder elf sein musste, war seine bunte Kleidung, die selbst in der Dämmerung zu leuchten schien. Egal, ob Pulli, Hose oder Schuhe, jedes Stück hatte eine andere Farbe. Zudem trug das Kind auf dem Kopf eine gelbe Mütze, die mich an einen Angler oder einen Regenhut erinnerte. Die schwarz-weißen Ringelstrümpfe waren bis zu den Shorts nach oben gezogen.

Es nahm mit einer Ernsthaftigkeit Anlauf, als würde es nicht im Garten einer Reihenhaussiedlung gegen eine Mauer spielen, sondern am Elfmeterpunkt eines riesigen Stadions stehen und das entscheidende Tor machen wollen.

»Du weißt schon, dass das hier ein Privatgrundstück ist, oder?«, fragte ich.

Erschrocken zuckte das Mädchen zusammen. Hob den Kopf. Starrte mich an. Rannte los. Und war im nächsten Augenblick verschwunden. Der Ball blieb liegen, wo er war.

»*Privatgrundstück? Ernsthaft?*«, murmelte ich. »Was Blöderes hätte mir nicht einfallen können.«

Langsam ging ich auf die Stelle zu, an der das Kind gestanden hatte, und sah mich um. War es noch irgendwo? Versteckte es sich vielleicht im Gebüsch und wartete, dass ich weggehen würde?

Ich horchte. Aber da war nichts.

Ich hob den Fußball vom Boden auf und drehte ihn einige Male zwischen den Händen. Ich war noch nie besonders sportlich gewesen. Vor allem Teamsportarten waren für mich mehr eine Foltermethode als irgendetwas anderes. Nur laufen konnte ich schon immer, schnell und weit. Aber eher aus der Not heraus. Manchmal war mir nichts anderes übrig geblieben.

Ich nahm den Ball mit zur Terrasse und legte ihn neben der Tür ab, ließ noch ein letztes Mal den Blick durch den Garten schweifen.

Zu Hause hatte ich keinen Garten, nicht einmal einen

Balkon. Meine WG-Leute und ich wohnten in einem Gebäude, das früher einmal besetzt gewesen war. Inzwischen war es von einem Syndikat gekauft worden, weshalb die Miete für uns erschwinglich ausfiel.

Als ich ins Haus zurückkehrte, schloss ich die Tür hinter mir ab. Ich stöberte im Kühlschrank, aß ein paar Cracker, die ich bei den Vorräten fand, und setzte mich schließlich mit einer Limo auf das Sofa vor den Fernseher, an die äußerste Ecke, dorthin, wo mein Vater nie gesessen hatte. Ich war schon immer eine Nachteule gewesen, aber das war nicht der einzige Grund, warum ich mich jetzt durch das Abendprogramm zappte, was ich gefühlt seit Ewigkeiten nicht mehr gemacht hatte, und schließlich bei einem vorhersehbaren Krimi hängen blieb. Ich stopfte mir eins der Häkelkissen in den Rücken und streckte die Füße auf dem Wohnzimmertisch aus, gleich neben einer verzierten Porzellandose. Ich musste nicht nachsehen, um zu wissen, dass sie leer war. Im Haus meiner Eltern standen viele Dinge ohne Inhalt in Regalen, auf Tischen und vor Fenstern.

Als das Programm wechselte und eine langweilige Talkshowrunde mit Leuten zeigte, die ich alle nicht kannte, blieb ich trotzdem weiter sitzen. Erst danach trank ich den letzten Rest Limo aus, klopfte mir die Crackerkrümel vom Pullover, schaltete die Lampen aus und machte mich auf den Weg nach oben.

Ich war erleichtert, als mir im Flur kein Lichtschein begegnete. Ich hatte lange genug gewartet, und meine Mutter schlief bereits. Trotzdem blieb ich vor ihrem Schlafzimmer einen Moment stehen. Die Tür war leicht geöffnet, gleichmäßige Atemzüge drangen zu mir nach draußen.

Allein in der Dunkelheit des Hauses kam es mir plötzlich vor, als würde ich zu dem kleinen Kind zusammenschrumpfen, das ich früher gewesen war. So oft hatte ich vor dieser Tür gestanden und gelauscht, ob ich meine Mutter hören konnte. Später, als Jugendliche, hatte ich so getan, als wäre es mir egal, und war mit schnellen Schritten und ohne einen Blick in mein Zimmer gehuscht.

Jetzt zögerte ich und konnte mich nicht überwinden zu gehen. Ich merkte, dass ich meiner Mutter gerne Gute Nacht gesagt hätte. Dabei war ich absichtlich lange unten geblieben, um genau das nicht tun zu müssen. Und nun fand ich es schade.

Albern.

Total.

Einen Moment überlegte ich, ob ich es trotzdem tun sollte. Einfach in die Dunkelheit des Zimmers hinein, ohne dass mich jemand hören würde. Doch zwischen meiner Mutter und mir lag so viel mehr als die Schwärze des Raumes. Manchmal kam es mir vor, als könnten wir uns hinter dem, was sich in all den Jahren angehäuft hatte, kaum noch sehen. Ich hätte mir gewünscht, es wäre einfacher. Ein leises Gute Nacht. Egal, ob es sie erreichte oder nicht. Wem tat das weh? Aber im Haus meiner Eltern war ich so darauf bedacht, mich unverwundbar zu machen, gegen alles, was kommen könnte, dass ich es nicht über mich brachte und stattdessen die Tür ein Stück zuzog und mich anschließend auf den Weg in mein Zimmer machte.

Zwei

Als ich am nächsten Morgen aufwachte, wusste ich im ersten Moment nicht, wo ich war. Ich blinzelte, sah mich um, doch nur langsam sickerte die Erkenntnis in mein Bewusstsein. Ich hatte in meinem alten Kinderzimmer geschlafen, das natürlich längst nicht mehr mein Kinderzimmer war. Es war zu einem weiteren Gästezimmer umfunktioniert worden, obwohl meine Eltern bereits ein Gästezimmer und fast nie Gäste hatten.

Die düsteren, anklagenden Punkposter mit politischen Botschaften waren kurz nach meinem Auszug einer Blümchentapete gewichen, den von mir bekritzelten Schreibtisch und den mit Bandstickern und anarchistischen Sprüchen beklebten Kleiderschrank hatten meine Eltern als Erstes auf den Sperrmüll gebracht. Allein mein schmales Jugendbett war geblieben und hatte mir in der letzten Nacht ein halbwegs bequemes Liegen fast unmöglich gemacht. Ich war schon immer zu groß dafür gewesen.

Keine Ahnung, wie ich das früher ausgehalten hatte.

Für meine Mutter war mein Zimmer der Schandfleck des Hauses gewesen, für mich mein Zufluchtsort. Zumindest hier hatte ich mich mit Dingen umgeben können, die mir gefielen, hatte meine Bücher gelesen, hatte meine Musik gehört, wenn auch nicht so laut, wie ich es gerne getan hätte. Als mir verboten worden war, die Wände schwarz zu streichen, hatte ich eine große *Punk's-Not-Dead*-Fahne aufgehängt, die ich bei meinem Auszug sorgfältig eingerollt und in meinem ersten eigenen WG-Zimmer wieder gehisst hatte.

Ich hatte sie noch. Vielleicht hätte ich sie mitbringen und aufhängen sollen. Nur so zum Spaß.

Es war lange her, seit ich das letzte Mal in diesem Zimmer übernachtet hatte. Seit Jahren bestand der Kontakt zu meinen Eltern aus wenigen Anrufen und noch weniger Besuchen, die ich meist so kurz wie möglich hielt. Jedes Mal war ich abends zurück nach Dortmund aufgebrochen, egal, wie spät es war und wie lange ich mit verschiedenen Zügen unterwegs sein musste, um in meinem eigenen Bett zu schlafen und morgens im Kreis meiner WG aufzuwachen.

Dort brauchte ich den Zorn von früher nicht mehr überall an den Wänden. Stattdessen hatte Mett-Ingo mir auf eine meiner Wände eine beinahe echt wirkende Dschungellandschaft gemalt, als würde ich von meinem Bett aus direkt in den Urwald gucken können. Manchmal überraschte er mich damit, dass er Kleinigkeiten hinzufügte, wenn ich nicht da war. Eine Blüte auf einem Baumstamm, einen Vogel am Himmel und letztens ein Eichhörnchen zwischen den Ästen, das ich dort erst Tage später entdeckt hatte.

Die meisten meiner Möbel waren selbst gemacht. Ich hatte ein besonderes Talent für den Akkuschrauber und bastelte aus Dingen, die ich irgendwo gefunden oder von jemandem abgestaubt hatte, gern etwas Neues.

Ich mochte es, dass mein Zimmer so nach mir aussah, nach meinem Leben und nach den Leuten, mit denen ich lebte. Es fühlte sich genau richtig so an. Das war mein Zuhause.

Ich quälte mich aus dem Bett. Jeder Knochen tat mir weh. Mein Kopf brummte. Eine weitere Nacht würde ich es hier nicht aushalten, deshalb musste ich das Ganze heute irgendwie klären, um beruhigt nach Hause fahren zu können, und klären bedeutete, ich musste es schaffen, dass meine Mutter endlich ihr Schlafzimmer verließ. Mir war noch immer nicht klar, wo genau eigentlich das Problem lag. Dass es eins gab, war nicht mehr zu leugnen. Aber was es auch war, es musste eine Lösung her. Heute.

Meine Freundin, Band-Kollegin und WG-Mitbewohnerin Aisha hatte mir geschrieben, wollte wissen, wie es lief und wann ich wiederkommen würde. Ich hatte fest vor, ihr später zu antworten. Vielleicht wenn ich schon im Zug saß.

Ich wollte mich gerade auf den Weg ins Bad machen, als ich durch das Fenster in meinem Zimmer eine Bewegung draußen im Garten bemerkte. Ich trat näher, suchte mit den Augen den Rasen, das Gebüsch, die Bäume ab.

Dann sah ich es.

Ein Eichhörnchen.

Rot. Puschelig. Und schnell.

Es jagte den Baumstamm hinauf. Eine große Nuss im Maul. Sprang von Ast zu Ast. Balancierte über den Zaunrand nach unten. Sauste über den Rasen.

Direkt neben dem Fenster war ein Rosenspalier angebracht. Ich hörte ein Rascheln. Sah ein leichtes Wackeln der Blätter. Dann tauchte das Tier plötzlich direkt auf dem Fensterbrett auf. Lief zur einen Seite, dann zur anderen. Blieb stehen. Hockte sich hin. Nahm die Nuss aus dem Maul. Und begann damit, sie in aller Ruhe zu knacken.

Fasziniert beobachtete ich, wie es die Frucht in den kleinen Pfoten hielt, sie drehte, immer neue Ansatzpunkte für seine scharfen Zähne suchte. Ein leises schabendes, nagendes Geräusch drang zu mir herein. Ich wagte es nicht, mich zu bewegen. Ich wollte das kleine Tier, das nur durch das Glas von mir getrennt war und mich offenbar bisher nicht bemerkt hatte, auf keinen Fall erschrecken. Viel zu hingerissen war ich von ihm. Diese winzigen kleinen Finger mit langen Nägeln, die behaarten Füße und die langen Haare an den Ohren, die lustig nach oben standen, als wäre es auch ein kleiner Punk. Den buschigen Schwanz hatte es sich so über den Rücken gelegt, dass er seinen Kopf überragte wie ein Schirmchen. Und dazu dieses freundliche Gesicht mit den großen, runden Knopfaugen und dem geschäftigen Näschen. Ich hatte gewusst, dass Eichhörnchen süß waren, aber bisher noch keins von so nah gesehen. Ich war selbst überrascht, wie begeistert ich war, als es die Nuss geknackt hatte und nun eine Schalenhälfte in den Pfoten hielt und daraus fraß, als würde es einen Suppenteller auslecken.

Hätte ich gewusst, dass ich mich einige Minuten nicht würde bewegen können, hätte ich mich gemütlicher hingestellt. In meinem Rücken begann es zu ziehen.

Aber ich harrte aus.

Nachdem das Eichhörnchen den Inhalt der einen Hälfte aufgefuttert hatte, ließ es die Schale achtlos in Richtung Rasen fallen und widmete sich dem zweiten Teil. Dabei blieb es die ganze Zeit wachsam. Beim kleinsten Geräusch fuhr es zusammen. Erstarrte. Wartete. Lauschte. Es dauerte, bis das Tier es wieder wagte weiterzufressen. Seine lustigen Ohrpuschel wippten im Takt.

Wie wunderbar weich musste sich sein Fell anfühlen?

Ich hatte mir immer ein Tier gewünscht, schon als ich klein war. Andere Kinder waren oft gemein zu mir gewesen, als Teenager war es noch schlimmer geworden, aber mit Tieren hatte ich mich verbunden gefühlt, als hätten wir einen besonderen Draht zueinander. Hunde mochten mich, sogar Katzen, die Fremde mieden, ließen sich von mir streicheln, ich beobachtete gerne Vögel und die Enten am See und hatte meine Eltern regelmäßig angebettelt, in den Zoo zu fahren oder die Schafe, Ziegen und Schweine im Tierpark füttern zu dürfen. Ein eigenes Haustier hatte deshalb viele Jahre ganz oben auf jedem meiner Wunschzettel gestanden, aber mein Vater hatte eine Tierhaarallergie, und meine Mutter konnte Vierbeiner einfach so nicht leiden. Sie brauchte keinen Grund.

Noch heute war ich mir sicher, dass meine Kindheit und Jugendzeit anders gewesen wäre, wenn ich ein Tier an meiner Seite gehabt hätte, das mich genommen hätte, wie ich war. Vor allem weniger einsam.

Wenigstens hatte ich die Musik gehabt. Mein Saxofon. Damit hatte ich überlebt.

Das Eichhörnchen hatte inzwischen auch die zweite Nusshälfte verputzt und blieb noch einen Moment sitzen. Es leckte sich die Pfoten und strich sich damit über das Gesicht. Dann spähte es kurz nach unten.

Ein Satz.

Schon war es verschwunden.

Fast erschrocken machte ich einen Schritt vor, näher ans Fenster, um dem Eichhörnchen nachschauen zu können. Und stieß mit der Stirn gegen das Glas.

Ich zuckte zusammen.

Dann grinste ich schief.

War ja klar.

Ich versuchte noch einmal, das Eichhörnchen im Garten aufzuspüren. Vergeblich. Einen Augenblick blieb ich stehen, dann wandte ich mich um und verließ den Raum.

Die Tür zum Zimmer meiner Mutter stand weiter auf als gestern Nacht. Also war sie inzwischen aufgestanden, oder jemand war hier gewesen und hatte nach ihr gesehen. Ich hörte Geräusche von unten, doch als ich durch den Spalt ins Schlafzimmer schaute, lag meine Mutter im Bett wie am Tag zuvor. Sie hatte Kopfhörer auf und sah fern.

Ich atmete tief durch und sagte: »Guten Morgen.«

Meine Mutter reagierte nicht, schaute weiter auf den Fernseher. Sofort bekam ich schlechte Laune, dieselbe schlechte Laune, die untrennbar mit diesem Haus verbunden zu sein schien und schlagartig besser wurde, sobald ich es verließ.

Wieder spürte ich diesen Teenagertrotz, der schimpfen und die Tür zuschlagen wollte. Denn natürlich hatte sie mich bemerkt. Sie musste mich bemerkt haben. Aber so war meine Mutter.

Ich kämpfte das Gefühl nieder, stieß die Tür stattdessen ein Stück weiter auf und machte einen Schritt ins Zimmer.

»Guten Morgen«, wiederholte ich, lauter und etwas weniger freundlich, obwohl ich mich bemühte.

Manchmal kam es mir vor, als blieben nicht nur die Möbel in diesem Haus immer gleich, auch die Menschen konnten nicht anders, egal, wie viel Zeit vergehen mochte.

»Guten Morgen«, sagte meine Mutter jetzt, nahm aber die Kopfhörer nicht ab. Sie wandte sich kurz zu mir, schielte dann aber wieder zum Fernsehgerät. »Ich wusste gar nicht, dass du noch da bist. Ich dachte, du wärst gestern gefahren.«

»Aber ich habe mich nicht verabschiedet.«

»Und?«

»Glaubst du, ich würde abhauen, ohne mich zu verabschieden?«

»Sage ich ja nicht. Aber ich dachte, du wärst schon weg.«

»Hm«, gab ich zurück.

»Was sagst du?«, fragte sie, etwas lauter, weil sie ihre eigene Stimme offenbar ebenfalls kaum verstehen konnte.

»Gar nichts.«

»Wie?«

»Gar nichts. Ich habe gar nichts gesagt. Ich habe nur *hm* gemacht. Einfach *hm*«, antwortete ich gereizt.

»Kein Grund zu meckern.«

»Ich meckere nicht.«

»Es klingt aber wie Meckern.«

»Kannst du doch gar nicht hören mit den Kopfhörern auf den Ohren«, zischte ich.

»Wie bitte?«

Ich ballte die Hände, um mich zusammenzureißen, und hätte mir am liebsten selbst in die Faust gebissen.

Diese Frau trieb mich in den Wahnsinn.

Was war los mit ihr?

Konnte sie sich nicht einmal wie ein normaler Mensch benehmen?

»Das Wetter draußen ist ganz schön«, zwang ich mich zu sagen, weil es das Einzige war, was mir einfallen wollte, und deutete in Richtung Fenster.

Wenn ich heute nach Hause wollte, musste ich meine Mutter aus dem Bett bekommen. Koste es, was es wolle.

»Und?«

»Du könntest rausgehen und die Sonne genießen.«

»Wozu?«

»Wozu geht man raus und genießt die Sonne?«, gab ich ärgerlich zurück.

»Das frage ich dich, Annike.«

»Einfach nur so. Damit man ein bisschen an der frischen Luft ist und ... na ja, Vitamin D tankt. Deshalb.«

»Das ist nichts für mich«, erwiderte meine Mutter unbeeindruckt.

War das ihr Ernst?

Mein Blick fiel auf die Fensterbank und auf eine Grünlilie, die dort stand. Offenbar war sie seit Tagen nicht gegossen worden und ließ die Blätter hängen. Ich ging auf sie zu, hob sie hoch und hielt sie dann beinahe triumphierend meiner Mutter entgegen.

»Die muss man auch gießen«, sagte ich. »Hast du davon schon gehört?«

»Ich habe sie gegossen«, gab meine Mutter ungerührt zurück.

»Ja? Wann?«

»Letztens erst.«

»Aber Eichhörnchen können sich nicht merken, wo sie ihre Nüsse vergraben haben, was?«

»Wovon redest du?«

»Sag doch einfach, was los ist, Mutter«, presste ich hervor.

»Was soll los sein? Ich gucke hier meine Sendung.«

»An einem Freitagmorgen?«

»Offensichtlich.«

»Das hast du doch früher nicht gemacht. Und du hast früher auch nicht irgendwelche Pflanzen vor deiner Nase vergammeln lassen. Wenn du mir sagst, was los ist, kann ich dir vielleicht helfen«, versuchte ich einen letzten Anlauf.

Und dann endlich hier verschwinden, setzte ich in Gedanken hinzu.

Meine Mutter musterte mich, als hätte sie den letzten Satz ebenfalls gehört. »Ich weiß nicht, was du von mir willst, Annike«, antwortete sie schließlich kühl.

Ich schloss kurz die Augen, um mich zu sammeln.

Was für einen Kampf führte ich da?

Es war frühmorgens. Ich sollte es einfach gut sein lassen.

»Willst du auch einen Kaffee?«, fragte ich deshalb.

»Was will ich?«

»Einen Kaffee, Mutter. Willst du einen Kaffee?«

»Nein danke.«

Das führte doch alles zu nichts. Wir kamen keinen Schritt weiter.

»Gut«, murmelte ich und wollte mich gerade auf den Weg nach unten machen, als meine Mutter mich zurückhielt.

»Aber duschen solltest du«, erwiderte sie. »Und dich umziehen. Bevor du nach unten gehst.«

Dieses Mal tat ich, als hätte ich sie nicht gehört.

»Die nehme ich mit«, sagte ich trotzig, hob noch einmal die vertrocknete Blume in die Höhe und verließ den Raum.

Okay, das hatte schon mal nicht gut angefangen.

Aber mit einem Kaffee würde bestimmt alles besser.

Als ich nach unten kam, wurden die Geräusche lauter. Der Staubsauger lief, bewegte sich aber nicht, sondern stand nur rauschend mitten auf dem Teppich im Wohnzimmer. Ich ging in Richtung Küche und sah dort Frau Adanır, die gerade den Tisch mit einem Sprühreiniger und einem nassen Lappen bearbeitete, so entschlossen, als wollte sie ihn von der obersten Schicht Farbe befreien.

»Guten Morgen«, sagte ich über den Lärm hinweg.

Wiederholte sich jetzt das Gespräch von oben?

Aber Frau Adanır hatte mich bereits gesehen, hielt im Putzen inne und lächelte mich an. Dann kam sie mit großen Schritten auf mich zu.

»Annike«, rief sie. »Annike!« Sie musste sich strecken, um mich in die Arme zu nehmen, und zog mich fest und lange an sich. »Wie schön, dass du da bist.«

Ich war immer deutlich größer als sie gewesen, aber heute kam mir der Unterschied noch gewaltiger vor. Sie reichte mir beinahe nur bis zur Brust. Obwohl wir uns ebenfalls eine Weile nicht gesehen hatten, wirkte sie kaum älter als bei unserer letzten Begegnung. Auch sonst schien sich nichts verändert zu haben. Sie roch wie früher nach Lavendelshampoo und konnte auch heute noch so entschlossen drücken, dass mir die Luft wegblieb.

»Schön, schön, schön, dich zu sehen«, wiederholte sie, schob mich kurz von sich weg und zog mich dann erneut heran, um mich ein weiteres Mal zu umarmen.

»Es freut mich auch«, erwiderte ich, und es stimmte.

Frau Adanır war neben Onkel Theo einer der wenigen Menschen, die ich schon seit meiner Kindheit kannte und wirklich mochte.

Sie hatte eine besondere Art, einem zuzuhören. Selbst wenn sie nicht derselben Meinung war, interessierte sie sich für die Ansichten anderer Menschen. Das war in meiner Familie nicht so.

Wie früher sprach ich sie noch immer mit ihrem Familiennamen an und duzte sie gleichzeitig. Wir hatten eine besondere Beziehung. Das durfte man auch hören.

»Willst du einen Kaffee?« Sie wartete nicht auf eine Antwort, sondern hatte sich bereits auf den Weg zum Schrank gemacht, nahm eine Tasse hervor und befüllte sie.

»Das musst du nicht machen«, wollte ich sie aufhalten, aber ich wusste, dass es zwecklos war.

»Setz dich.« Sie sprach etwas zu laut, weil das Staubsaugergeräusch aus dem Nebenraum eine Unterhaltung in normaler Lautstärke schwierig machte. »Und jetzt erzähl mal. Wie geht es dir? Was gibt es Neues?«

»Gut. Nicht viel.«

Ich war erleichtert, als ich den ersten Schluck Kaffee

getrunken hatte und mein Kopf sich etwas weniger sumpfig anfühlte. Ich hatte meine Beute, die traurige kleine Pflanze, die ich vor meiner Mutter gerettet hatte, auf dem Tisch abgestellt. Ich würde sie später gießen.

»Was macht die Band? Wie heißt sie noch? Norfer Musikspielverein 02?«

»08«, verbesserte ich.

»Ah ja, genau. Habt ihr schon euren ersten Nummereins-Hit?«

»Wir arbeiten dran.«

»Du weißt schon, dass ich dich irgendwann mal im Radio hören möchte, oder? Damit ich laut aufdrehen und sagen kann: Das ist meine Annike.«

»Ich tue mein Bestes. Aber ich befürchte, wir sind nicht Mainstream genug.«

»Spielst du denn immer noch Saxofon?«

»Klar. Ich bin die Frau am Saxofon. Das ist mein Ding.«

»Großartig.«

»Ich glaube, da bist du in diesem Haus die Einzige, die das so sieht«, erwiderte ich mit leicht verzogenem Mund.

»Du bist eine Musikerin, Annike. Eine Künstlerin. Die bleiben zeit ihres Lebens meistens unverstanden«, sagte Frau Adanır und knuffte mir in den Oberarm.

»Wie geht es denn deinen Kindern und Enkelkindern?«, fragte ich Frau Adanır.

Ich wusste, die Frage war das Äquivalent für »Es war einmal« in Märchenbüchern, denn daran schloss sich ein ausführlicher, ausschweifender Bericht über Frau Adanırs Familienleben an, bei dem ich nur nicken oder den Kopf schütteln oder hin und wieder Ja oder Nein sagen musste. Deshalb nahm ich die warme Tasse zwischen die Hände und lehnte mich zurück, während ich mir Geschichten über Ahmed anhörte, der eine eigene Dachdeckerfirma hatte, über Nilfür, die mit einem Opernsänger in der Türkei verheiratet war und zwei Kinder hatte und der aber nicht nach Deutschland ziehen wollte, und über die Zwillinge Yasar und Sayar, die gerade mit dem Mathematikstudium begonnen hatten, alles Menschen, die ich nicht oder kaum kannte, über die Frau Adanır aber so selbstverständlich und ohne Erklärungen sprach, als wären wir enge Vertraute.

Das hatte ich schon immer gemocht. Frau Adanır gab mir dadurch das Gefühl, ich wäre Teil einer großen, einer liebevollen Familie, die ich zu Hause nicht hatte. Das war schön und irgendwie tröstlich.

Obwohl ich versucht hatte, sie davon abzuhalten, hatte sie beim Erzählen damit begonnen, mir Frühstück zu machen. Wie früher. Sie fragte mich nicht, was ich essen wollte, sondern hatte eine Pfanne auf den Herd gestellt und briet mir Spiegeleier, schmierte Brote, schnitt Gemüse und Obst, presste sogar Orangen. Ich konnte kaum hinsehen, weil es zu viel Aufwand war und ich morgens eigentlich nie was aß, wenn nicht gerade unser sonntägliches Band-Frühstück auf dem Programm stand.

»Es ist gut, dass du gekommen bist«, sagte Frau Adanır, als sie schließlich gleich zwei Teller und ein Glas vor mich stellte. »Für deine Mutter«, fügte sie hinzu.

Ich wusste nicht, was ich dazu sagen sollte, deshalb antwortete ich stattdessen: »Das sieht köstlich aus. Aber du hättest dir nicht so viel Arbeit machen sollen.«

»Das ist keine Arbeit.« Frau Adanır schüttelte den Kopf und machte sich sogleich ans Abwaschen.

»Lass mich doch wenigstens das machen«, bat ich und deutete auf das Spülbecken.

Aber sie schüttelte den Kopf, zeigte energisch auf das Frühstück und sagte: »Nein, nein. Iss mal ordentlich.«

Bei uns in der WG wurde regelmäßig gemeinsam gefrühstückt. Das war schön, trotzdem hielt ich mich dabei meist an den Kaffee. Das war in Ordnung, denn alle wussten, dass ich zu mehr morgens nicht in der Lage war. Schon früher hatte ich morgens nicht gefrühstückt, weil ich vor der Schule nichts runterbekommen hatte, aber zweimal in der Woche, immer dienstags und freitags, hatte ich mich dazu zwingen müssen, weil ich Frau Adanırs Gefühle nicht hatte verletzen wollen und weil sie mir das ohnehin nie hätte durchgehen lassen. Um warm zu werden, nahm ich jetzt einen Schluck Orangensaft, dann zog ich die Teller näher zu mir heran, überlegte noch, womit ich beginnen sollte, als Frau Adanır wieder mit meiner Mutter anfing.

»Sie braucht dich«, sagte sie. »Deine Mutter.«

»Sie braucht niemanden«, widersprach ich.

»Das stimmt nicht. Sie freut sich, dass du da bist.«

»Hat sie das gesagt?« Allein bei dem Gedanken musste ich beinahe lachen.

»Du kennst doch deine Mutter«, erwiderte Frau Adanır ausweichend.

»Ja. Ich kenne sie.«

»Aber es muss etwas getan werden.« Sie hatte sich zu mir umgewandt, die tropfende Pfanne in der Hand, und sah mich eindringlich an.

Eilig biss ich in das Brot, um den Mund voll zu haben und nichts sagen zu müssen.

»Sie braucht Hilfe. Es ist gut, dass du gekommen bist und dich kümmern kannst.«

Ich kaute.

»So kann es nicht weitergehen.«

Ich kaute.

»Du musst dringend etwas tun. Sonst ...« Frau Adanır

sprach nicht weiter und sah mich an. Ich kaute nur deshalb weiter, um nicht reden zu müssen. Sie sah ehrlich besorgt aus.

Wieso?

Ja, die beiden kannten sich schon sehr lange. Aber sie waren keine Freundinnen. Meine Mutter bezahlte Frau Adanır fürs Saubermachen, und wahrscheinlich nicht einmal besonders viel, wie ich vermutete. Sie hatten in all den Jahren nie aufgehört, sich zu siezen, und ich hatte früher kaum ertragen, wie herablassend meine Mutter mit ihr gesprochen hatte, wenn sie Frau Adanır darauf hingewiesen hatte, dass das Bad nicht ordentlich genug geputzt gewesen war, dass sie die Kaffeemaschine gründlicher reinigen sollte oder die Gardinen im Wohnzimmer besser bügeln.

Oft hatte ich fluchtartig den Raum verlassen, wenn meine Mutter mit Frau Adanır sprechen wollte. Das gesamte Konzept einer Reinigungskraft fand ich schrecklich herrschaftlich, elitär, überheblich und ausbeuterisch, aber meine Mutter verstand es, es noch unangenehmer zu machen.

Konnte es Frau Adanır da nicht vollkommen egal sein, dass meine Mutter offenbar nicht mehr das Zimmer verließ?

Machte es die Sache für sie nicht eigentlich leichter?

Plötzlich trat Frau Adanır einen Schritt auf mich zu. Sie stellte die nasse Pfanne auf den Tisch. Griff nach meiner Hand. Ihre Augen hefteten sich auf mich. Ihre Finger drückten meine.

»Ich bin schon eine Weile bei euch, Annike.« Ich nickte, obwohl es keine Frage war. »Und ich bekomme einiges mit, weißt du? Deiner Mutter ging es schon früher … nicht gut«, sagte sie nach kurzem Zögern. »Aber so schlimm stand es schon lange nicht um sie. Ich befürchte, sie hat sich aufgegeben. Kümmere dich um deine Mutter«, fügte sie hinzu.

Ich schluckte. Ein bisschen gegen meinen Willen.

Kümmern.

Was sollte das schon heißen?

Seit ich denken konnte, hatten sich alle um meine Mutter gekümmert, mein Vater, Onkel Theo, Frau Adanır. Auch jetzt noch.

War das nicht genug?

Und was konnte ich schon tun?

Ich war ihre Tochter. Das hatte nie viel bedeutet. Ich war mir nicht einmal sicher, ob wir einander mochten. Wenn wir nicht zufällig verwandt gewesen wären, wären wir uns nie begegnet, und falls doch, hätten wir einen großen Bogen umeinander gemacht.

Sie verkörperte alles, was ich ablehnte.

Und ich verkörperte alles, was sie verabscheute.

Vielleicht ging es ihr mal wieder schlechter. Das war möglich. Und es tat mir auch leid, irgendwie. Aber ich war sicher der letzte Mensch, der daran etwas ändern konnte. Und ich war sicher der allerletzte Mensch, von dem sie überhaupt etwas wie Hilfe wollte.

Das mochte traurig sein.

Über traurig war ich zwanzig Jahre hinaus.

Aber Frau Adanır ließ meine Hand nicht los und hörte nicht auf, mich anzusehen, deshalb verzog ich leicht den Mund und nickte mechanisch.

»Du bist ein gutes Kind«, sagte sie und legte mir eine Hand auf die Wange.

Ich wusste nicht, ob ich heulen oder wütend werden sollte.

Genauso plötzlich, wie sie sich an mich gewandt hatte,

ließ mich Frau Adanır wieder los, drehte sich um, spülte zu Ende. Ich blieb stumm sitzen und trank meinen Kaffee.

Als Frau Adanır schließlich den Staubsauger und die Putzsachen weggeräumt und sich mit einer weiteren Umarmung und einem Kuss auf die Wange von mir verabschiedet hatte, war ich beinahe erleichtert.

»Vielleicht sehen wir uns ja noch«, hatte sie gesagt.

Und ich hatte mit »vielleicht« geantwortet, obwohl ich wusste, dass das Unsinn war.

Unter keinen Umständen würde ich bis Dienstag im Haus meiner Mutter bleiben. Vorher würde es Tote und Verletzte geben. Trotzdem war ich mir nicht ganz sicher, was jetzt mein Plan war. Sollte ich bleiben? Sollte ich fahren?

Ich zog mir zwei Stühle vor die geschlossene Gartentür, legte die Beine hoch und sah nach draußen. Das hatte ich früher schon gemacht und tat es auch bei mir zu Hause gern, weil mir die Ausblicke von Fenstern wie Fernsehgeräte mit einem ganz individuellen Programm vorkamen.

Und hier gab es viel zu sehen. Außerdem lag eine wichtige Aufgabe vor mir.

Eine ganze Eichhörnchengruppe war geschäftig unterwegs. Ich hatte geknackte Walnüsse nach draußen gelegt, und einige wunderbare Momente hatte eines der Tiere auf der Gartenstuhllehne gesessen, ein Stück in den Pfoten, und vor sich hin geknabbert, bis es wieder einen Baum hochgerannt und in den Wipfeln verschwunden war. Links von der Terrasse gab es eine Vogelfutterstation für Meisen, Rotkehlchen und Sperlinge. Sogar einen Zaunkönig hatte ich gesehen. Rechts hingen einige Knödel, die von einer Elster bearbeitet wurden. Sie hatte sich auf einen der dickeren Äste gesetzt und zerrte das gefüllte

Plastiknetz mit beeindruckender Beharrlichkeit zu sich nach oben, um die Brocken daraus zu picken. Eine Taube machte sich an einem kleinen Häuschen zu schaffen, das an einem Metallstab über dem Gemüsebeet baumelte. Sie war zu groß, um durch den Eingang zu passen, zu wenig akrobatisch, um sich mit den Krallen am Dach festzuhalten, und zu unsportlich, um lange genug in der Luft zu stehen, aber diese Defizite machte sie durch Einfallsreichtum wett. Denn immer wieder flatterte sie schwungvoll mit der Brust voran gegen das Häuschen, bis die Körner herausfielen und sie diese anschließend gewissenhaft vom Boden aufsammeln konnte.

Ich war mir ziemlich sicher, wer die Häuschen und Stationen aufgestellt und die Knödel aufgehängt hatte. Meine Mutter war es jedenfalls nicht gewesen.

Obwohl ich mittlerweile schon so lange zugesehen hatte, war mir noch nicht ganz klar, welche Hierarchien im Garten galten. Die kleinen Vögel waren zwar immer wieder schnell verschwunden, wenn ein größeres Tier auftauchte, kehrten aber kurze Zeit später zurück. Vor den Elstern fürchteten sie sich genauso wie die nervösen Eichhörnchen, die ständig zur Flucht bereit zu sein schienen. Die Tauben dagegen wirkten von allem unbeeindruckt, erst wenn ihnen eins der anderen Tiere zu nahe kam, gerieten sie in Panik. Kopflos ergriffen sie dann die Flucht und rammten nicht selten die Gegenstände, die ihnen dabei im Weg waren. Nur einmal waren die verschiedenen Tiere einer Meinung, und der Garten erschien innerhalb weniger Augenblick wie leer gefegt: als die Nachbarskatze auftauchte.

»Warum setzt du dich nicht nach draußen?«, fragte Onkel Theo, der gerade im Haus meiner Mutter angekommen sein musste, und trat neben mich an die große Fensterscheibe. »Es wird bald kalt, da sollte man jeden schönen Tag auskosten.«

»Ich kann nicht raus«, widersprach ich. »Ich liege auf der Lauer.«

»Und wen oder was belauerst du?«

»Den Fußball.«

»Welchen Fußball?« Er folgte mit den Augen meiner Handbewegung in Richtung des Spielzeugs, das noch immer neben der Tür auf der Terrasse lag. »Wem gehört der?«, fügte er hinzu.

»Weiß ich nicht.«

»Und wie ist der da hingekommen?«

»Er wurde auf der Flucht zurückgelassen.«

»Auf die Story bin ich gespannt.«

Onkel Theo zog sich einen eigenen Stuhl in Richtung Tür, setzte sich und wartete darauf, dass ich anfangen würde.

»Eigentlich ist es keine richtige Story«, sagte ich. »Ich habe gestern ein Kind im Garten überrascht, das auf dem Rasen Fußball gespielt hat.«

»Ein Kind? Was für ein Kind?«

»Ein Mädchen. Keine Ahnung, zu wem es gehört. Aber wahrscheinlich aus der Nachbarschaft. Ich habe es offenbar ziemlich erschreckt, denn es ist gleich abgehauen und hat nicht mal den Ball mitgenommen.«

»So kenne und liebe ich dich«, erwiderte mein Onkel grinsend. »Dabei bist du doch gar nicht mehr geschminkt wie an Halloween.«

»Sehr witzig.«

»Und jetzt sitzt du hier und wartest ... worauf genau?«

»Ich dachte, vielleicht holt es sich seinen Ball wieder. Kann doch sein.«

»Und was willst du dann tun? Ihm eine Standpauke halten?«

»Sehe ich aus wie meine Mutter? Sag jetzt nichts Falsches«, warnte ich meinen Onkel streng. »Ich möchte einfach wissen, wer das Kind ist. Das ist alles. Und es soll ja auch seinen Fußball zurückkriegen.«

»Vorbildlich.«

»Haha.«

»Hast du dir schon was zu Mittag reingezogen?«

»Ich erhole mich noch von meinem Frühstück.«

»Es ist Freitag«, sagte Onkel Theo mit wissendem Gesicht. »Frau Adanır.«

»Frau Adanır«, bestätigte ich ihm.

»Hast du denn alles aufgegessen?«

»Nicht mal ansatzweise. Ich musste aufgeben, sonst wäre ein Unglück passiert. Der Rest steht im Kühlschrank.« Vage deutete ich mit dem Kopf hinter mich.

»Was soll ich uns dann kochen?«

»Was hast du an dem Gesagten nicht verstanden?«

»Aber es ist gleich eins, und das Kochen dauert noch ein Weilchen. Bis dahin hast du bestimmt wieder Hunger. Vielleicht können wir dann ja zusammen essen.«

»Und was ist mit meiner Mutter? Kommt sie runter?«, fragte ich.

»Nein.«

»Dann bringst du es ihr rauf?«

»Ich dachte, du könntest das machen.«

»Ich bringe ihr doch nicht ihr Essen nach oben, wenn sie zwei gesunde Beine hat und selbst nach unten kommen könnte. Sie ist nur zu faul. Das war sie schon ...«

»Das ist nicht wahr!«, fiel mir Onkel Theo ins Wort, heftiger, als ich erwartet hatte. Überrascht sah ich ihn an. »Das ist nicht wahr«, wiederholte er, als hätte ich ihn beim ersten Mal nicht verstanden, nun aber wieder ruhiger, trotzdem noch fest.

»Von mir aus«, murmelte ich.

»Was hältst du von einem Grünkohleintopf mit Wurst?«

»Pizza klingt gut.«

»Also Spaghetti mit selbst gemachter Tomatensoße«, erwiderte Onkel Theo wieder fröhlicher.

»Und was isst du dazu?«

»Ich habe gerade ein Pulver gekauft. Das muss man nur mit Wasser aufgießen und ...«

»Schon sieht es aus wie echte Tomatensoße?«

»Korrekt.«

»Und warum genau ist das noch mal gesünder?«, fragte ich, obwohl ich seine Antwort darauf kannte.

Seit einer Ewigkeit hatte Onkel Theo die Angewohnheit, keine frischen Lebensmittel, sondern nur Abgepacktes zu essen. Er sagte, ihm sei die Lust an Obst und Gemüse spätestens mit Tschernobyl vergangen.

»Künstlich hergestellte Lebensmittel unterliegen strengen Kontrollen. Sie werden in Laboren geprüft und auf ihre Unbedenklichkeit hin getestet. Aber wer bitte sagt mir, was in so einem Apfel alles drin ist, der auf dem Baum wächst? Deshalb kann die Devise nur heißen: Je mehr künstliche Bestandteile, desto besser.«

»Mich wundert wirklich, warum du nicht längst ein Star am Gourmethimmel bist.«

»Hör auf, deinen armen Onkel zu dissen, und wasch die Tomaten für eure ungesunde Soße. Oder kannst du deinen Posten nicht verlassen?« Er deutete auf den Fußball.

»Ich denke, eine kleine Pause ist okay.«

»Nice.«

Ich stand langsam auf und folgte meinem Onkel. Er hatte eingekauft. Die Tüten standen auf dem Küchentisch, und er reichte mir die Tomatenpackung und ein Messer. Während ich meine Arbeit aufnahm, räumte er die übrigen Lebensmittel in den Kühlschrank.

»Hast du denn mal daran gedacht, dass sie vielleicht runterkommen würde, wenn du nicht alles zu ihr rauftragen würdest?«, machte ich noch einen Versuch mit einem Seitenblick auf Onkel Theo.

Er sah mich ebenfalls an. »Nope, Annike«, antwortete er. »Stell dir vor: Habe ich nicht.«

»War nur so eine Idee.«

»Ich werde mal gründlich darüber nachdenken.«

»Mach das.« Ich grinste.

Als ich die Tomaten klein geschnitten hatte, stellte ich sie für meinen Onkel zur Seite und begann, den Tisch für uns beide zu decken. Ich war gerade dabei, zwei Gläser aus dem Schrank zu nehmen, als Theo vorschlug: »Lass uns eine Münze werfen.«

»Du willst um die Fütterung des Ungeheuers spielen?«, fragte ich zurück.

Mein Onkel sah mich einen Moment an, dann lachte er plötzlich laut los. Ich war überrascht, aber er hatte eine so ansteckende Lache, eine Mischung aus Schnauben und Kieksen und Schnappatmung, dass ich nicht anders konnte, als mitzulachen.

»Annike ... Du kannst ...«, presste er hervor, als er gerade genug Luft zum Sprechen hatte.

Erst als er sich beruhigt hatte, brachte er wieder ganze Sätze hervor. »So was kannst du mit einem alten Mann doch nicht machen«, sagte er gespielt vorwurfsvoll.

Seine Stimme klang immer noch rau, aber sein Atem wurde langsam ruhiger. Er hatte sich die Brille abgenommen und wischte sich mit einem Taschentuch die Tränen aus den Augenwinkeln. Onkel Theos Wangen waren leicht gerötet, und sein Mund schien noch nicht ganz sicher, ob der Lachanfall endgültig vorbei war.

Auf mich wirkte er plötzlich gelöst, irgendwie befreit. Als hätte er eine sehr lange Zeit nichts zu lachen gehabt.

»Ich dachte, wir könnten das Schicksal mal wieder entscheiden lassen«, sagte er schließlich. Die Brille saß wieder auf seiner Nase, aber eine letzte Träne, die dem Taschentuch entkommen war, glitzerte auf seiner Haut. »Das haben wir lange nicht.«

Als ich jünger war, gehörte es für Onkel Theo und mich zur Gewohnheit, um Dinge zu spielen. Immer wenn es um Aufgaben gegangen war, vor denen ich mich am liebsten gedrückt hätte, befragten wir das Schicksal. Egal, ob es eine Geburtstagskarte gewesen war, die ich für meine Mutter schreiben sollte, ein Weihnachtseinkauf oder das Wäschewaschen. Vielleicht hätte ich ohne einen Münzwurf nicht einmal Abitur gemacht, aber Onkel Theos Geldstück hatte am Ende Kopf angezeigt. Um ein Studium hatte ich dann allerdings lieber nicht mehr gespielt. Ich wollte gar nicht wissen, was das Schicksal dazu zu sagen hatte. Ich wusste schließlich nur zu gut, was meine Eltern davon hielten. Außerdem war mir Onkel Theos Gewinnquote etwas unheimlich.

»Und dann was? Kopf, du gewinnst, Zahl, ich verliere?«, gab ich zurück.

Einen Moment sah Onkel Theo aus, als würde er erneut in Gelächter ausbrechen, aber dieses Mal bekam er sich schneller wieder unter Kontrolle. Er hielt sich den Bauch und gluckste nur leicht.

»Von meiner Seite aus gerne.«

»Das glaube ich dir.« Ich grinste ihn an. »Also: Kopf,

du übernimmst die Fütterung des Ungeheuers. Zahl, ich wage mich in die Höhle der Bestie?«

»Ist gebongt.«

Onkel Theo griff in seine Hosentasche und zog einen Euro hervor. Er hielt ihn vor mir in die Höhe.

»Ich hoffe sehr, du spielst nicht mit gezinkten Münzen, Onkel Theo.«

»Für wen hältst du mich? Würde ich doch nie tun«, erwiderte er auf eine Art, bei der ich mir nicht sicher war, was ich davon halten sollte.

Ich musterte ihn misstrauisch.

Hatte er mich womöglich all die Jahre ausgetrickst?

Konnte es sein, dass ich ihm jedes Mal auf den Leim gegangen war?

»Also, wie war das noch? Kopf, ich gehe nach oben, und Zahl, du übernimmst die Raubtierfütterung?«

»Ungeheuer«, verbesserte ich ihn.

»Ungeheuer, genau.«

Mit ein wenig Schwung warf Onkel Theo das Geldstück in die Luft. Es drehte sich, während es nach oben flog, ehe es den höchsten Punkt erreichte und wieder nach unten sank, zurück in seine Handfläche. Er drückte die Münze auf den Küchentisch, hielt die Finger noch darauf, sodass ich nicht sehen konnte, was oben lag.

»Jetzt mach schon«, sagte ich und stieß ihn leicht in die Seite.

Gebannt starrten wir beide auf Onkel Theos Hand. Langsam, ganz langsam, hob er seine Finger. Die Münze kam zum Vorschein.

»Zahl«, sagte mein Onkel.

»Zahl«, wiederholte ich. »Und es gibt keinen Verhandlungsspielraum?«, wollte ich wissen.

»Es gibt keinen Verhandlungsspielraum«, bestätigte er.

»Na toll.«

»Und mach nicht so ein Gesicht«, fügte er mit einem Zwinkern hinzu.

»Vergiss es, Onkel Theo.« Ich zog die Augenbrauen extra grimmig zusammen. »Du bekommst vielleicht meinen Körper, aber du bekommst nicht meinen Gesichtsausdruck.«

»Hast du Hunger?«, fragte ich meine Mutter, als ich mit einem gefüllten Teller zu ihr ins Zimmer kam.

Sie hatte die Kopfhörer auf, aber der Fernseher war aus.

»Du bist ja noch da.«

»Immer noch«, erwiderte ich.

»Musst du nicht arbeiten?«

»Ich habe frei.«

»Aber du hast eine Arbeit, oder?«

»Jep. Ich habe eine Arbeit.«

»Ist es eine richtige Arbeit?«, fragte sie weiter, nahm aber dieses Mal zumindest die Kopfhörer ab und sah mich an.

»Willst du jetzt was essen oder soll ich das wieder runterbringen?«

»Wer hat denn gekocht?«

»Onkel Theo.«

»Ist es was Gescheites? Oder kommt es aus der Tüte?«

»Es ist was Gescheites.«

»Dann ja.«

»Das war eine Oder-Frage.«

»Ja, ich esse was«, antwortete meine Mutter. Ich wollte bereits um ihr Bett herumkommen, als sie in eine der hinteren Ecken wies: »Aber nimm das Tablett. Es steht da vorne.«

»Okay«, brummte ich, stellte das Essen kurz auf einer

Kommode ab und hievte erst das Holzbrett vor meine Mutter und platzierte anschließend den Teller darauf.

»Danke.«

Ich zuckte die Schultern, rang mit mir, ging zur Tür, blieb stehen und drehte mich schließlich halb zu ihr um.

»Wo ist eigentlich das Problem?«, wollte ich wissen.

Meine Mutter hatte begonnen, Nudeln und Soße mit dem Besteck zu untersuchen, als würde es sich um eine Operation am offenen Herzen handeln. Sie hob nicht den Blick, als sie erwiderte: »Ich weiß nicht, wovon du sprichst.«

»Du könntest auch unten essen.«

»Warum?«

»Weil du dann Onkel Theo und mir Gesellschaft leisten könntest.«

»Ich sehe beim Essen gerne fern.«

»Du warst doch sonst immer diejenige, die gesagt hat, nur unkultivierte Menschen würden beim Essen in den Fernsehapparat glotzen.«

»Ich glotze auch nicht.«

»Sondern?«

»Ich schaue ein ausgewähltes Fernsehprogramm.«

»Ach so. Entschuldigen Sie bitte, Mylady. Das war mir nicht klar.«

»Jetzt weißt du es.«

»Aber dir ist schon bewusst, dass sich einige Leute Sorgen um dich machen, oder?«

»Um mich muss sich niemand Sorgen machen«, sagte meine Mutter und wirkte dabei beinahe trotzig.

Ich musste mich zusammenreißen, um darauf nicht zu antworten.

Glaubte sie das wirklich?

Seit ich mich erinnern konnte, hatten mein Vater, Onkel Theo und ich uns andauernd Gedanken darüber gemacht, wie es ihr ging und was ihr fehlte. Irgendwann hatte ich es nicht mehr ausgehalten. Ich wollte ein Leben, das sich auch mal um mich drehte. Aber irgendwas stimmte hier wirklich nicht. Ich war mir sicher gewesen, mein Onkel würde übertreiben und meine Mutter bräuchte nur einen ordentlichen Schubs. Inzwischen war ich mir da nicht mehr so sicher. Brauchte sie vielleicht wirklich meine Hilfe?

»Warum kommst du nicht aus deinem Zimmer?«

»Weil ich nicht will.«

»Und warum nicht?«

»Weil ich hier warte.«

»Du wartest?«

»Ja.«

»Und worauf wartest du, wenn man fragen darf?«

»Auf das Ende.«

»Was für ein Ende?«

»Mein Ende.« Sie pikte mit der Gabel ein Tomatenstück auf und hielt es theatralisch in die Luft.

»Oh, Mutter! Musst du immer so melodramatisch sein?«

»Ich bin keineswegs melodramatisch«, widersprach sie.

»Ach nein? Und wie nennst du das dann?«

»Realistisch.«

»Es ist also realistisch, dass du hier im Bett bleibst, Spaghetti mit Tomatensoße isst und dabei fernsiehst und auf den Tod wartest?«

»So ist es.«

Ich konnte mir ein Seufzen und Augenverdrehen nicht verkneifen.

Wie sollte man sie bei solchen Aussagen ernst nehmen?

Trotzdem versuchte ich es noch einmal: »Was ist denn

passiert? Wieso ... Ich meine ...« Ich zögerte. »Wie kann man dir helfen?«

»Mir muss keiner helfen.«

»Das habe ich verstanden. Du liegst hier, bis der Tod kommt. Kapiert. Aber davon abgesehen: Was willst du?«

»Ich möchte in Ruhe essen«, antwortete meine Mutter. »Das ist alles. Vielen Dank.« Auf dem Bett sitzend rollte sie betont langsam Nudeln auf ihrem Löffel zusammen und schob sie sich in den Mund.

Meine Selbstbeherrschung war am Ende.

»Dann vergiss nicht, den Fernseher einzuschalten«, gab ich zurück. »Das machst du doch so gerne beim Essen.«

Damit verließ ich das Schlafzimmer.

Es nützte alles nichts. Meine Mutter war meine Mutter. Wahrscheinlich konnte sie nicht aus ihrer Haut. Daran konnte niemand etwas ändern. Am allerwenigsten ich. Ganz egal, wie sehr Onkel Theo und Frau Adanır mich beknieten.

Dass ausgerechnet ich die Tochter meiner Mutter war, war reiner Zufall. Mehr auch nicht.

Nach dem Mittagessen mit meinem Onkel verzog ich mich in mein Zimmer, wie ich es früher unzählige Male getan hatte. Ich warf die Tür hinter mir zu und lehnte mich von innen dagegen. Ich fühlte mich, als wäre ich in einer Zeitschleife gefangen. Als würden meine Mutter und ich dieselben Szenen immer und immer wieder durchspielen, mit denselben Rollen und dem ständig gleichen Text.

Dieser Raum mochte sich verändert haben, nichts sah mehr so aus wie früher, alle meine Sachen waren verschwunden. Aber das Gefühl war noch dasselbe. Wenn ich hier drin war und die Tür hinter mir geschlossen hatte, konnte ich aufatmen. Dann war ich in Sicherheit. Zum Glück hatten meine Eltern diese Grenze respektiert. Mein Vater hatte damit gedroht, meine Mutter hatte geschimpft, wenn ich die Tür zugeschlagen hatte, doch wenn ich es einmal bis in mein Zimmer geschafft hatte, konnte mir keiner von ihnen mehr was.

Ich ließ mich nach unten sinken und setzte mich auf den Boden. Den Rücken gegen die Tür gelehnt, sah ich mich um. Nach meinem Auszug hatte ich Abstand gebraucht. Am liebsten wäre ich ans andere Ende der Welt gezogen, weil ich möglichst viele Kilometer zwischen mich und mein Elternhaus bringen wollte. Wegen Aisha und der Band war es schließlich Dortmund geworden, aber es hatte mir geholfen, mir die vielen Probleme meiner Mutter nur aus der Entfernung anzusehen. Ich war mir sicher, so könnten sie mich nicht erreichen. Doch der Tod meines Vaters hatte einiges verändert, und gerade wurde ich eines Besseren belehrt.

Meine Mutter wurde älter. Onkel Theo wurde älter. Irgendwann würde er sich vielleicht nicht mehr um sie kümmern können. Ich konnte nicht ewig so tun, als ginge mich meine Familie nichts an. Sosehr ich es mir wünschte.

Für den Moment brauchte ich jetzt aber erst einmal dringend jemanden aus meiner Welt, jemanden, der mir versichern konnte, dass da draußen ein anderes Leben wartete und es Menschen gab, deren DNA meiner eigenen nicht so schrecklich ähnlich war, die mir aber umso näherstanden. Ich war vierundzwanzig Stunden hier und fühlte mich schon wie in einem Paralleluniversum, als befände sich mein Elternhaus in einem Wurmloch oder dem Bermudadreieck. Ich musste SOS funken.

»Annike-Keks, du lebst noch!«, schrie Mett-Ingo über die Gitarrenriffs und Schlagzeugbeats hinweg, als er den

Hörer in der kleinen Küche neben unserem Probenraum abnahm. Und dann noch einmal und offenbar zu den anderen: »Sie lebt, Leute.«

»Lass mich mit ihr reden.« Das war Aishas Stimme, und ich fühlte mich sofort erleichtert. Sie hatte die besondere Fähigkeit, immer die richtigen Worte zu finden und mich aufzumuntern. Das konnte ich gerade gut gebrauchen. »Biste also noch am Leben«, sagte sie in diesem Moment zu mir.

»Ganz sicher bin ich mir nicht«, antwortete ich und verdrehte die Augen, obwohl sie mich nicht sehen konnte.

»Zumindest kannste noch sprechen«, sagte Aisha mit einem kleinen Lachen.

»Und das heißt was?«

»Es heißt, dat deine motorischen Fähigkeiten so weit in Ordnung sind, datte den Mund auf- und zumachen kannst, und dir auch niemand deine Stimmbänder aussem Hals gerissen hat und sie dir jetzt als lose Kabel vor deiner Brust baumeln.«

»So kann man es auch sehen.«

»Jemand hat Annike-Keks die Stimmbänder rausgerissen?«, hörte ich Mett-Ingo im Hintergrund.

»Noch nicht«, erwiderte Aisha. »Und jetzt schieb ab. Wir ham zu reden.«

»Dann halt mich über den Ernst der Lage auf dem Laufenden«, verlangte er. »Und bestell dem Annike-Keks schöne Grüße. Schöne Grüße, Annike-Keks!«, rief er lauter.

»Zurück!«, rief ich ebenfalls.

»Ja, ja, ja. Geh jetzt raus«, hörte ich Aishas Stimme und konnte sie vor mir sehen, wie sie Mett-Ingo aus der Küche bugsierte. Es wurde etwas leiser. Offenbar hatte sie die Tür geschlossen.

Ich war froh, allein mit Aisha reden zu können. So lieb

ich meine anderen Band-Mitglieder hatte, manchmal brauchte ich einfach nur sie. Wir hatten uns mit achtzehn auf einem Konzert getroffen und waren seitdem befreundet. Als Einzige kannte sie mich noch aus der Zeit, in der ich bei meinen Eltern gewohnt hatte. *Die dunklen Jahre* nannten wir das manchmal, aber nur halb im Scherz. Sie hatte mir damals den letzten Schubs für meinen Auszug gegeben. Zu dieser Zeit hatte ich unbedingt weggewollt, aber keinen Plan gehabt, wie ich das anstellen sollte. Durch sie hatte ich den Mut gefunden, erst einmal zu springen und darauf zu vertrauen, dass ich einen Rettungsschirm haben würde, wenn ich ihn brauchte.

Aisha war mein Rettungsschirm. Und ich war ihrer.

»Erzähl. Wie schlimm isset?«, wollte sie wissen, als wir allein waren.

»Schlimmer als schlimm.«

»Klingt schlimm.«

»Ist schlimm. Sie treibt mich in den Wahnsinn.«

»Dat haste doch kommen sehen.«

»Auf so was kannst du dich nicht vorbereiten. Diese Frau ist ... Du denkst, du könntest dich ... Aber unmöglich. Ich bekomme hier einen Anfall.«

»Sollen wir dich retten? Mett-Ingo hat schon gesagt, er fährt den Fluchtwagen. Is natürlich Quatsch.«

»Du fährst ihn.«

»Ich fahre ihn«, bestätigte Aisha.

Wir schwiegen kurz, und ich wusste, dass auch sie lächelte.

»Wie geht's ihr denn?«, fragte sie.

»Sie bewirft Eichhörnchen.«

»Wofür ist dat ein Code?«

»Das ist der Code für: Meine Mutter bewirft Eichhörnchen.«

»Womit?«

»Walnüssen.«

»Biste dir sicher, dat sie die Eichhörnchen nicht nur füttern will?«

»Ganz sicher.«

»Dat is, als würde man *Smacks* nach dir werfen.«

»Ich wünschte, meine Mutter hätte *Smacks* nach mir geworfen. Dann hätte ich nicht so eine Beule. Ich sehe wie ein Einhorn aus.«

»Du meinst, ein Einhörnchen.«

Ich lachte als Antwort.

»Muss ich mir Sorgen machen?«, fragte Aisha.

»Nicht mehr als sonst, denke ich.«

»Kommt 'se wirklich nicht aus ihrem Zimmer raus, wie dein Onkel gesagt hat?«

»Sie sagt, sie wartet da oben auf das Ende.«

»Wat fürn Ende?«

»Ihr Ende. Den Tod.«

»Und wann soll der kommen?«

»Hat sie nicht gesagt.«

»Da kannse ja vielleicht lange warten.«

»Und uns andere bis dahin komplett irre machen.«

»Is dat nicht genau ihr Plan? Schon immer gewesen?«

»Angeblich nein.«

»Aber wir wissen's besser.«

»Definitiv.« Ich seufzte auf. »Keine Ahnung. Sie war ja schon immer eine absolute Dramaqueen, aber ...«

»Sie hat ihren Mann verloren«, erwiderte Aisha. »Ein bisschen Drama is da wahrscheinlich normal.«

»Normal ist bei meiner Mutter gar nichts. Ich wünschte einfach ... Ich wünschte, sie würde sich wieder einkriegen, und ich könnte endlich nach Hause.«

»Kannste doch.«

»Nicht mit gutem Gewissen.«

»Wahrscheinlich nich.«

»Aber ich würde viel lieber mit euch Musik machen«, sagte ich, als wieder etwas lautere Töne zu mir drangen. »Wir haben Auftritte. Wir müssen proben. Ich will nichts verpassen. Was spielt ihr?«, fragte ich und versuchte, die Melodie im Hintergrund zu erkennen.

»Wir wollten ma mit der neuen Version von *Bella Ciao* anfangen. Für den Auftritt im November.«

»Ohne mich?«, jammerte ich und konnte nichts dagegen tun, dass ich mich etwas selbst bemitleidete. Meine Band probte Songs, und ich saß hier mit einer verrückten Mutter fest.

»Keine Sorge. Es funzt noch nich richtig. Wir lassen dir ein paar schiefe Töne übrig, biste wieder da bist.«

»Das sagst du nur, um mich aufzumuntern«, gab ich zurück, dann fragte ich: »Was machen die Blumen?«

Bei uns in der WG war ich die Grünzeugbeauftragte, wie Mett-Ingo das nannte. Ich hatte mich nie offiziell für das Amt beworben, aber ich war eine der wenigen von uns, der bewusst war, dass Pflanzen zum Überleben Wasser brauchten, und die Einzige, die mehr als einmal im Jahr daran dachte. Regelmäßig ging ich deshalb zum Gießen durch alle Zimmer und hatte dafür vor Jahren die Punkversion einer Gießkanne zum Geburtstag bekommen, in Schwarz, mit witzigen Aufklebern und wilden Sprüchen.

»Stehn aufrecht.«

»Und das Gemüse? Die Sachen müssten abgeerntet und alles winterfest gemacht werden.«

»Ja, ja. Aber sach, wat willste jetzt tun?«, wollte Aisha wissen.

»Keine Ahnung. Man erwartet hier irgendwelche Wunder von mir. Dabei ist es nur ein ziemlich kranker Scherz des Schicksals, dass meine Mutter und ich verwandt sind.«

»Wat fürn Wunder?«

»Was weiß ich. Ich soll sie aus ihrem selbst gewählten Exil befreien und irgendwie dazu bringen, ihr Zimmer zu verlassen.«

»Hastes mit Ziehen versucht?«

»Klar.«

»Schieben?«

»Bin ich eine Anfängerin?«

»Peitschenknallen? Abschleppseil? Rauchbomben?«

»Natürlich.«

»Aber nix?«

»Aber nix.«

»Und geredet haste schon mit ihr?«

»Ich rede die ganze Zeit. Meine Lippen sind schon ganz fusselig, so viel ...«

»Auch ma richtig?«

»Was soll das heißen?«

»Haste sie gefragt, wie's ihr geht? Wat mit ihr los is?«

»Habe ich. Vorhin erst.«

»Wat hat se gesagt?«

»Nichts. Nichts Vernünftiges.«

»Und wat genau haste gefragt?«

»Was ... na ja ... eigentlich ihr Problem ist.«

»Und darauf haste keine anständige Antwort bekommen? Bin schockiert.«

»Haha.«

»Hör zu, Annike-Schatz, jetzt reiß mir nich gleich den Kopf ab. Und denk dran, dat wir Freundinnen sind.«

»Die besten Freundinnen«, warf ich ein.

»Die besten Freundinnen«, bestätigte sie. »Familie. Und wir machen seit 'ner halben Ewigkeit zusammen Musik.«

Ich liebte es, wie Aisha Musik sagte, es klang mehr wie Muusick.

»Lass es eine ganze Ewigkeit sein«, fügte ich hinzu.

»Dat heißt, uns verbindet wat, dat stärker is als jedes Tiefseekabel. Außerdem halt ich dich für 'nen großartigen Menschen. Den großartigsten von allen.«

»Okay«, antwortete ich gedehnt. »Jetzt krieg ich Angst.«

»Wie gesagt, reiß mir nich die Birne ab, aber neben deinen unzähligen wunderbaren Eigenschaften, die ich über alles liebe und schätze, neigste vielleicht hin und wieder, wirklich nur ganz, ganz selten, dazu, mehr zu streiten als zu reden.«

»Ich?«

»In Ausnahmefällen.«

»Klingt überhaupt nicht nach mir«, sagte ich. »Und zu meiner Verteidigung möchte ich sagen, dass meine Mutter mit *mir* streitet. Nicht umgekehrt. Ich versuche wirklich, mich aus jedem Streit herauszuhalten. Aber sie lässt mich nicht.«

»Nich aufgeben.«

»Stellen wir uns mal vor, rein hypothetisch, ich würde wirklich mit ihr sprechen, also ein richtiges Gespräch führen, in dem sie mich mal nicht mit ihren Vorwürfen überschüttet und mir ständig sagt, was für eine große Enttäuschung ich für sie bin, weil ich nicht das spießige Leben führe, das sie sich für mich gewünscht hat.«

»Stellen wir uns dat vor.«

»Und sie würde nicht mit mir streiten, und es würde mir auch mit übermenschlichen Kräften gelingen, mich aus jedem Streit herauszuhalten, aber dann käme trotzdem nichts dabei raus. Weil meine Mutter eben immer noch meine Mutter ist und sich viel zu sehr mit ihrer Rolle als Rapunzel in ihrem Turmzimmer abgefunden hat.«

»Rapunzel? Interessanter Vergleich. Ich hätte gedacht, sie wäre in deiner Geschichte eher Ursula, die Meerhexe.«

»Ist sie auch. Aber zeige ich damit nicht meinen guten Willen?«, fragte ich grinsend zurück.

»Touché.«

»Was dann, Aisha? Was soll ich dann machen?«

»Da fällt mir eigentlich nur noch eins ein.«

»Und das wäre?«

»Die ultimative Geheimwaffe jedes Punkkids gegen den Rest der Welt im Allgemeinen und nervige Eltern im Speziellen.«

»Ich höre.«

»Musik aufdrehen. Wetten, dat se dann in einer Sekunde bei dir auf der Matte steht?«

»Meinst du?«

»Hat doch früher auch funktioniert. Manche Dinge ändern sich nie.«

»Werde ich mir merken.«

»Aber ernsthaft«, fügte Aisha hinzu. »Wenn du's nicht mehr aushältst, dann komm nach Hause. Und wenn du nich mehr allein laufen kannst ...«

»Warum sollte ich nicht mehr alleine laufen können?«

»Wat weiß ich. Weil du auf 'ner Walnuss ausgerutscht bist. Oder über ein totes Eichhörnchen gestolpert. Irgendwat in der Art.«

»Können Eichhörnchen sterben, wenn sie von einer Walnuss getroffen werden?«

»Wie fest wirft deine Mutter?«

»Sie ist eine Frau über siebzig. Ich schätze, sie wurde für diesen Kampf geboren.«

»Wenn's für dich zu gefährlich wird, holen wir dich da raus«, sagte Aisha.

»In einer Nacht-und-Nebel-Aktion?«

»Natürlich, du kennst uns. Einmal 08 ...«

»Immer 08«, antwortete ich mit einem Grinsen, das ich auch in Aishas Stimme zu hören glaubte.

Nachdem ich aufgelegt hatte, blieb ich noch eine Weile auf dem Boden sitzen und starrte vor mich hin. Mein Blick fiel auf einen Karton, der in einem der Regale links neben mir stand, im untersten Fach. Es war eine Kiste aus rosafarbenem Karton mit einem Deckel, auf dem vorne ein Schild angebracht war. Darauf war mein Name zu sehen, in der geschwungenen Handschrift meiner Mutter.

Ich beugte mich nach vorne und griff nach dem Behälter. Als ich ihn erreicht hatte, zog ich ihn zu mir heran.

Was mochte da drin sein?

Ich brauchte einen Moment, um mich zu überwinden, ihn zu öffnen. Zögernd nahm ich einen Gegenstand nach dem anderen heraus. Es waren Dinge, die mal mir gehört hatten. Ich hatte sie damals bei meinem Auszug zurückgelassen und war mir sicher gewesen, meine Mutter hätte sie schon vor langer Zeit weggeworfen. Ich entdeckte alte Kerzen, eine Kette mit einem Schloss, Notenblätter, Postkarten, meinen alten Walkman, Flugblätter eines Konzerts, Kinotickets, ein schwarzes Nietenarmband. Alles war noch da. Nichts war verloren.

Ich nahm die Notenblätter in die Hand.

Warum hatte meine Mutter das alles aufgehoben?

Wieso hatte sie das ganze Zeug nicht längst entsorgt? Mir war es immer vorgekommen, als hätte meine Mutter es kaum erwarten können, dass ich ausgezogen war und sie aus meinem Zimmer endlich wieder einen akzeptablen Raum machen konnte, der nicht nur ins Haus passte, sondern auch ihr. Noch während ich zusammengepackt hatte, hatte sie Farbe ausgesucht, und am selben Wochenende war alles überstrichen und neu eingerichtet worden, so als hätte ich hier nie gewohnt, vielleicht sogar, als hätte es mich nie gegeben.

Damals hatte ich mir eingeredet, dass es mir egal gewesen war. Auch ich hatte mich erleichtert gefühlt, endlich meinem Elternhaus zu entfliehen, der ganzen Straße, dem Stadtteil, der Stadt. Aber geschmerzt hatte es trotzdem, dass meine Mutter nicht die kleinste Erinnerung an mich hatte behalten wollen.

Warum also diese Sachen?

Und warum hatte sie mir die Dinge nicht einfach zurückgegeben?

Wieso hatte sie das alles in einer Kiste aufbewahrt? In einer rosafarbenen Kiste mit meinem Namen darauf?

Wusste sie selbst überhaupt noch, dass es diese Dinge oder diesen Karton gab?

Und was sagten mir diese Gegenstände heute?

Ich hatte meine gesamte Jugendzeit davon geträumt, in einer Band zu spielen und Musik zu machen.

Aber wo hätte ich hier jemanden finden sollen, der auch nur ansatzweise war wie ich?

Jahrelang hatte ich deshalb für mich alleine Songs geschrieben und geprobt. Von meinem Taschengeld hatte ich Musikunterricht bezahlt, erst ein wenig Gitarre, dann ein wenig Schlagzeug, bis ich meine Liebe fürs Saxofon entdeckt hatte. Eher ungewöhnlich für ein Punkgirl, aber ich hatte auch weniger von einer Drei-Personen-Punk-Band geträumt und mehr von einer großen Ska-Punk-Musikgruppe, wie der Norfer Musikspielverein 08 es war. Zu meiner großen Überraschung hatten mir meine Eltern zu meinem fünfzehnten Geburtstag tatsächlich ein Saxofon geschenkt. Es war wahrscheinlich das einzige Geschenk von ihnen, das ich mir wirklich gewünscht hatte, und ich war mir bis heute sicher, dass mein Onkel seine Finger mit im Spiel gehabt hatte. Dafür war ich ihm noch immer dankbar.

Als ich jetzt die Noten studierte, erkannte ich die Melodie wieder. Ich hatte sie selbst geschrieben, und sie hatte es sogar in einen der Songs geschafft, die meine Band und ich meist zum Abschluss unserer Konzerte spielten. Ich betrachtete auch die anderen Gegenstände genauer. Die Schrift auf den Kinokarten war so verblasst, dass ich nicht mehr lesen konnte, für welchen Film ich sie gekauft hatte. An das Konzert, das auf einem Flyer angekündigt war, konnte ich mich dagegen noch gut erinnern. Ich hatte an diesem Abend Aisha kennengelernt, kurz nach meinem achtzehnten Geburtstag. Über sie hatte ich nach meinem Auszug die meisten Mitglieder der Band kennengelernt, und bis heute waren wir beste Freundinnen. In gewisser Weise war es deshalb eines der wichtigsten Konzerte meines Lebens gewesen.

Hatte meine Mutter geahnt, wie viel mir das Konzert bedeutet hatte?

Wahrscheinlich nicht. Ganz bestimmt nicht.

Und trotzdem war der Flyer jetzt hier.

Ich konnte ihn in den Händen halten, die Worte und Zahlen mit den Fingerspitzen befühlen, weil meine Mutter das Blatt für mich aufgehoben hatte, ob sie nun wusste, wie wichtig mir dieser Abend gewesen war, oder nicht.

Das alles war über zwanzig Jahre her.

Was hieß das?

Für mich?

Für uns?

Ich faltete das Papier zusammen und schob es mir in die

Hosentasche. Auch die Schlosskette nahm ich und hängte sie mir um. Zuletzt legte ich mir noch meinen alten Walkman zur Seite. Alles andere packte ich zurück in die Kiste und die Kiste zurück ins Regal.

Was ich wohl als Letztes gehört hatte?

Konnte es sein ...?

Als ich die Klappe des Walkmans öffnete, musste ich grinsen, fast lachen. Es war meine Bad-Religion-Kassette, die ich jahrelang gesucht hatte. Nie hätte ich für möglich gehalten, dass ich sie hier vergessen hatte. Oder sie sogar hier wiederfinden würde.

Ob mein Walkman noch funktionierte? Nach all den Jahren?

Mit den passenden Batterien vielleicht.

Bewahrte meine Mutter die immer noch im Bad auf?

Plötzlich seltsam aufgeregt stand ich auf, öffnete vorsichtig die Tür und spähte in den Flur hinaus. Als alles ruhig schien, huschte ich mit dem Walkman in der Hand hinaus, auf die andere Seite ins Badezimmer. Ich musste in verschiedenen Schubladen kramen, bis ich die richtigen Batterien gefunden hatte.

Dann ein Moment der Spannung. Ich drückte auf Play. Fast mühsam setzten sich die Rädchen in Bewegung nach über zwanzig Jahren Stillstand. Aber sie drehten sich. Ein leises Knarzen und Vibrieren waren zu hören. Eilig hielt ich einen der beiden Kopfhörer an die Ohren. Zu leise. Ich konnte kaum etwas hören. Ich drehte die Lautstärke auf. Und plötzlich schmetterte mir der Walkman die Stimme von Greg Graffin entgegen.

Ich schrie auf vor Freude.

Wer hätte das gedacht?

Nach so langer Zeit. Unfassbar. Einfach genial.

Ich setzte mir die Kopfhörer komplett auf, den Walkman behielt ich in der Hand. Dann verließ ich das Bad, ging den Flur hinunter, am Zimmer meiner Mutter vorbei, einfach so.

Sagte sie was?

Rief sie nach mir?

Keine Ahnung.

Für diesen Moment war es mir egal.

Weil ich sie nicht hören konnte. Ich hörte nur die Musik meiner Jugend, meiner Vergangenheit. Die Musik, die mich durch alle schweren Zeiten begleitet und alles besser gemacht hatte, ein wenig leiernd, aber das war okay. Die Gitarrenriffs dröhnten mir so laut in den Ohren, dass alles andere nicht mehr wichtig war.

Ja, manche Dinge waren wie früher.

Aber in diesem Fall war das gar nicht so schlimm.

Ich hatte meinen Plan, meine Mutter zum Verlassen ihres Bettes zu bewegen, für heute aufgegeben. Meine bisherigen Versuche hatten keinen Erfolg gehabt. Vielleicht brauchte ich einen neuen Ansatz. Aber noch hatte ich keine Ahnung, wie der aussehen konnte.

Gegen meinen Frust über eine weitere Nacht in meinem Elternhaus hatte ich das getan, was ich schon früher gemacht hatte: Ich hatte Musik gehört, ein Lied nach dem anderen, während ich die gerettete Grünlilie meiner Mutter gegossen und frisch gedüngt hatte, während ich Abendbrot gemacht und die Eichhörnchen im Garten beobachtet hatte. Wenn die eine Seite der Kassette an ihr Ende gekommen war, hatte ich umgedreht, wieder und wieder. Alle Probleme waren dabei in den Hintergrund gerückt.

Erst als ich gleich zweimal hintereinander das Band mit einem Bleistift neu aufrollen musste, hatte ich eingesehen, dass mein Walkman vielleicht eine Pause brauchte. Und seitdem hatte ich mit mir gerungen.

Obwohl ich nach der letzten schlechten Nacht längst total müde war, hatte ich Ewigkeiten durch verschiedene langweilige Programme geschaltet, hatte noch was geknabbert, noch was getrunken, aber irgendwann eingesehen, dass ich ins Bett musste. Trotzdem hatte ich mir viel Zeit gelassen, die Gardinen zuzuziehen, zu überprüfen, ob die Türen verschlossen waren, und alle Lampen auszuschalten, ehe ich mich endlich meinem Schicksal ergeben hatte und nach oben gegangen war.

Die ersten Stufen war ich normal gegangen, aber je näher ich kam, desto langsamer und kürzer wurden meine Schritte. Von unten hatte ich kein Licht gesehen und gehofft, meine Mutter würde bereits schlafen, und ich könnte an ihrem Zimmer vorbeihuschen wie am Abend zuvor, aber als ich den Flur erreicht hatte, hatte ich diesen leichten Schimmer der Nachttischlampe erkannt.

Sie war noch wach.

Es war wirklich albern. Ich würde doch meiner Mutter Gute Nacht sagen können.

Einfach schnell hinter mich bringen und ab ins Bett. Das war der Plan. Aber wieder trafen meine Füße eine andere Entscheidung. Als ich schon fast die Schlafzimmertür erreicht hatte, bewegten sie sich plötzlich so langsam, dass ich eigentlich stehen geblieben war.

»Kommst du noch rein? Oder schleichst du nur um die Tür herum?«, fragte meine Mutter in diesem Moment und hatte mich damit erwischt.

Kurz überlegte ich, wie gut die Chancen waren, dass ich einfach ausharrte und keinen Mucks von mir gab.

»Ich kann dich sehen«, sagte meine Mutter jedoch.

Was? Wie war das möglich?

Ich sprach die Fragen nicht aus, trotzdem antwortete sie darauf: »Du spiegelst dich in dem Bild im Flur.«

Ernsthaft?

Ja.

Verdammt.

Ich gab auf.

»Ich schleiche nicht herum«, behauptete ich, als ich zögerlich den Raum betrat.

Meine Mutter ging darauf nicht ein. »Ist es wirklich so schlimm, mir eine Gute Nacht zu wünschen, Annike?«

»Ich habe nicht …«, setzte ich noch einmal an, aber ich wusste selbst, dass es zwecklos war, ihr weiter zu widersprechen.

»Musst du immer aus allem so ein Drama machen?«

»Ich mache ein Drama? Ich glaube, die Rolle ist in dieser Familie schon vergeben.«

»Also machen wir es kurz und schmerzlos.«

»Wie bitte?«

»Wenn wir das Gute-Nacht-Sagen jetzt hinter uns bringen, bist du mich schneller los und musst erst morgen wieder mit mir reden.«

»So ist das gar nicht.«

»Ach nein?«

Ich schwieg, weil ich Angst hatte, dass mir sonst ein »Doch« herausrutschen würde. Aber meine Mutter ließ mich noch nicht aus ihren Fängen.

»Wie ist es dann?«, fragte sie weiter.

»Es ist …«, begann ich, »kompliziert.«

»Wenn eine Tochter ihrer eigenen Mutter nicht einmal eine Gute Nacht wünschen kann, dann ist das nicht kompliziert, sondern traurig.«

»Wollte ich ja. Ich war mir nur nicht sicher, ob du nicht

vielleicht schon schläfst. Da wollte ich dich nicht wecken.«

Selbst durch den düsteren Raum erkannte ich die hoch-
gezogenen Augenbrauen meiner Mutter und ihren Blick.
Wir wussten beide, dass das Ausreden waren. Und wahrscheinlich machte ich es damit nur schlimmer.

Ich war unschlüssig, was ich tun sollte.

Einfach sagen und gehen?

Mich weiter verteidigen und etwas behaupten, von dem
ihr und mir klar war, dass es nicht stimmte?

Ein Gespräch anfangen, um so zu tun, als würde ich
mich gerne mit ihr unterhalten?

Die letzte Option schien mir die schlechteste zu sein.
Das konnte nur nach hinten losgehen. Aber mir gingen
Aishas Worte nicht aus dem Kopf. Vielleicht sollte ich es
doch mal versuchen. Dieses »richtig« Reden.

»Und?«, fragte ich deshalb.

»Und was?«

»Wie war dein ... ähm ... Tag?«

Ich bemühte mich, locker und entspannt zu wirken und
mich gleichzeitig nicht zu sehr vom Türrahmen zu entfernen. Er kam mir wie eine magische Grenze vor. Eine
feindliche Linie. Davor war ich in Sicherheit. Dahinter
konnte mir niemand mehr helfen.

Ich hatte das Bedürfnis, mich an der Kante festzuhalten,
um nicht ins Schlafzimmer meiner Mutter abgetrieben zu
werden. Aber natürlich sollte es nicht aussehen, als würde
ich unter keinen Umständen das Schlafzimmer meiner
Mutter betreten wollen. Deshalb versuchte ich, mich etwas zu verkrampft an das Holz zu lehnen, unterschätzte
dabei den Abstand, verlor das Gleichgewicht und stieß
unsanft dagegen. Ich gab mir Mühe, mir nicht anmerken

zu lassen, dass es tatsächlich wehgetan hatte und ziemlich peinlich ausgesehen haben musste.

»Wie soll er schon gewesen sein?«, gab meine Mutter zurück, die mich genau beobachtet hatte.

Das war mir leider viel zu bewusst, und ich rieb mir möglichst unauffällig die schmerzende Stelle am Arm.

»Ich weiß nicht, deshalb frage ich ja.«

»Ausgesprochen ereignisreich und interessant.«

»Klingt gut. Klingt gut«, erwiderte ich nickend.

»War's das jetzt?«

»Was denn?«

»Hör zu, Annike, ich habe dir schon einen Ausweg gezeigt.«

»Einen Ausweg?«

»Sag einfach Gute Nacht, dann bist du erlöst.«

»Ich will mich nur ein bisschen unterhalten.«

»Seit wann?«

»Seit ... heute«, sagte ich schulterzuckend.

Meine Mutter schwieg einen Moment und musterte mich.

Versuchte sie, herauszufinden, wie ernst ich es meinte?

Oder schätzte sie ab, wie sie mich am besten wieder loswurde?

»Von mir aus«, antwortete sie schließlich in einem Tonfall, den ich nicht deuten konnte.

War sie genervt?

Freute sie sich vielleicht sogar ein wenig?

Hatte ich was zu befürchten?

Ich war aus meiner Mutter nie wirklich schlau geworden.

»Also los«, forderte sie mich plötzlich auf.

Ich war irritiert. »Was *los*?«

»Du willst dich doch unterhalten. Dann mach.«

»Ja ... klar. Genau«, stammelte ich.

»Ich wusste es doch!«

»Was? Nein«, widersprach ich eilig. »Ich will. Und ich mach das auch. Natürlich. Pass auf.«

»Ich bin gespannt.«

»Das kannst du auch sein.«

»Also?«

»Also ...«

Ich suchte verzweifelt nach einem Thema.

In was hatte ich mich da hineinmanövriert?

Wollte ich so unbedingt beweisen, dass Aisha falschlag?

Warum hatte ich den Ausweg nicht akzeptiert und war einfach schlafen gegangen?

Jetzt musste ich mir ein Gespräch abringen. Ich hatte mich seit Jahren nicht mehr wirklich mit meiner Mutter unterhalten. Wahrscheinlich sogar noch nie. Wir hatten eigentlich immer nur geredet, wenn mein Vater als Schiedsrichter dabeigestanden hatte, um die schlimmsten Fouls zu verhindern.

Wer sollte uns jetzt voreinander schützen?

»Du hattest also einen ereignisreichen und interessanten Tag«, wiederholte ich ihre Worte, um etwas Zeit zu gewinnen, während ich in meinem Gedächtnis hilflos nach etwas kramte, was Aussicht auf Erfolg versprach.

»Das hatten wir schon«, kommentierte meine Mutter.

»Ich weiß. Das ist nur der Einstieg.«

»Annike.«

»Was?«

»Wir müssen das nicht machen. Es ist schon spät, und wir sind beide müde. Ein einfaches Gute ...«

»Nein, nein«, schnitt ich ihr das Wort ab.

Wieso? Wieso ergriff ich den letzten Rettungsanker nicht?

»Annike. Wirklich.«

»Mutter«, sagte ich entschlossen. »Wir unterhalten uns jetzt. Ich kriege das hin.«

»Wie du meinst«, erwiderte sie.

War das ein Lächeln?

Das Licht war zu schlecht, und ich war mir nicht sicher.

Aber es hatte wie ein Lächeln ausgesehen, ein ganz kleines.

Vielleicht war ich doch auf dem richtigen Weg. Vielleicht würde ich das alles hier zu einem guten Ende bringen und eine größere Katastrophe vermeiden können.

»Ich für meinen Teil hatte auch einen ganz guten Tag«, begann ich.

»Obwohl du hier warst.«

»Mutter. Bitte. Ich versuche mich gerade zu unterhalten.«

»Entschuldige.«

War das ein Moment?

Ein kleiner Moment zwischen uns?

»Ich habe Frau Adanır getroffen. Ich wusste gar nicht, dass sie immer noch kommt.«

»Doch. Das tut sie. Ich habe ihr gesagt, dass sie das nicht mehr muss. Sie ist ja auch nicht mehr die Jüngste. Aber sie möchte es so.«

»Vielleicht braucht sie das Geld.«

»Ich bezahle ihr nichts.«

»Du bezahlst ihr nichts?«, fragte ich zurück.

»Sie lässt mich nicht.«

»Aber ...«

»Früher schon«, sagte meine Mutter. »Natürlich haben wir sie früher bezahlt, aber jetzt will sie kein Geld mehr von mir. Und mach mir nicht gleich wieder Vorwürfe.« Abwehrend hob sie die Hände. »Ich beute sie nicht aus. Ich betrüge sie auch nicht um ihren verdienten Lohn.«

»Ich sag ja gar nichts.«

Meine Mutter hielt kurze inne. »Ich habe es wirklich versucht. Ich habe auf sie eingeredet. Ich habe Theo gebeten, sie zu überzeugen. Ich habe ihr das Geld heimlich zugesteckt. Ich habe sogar Geschenke gekauft. Für sie. Für ihre Familie. Jedes Mal. Aber sie will das alles nicht.«

»Dann putzt sie hier umsonst? Freiwillig? Ohne etwas dafür zu bekommen?«

»Ich kann sie einfach nicht dazu bringen, mein Geld zu nehmen.«

»Aber warum macht sie das?«

»Kann ich dir nicht sagen. Es ist einfach so.«

»Krass«, rutschte es mir heraus.

»Was meinst du damit?«, wollte meine Mutter wissen und klang misstrauisch.

Ich schüttelte schnell den Kopf. »Nichts«, sagte ich. »Ich wollte nur ... Das wusste ich nicht. Das ist alles.«

»Aber so ist es.«

»Ja ...«, murmelte ich. »Aber weißt du was?«, fügte ich hinzu und musste plötzlich grinsen.

»Nein, was?«

»Wir haben uns unterhalten. Das war gerade eine echte Unterhaltung. Zwischen uns. Zwischen dir und mir.« Ich deutete abwechselnd auf sie und mich.

»Stimmt.«

Das war eindeutig ein Lächeln. Jetzt war ich mir sicher.

»Das haben wir gut gemacht«, sagte ich und machte einen kleinen Schritt ins Zimmer.

Es sollte ein Zeichen sein. Ein Friedensangebot.

»Ja.«

»Und es hat fast gar nicht wehgetan.«

»Annike.«

»Was denn? Ist doch so.« Ich musste beinahe lachen.

Hatte Aisha doch recht gehabt? Konnte es am Ende so einfach sein?

»Dann fehlt ja nur noch eins.«

»Und zwar?«

»Dass wir Gute Nacht sagen.«

»Ja.« Ich nickte.

Es hatte geklappt.

Scheiße ja.

Es hatte wirklich geklappt.

»Gute Nacht«, sagte ich.

»Gute Nacht, Annike«, sagte auch meine Mutter.

Ich wollte mich gerade umdrehen, als mein Blick auf die Walnüsse fiel, die neben ihr auf der Bettdecke lagen.

»Hast du eigentlich heute eins getroffen?«, fragte ich.

»Was soll ich getroffen haben?«

»Ein Eichhörnchen«, fügte ich hinzu und deutete auf den Nusshaufen. »Hast du heute ein Eichhörnchen getroffen?«

»Wie kommst du darauf?« Irritiert sah sie mich an.

»Wie ich darauf komme, dass du Eichhörnchen mit Walnüssen bewirfst?«, gab ich mit einem Lachen zurück. »Ich habe dich doch gestern dabei erwischt«, fuhr ich fort, als sie nicht reagierte. »Gestern. Als ich angekommen bin.«

Das Lächeln war verschwunden.

»Du hast sogar mich mit einer Nuss getroffen. Am Kopf. Hier. Die Beule habe ich noch.« Ich deutete an meine Stirn. »Hast du das etwa vergessen?«, fragte ich grinsend. »Ich dachte, Eichhörnchen wären die Blöden hier. Hast du das nicht gesagt? Sie sind blöd, weil sie ständig vergessen, wo sie ihre Nüsse vergraben? So alt bist du auch wieder nicht.«

»Natürlich habe ich das nicht vergessen«, sagte meine Mutter scharf. »Rede nicht immer so einen Unsinn, Annike. Du weißt, wie sehr ich das hasse!«

Ich zuckte zusammen und machte unwillkürlich den einen Schritt, den ich vor gemacht hatte, wieder zurück. Woher kam dieser plötzliche Stimmungswechsel? Hatten wir nicht gerade einen guten Abschluss gefunden? Was hatte ich Falsches gesagt? Waren es die Eichhörnchen gewesen? Oder lag es an etwas anderem?

»Und wie läufst du eigentlich wieder rum?«

»Wie bitte?«

»Schlimm genug, dass man sich früher immer für dich schämen musste. Aber diese Phase muss doch irgendwann mal vorbei sein. Du bist doch nicht mehr sechzehn und willst mit deinem Aufzug nur deine Eltern ärgern.«

»Ich wollte euch mit meinem *Aufzug*«, ich lachte spöttisch auf, »überhaupt nicht ärgern.«

»Natürlich wolltest du das. Du hast das alles nur gemacht, mit deinen Haaren und deiner Schminke und all dem, weil du genau wusstest, dass ich mich darüber aufregen würde. Und du hast es ja auch geschafft. Aber jetzt bist du wirklich zu alt für so was. Das ist nicht mehr rebellisch oder unkonventionell oder was auch immer du damals sein wolltest, sondern nur noch peinlich.«

»Ach so.«

»Willst du gar nichts aus deinem Leben machen?«

»Und zwar?«

»Du bist über vierzig. Du müsstest längst einen Mann haben und Kinder. Such dir doch wenigstens mal eine richtige Arbeit.«

»Vielleicht habe ich ja eine richtige Arbeit.«

»Das ist doch nicht wahr, Annike. Du hast immer nur irgendwelche komischen Jobs.« Meine Mutter sprach das Wort aus, als wäre es etwas Ekliges, das man nicht einmal mit Handschuhen berühren wollen würde. »Sei doch mal ehrlich, Annike. Wenn du all die anderen Frauen in deinem Alter siehst, die Ehefrauen sind und Mütter und in einem schönen Haus wohnen. Schämst du dich kein bisschen dafür, was aus dir geworden ist?«

»Nein. Tue ich nicht.«

»Das solltest du aber. Ich schäme mich. Ich schäme mich sehr für dich.«

»Was hätte denn aus mir werden sollen, Mutter?«, fragte ich, ließ den Türrahmen los und machte einen weiteren Schritt zurück hinter die Zimmergrenze und in den Flur. Ich wollte möglichst viel Raum zwischen uns bringen. »Eine frustrierte, selbstgerechte Hausfrau wie du, die ein trauriges, langweiliges, einsames Leben führt und die deshalb alle Menschen in ihrem Umfeld tyrannisiert? Die so unselbstständig ist wie ein kleines Kind? Die nicht mal selber einkaufen kann oder einen Brief aufgeben oder mit dem Auto in die Waschstraße fahren? Die für alles immer ihren Mann hatte und die jetzt ohne ihn nichts mehr auf die Reihe bekommt und sich deshalb in ihrem Zimmer versteckt und alle für sich springen lässt und in Selbstmitleid zerfließt? Ganz ehrlich? Nein danke!«, schrie ich.

Ich starrte meine Mutter an.

Sie starrte mich an.

Mein Herz klopfte. Ich atmete schnell und flach. Mir war vor Wut schwindelig.

Wie war das alles passiert?

Hatten wir nicht gerade noch einen kurzen Moment gehabt?

Hatte ich sie nicht sogar lächeln gesehen?

Das hatte ich mir doch nicht nur eingebildet.

Aber wie war es jetzt dazu gekommen?

Und warum?

Mein Zorn rauschte heiß durch meinen Körper. Es war kaum auszuhalten. Ich ballte meine Hände zu Fäusten. Löste sie wieder. Ballte sie erneut. Ich spürte eine heftige Übelkeit. In meinem Magen. In meiner Brust. In meinem Mund. Überall.

Ich hatte es gewusst.

So war meine Mutter.

Genau so.

Mit ihr konnte man nicht reden. Aisha hatte keine Ahnung. Sie ging von einem normalen menschlichen Wesen aus. Sie wusste es nicht besser.

Aber ich schon.

Es war mein Fehler. Ich hatte meinen Schutzschild einen Moment sinken lassen. Einen Schutzschild, an dem ich seit meiner Kindheit mühsam gearbeitet hatte. Einen Schutzschild, der nach all den Jahren so hart und dick und sicher war, dass er mir beinahe undurchdringlich vorkam. Und er war überlebenswichtig. Um auch nur eine Sekunde mit meiner Mutter auszuhalten, war er überlebenswichtig. Aber ich hatte Aisha glauben wollen. Es war eine schöne Vorstellung, dass ich nur mit meiner Mutter reden musste, um alles zwischen uns besser zu machen. Doch so war es nicht. So würde es nie sein.

Ich hatte mich täuschen lassen.

Vielleicht hatte ich mich auch selbst getäuscht.

Und jetzt spürte ich ihre Worte als Wunden.

Das durfte nicht noch einmal passieren.

Ich würde es nicht zulassen.

Und vor allem hatte ich hier nichts mehr verloren. Gleich morgen früh würde ich nach Hause fahren. Onkel

Theo hatte mich gebeten zu kommen, und ich war gekommen. Aber das musste ich mir nicht antun. Das hatte ich nicht nötig und auch nicht verdient.

Meine Mutter wollte nicht aus ihrem Zimmer kommen?

Sie wollte ihre Familie und alle Menschen in ihrem Umfeld weiter terrorisieren?

Sie wollte den sterbenden Schwan geben?

Bitte sehr.

Nicht mein Problem.

Für Onkel Theo tat es mir leid. Aber von mir aus konnte sie für den Rest ihres Lebens hier oben bleiben. Ich konnte es sowieso nicht ändern. Es ging mich auch nichts an.

Ich war raus.

Und wenn ich es irgendwie vermeiden konnte, würde ich nie wieder auch nur einen Fuß in dieses verdammte Haus setzen.

Ich richtete mich auf und sah meine Mutter direkt an. »Gute Nacht«, sagte ich, dann drehte ich mich um und ging.

Drei

Ich wachte von einem Klopfen auf.

Zunächst dachte ich, das Geräusch wäre in meinem Kopf. Ich hatte kaum geschlafen. Der Streit gestern, die Worte, die Wut hatten sich in einer Endlosschleife hinter meiner Stirn wiederholt. Lange hatte ich nicht einschlafen können, weil mein Herz zu laut hämmerte. Meine Gedanken waren noch lauter gewesen, und ich hatte den Drang niederkämpfen müssen, nicht den nächsten Tag abzuwarten, sondern jetzt und gleich meine Sachen zu packen und mitten in der Nacht zu verschwinden.

Nichts anderes hätte meine Mutter verdient. Nach allem, was sie gesagt hatte.

Am liebsten wäre ich einfach gegangen und nie wiedergekommen.

Aber irgendetwas hatte mich zurückgehalten.

Offiziell behauptete ich vor mir selbst, ich wäre schon zu müde gewesen, ich hätte ohnehin keinen Bus und dann auch keinen Zug mehr bekommen. Und die Genugtuung, mich aus dem Haus vertrieben zu haben, damit ich dann stundenlang an einem dunklen, verlassenen, kalten Bahnsteig stehen musste, wollte ich meiner Mutter nicht geben. So oder so ähnlich sah meine Argumentation aus, während ich mich von einer Seite auf die andere gewälzt und abwechselnd mit der Kürze und fehlenden Breite des Bettes und der zu knappen Bettdecke gekämpft hatte.

Es hätte mich deshalb nicht überrascht, wenn das Klopfen, das mich weckte, aus meinem eigenen Kopf gekommen wäre oder davon, dass ich mir in dem kleinen Bett die Stirn an der Wand anschlug.

Aber das schien es nicht zu sein.

Ich blinzelte.

Mehrmals.

Dann erst verstand ich, dass das Geräusch von außen kam. Es war schnell, energisch und laut.

Ich lauschte und rieb mir über die Augen, das Gesicht, versuchte, wacher zu werden. Schließlich akzeptierte ich, dass das aussichtslos war, und stand auf. Ein kurzer, spähender Blick aus dem Fenster half mir nicht weiter, deshalb ging ich zur Tür, öffnete sie und schaute in den Flur. Alles leer und für einen Augenblick ruhig. Bis das Klopfen wieder anfing.

Es kam von unten, eindeutig von unten. Und es klang nach Glas.

Ein Fenster? Die Gartentür?

Ich hielt einige Sekunden inne, weil ich nicht wusste, wie ich am Zimmer meiner Mutter vorbeigehen sollte. Nach gestern. Nach allem.

Wie sollte ich ihr jetzt gegenübertreten?

In diesem Moment wurde das Klopfen so heftig, dass es nur ein Notfall sein konnte und dass deshalb für den Moment alles andere unwichtig war.

Ich hastete den Flur entlang und wortlos am Schlafzimmer meiner Mutter vorbei. Keine Ahnung, ob sie schon wach war. Keine Ahnung, ob mir das egal sein konnte.

Das Hämmern wurde noch lauter, als ich die Treppenstufen hinabsprang. Jetzt war ich mir sicher. Jemand stand vor der Gartentür. Und klopfte. Mit wenigen Schritten war ich durch die Diele und in der Küche. Dann sah ich es. Das Kind. Das Mädchen, das ich vorgestern mit dem Fußball im Garten erwischt hatte. Es wirkte aufgeregt, so als würde es Hilfe brauchen.

Unsere Blicke begegneten sich. Ich musste gezögert haben. Denn das Kind starrte mich an. Und klopfte wieder gegen die Scheibe. Sehr schnell hintereinander.

»Ja doch«, murmelte ich krächzend. Meine Stimmbänder waren auch noch nicht wach.

Als ich die Tür erreichte, öffnete ich sie etwas zu schwungvoll. Beinahe wäre sie mir aus der Hand geglitten und hinten an der Wand angeschlagen. Gerade noch rechtzeitig konnte ich sie packen und festhalten.

Mit fragendem Blick sah ich das Mädchen an. Als es nichts sagte, wiederholte ich meine Frage mit Worten: »Was?«

»Du musst mir helfen.«

»Was ist mit dir?« Mit einem raschen Blick musterte ich das Mädchen vor mir.

Verletzungen?

Knochenbrüche?

Gliedmaßen, die nicht so saßen, wie es sein sollte?

Ich konnte nichts entdecken.

»Nicht mit mir«, sagte das Kind im selben Moment und deutete hinter sich, zum Rand der Terrasse.

Ich verstand nicht.

»Mit wem dann?«

»Dem Eichhörnchen.«

»Dem ...?«, setzte ich an. Meine Augen folgten dem ausgestreckten Kinderfinger.

Dann erkannte ich es. Etwas Kleines. Rotes. Puscheliges. Lag es da? Am Boden? Neben dem Blumenkübel?

Ich brauchte offenbar zu lange, denn das Kind nahm plötzlich meine Hand und zog mich in die Richtung, in die es gewiesen hatte. Darauf war ich nicht vorbereitet, kam aus dem Gleichgewicht, stolperte vorwärts. Die Terrasse war nass vom Tau, und ich hatte weder Schuhe noch Socken an. Mir war kalt. Aber das war dem Mädchen egal. Ich musste ihm nach. Es ging nicht anders.

Vor uns war wirklich ein Eichhörnchen. Vielleicht das Eichhörnchen, das ich gestern beobachtet hatte? Aber es hockte nicht am Boden. Es knabberte keine Nüsse. Es lag auf der Seite. Atmete schnell und irgendwie schwer. Die Augen weit geöffnet.

»Was ...?«, wollte ich fragen, hockte mich davor, doch dann sah ich das Blut auf dem Stein und in seinem Fell.

»Die Katze«, flüsterte das Kind.

»Die Katze?«, wiederholte ich das Wort, als hätte ich es nie zuvor gehört und als hätte ich keine Ahnung, wie so ein Tier aussehen könnte.

»Diese Scheiße schluckende, drachenschnauzige, rotzmäulige Arschkröte von einer Katze«, fügte das Kind hinzu.

Überrascht warf ich ihm einen Blick zu.

»Was denn? Ist doch so.«

»Ich sag ja nichts«, erwiderte ich und hob abwehrend die Hände.

»Ich habe die spatzenköpfige, bettpissende Gewitterziege verscheucht. Aber so was von. Die soll sich wagen und noch mal zurückkommen und das Eichhörnchen fressen wollen. Dann werde ich der in die Eier treten.«

»Ich glaube nicht, dass Katzen ...«, wollte ich einwenden, entschied mich dann aber anders. »Das hast du gut gemacht«, sagte ich stattdessen.

Aus dem Augenwinkel bemerkte ich ein kurzes, schnelles Lächeln auf dem Gesicht des Mädchens. Ich versuchte, durchzuatmen, nachzudenken.

Was war zu tun?

»Es muss zu einem Tierarzt«, sagte ich schließlich.

Das Kind nickte.

»Aber ich weiß nicht, wo einer ist. Ich kenne mich hier nicht aus. Nicht mehr«, fügte ich hinzu.

»Das bekomme ich raus«, erwiderte das Mädchen und zog sein Handy aus der Tasche.

Natürlich. Darauf hätte ich auch kommen können. Aber meist wusste ich nicht einmal, wo mein Telefon war.

»Okay, dann los.«

Ich sah mich um.

Wie sollten wir vorgehen?

Mir war klar, ich war hier die einzige Erwachsene. Ich musste das regeln.

Aber wie?

Wie regelte man so was?

»Wohin gehst du?«, fragte das Mädchen erschrocken, als ich aufstand.

»Ich hole was zum Transportieren.«

Eilig lief ich zurück ins Haus. Irgendwas zum Tragen. Irgendwas zum Tragen, wiederholte ich in meinem Kopf. Mein Blick fiel auf eine Zeitung. Das konnte gehen. Vielleicht. Brauchte ich Handschuhe? Das war ein Wildtier. Es konnte Krankheiten haben. Sicher brauchte ich Handschuhe. Aber ich hatte keine.

Würde ich in der Küche welche finden, wenn ich sie suchte? Dafür war keine Zeit.

Aber ein Auto. Wir würden ein Auto benötigen.

Ich rannte in die Diele. Zum Glück! Der Schlüssel lag wie immer im Körbchen neben der Garderobe.

War da ein Geräusch?

Eine Stimme?

Hatte ich meinen Namen gehört?

Vielleicht. Aber gerade spielte das keine Rolle.

Als ich wieder nach draußen kam, sah das Kind erleichtert aus. Ich hielt Zeitung und Schlüssel siegessicher in die Höhe. Keine Ahnung, wieso. Noch hatten wir nichts geschafft.

Ich kniete mich neben das Kind. Und plötzlich bekam ich Panik.

Erst jetzt erkannte ich die ganze Tragweite. Das Fleisch, die Haut, das Blut, die Angst in den Augen, das rasende kleine Herz. Was, wenn ich das Tier falsch anfasste? Was, wenn ich es weiter verletzte? Was, wenn es starb?

Ich zwang mich zur Ruhe. Irgendwie.

»Was jetzt?«, fragte das Kind leise.

»Ich schiebe die Zeitung unter das Eichhörnchen«, erklärte ich meine Handgriffe, die das Kind genau beobachtete.

Das Tier zuckte zusammen, als ich es berührte. Und ich auch. Es starrte mich hilflos an, hielt aber still. Ich konnte sehen, wie schnell es atmete, wie heftig sein Herzchen pochte. Ich hätte ihm gerne gesagt, dass ich ihm helfen und dass alles gut werden würde. Aber da war ich mir nicht sicher.

Weiter, sagte ich mir selbst. Weiter.

»Dann schiebe ich vorsichtig den Körper drauf.«

Es half mir, darüber zu reden. So kam es mir ein bisschen so vor, als würde mir jemand Anweisungen geben, und ich müsste sie nur ausführen und nicht ganz allein die Verantwortung für dieses fragile Wesen tragen.

Das Tier war so unfassbar leicht.

Konnte etwas überleben, das so leicht war?

»Siehst du? So«, fügte ich erleichtert hinzu, als es mir gelungen war, das kleine Tier auf die Blätter zu bugsieren.

Für einen Moment konnte ich es selbst nicht fassen. Das Eichhörnchen lag auf der Zeitung.

»Und jetzt?«, fragte das Kind.

»Jetzt fahren wir so schnell wie möglich zum Tierarzt«, antwortete ich.

Vorsichtig hob ich das Eichhörnchen auf seiner Papiertrage hoch. Die Angst, es fallen zu lassen, machte meine Arme, Hände und Finger steif und das Tragen schwer. Unsicher stand ich auf.

Am besten nicht durchs Haus. Am besten außen rum.

Ich ging vor, mit dem Eichhörnchen, das Mädchen folgte mir. Über die Terrasse. Über den Rasen. An der Gartentür lief es vor und öffnete sie. Sie hakte leicht, das hatte sie schon immer getan, aber das Kind machte es sehr geschickt, wahrscheinlich nicht zum ersten Mal. Ich hielt die Luft an. Auf dem gesamten Weg.

Als wir vor der verschlossenen Garagentür standen, erschrak ich im ersten Moment. Bis mir einfiel, dass der Schlüssel dafür mit am Bund hing.

»Kannst du das Eichhörnchen für einen Moment halten?«, fragte ich.

»Ja.«

»Sicher?«

»Klaro«, sagte das Kind und streckte bereits die Arme aus. Es schien so viel zuversichtlicher als ich zu sein.

Erst jetzt bemerkte ich den Verband an seiner Hand, eine Mullbinde, die einmal an den Fingern vorbei um den Daumen und über die Handfläche gewickelt war.

»Was ist dir denn passiert?«, wollte ich wissen und deutete darauf.

»Das ist nichts. Passt schon.«

Ich zögerte. »Okay«, sagte ich schließlich. »Dann warte hier. Und halt das Eichhörnchen einfach ganz ruhig.«

Behutsam übergab ich unsere Zeitungsbahre an das Kind, wartete kurz, ob es sie auch halten konnte, dann drehte ich mich um, nestelte nervös am Garagenschloss herum. Seit Jahren hatte ich es nicht mehr geöffnet. Als es mir endlich gelang, schob sich das Tor mit einem lauten Quietschen nach oben.

Das Auto stand da. Der Wagen meines Vaters. Wie er all die Jahre hier gestanden hatte. Auch die letzten sechs Monate.

Plötzlich fühlte ich mich beklommen. Warum hatte ich daran nicht gedacht? Konnte ich das Auto meines toten Vaters einfach so nehmen? Durfte ich ...?

Keine Zeit für seltsame Gedanken.

Das war ein Notfall.

»Du setzt dich auf den Beifahrersitz«, entschied ich und ging mit großen Schritten in die Garage, bevor ich es mir anders überlegen konnte. »Warte, ich helfe dir.«

Etwas umständlich nahm ich das Zeitungseichhörnchen wieder entgegen. Noch immer hielt es sich ganz ruhig. Ich sah zu, wie das Kind in den Wagen kletterte und sich anschnallte, dann legte ich ihm das Tier vorsichtig auf den Schoß.

»Gut festhalten«, sagte ich, aber mehr zu mir. Das Kind sah keine Sekunde aus, als würde es das kleine Tier fallen lassen können.

Ich wollte schon die Autotür schließen, als mich das Mädchen zurückhielt: »Du kannst nicht fahren.«

»Ich *darf* aktuell nicht«, antwortete ich, obwohl ich mich fragte, woher das Kind das wissen konnte. »Aber das ist was anderes. Ich *kann* fahren. Wirklich«, fügte ich hinzu, weil es nicht überzeugt aussah.

»Du hast keine Schuhe an«, erwiderte es ungerührt.

»Scheiße. Stimmt. Scheiße, scheiße, scheiße.«

Was jetzt?

Im Garagenregal entdeckte ich ein Paar Gummistiefel und zog sie heraus. Hielt inne. Plötzlich konnte ich mich nicht überwinden.

Das waren die Stiefel meines verstorbenen Vaters. Und ich hatte nackte Füße.

Notfall, wiederholte ich in meinem Kopf. Notfall, Notfall, Notfall.

Ich schloss kurz die Augen. Schlüpfte hinein.

Mit wackeligen Schritten ging ich zum Auto zurück. Die Stiefel waren viel zu groß. Laufen war damit schwierig, hoffentlich würde es gehen, die Pedale halbwegs zu treffen.

Als ich ebenfalls eingestiegen war, sahen das Kind und ich uns kurz an.

»Ich heiße übrigens Annike«, sagte ich. »Ich dachte, wir sollten uns vielleicht mit Namen kennen, bevor du bei mir im Auto mitfährst und wir uns gemeinsam auf eine halsbrecherische Eichhörnchenrettungsaktion begeben.«

»Du redest ganz schön viel.«

»Die einen sagen so, die anderen so.«

»Ich bin Manou«, erwiderte das Kind.

»Bereit, Manou?«, fragte ich.

»Bereit«, antwortete es.

Ich wollte gerade den Wagen starten, als mir etwas einfiel: »Musst du heute nicht in die Schule?«

»Heute ist Samstag«, sagte Manou und fügte dann noch hinzu: »Samstags ist keine Schule.«

»Stimmt. Ja. Genau. Dann passt das ja«, sagte ich. »Bereit?«, fragte ich noch einmal.

»Immer noch.«

»Also los.« Ich drehte den Schlüssel.

Ich war erleichtert, dass der Wagen anstandslos ansprang. Wenn nicht Onkel Theo ihn irgendwann gefahren hatte, war er sicher seit einem halben Jahr nicht mehr bewegt worden, doch der schon etwas betagte Motor brummte einmal kurz auf, holperte die ersten Umdrehungen und zuckelte dann gleichmäßig vor sich hin, als ich das Auto aus der Garage fuhr. Ich folgte Manous Anweisungen, und sie dirigierte uns zielsicher zur örtlichen Tierklinik.

»Du machst das ziemlich gut«, sagte ich anerkennend, weil ich das Bedürfnis hatte, irgendetwas zu sagen, und deutete in Richtung des Handys und dann nach draußen zur Straße.

»Danke. Aber so schwer ist das nicht.«

»Ich bin schon froh, wenn ich mit meinem Telefon jemanden anrufen und Nachrichten schreiben kann. Deshalb finde ich alles beeindruckend, was andere damit anstellen können.«

»Vielleicht musst du einfach mehr üben.«

»Kann sein.« Ich nickte leicht. »Ein Glück, dass du es gefunden hast. Das Eichhörnchen, meine ich.«

»Ja?«

»Ja«, antwortete ich.

Davon abgesehen sprachen wir nicht. Ich war die Erwachsene, wahrscheinlich hätte ich etwas erklären sollen, uns beiden Mut zusprechen, irgendwas. Doch ich war zu angespannt, um Worte zu finden, und froh, dass ich das Auto halbwegs sicher durch die Kurven lenken konnte. Es war nicht ganz einfach, mit den zu großen Stiefeln richtig die Pedale zu betätigen. Oft rutschte ich ab und trat mir selbst auf die Füße.

Ich musste mich zwingen, das Eichhörnchen auf Manous Schoß nicht zu oft anzusehen. Es wirkte lebendig. Noch. Aber auch so zerbrechlich und schwach. Und die

Zeitung unter dem kleinen Fellkörper hatte sich längst rot verfärbt.

Als wir die Tierklinik endlich erreicht hatten, sprang ich aus dem Auto, nahm Manou das verletzte Tier ab, und gemeinsam trugen wir es zur Anmeldung. Ich versuchte, alles zu erklären, immer wieder half Manou mir mit Details aus, und schließlich nahm man uns das Eichhörnchen ab, und wir konnten ihm nur nachschauen, wie es hinter einer der weißen Türen verschwand.

Wir setzten uns nebeneinander in den Warteraum, einen weiß-grauen Ort mit bunten Tierbildern an den Wänden.

»Magst du Tiere?«, fragte ich etwas unbeholfen.

»Ich liebe sie«, erwiderte Manou.

»Ich auch.«

»Hast du welche?«, wollte sie wissen.

»Nein. Du?«

»Auch nicht.«

»Was sind deine Lieblingstiere?«

»Wölfe.«

»Wölfe? Cool. Hast du schon mal einen gesehen?«

»Nö.«

»Trotzdem cool.«

»Und Eichhörnchen«, sagte sie. »Was sind deine?«

»Faultiere.«

»Die sind fast genauso supercool wie Wölfe.«

»Vielleicht sogar noch ein bisschen cooler.«

»Nee.« Entschieden schüttelte sie den Kopf. »Welche Tiere magst du sonst?«

»Eichhörnchen«, antwortete ich, und wir grinsten uns zu.

»Wird es wieder gesund?«, fragte mich Manou nach einer Weile, in der wir geschwiegen hatten und jedes Mal zusammengezuckt waren, wenn wir herannahende Schritte gehört hatten.

Ich hatte wenig Erfahrung mit Kindern und ging Gesprächen mit ihnen eher aus dem Weg. Was sollten Erwachsene einem Kind in solchen Momenten sagen? Mussten sie so tun, als wüssten sie, dass alles gut werden würde?

Vielleicht. Aber ich war noch nie eine besonders gute Erwachsene gewesen, deshalb erwiderte ich: »Ich hoffe es sehr. Aber ich weiß es nicht.«

Manou nickte. »Es hat schwer verletzt ausgesehen, oder?«

»Fand ich auch.«

»Hoffentlich können sie ihm helfen.«

»Ja.«

»Wenn ich diese schielbockige, Scheiße schluckende Kack-Katze mit dem totenhässlichen Kack-Menschengesicht noch einmal auf meinem Rasen sehe.«

»Menschengesicht? Und: deinem Rasen?«, fragte ich.

»Ja, schon gut. Deinem Rasen.« Manou verdrehte die Augen.

Es dauerte, bis endlich jemand zu uns nach draußen kam. Es war eine junge Ärztin, die uns erklärte, das Eichhörnchen habe eine tiefe Fleischwunde und viel Blut verloren, aber sie würden es jetzt operieren. Wir könnten nach Hause fahren. Sie würden alles organisieren und auch eine Pflegestelle für Wildtiere informieren. Die würden sich dann um alles Weitere und die Nachsorge kümmern.

Als ich fragte, ob es durchkomme würde, erwiderte die Ärztin, dass man es nicht genau sagen könne, das würden die nächsten Tage entscheiden. Es wäre wichtig, dass sich die Wunde nicht entzündete und das Tier wieder zu Kräften käme. Man dürfe eben nicht vergessen, dass es ein draußen lebendes Tier sei. Die Verpflegung gestalte sich da nicht einfach, aber die Menschen in den Pflegestellen hätten mit so was viel Erfahrung und würden ihr Bestes geben.

»Kann ich später anrufen?«, fragte ich. »Um zu erfahren, wie es ihm geht? Ob es die Operation gut überstanden hat?«

»Natürlich«, sagte die Ärztin und wies in Richtung der Anmeldung. »Man wird Ihnen alle Informationen geben.«

Ich konnte mich gerade noch bedanken, dann war die Tierärztin schon wieder hinter einer der Türen verschwunden.

Etwas ratlos sahen Manou und ich uns an.

»Mehr können wir wahrscheinlich nicht tun«, sagte ich schulterzuckend, nachdem ich noch einmal kurz mit der Arzthelferin an der Anmeldung gesprochen hatte.

»Sie geben uns das Eichhörnchen nicht zurück?«, fragte sie.

»Es gehört uns ja nicht. Es ist ein Wildtier.«

»Aber wir haben es gefunden. Es lebt in unserem Garten. Deinem Garten«, verbesserte sie sich.

»Das ist nicht mein Garten.«

»Ich dachte, es wäre Privatbesitz«, erinnerte sie mich an meine Worte. Sie wirkte plötzlich aufgebracht und verärgert.

»Ja, das war ... Das hätte ich nicht sagen sollen. Das war blöd von mir. Er gehört meinen Eltern. Meiner Mutter. Aber Privatbesitz klingt natürlich sehr ... kapitalistisch. Und wenn es eins gibt, das ich als die Wurzel allen Übels in dieser Welt bekämpfe, dann ist das definitiv der Ka...«

»Aber es wohnt in eurem Garten«, beharrte Manou.

»Es wohnt da ja nicht. Es wohnt ... na ja, überall, denke ich. Es ist nur manchmal bei uns. Also im Garten meiner Mutter.«

»Aber sie können es doch nicht einfach behalten. Das ist wie stehlen.«

»Sie behalten es ja nicht. Sie suchen ihm eine Pflegestelle, wo es aufgepäppelt wird.«

»Das ist doch brunzprophetischer Büchsenscheiß. Warum können wir das nicht machen?«

»Weil wir uns damit gar nicht auskennen. Oder hast du schon mal ein verletztes Eichhörnchen gesund gepflegt? Weißt du, was man da machen muss?«

»Das können sie uns doch sagen. Was soll denn daran so schwer sein?«

»Alles?«

»Ich würde dir auch helfen.«

»Es braucht jetzt intensive Pflege. Wahrscheinlich irgendwelche Medikamente und Spritzen und was weiß ich nicht alles. Bestimmt auch in der Nacht.«

»Das macht nichts.«

»Man muss wahrscheinlich die Verbände wechseln und das alles. Außerdem es ist ein Wildtier, kein Hund. Es kennt uns Menschen gar nicht.«

»Ich würde dir helfen«, wiederholte Manou.

»Aber denkst du nicht, dass es viel besser bei Menschen aufgehoben ist, die wissen, was sie tun?«

»Nein, das glaube ich nicht«, antwortete sie entschieden.

Ich war so überrascht, dass ich nicht mehr wusste, was ich noch sagen sollte. Eigentlich hatte ich meine Argumente für ziemlich gut gehalten.

»Aber was ist, wenn sie es dann da irgendwo einfach wieder aussetzen?«

»Was soll dann sein?«

»Da wohnt es doch nicht und kennt sich nicht aus.«

»Ich denke nicht, dass das so schlimm ist.«

»Und was, wenn das alles Pissnelken sind?«

»Pissnelken? Woher hast du denn diese Ausdrücke?«

»Ich habe eine Oma«, erklärte Manou unbeeindruckt.

»Ich glaube nicht, dass das alles *Pissnelken* sind«, erwiderte ich. »Das ist speziell geschultes, professionelles Personal, das ...«

»Da scheiß ich drauf.«

»Tja, also ... ich nicht. Ich würde sagen, wir fahren jetzt nach Hause. Du musst bestimmt zu deinen Eltern. Die wissen ja gar nicht, wo du steckst. Und ich ...«

Erst jetzt fiel mir ein, wie überstürzt wir aufgebrochen waren. Ohne jemandem Bescheid zu sagen. Ich hatte nicht einmal das Garagentor geschlossen oder die Tür zum Garten. Niemand wusste, wo wir waren.

»Und ich muss wahrscheinlich mal das gestohlene Auto zurückbringen«, fügte ich hinzu.

»Du hast es *gestohlen?*«

»Das war ein Scherz.« Ich verzog leicht das Gesicht. »Glaube ich.«

»Du bist echt schräg.«

»Ist dir das auch schon aufgefallen?«

»Ich will nicht gehen. Ich will warten. Und ich will unser Eichhörnchen wiederhaben.«

»Es ist nicht *unser* Eichhörnchen.«

»Doch, das ist es.«

»Hör zu, wir machen einen Deal: Ich fahre dich jetzt nach Hause, damit du deinen Eltern Bescheid sagen kannst. Heute Nachmittag kommst du zu uns, wir rufen gemeinsam in der Tierklinik an und fragen, wie es dem Eichhörnchen geht. Und vielleicht geben sie uns sogar die

Nummer von der Pflegestation. Dann können wir ... Dann kannst du es bestimmt mal besuchen«, verbesserte ich, weil mir einfiel, dass ich fest vorhatte, heute noch nach Hause zu fahren.

Daran hatte sich nichts geändert.

»Ist das ein guter Plan?«, fragte ich.

Manou schüttelte den Kopf. »Nein, ist er nicht. Das ist ein Scheißplan.«

Die Fahrt zurück verlief sehr schweigsam. Manou wollte nicht nach Hause gebracht werden, sondern stieg mit mir aus. Sie war so schnell weg, dass ich nur noch das Zuschlagen der Autotür hörte.

Ich war überrascht, dass die Garage geschlossen war, und parkte den Wagen in der Einfahrt. Als ich durch den Garten zum Haus ging, sah ich Onkel Theo in der Küche am Tisch sitzen. Ich klopfte leicht gegen die Scheibe, und er stand auf, um mir zu öffnen.

»Auf *die* Geschichte bin ich gespannt«, sagte er mit einem schiefen Grinsen.

Als Antwort verdrehte ich die Augen.

»Aber du solltest erst einmal nach oben gehen und deiner Mutter sagen, dass du noch lebst. Sie hat sich große Sorgen gemacht und ist total am Durchdrehen.«

»Hat sie nicht«, widersprach ich.

»Bullshit. Natürlich hat sie das. Sie hat nur ein Hämmern gehört. Dann bist du runtergerannt ...«

»Ich bin nicht *runtergerannt.*«

»Dann hat es unten gerumst und gepoltert.«

»Gepoltert? Es hat gar nicht ...«

»Und dann warst du plötzlich weg und bist Stunden nicht zurückgekommen.«

»Stunden? Das waren wohl kaum ...«

»Es ist nach elf.«

»Ja, okay, dann waren es vielleicht zwei Stunden ...
oder so. Wir mussten total lange warten.«

»Klar hat sie sich da Sorgen gemacht. Sie hat sich wer
weiß was vorgestellt.«

»Warum ist sie nicht einfach runtergekommen und hat
nachgesehen?«, fragte ich zurück.

»Weil sie ihr Zimmer nicht verlässt. Hast du mir in den
letzten zwei Tagen irgendwann mal zugehört?« Onkel
Theo schien tatsächlich verärgert zu sein. »Genau das ist
das Problem. Und deshalb stellst du dich jetzt nicht an wie
ein Teilzeittarzan, sondern erklärst deiner Mutter, dass du
noch am Leben bist.«

Als ich etwas einwenden wollte, fügte er hinzu: »Das
ist nicht verhandelbar.«

Ich seufzte auf, fügte mich aber meinem Schicksal.

Ja, vielleicht hatten sich die Umstände unseres unver-
mittelten Aufbruchs ein ganz kleines bisschen beunruhi-
gend angehört. Das konnte ich zugeben.

Aber dass sich meine Mutter deshalb Sorgen gemacht
hatte?

Um mich?

Das glaubte ich keine Sekunde.

Ich entschied, dass ich die Sache dieses Mal wie ein
Pflaster handhaben wollte. Nicht lange rumknibbeln, sondern mit einem kräftigen Ruck hinter mich bringen. Dafür
hatte ich zwei Tassen in der Hand, weil ich dringend Koffein brauchte, wenn ich das hier überleben wollte.

Als ich in die Tür trat, sah meine Mutter auf, nahm zu
meiner Überraschung die Kopfhörer ab und schaute mich
direkt an. Im ersten Moment dachte ich sogar, sie würde
lächeln. Ihre Mundwinkel flatterten leicht, und auch meine hoben sich ein wenig.

Doch dann sagte sie: »Du lebst noch.« Und die Schwerkraft siegte über unsere Gesichter.

»Offensichtlich.«

»Gut.«

»Findest du?«

»Ist der Kaffee für mich?«, fragte sie stattdessen.

»Der eine, ja.«

Ich ging zu ihr und reichte ihr die Tasse. Ich blieb an der Balkontür stehen, richtete den Blick nach draußen und trank einen großen Schluck Kaffee. Erst jetzt fiel mir auf, dass es ein grauer Tag war. Es konnte jeden Moment anfangen zu regnen. In der Aufregung hatte ich nicht auf das Wetter geachtet.

»Du wirst es nicht gerne hören«, sagte ich schließlich, weil ich die Augen meiner Mutter auf mir spürte. »Aber ich habe heute einem Eichhörnchen das Leben gerettet.«

»Einem Eichhörnchen?«

»Du weißt schon, einer verkleideten Ratte. Diese Viecher, auf die du mit Walnüssen schießt. Deine Endgegner.«

»Sehr witzig. Ich versuche, sie zu vertreiben, damit sie nicht immer alles umbuddeln und verdrecken. Deshalb wünsche ich ihnen doch nicht gleich den Tod. Sie können das ja woanders weitermachen. Zum Beispiel bei Frau Hollander.«

Ich musterte meine Mutter.

Hatte sie tatsächlich einen Witz gemacht?

»Es wurde von einer Katze angegriffen.«

»Von einer Katze? Das war bestimmt die Katze von nebenan. Ein schreckliches Tier. Die kommt ständig in meinen Garten, um ihr Geschäft zu machen. Ich wette, sie haben sie dazu abgerichtet, nur, um mich zu ärgern.«

»Ich glaube nicht, dass man Katzen beibringen kann, in einen anderen Garten zu kacken.«

»Dieser Katze schon. Sie hat ein menschliches Gesicht.«

»Ein menschliches Gesicht? Wie kann eine Katze ein menschliches Gesicht haben?«

Hatte Manou nicht etwas Ähnliches gesagt?

»Wie das geht, weiß ich auch nicht. Aber es ist so. Wahrscheinlich sitzt der Teufel drin.«

»Ähm, ja.« Ich zögerte. »Jedenfalls hat ein Mädchen aus der Nachbarschaft das Eichhörnchen gefunden. Das Tier war schwer verletzt, und wir haben ...«

»Was macht ein Mädchen aus der Nachbarschaft in meinem Garten?«

»Das ist eine lange Geschichte.«

»Sofern ich nicht in den nächsten zehn Minuten das Zeitliche segne, hätte ich nichts anderes vor.«

»Sie heißt Manou. Kennst du sie vielleicht?«

»Wieso sollte ich sie kennen?«

»Sie hat im Garten Fußball gespielt.«

»In meinem Garten? Das ist Privatbesitz. Hast du ihr das nicht gesagt?«

Genau das hatte ich befürchtet. Ich hatte dieselben Worte benutzt wie meine Mutter.

Was bedeutete das?

Wurde ich ihr etwa ähnlicher?

Ein furchterregender Gedanke.

»Habe ich ... leider«, fügte ich etwas leiser hinzu.

»Dann ist gut. Sie soll nicht denken, dass sie sich einfach nach Herzenslust auf meinem Grund und Boden ...«

»Nach *Herzenslust?* Wer sagt denn heute noch so was?«

»Und am Ende noch meinen schönen Rasen zertrampeln«, beendete meine Mutter ihren Satz, ohne auf meinen Einwand zu achten.

»Und was willst du dagegen machen?«, fragte ich. »Sie auch mit Walnüssen bewerfen? Wie mich?«

»Natürlich findest du das wieder witzig. Aber so etwas nennt sich Einbruch. Das ist eine Straftat, falls du es nicht weißt.«

»Sie ist ein Kind.«

»Umso schlimmer. Die werden heute doch gar nicht mehr anständig erzogen.«

»Du meinst, anders als ich?«

Über den Rand ihrer Kaffeetasse hinweg sah mich meine Mutter aus zusammengekniffenen Augen an. Sie schien zu überlegen, ob sie meine Worte ernst nehmen sollte oder ob ich wieder einen Witz gemacht hatte. Ich wusste es selbst nicht genau.

»Ich hoffe«, erwiderte sie schließlich langsam und betont, »du hast ihr klargemacht, dass sie nicht wiederkommen darf.«

»Das wird sie nicht. Glaub mir.«

»Dann ist ja gut.«

»Manou ist sauer auf mich.«

»Sie ist sauer auf *dich*? Wir hätten allen Grund, sauer auf *sie* zu sein. Sich einfach auf ein fremdes Grundstück zu schleichen und ...«

»Weil ich unser Eichhörnchen zu fremden Menschen gebe, die vielleicht Pissnelken sind.«

Als ich das Wort jetzt aussprach, musste ich beinahe lachen.

Warum war mir vorher nicht aufgefallen, wie lustig das war?

»Ich habe keine Ahnung, wovon du redest«, sagte meine Mutter frostig.

»Weil ich das Eichhörnchen nicht selbst gesund pflegen will«, erwiderte ich.

»Was willst du nicht, Annike? Soll ich dich absichtlich nicht verstehen? Wäre ja nicht das erste Mal.«

Ich seufzte leicht. »Wenn das verletzte Eichhörnchen in der Tierklinik versorgt wurde«, erklärte ich betont deutlich, »geben sie es an eine Pflegestation, wo man sich kümmert. Sie werden die Medikamente geben und die Verbände wechseln und das Tier aufpäppeln, damit es wieder zu Kräften kommt.«

»Und dieses Mädchen will, dass du das machst?«

»Ja. Manou sagt, dass es unser Eichhörnchen ist.«

»So ein Unsinn. Es ist ein Wildtier. Es lebt draußen. Es gehört euch nicht.«

»Ich weiß«, sagte ich langsam und spürte plötzlich, dass ich misstrauisch wurde. Trotzdem sprach ich weiter: »Sie findet, wir sollten es nachher abholen und dann selbst versorgen. Sie würde mir auch helfen.«

»Aber das könnt ihr gar nicht. Du hast dafür keine Ausbildung. Genau genommen hast du gar keine richtige Ausbildung, oder? Wenn du damals Tiermedizin studiert hättest, wie ich es dir vorgeschlagen habe ...«

»Du hast mir nie ...«

»Natürlich habe ich das. Du magst doch Tiere. Dann könntest du heute deine eigene Praxis haben. Und dann hättest du auch dieses ... dieses Eichhörnchen gesund pflegen können. Aber du wolltest ja nicht studieren. Du wolltest ja nichts Anständiges machen.«

»Können wir wieder zum eigentlichen Thema zurückkommen, Mutter?«

»Du hast das genau richtig gemacht, Annike«, sagte meine Mutter entschlossen.

»Ich?«

»Die Sache mit dem Eichhörnchen. Nicht mit deinem Leben.« Sie machte eine wegwerfende Handbewegung. »Ihr könnt kein verletztes Tier versorgen. Ihr wisst doch überhaupt nicht, wie man das macht.«

»Das könnten die von der Klinik uns ja zeigen.«

»Quatsch. Das sollen lieber Menschen machen, die wissen, was sie tun.«

»Das habe ich auch gesagt«, murmelte ich.

»Das war genau richtig. Glaub mir das. Du bist die Erwachsene. Es war deine Entscheidung. Dann ist dieses Mädchen jetzt eben sauer auf dich. Was spielt das für eine Rolle? Sie scheint ja ohnehin längst auf die schiefe Bahn geraten zu sein. Wer in so jungen Jahren schon mit dem Gesetz in Konflikt gerät, für den sieht die Zukunft düster aus.«

»Musst du wieder so übertreiben?«

»Aber so ist es doch. Dieses Mädchen wird im Gefängnis landen. Hör auf meine Worte. Und deshalb hast du genau richtig entschieden. Ich sage das wirklich nicht oft, Annike.«

»Nein.«

»Aber du hattest damit vollkommen recht. Daran habe ich keinen Zweifel.«

Ich starrte meine Mutter an.

Ich hatte es geahnt.

Ich hatte mich absolut falsch entschieden.

»Ist es das?«, fragte Onkel Theo leise, als draußen bereits die Sonne unterging.

»Das ist es«, sagte ich ebenfalls fast tonlos.

Gemeinsam sahen wir in den kleinen Käfig, den uns die Tierpflegerin mitgegeben hatte. Das Eichhörnchen lag darin auf einem alten Handtuch und schlief. Ein weißer Verband war um seinen Bauch gewickelt, und an einigen Stellen war das Fell rasiert, sodass die helle Haut zu sehen war. Es hatte sich leicht eingerollt, so gut es offenbar ging, der buschige Schwanz lag in einem Bogen und berührte mit der Spitze das Köpfchen. Das Tier wirkte so klein und schwach. Das Atmen sah anstrengend aus.

Ich wusste, meine Mutter hatte genau das Gegenteil bewirken wollen, aber nach dem Gespräch mit ihr war mir klar gewesen, dass ich das Eichhörnchen doch zu uns holen musste.

In der Klinik hatte man zunächst versucht, mir meinen Plan auszureden, doch schnell bemerkt, dass ich vollkommen uneinsichtig war. Schließlich hatten sie mich mit Medikamenten, Verbandszeug, Anweisungen und einigen guten Ratschlägen versorgt und gehen lassen.

Und jetzt waren wir hier.

Ich hatte den Käfig nah an die Heizung im Wohnzimmer geschoben, weil ich Angst hatte, der kleine Patient könnte frieren. Eine Decke über dem Deckel sollte es vor störendem Licht schützen. Das Eichhörnchen hatte Schmerz- und Beruhigungsmittel bekommen, und es war meine Aufgabe, die nächsten Portionen mit einer Spritze irgendwie in sein Maul zu bekommen, zusammen mit einer speziellen Aufbaunahrung. Daran durfte ich nicht denken. Ich hatte keine Ahnung, wie ich das schaffen sollte. Das Maul schien mir viel zu winzig, und ich war in solchen Dingen nicht wirklich geschickt. Vor dem Verbandswechsel hatte ich dagegen weniger Angst. Blut und Eiter konnten mich nicht schrecken.

»Wenn es die nächsten vierundzwanzig Stunden übersteht und sich nichts entzündet, hat es eine Chance«, hatte die Tierärztin gesagt und mir noch einen ganzen Schwung an Pipetten und Spritzen in die Hand gedrückt.

Ich hatte entschlossen genickt.

Und im Auto beinahe losgeheult.

Jetzt war ich für das Leben dieses kleinen Tierchens verantwortlich.

Was hatte ich mir dabei gedacht?

Außerdem war ich schon viel länger hier, als ich eigentlich wollte. Und jetzt würden es noch mehr Tage im Haus meiner Eltern werden.

Auf dem Weg von der Tierklinik zurück hatte ich zwei Ampeln lang meiner Panik freien Lauf gelassen, hatte über mich geschimpft und Manou und meine Mutter, die mich beide auf ihre Weise dazu gebracht hatten, mich in so eine Situation zu manövrieren. Dann hatte ich in den Käfig geschaut, auf dieses süße, kleine, hilfebedürftige Wesen, und entschieden, dass ich mein Bestes geben und die Sache durchziehen würde. Und hoffentlich würde alles gut.

»Ist es ein Junge oder ein Mädchen?«, fragte mich Onkel Theo jetzt, der meinen Plan und überstürzten Aufbruch vorhin mit einem schlichten »Okay« kommentiert hatte, ehe ich rausgerannt war, damit ich es mir nicht wieder anders überlegen konnte.

»Habe ich nicht gefragt.«

»Wie heißt es?«

»Es hat noch keinen Namen.«

»Darf ich ihm einen geben?«, kam in diesem Moment eine Stimme von der Tür.

Onkel Theo und ich drehten uns um. Manou stand da und sah uns an. Sie hielt ihren Fußball in den Händen. Offenbar hatte sie uns durch das Fenster gesehen und war näher gekommen.

»Wenn du willst«, erwiderte ich.

Eilig streifte sie sich die schmutzigen Schuhe von den

Füßen, legte den Ball daneben und kam zu uns, auf Zehenspitzen, weil sie das Eichhörnchen nicht wecken wollte. Als sie uns erreichte, schaute sie mich einige Sekunden an, schlang die Arme um mich, drückte mich kurz und fest und ließ mich dann wieder los.

»Gern geschehen«, murmelte ich.

Mein Onkel lächelte. »Wie soll es denn jetzt heißen?«, fragte er.

»Das dürfen wir nicht überstürzen. Der Name eines Eichhörnchens will wohlüberlegt sein«, antwortete Manou.

»Ach so.« Onkel Theo grinste. »Das war mir nicht bewusst.«

»Es muss schließlich zu seiner Persönlichkeit passen.«

»Unlügbar«, sagte er.

»Natürlich«, sagte ich.

»Also?«

»Also *was*?«

»Was soll ich tun?«, wollte Manou wissen.

»Ich glaube, für den Moment können wir nur hier sitzen und es ansehen. Es wird noch eine ganze Weile schlafen. Dann müssen wir ihm seine Medizin geben und es regelmäßig füttern, damit es wieder zu Kräften kommt. Irgendwann müssen wir auch seinen Verband wechseln. Aber im Augenblick ist nichts zu tun, denke ich.«

»Vielleicht sollten wir uns dann selbst ein bisschen stärken«, schlug Onkel Theo vor. »Es ist nach sechs. Ich könnte uns eine Kleinigkeit zum Snacken machen.«

»Damit wäre ich *sehr* einverstanden«, sagte Manou.

»Freut mich *sehr*, das zu hören.« Mein Onkel erhob sich von seinem Platz auf dem Sessel und machte sich auf den Weg in die Küche.

»Brauchst du Hilfe?«

»Nein, schon gut. Bewacht ihr lieber das Eichhörnchen.«

»Ist gut«, erwiderte Manou und ließ sich auf das Sofa fallen. »Das kann ich.«

»Bringst du deiner Mutter gleich einen Teller rauf?«, fragte Onkel Theo an mich gewandt.

»Kannst du das nicht machen?«, gab ich zurück und setzte einen bittenden Gesichtsausdruck auf. »Ich habe ihr vorhin Kaffee nach oben gebracht, und es gab keine Toten und Verletzten. Da wollen wir mein Glück doch nicht überstrapazieren.«

»IO«, antwortete er gedehnt. »Ausnahmsweise.«

Er wollte sich bereits umdrehen, doch ich hielt ihn zurück: »Und vielleicht könntest du ihr auch gleich noch die Sache mit dem Eichhörnchen sagen? Das weiß sie ja noch nicht«, fügte ich hinzu und lächelte so unschuldig wie möglich.

»Das hast du dir ja sehr schlau ausgedacht.«

»Findest du? Danke für das Kompliment.«

»Ja, ja«, brummte er und verschwand in der Küche.

»Was ist mit deiner Mutter?«, wollte Manou wissen. Sie hatte die Beine im Schneidersitz verschränkt und das Gesicht in die Hände gestützt. Aufmerksam beobachtete sie den Käfig, als könnte sie etwas verpassen, wenn sie sich einen Augenblick ablenken ließ. Doch es tat sich nichts.

»Was soll mit ihr sein?«

»Warum wird ihr das Essen nach oben gebracht? Ist sie krank?«

»Ich denke ... Ja, wahrscheinlich ist sie wirklich krank.«

»Was hat sie?«

»So genau weiß ich das nicht.«

»Hat sie Depressionen?«

»Was weißt du über Depressionen?«, fragte ich überrascht.

»Meine Mama hat welche«, antwortete sie leichthin.

»Das tut mir leid.« Ich musterte sie aus dem Augenwinkel und hoffte, sie würde es nicht merken.

»Wegen der Scheidung. Oder umgekehrt. So genau weiß ich das nicht. Aber meine Eltern lassen sich scheiden«, fügte sie hinzu. »Eigentlich wohnen wir in Hamburg, aber deshalb bin ich die Ferien über hier bei meiner Oma. Meine Mama zieht aus. Sie glauben, ich weiß das nicht. Sie denken, ich hätte nicht gemerkt, dass sie schon ihre Sachen gepackt hat. Erwachsene halten uns Kinder für Krautköpfe.«

»Für was?«

»Krautköpfe. Für ziemlich blöd. Das sagt meine Oma immer. Ich finde, meine Eltern sollten lieber den Arsch in der Hose haben und es mir erzählen.«

»Sagt das auch deine Oma?«

»Jep. Ich weiß nicht, was sie früher gearbeitet hat, aber meine Oma muss richtig klug sein.«

»Warum?«

»Sie weiß immer alles besser, sagt mein Papa.«

»Dann ist meine Mutter wohl ihre Zwillingsschwester.«

»Bitte nicht«, seufzte Manou und verdrehte theatralisch die Augen. »Nicht noch eine von der Sorte.«

Ich musste lachen. »Bräuchte ich jetzt auch nicht.«

»Ich hätte aber gerne einen Zwilling.«

»Wieso?«

»Dann hätte ich immer jemanden zum Spielen und wäre nie allein. Und wenn man heimlich den Kuchen aufgegessen hätte, könnte man immer sagen: Donnerlittchen, das muss mein Zwilling gewesen sein.«

»Wäre schon praktisch«, erwiderte ich grinsend.

»Es sei denn, mein Zwilling wäre ein richtiger Saubesen. Dann vielleicht nicht. Hast du Geschwister?«

»Nein.«

»Ich auch nicht. Das ist irgendwie ziemlich doof, oder?«

»Ich hätte gerne einen Bruder oder eine Schwester gehabt. Dann wäre meine Kindheit bestimmt schöner gewesen.«

»Du hättest aber weniger Geschenke bekommen.«

»Meinst du?«

»Klar. Einzelkinder bekommen viel mehr Geschenke. Das weiß jeder.« Nach einer kurzen Pause fragte Manou: »Warum hast du es doch geholt? Das Eichhörnchen?« Sie deutete auf den Käfig.

»Ich wollte nicht, dass meine Mutter recht behält.«

»Wieso?«

»Ist kompliziert.«

»Egal.« Sie zuckte die Schultern.

»Ja, egal.«

Manou wandte den Blick vom Eichhörnchenkäfig ab und sah mich an. Dann krabbelte sie ein Stück zu mir und setzte sich vor mich hin.

»Ich find's gut«, sagte sie.

»Da bin ich aber erleichtert.«

Sie legte mir eine Hand auf die Schulter. »Gut gemacht, Commander.«

»*Commander?*«

»Das habe ich in einem Film gesehen und wollte das auch mal sagen.« Sie lachte. »Klingt doch gut, oder?«

»Total gut. Aber jetzt wieder zurück auf deinen Posten vor dem Eichhörnchenkäfig, Commander.«

»Zu Befehl.«

Nach dem Abendbrot versuchten Manou und ich uns zum ersten Mal daran, dem Eichhörnchen gemeinsam seine Medikamente zu geben. Wir hatten beide zunächst Berührungsängste, ich mehr als sie. Das Tier war noch recht benommen und müde, das machte es leichter. Aber schon das Rausheben aus dem Käfig war eine Herausforderung. Als ich meine Hand vorsichtig hineinschob, sah mich das Eichhörnchen aus nur halb geöffneten Augen misstrauisch und ängstlich an. Ich bewegte mich sehr langsam, um es nicht zu erschrecken, doch als meine Finger den Körper erreicht hatten, musste ich mich erst überwinden, es anzufassen, dann nach ihm zu greifen und schließlich es fest genug zu halten, weil ich Angst hatte, ich würde ihm wehtun. Es war so leicht, wog fast nichts und schien vollständig aus Verband zu bestehen, und ich war mir nicht sicher, wo ich es berühren konnte.

Aber endlich lag es auf meinem Schoß, auf einem Kissen, das ich mir auf die Knie gelegt hatte.

Wir hatten die Medikamente mit einem Aufbaupulver und Wasser gemischt und in eine Spritze gezogen. Erst jetzt merkte ich, dass ich keine Ahnung gehabt hatte, wie ein Eichhörnchenmaul aussah, wo sich die Zähne befanden und wo man die Spritze am besten ansetzte. Es gelang uns, indem wir die Mundwinkel leicht anhoben. Das Tierchen war noch zu schwach, um sich zu wehren, aber auch noch zu schlapp, um richtig zu schlucken. Manou streichelte ihm deshalb sanft über den Hals, während ich nach und nach die Paste ins Maul spritzte.

So gelang es uns, dem Eichhörnchen einen Großteil der Medizin zu verabreichen. Und als wir es danach zurück in den Käfig legten und es erschöpft das Köpfchen auf das Handtuch sinken ließ, sahen Manou und ich uns erleichtert und auch ein wenig stolz an.

Ich rieb mir die Hände, weil ich erst jetzt merkte, wie verkrampft ich dagesessen und das Tier festgehalten hatte. Ich fuhr mir über das Gesicht, weil ich plötzlich eine lähmende Müdigkeit spürte, die mir in den Augen brannte.

»Es ist gar nicht richtig rot«, stellte Manou fest, als wir gemeinsam in den Käfig sahen.

Es stimmte. Nur die Spitzen hatten einen kräftigen Rotbraunton, darunter war das Fell gräulich und an der Brust weiß. Die buschigen Pinselchen an den Ohren wirkten beinahe schwarz.

»Die einzelnen Haare sehen aus wie Mikadostäbchen«, sagte ich. »Findest du nicht? Ganz, ganz dünne natürlich.«

Nur mit Mühe gelang es mir, Manou zu überzeugen, dass ich die Nacht alleine schaffen würde, dass sie nicht bleiben und hier übernachten musste, sondern nach Hause gehen und morgen ganz früh wiederkommen durfte. Wenn ihre Oma nichts dagegen hatte, wie Onkel Theo als ehemaliger Lehrer mehrfach betonte. Auch er verabschiedete sich, und ich beschloss, heute Nacht hier unten auf dem Sofa zu schlafen, damit ich das Eichhörnchen immer im Blick hatte und es hoffentlich bemerkte, wenn etwas nicht stimmte.

Ich war mir sicher, dass ich etwas Ruhe brauchte, dass es mir besser gehen würde, wenn ich endlich allein war und ein wenig durchatmen konnte. So viel war an diesem Tag passiert. Gestern um dieselbe Zeit hatte ich einfach nur das Haus verlassen und nie wiederkommen wollen. Jetzt saß ich hier im Wohnzimmer mit einem verletzten kleinen Eichhörnchen, für das ich die nächsten Tage, vielleicht sogar länger die Verantwortung übernommen hatte.

Wie war es dazu gekommen?

Hatte ich überhaupt eine Ahnung, was ich da auf mich geladen hatte?

Konnte das gut gehen?

Als Manou und Onkel Theo gegangen waren und ich es mir für die Nacht auf der Couch bequem gemacht hatte, fühlte ich mich nicht erleichtert und befreit, sondern allein und überfordert. Natürlich, Manou war ein Kind, ich war verantwortlich, aber trotzdem hatte es sich angefühlt, als würden wir das gemeinsam machen und als wäre es dadurch einfacher. Jetzt konnte ich mit niemandem mehr darüber reden, ob das Eichhörnchen besser oder schlechter aussah, ob es munterer oder müder wirkte, ob es gut atmete oder röchelte.

»Aber irgendwie bekommen wir das schon hin, oder?«, versuchte ich, dem Eichhörnchen und mir Mut zuzusprechen.

Es reagierte nicht, sondern blieb weiter matt im Käfig liegen.

Als ich auf mein Handy schaute, entdeckte ich zwei Nachrichten, eine von Aisha, eine von Mett-Ingo. Er fragte, ob sich meine Stimmbänder innerhalb oder außerhalb meines Körpers befinden würden, und ich schickte ihm als Antwort ein Zombiegesicht. Sie fragte, wann ich den Fluchtwagen brauchen würde.

Ich schrieb zurück: *Rette gerade ein Eichhörnchen. Muss noch bleiben.*

Dann hat deine Mutter doch getroffen?, fragte Aisha, gefolgt von einem Affen, der sich die Augen zuhielt.

Lange Geschichte. Erzähl ich morgen. Schlaf gut.

Ein Mond erschien auf meinem Handydisplay, und ich musste lächeln.

Ich stellte mir den Wecker für die Nacht. Ich hatte vor, mindestens alle zwei Stunden nach dem Eichhörnchen zu sehen, aber ich wachte viel öfter auf. Erst konnte ich nicht einschlafen, weil ich nach dem Tier lauschte, und wenn ich kurz einnickte, schreckte ich wieder auf, weil ich mir sicher war, etwas gehört zu haben. Anfangs schaltete ich nervös das Licht ein, um zu überprüfen, dass das Eichhörnchen noch atmete. Irgendwann hatte ich Sorge, es würde dadurch ebenfalls immer wieder geweckt und könnte sich nicht ausreichend erholen. Deshalb versuchte ich, im abgedunkelten Schein einer Taschenlampe etwas zu erkennen.

Jedes Mal, wenn ich etwas fester eingeschlafen war, fürchtete ich danach, es könnte gestorben sein, und mein Herzschlag beruhigte sich erst, wenn ich nachgesehen hatte und sicher war, dass es eine weitere Stunde überlebt hatte. Mehrfach bot ich ihm Aufbaunahrung und Wasser an. Doch es wollte nichts.

War das ein schlechtes Zeichen?

Müsste ich es zwingen, zumindest eine Kleinigkeit zu trinken?

In den wirren Träumen zwischen dem Horchen und Wachen quälte mich die Frage, was ich machen sollte, wenn das Tier doch versterben würde.

Wie sollte ich es Manou erklären?

Wohin musste ich es bringen?

Konnte ich es im Garten vergraben?

Irgendwann entschied ich, dass es besser war, gar nicht mehr zu schlafen, setzte mich im Schneidersitz auf das Sofa und starrte an der Stelle in die Dunkelheit, an der ich den Käfig vermutete. Ich war beinahe froh, als sich die ersten schüchternen Sonnenstrahlen hinter den Fenstern ankündigten.

Die Nacht war überstanden.

Das Eichhörnchen hatte überlebt.

Vier

Im Morgengrauen machte ich mich gerade auf den Weg in die Küche, um Kaffee aufzusetzen, weil ich dringend eine größere Portion Koffein brauchte. Da hörte ich es zaghaft an der Terrassentür klopfen. Es war noch so dämmrig, dass ich Manous Umrisse nur mit Mühe erkennen konnte.

»Lebt es noch?«, war das Erste, was sie fragte, als ich ihr öffnete.

Ihre Stimme klang nervös und ängstlich. Sie war außer Atem, offenbar war sie den Weg hierher gerannt. Sie sah ebenfalls müde aus und hatte wahrscheinlich nicht viel mehr geschlafen als ich. Ich fragte mich, was sie ihrer Oma erzählt hatte, wo sie hinging.

»Ja, es lebt.«

»Geht es ihm gut?« Sie streifte sich die Schuhe ab, wartete nicht auf eine Antwort von mir, sondern lief sofort ins Wohnzimmer zum Käfig. »Hat es gefressen? Hat es getrunken?«

Ich war ihr gefolgt und schüttelte den Kopf.

»Hat es die ganze Nacht geschlafen?«

»Ich glaube, es hat mehr geschlafen als ich.«

Manou schaute mich an.

»Du siehst übel aus.«

»Danke.«

»Uralt.«

»Ja, danke.«

»Wie ein Rumpeltopf.«

»Ein was?«

»Ein Rumpeltopf ist ein altes ...«

»Ich denke, ich kann mir in etwa vorstellen, was das sein soll«, unterbrach ich sie.

»Trink mal einen Kaffee. Meine Oma sagt: Wenn man ihn stark genug macht, weckt er sogar die Toten auf.«

»Das könnte ich gerade wirklich gut gebrauchen.«

Manou hatte sich vor den Käfig gehockt und beobachtete das Eichhörnchen, das langsam etwas wacher wurde. Ich ließ sie einen Moment allein und holte mir meine erste Tasse Kaffee, als ich Geräusche an der Eingangstür hörte. Kurz darauf stand Onkel Theo in der Küche.

»O ja, Kaffee«, stöhnte er.

»Jetzt sag nicht, du bist auch wegen des Eichhörnchens hier.«

»Natürlich nicht. Für wen hältst du mich?«, erwiderte er mit einem verschmitzten Grinsen. »Das Eichhörnchen ist mir vollkommen egal. Wie geht es ihm denn?«

»Es hat die Nacht überlebt.«

»Ist schon mal ein Anfang. Und du?«

»Nur halb«, sagte ich. »Ich glaube, ich habe mich noch nie so alt gefühlt.«

»Hilft es dir, wenn ich dir sage, dass du auch so alt aussiehst?«

»Ja, toll. Danke. Das habe ich von Manou auch schon gehört. Aber das Kompliment gebe ich gerne zurück.«

»Sie ist schon da?«, fragte er.

Ich nahm eine zusätzliche Tasse aus dem Schrank, befüllte sie mit Kaffee und wollte mich zu meinem Onkel umdrehen, doch er hatte die Küche bereits verlassen. Ich fand ihn bei Manou und dem Eichhörnchen, wo er vor dem Käfig auf der Couch saß, das Tier ansah und Manou zuhörte, die ihm erzählte, was es in den zehn Minuten getan oder nicht getan hatte, seit sie hier war.

»Zum Glück ist dir das Eichhörnchen vollkommen egal«, sagte ich und reichte ihm den Kaffee.

»Ja, das ist ein großes Glück. Sonst hätte ich wahrscheinlich genauso schlecht geschlafen wie ihr zwei. Wie heißt es denn nun? Unser Eichhörnchen?«, fügte er hinzu.

»Unser Eichhörnchen?«, wiederholte ich, aber mein Onkel tat, als hätte er mich nicht gehört.

»Das ist eine gute Frage«, antwortete Manou und legte bedeutungsvoll die Fingerspitzen aneinander. »Ich habe darüber nachgedacht, was wir bisher über das Eichhörnchen wissen.«

»Und was wissen wir?«

»Es ist rot.«

»Das ist offensichtlich.«

»Und puschelig ist es auch.«

»Stimmt.«

»Es schläft viel und gern.«

»Was an den Medikamenten liegen könnte.«

»Richtig. Außerdem ist es sehr niedlich und süß.«

»Das kann man nicht leugnen«, sagte mein Onkel, und ich warf ihm einen amüsierten Blick zu. »Es ist übelst Glucose-haltig, würde ich sagen. Was noch?«, fragte er.

»Es hat mit einer Katze gekämpft«, schlug ich vor.

»Wie heißt noch mal die Maus, die ständig diesen einen Kater basht?«, wollte er wissen.

»Jerry.«

»For real?«

»Ja, von Tom und Jerry. Tom ist der Kater, und Jerry ist die Maus.«

»Dann vielleicht Jerry. Ist das Eichhörnchen denn ein Junge?«

»Ist doch total egal, Onkel Theo«, erwiderte Manou.

»Aber es gibt dabei ein Problem«, sagte ich.

»Welches?«

»Jerry gewinnt eigentlich immer gegen Tom. Und unser Eichhörnchen hier ...«

»Hat mächtig abgelost«, beendete Onkel Theo meinen Satz.

»Ja«, stimmte ich zu, und auch Manou nickte.

»Aber es ist deshalb kein Loser-Eichhörnchen.«

»Natürlich nicht.«

»Vielleicht wurde es überrascht und konnte deshalb seine Superkräfte nur noch nicht zeigen.«

»Könnte sein.«

»Ich möchte, dass es einen starken Namen hat. Wie He-Man oder She-Ra.«

»Woher kennst du denn He-Man und She-Ra? Das kam doch weit, sehr weit vor deiner Zeit.«

»Von meiner Oma.«

»Deiner Oma? So alt sind He-Man und She-Ra auch wieder nicht.«

»Nicht direkt von ihr«, räumte Manou ein. »Aber sie hatte noch altes Spielzeug im Keller. Von meinem Papa und meinem Onkel und meiner Tante. Das hat sie rausgeholt, und ich durfte damit spielen. Ich fand He-Man und She-Ra megagut.«

»Dann lass es uns doch so nennen«, schlug Onkel Theo vor.

Manou sah aus, als würde sie überlegen. Sie schaute zum Eichhörnchen und wieder zu uns. »Ich weiß nicht«, sagte sie zögerlich. »Aber wäre dann He-Man oder She-Ra besser?«

»Vielleicht eine Mischung aus beidem? He-Ra oder She-Man? Wäre ein Kompromiss.«

»Ja«, antwortete Manou gedehnt, »aber ich weiß noch nicht. Ich muss noch mal ganz genau darüber nachdenken. Es soll ja nicht irgendeinen Namen haben, der gar nicht zu ihm passt.«

»Nomen est omen«, sagte mein Onkel zustimmend.

»Was für eine Sprache soll das jetzt wieder sein?«, wollte Manou kichernd wissen.

»Das ist Latein.«

»Und was bedeutet es?«

»Der Name ist ein Zeichen.«

Sie runzelte die Stirn, dann grinste sie breit. »Da haben die Leute aus … Lateinland recht. Und deshalb braucht unser Eichhörnchen den besten Namen der Welt. Damit es groß und stark wird und dieser Rotzposaune von Katze in den Arsch tritt.«

Onkel Theo und ich konnten uns ein Lachen nicht verkneifen.

»Dann lass dir mal was einfallen«, sagte ich.

»Mach ich.« Manou nickte entschlossen.

»Ist deine Mutter eigentlich schon wach?«, wollte mein Onkel wissen.

»Wo wir gerade bei Rotzposaunen sind?«, fragte ich zurück.

»Sehr witzig.«

»Was denn? Das war doch deine Überleitung, nicht meine.«

»Ich habe gar nichts übergeleitet. Also?«, fügte er hinzu, als ich nicht antwortete.

»Keine Ahnung. Da bin ich die falsche Ansprechpartnerin.«

»Warst du noch nicht oben?«

»Ich habe mich um das Eichhörnchen gekümmert«, antwortete ich ausweichend. »Ich war beschäftigt.«

»Dann guck doch jetzt nach ihr.« Als ich zögerte und das Gesicht verzog, fügte Onkel Theo hinzu: »Na los, mach schon. Hey ho, let's go. Ich passe so lange auf das Eichhörnchen auf.«

Ich seufzte. Auf eine Standpauke meiner Mutter konnte ich so früh am Morgen und mit einer schlaflosen Nacht im Genick wirklich verzichten. Mein Onkel hatte ihr gestern sicher von dem Tier in ihrem Haus erzählt, aber ich hatte mit ihr bisher noch nicht darüber gesprochen. Als ich gestern spät nach ihr sehen wollte, hatte sie bereits geschlafen. Was sie wohl dazu sagen würde, dass sich ein lebendiges Wildtier in ihrem Haus befand? Und noch dazu ein Eichhörnchen?

Schließlich fügte ich mich jedoch in mein Schicksal.

»Bist du schon wach?«, fragte ich, sehr leise, als ich um die Ecke ins Schlafzimmer meiner Mutter spähte.

Einen Moment lang war es still, und ich wollte bereits erleichtert wieder umdrehen, als mich die Stimme meiner Mutter zurückhielt: »Bin ich. Und du musst nicht so ein enttäuschtes Gesicht machen.«

»Ich mache kein enttäuschtes Gesicht«, widersprach ich wenig überzeugend. »Ich wollte dir nur einen Kaffee bringen.« Ich trat näher ans Bett und reichte meiner Mutter die Tasse mit langem Arm.

Es war immer besser, einen gewissen Sicherheitsabstand zu wahren. Doch meine Mutter hatte mich durchschaut. Mal wieder. Sie tat, als könnte sie die Tasse nicht erreichen. Das war natürlich Blödsinn, sie hätte nur die Hand etwas weiter ausstrecken müssen. Aber so zwang sie mich, zwei weitere Schritte auf sie zu zu machen, um ihr den Kaffee geben zu können.

»Theo hat dich beauftragt«, stellte sie fest und schaute in die Tasse, als wollte sie sichergehen, dass diese nicht leer war.

»Nein«, behauptete ich.

»Und das soll ich dir glauben?« Sie fixierte mich.

Ich zögerte, dann gab ich zu: »Nein.«

»Wusste ich es doch.«

»Aber ich hätte das auch noch von allein gemacht. Im Laufe des Vormittags. Bestimmt«, fügte ich hinzu. »Denke ich.«

»Dann hast du ja jetzt deine Pflicht erfüllt und kannst wieder nach unten gehen.«

Unschlüssig trat ich von einem Bein aufs andere.

»Und? Wie geht es dir?«

»Wie es mir geht?«, wiederholte meine Mutter die Frage nicht ohne Überraschung. »Wie soll es mir schon gehen?«

»Hast du ... gut geschlafen?«

»Ich schlafe nie gut.«

»Tja ... ähm ... das tut mir leid.«

»Muss es nicht.«

»Möchtest du gleich was ... ähm ... frühstücken?«

Meine Mutter seufzte. »Was willst du, Annike?«

»Was ich will? Ich mache nur ein bisschen höfliche Konversation. Ist das etwa verboten?«

»Verboten nicht. Aber es passt nicht zu dir. Und üblicherweise willst du das auch nicht. Zumindest nicht mit mir.«

»Das ist gar nicht wahr.«

»Natürlich ist das wahr.«

»Ja gut, vielleicht ist das so. Aber es beruht ja auf Gegenseitigkeit.«

»Ich unterhalte mich nicht gern, weil du jedes Mal aussiehst, als würde dir ein Zahn gezogen. Oder als würdest du innerlich die Sekunden zählen, bis du wieder raus bist.«

»Das mache ich gar nicht. Also ... nicht immer«, schränkte ich ein. »Meistens nicht. Nur hin und wieder. Manchmal berechne ich auch die Schritte, die ich brauche, bis ich durch die Tür bin«, ergänzte ich mit einem schiefen Grinsen.

Die Augen meiner Mutter wurden schmal.

»Das war ein Scherz, Mutter. Nur ein Scherz«, sagte ich deshalb eilig.

»Deinen seltsamen Humor hast du nicht von mir«, erwiderte sie. »Ich glaube manchmal, dass du gar nichts von mir hast.«

Zum Glück, schoss es mir durch den Kopf. Doch ich konnte mich gerade noch rechtzeitig zurückhalten, um es nicht laut auszusprechen.

»Irgendwas habe ich bestimmt von dir.«

»Und das wäre?«

»Keine Ahnung. Aber irgendwas bestimmt.«

»Was soll das sein, wenn dir auch nichts einfällt?«

»Ich habe nur noch nicht wirklich darüber nachgedacht.«

»Und das soll es jetzt besser machen?«, fragte meine Mutter mit einem seltsamen, fast verletzten Ton in ihrer Stimme.

Ich schluckte.

»Es hat die Nacht übrigens überlebt«, sagte ich nach kurzem Schweigen, in dem ich mit mir gerungen hatte, ob ich einfach gehen sollte. Ich deutete ungenau nach unten, als könnte ich durch den Teppich und die Decke direkt ins Wohnzimmer zeigen.

»Was hat überlebt?«

»Das Eichhörnchen. Onkel Theo hat dir doch bestimmt davon erzählt, dass es hier ist, oder?«

»Hat er. Und das ist gut?«

»Natürlich ist das gut.«

»Wenn du das sagst.«

»Sonst hätte ich es in deinem Garten vergraben müssen«, setzte ich hinzu. »Mit einem kleinen Grabstein und allem.«

»Dann ist es wirklich gut.«

»Siehst du. Da sind wir dann doch mal einer Meinung.«

»Wer hätte gedacht, dass ich das noch erleben darf?«, gab meine Mutter zurück.

Einen Moment sahen wir uns an. Dieses Mal war ihr Blick nicht stechend, ihre Augen nicht eng. Es lag ein ganz anderer Ausdruck in ihrem Gesicht, wenn auch nur kurz, den ich nicht deuten konnte.

»Möchtest du es sehen? Das Eichhörnchen?«, fragte ich deshalb.

»Warum sollte ich es sehen wollen?«

»Ich weiß nicht. Vielleicht weil es niedlich ist? Weil es verletzt ist? Weil es einfach nett wäre?«

»Es ist ein dreckiges, scheußliches Tier, Annike, das du gegen meinen Willen in mein Haus gebracht hast. Also nein, ich möchte es nicht sehen.«

Als ich nach unten kam, saß Manou noch immer vor dem Eichhörnchenkäfig und beobachtete das Tier im Inneren, das nicht viel munterer wirkte als zuvor. Onkel Theo war in der Küche und hatte damit begonnen, Frühstück zu machen.

»Frühstückst du mit?«, rief er Manou zu und lehnte sich dabei halb aus der Tür.

»Jep«, antwortete sie ganz selbstverständlich.

Ich musste schmunzeln.

»Gibt es etwas, das du nicht magst?«

»Ich esse alles.«

»Nice«, sagte mein Onkel und verschwand wieder in Richtung Herd.

Ich blieb noch einen Moment stehen und sah Manou zu, die wiederum dem Eichhörnchen zusah, dann folgte ich Onkel Theo und half, den Frühstückstisch zu decken.

Nachdem er einen Teller für meine Mutter fertig gemacht hatte, warf er mir einen fragenden Blick zu, aber ich schüttelte sofort den Kopf.

»Ich war doch gerade eben bei ihr. Du bist dran.«

»Ist das für oben?« Manou kam gerade aus dem Wohnzimmer und deutete in Richtung Decke.

»Ja.«

»Ich kann das machen«, sagte sie.

Onkel Theo und ich schauten uns kurz an. Wir waren uns beide nicht sicher, ob das eine gute Idee war, aber ich konnte nicht sagen, ob ich mir mehr Sorgen um Manou machte oder um meine Mutter.

Das konnte nicht gut gehen.

Doch schließlich hob Onkel Theo die Schultern. »Wenn du willst«, fügte er hinzu.

»Will ich.«

»Dann versuch dein Glück«, fügte ich hinzu.

Manou musterte uns mit einem misstrauischen Gesichtsausdruck und nahm den Teller von der Anrichte.

»Wo ist das Zimmer?«

»Du musst nur den Blutspuren folgen«, sagte ich.

»Hä?«, machte Manou, und mein Onkel warf mir einen

132

strafenden Blick zu, deshalb verbesserte ich: »Zweite Tür auf der linken Seite.«

»Geht klar. Was macht ihr denn für Galgengesichter?«

»Galgengesichter?«, lachte mein Onkel zurück. »Du kennst ja Worte.«

»Von meiner Oma.«

»Und die weiß alles besser, richtig?«, fragte ich.

»Richtig.«

»Habe ich mir gemerkt.«

»Und warum macht ihr jetzt so Gesichter?«

»Wir machen gar keine Gesichter.«

»Wir haben nur Angst, dass du nicht zurückkommst.«

»Warum sollte ich nicht zurückkommen?«

»Nicht lebend«, ergänzte ich und machte eine übertriebene Geste, als würde ich mich selbst mit einem Messer erdolchen.

»Was?«

»Das ist nur Annikes furchtbarer Humor«, erklärte Onkel Theo und wedelte mit der Hand durch die Luft. »Hör nicht auf sie. Es ist mega, dass du das machst. Wirklich. Und natürlich wird dir da oben nichts«, er zögerte und suchte offenbar nach dem richtigen Wort, »zustoßen.«

»Das hoffen wir.«

»Lass dir nichts einreden.« Er legte Manou die Hand auf die Schulter. »Annike hat nur wieder einen Clown gefrühstückt.«

»Ich habe noch gar nichts gegessen«, widersprach ich.

Manous Blick wanderte von ihm zu mir und wieder zurück. »Ihr seid echt seltsam«, stellte sie fest.

»Wo sie recht hat, hat sie recht.«

»Ich werde mit ihr über unser Eichhörnchen reden.«

»Bitte nicht«, entfuhr es Onkel Theo erschrocken.

»Warum nicht?«

»Ja, Onkel Theo, warum eigentlich nicht?«, wandte ich mich ebenfalls an ihn. »Wenn meine Mutter doch so vollkommen ungefährlich ist, warum sollte Manou nicht mit ihr über das Eichhörnchen sprechen?«

»Weil ...«, setzte er an, dann entschied er sich um. »Vergiss, was ich gesagt habe, Manou. Natürlich kannst du mit ihr über das Eichhörnchen reden. Vielleicht wird sie sich ... sogar ... darüber ... freuen.« Er sprach jedes Wort aus, als würde er eine Zitrone ausquetschen wollen.

»Grillenfänger. Alle beide«, antwortete Manou und deutete mit den Zeigefingern erst auf mich, dann auf Onkel Theo, ehe sie sich umdrehte.

Wir sahen Manou nach, wie sie die Treppe hinaufging.

»Was soll schon passieren?«, murmelte mein Onkel, aber ich war mir nicht sicher, ob er mich beruhigen wollte oder sich selbst.

Wir standen einige Augenblick unschlüssig da.

»Horchst du auch?«, fragte ich ihn.

»Auf was sollte ich horchen?«

»Kampfgeräusche? Hilferufe?«

»Annike!«

»Was denn?«

»Natürlich nicht.«

»Ich auch nicht«, sagte ich grinsend.

»Hol du jetzt die Brötchen aus dem Backofen«, wies er mich an. Bevor er mir folgte, schaute er jedoch noch einmal in Richtung Treppe.

»Das habe ich gesehen«, lachte ich.

»Glaubst du ihr?«, fragte er, während ich mir die Topfhandschuhe überstülpte.

»Was meinst du?«

»Manou. Sie sagt, ihre Oma wüsste, dass sie bei uns ist,

und hätte nichts dagegen, dass sie den ganzen Tag hier rumhängt.«

»Wenn sie das sagt.«

»Kinder sagen manchmal viel.«

»Nicht nur Kinder«, widersprach ich. »Aber warum sollte sie nicht die Wahrheit sagen?«

»Weiß ich nicht. Ist nur so ein Gefühl.«

Es dauerte, bis Manou wieder herunterkam. Onkel Theo und ich saßen bereits am Küchentisch und tranken die zweite Tasse Kaffee, als wir endlich Schritte von oben hörten. Wenige Augenblicke später kam Manou durch die Tür.

»Du bist zurück«, sagte ich und musterte sie.

Äußerlich schien sie unversehrt. Ich konnte auch keine Tränenspuren erkennen.

»Bin ich.«

»Zeig her. Hast du noch alle Arme und Beine?«

Sie hob erst den einen Fuß, dann den anderen und hielt ihre Hände in die Höhe.

»Eins und zwei«, zählte ich mit. »Also bist du unverletzt?«

»Natürlich.«

»Warum hat das so lange gedauert?«, fragte ich. »Hat sie dich gefesselt und geknebelt?«

»Wir haben uns unterhalten«, antwortete Manou und schob sich auf einen der Stühle, griff sogleich nach dem Kakaoglas, das wir für sie vorbereitet hatten, und nahm einige große Schlucke.

Als sie es wieder abstellte, blieb auf ihrer Oberlippe ein hellbrauner Rand übrig, den sie nicht wegwischte.

»Unterhalten?«

»Ja. Das machen Menschen.«

»Ja, *Menschen* ...«

»Annike«, sagte mein Onkel vorwurfsvoll, dann wandte er sich an Manou: »Worüber habt ihr euch denn unterhalten?«

»Über alles Mögliche«, erwiderte sie ungenau. »Sie ist nett.«

Ich hatte gerade einen Schluck Kaffee trinken wollen und verschluckte mich jetzt fast. Aber noch bevor ich etwas sagen konnte, kam mir mein Onkel zuvor.

»*Nett?*«, fragte er ungläubig.

»Onkel Theo!«, sagte ich gespielt tadelnd.

»Tut mir leid ... Ich wollte nicht ...« Er fühlte sich eindeutig ertappt. »Natürlich kann meine Schwester auch nett sein.«

»Sie würde, wenn sie könnte. Aber sie will nicht.«

»Ich weiß gar nicht, was ihr gegen sie habt«, sagte Manou, während sie mit einer Hand nach einem Brötchen und mit der anderen nach der Schokoladencreme griff.

»Wir haben nichts gegen sie«, widersprach mein Onkel.

»Nichts Wirkungsvolles«, warf ich ein und erntete erneut einen strafenden Blick.

Fasziniert beobachtete ich Manou, wie sie sich erst Butter und dann eine extradicke Schicht Schokocreme auf ihre beiden Brötchenhälften strich. Zwischendurch leckte sie jedes Mal das Messer von beiden Seiten ab und tauchte es anschließend erneut in das Glas.

»Egal, was ihr sagt«, fügte Manou hinzu und nahm einen herzhaften Biss. »Ich finde Edith nett.«

»*Edith?*«, platzte es aus meinem Onkel und mir gleichzeitig heraus.

»Das ist doch ihr Name. Oder nicht?«

»Doch ... sicher«, stammelte ich. »Aber sogar ich nenne sie seit über vierzig Jahren Frau Dr. Bednarz.«

»Aber sie ist deine Mutter.« Manou kaute mit halb offenem Mund, und ihre Zähne und Mundwinkel waren komplett braun verfärbt.

»Gerade deswegen.«

»Und sie hat nach dem Eichhörnchen gefragt.«

»Bist du sicher, dass das meine Mutter war, mit der du oben gesprochen hast?«, fragte ich.

»Sie wollte wissen, wie es ihm geht.«

»No way.«

»Doch. Wirklich. Ihr erzählt doch niemand was.«

»Annike«, kam es direkt vorwurfsvoll von Onkel Theo.

»Das stimmt überhaupt nicht«, widersprach ich. »Ich habe sie vorhin extra gefragt. Aber sie meinte, es wäre ein hässliches, schmutziges Tier, über das sie nichts hören will.«

»Weil du wieder mit ihr Streit angefangen hast?«

»Habe ich nicht.«

»Du weißt, dass deine Mutter dann ...«

»Ich habe nicht mit ihr gestritten. Wirklich nicht. Ich schwöre es.« Als Unterstützung hielt ich drei Finger in die Höhe.

Onkel Theo musterte mich kurz. »Dann will ich dir mal glauben«, sagte er.

Ich hob meine Tasse, atmete den Kaffeegeruch ein, trank jedoch nicht, sondern musterte Manou über den Rand hinweg. Ein Blick aus dem Augenwinkel in Richtung meines Onkels sagte mir, dass er das Gleiche tat. Aber ich war mir ziemlich sicher, dass wir nicht das Gleiche dachten.

Manou wirkte nicht, als würde sie merken, dass wir sie anstarrten. Sie schob sich das letzte Brötchenstück in den Mund, kaute geräuschvoll und goss Kakao hinterher. Die gesamte untere Hälfte ihres Gesichts und ihre Finger waren inzwischen schokoladenverschmiert, aber das schien sie ebenfalls nicht zu stören. Sie stand kurz auf, angelte über den Tisch nach der geöffneten und halb leeren *Smacks*-Packung und befüllte ein Schälchen großzügig mit deren Inhalt. Nachdem sie Milch hinzugefügt hatte, klopfte sie mit dem Löffel so lange auf den gepufften Weizen, bis er vollständig unter der Oberfläche verschwunden war. Anschließend nahm sie das Besteck entschlossen in die Faust und begann, die Frühstücksflocken in großen, schnellen Schwüngen auszulöffeln. Zwischendurch nahm sie immer wieder einen Schluck Kakao.

»Warum hat meine Mutter eigentlich *Smacks* im Haus?«, fragte ich meinen Onkel. Ich sprach leise, als dürfte mich sonst niemand hören.

Onkel Theo schaute überrascht auf. »Weil deine Mutter gerne *Smacks* isst«, antwortete er.

»Meine Mutter? Isst *Smacks*?«

»Ist das so schwer zu glauben?«

»Ähm ... ja?«

Nach dem Frühstück gaben Manou und ich dem Eichhörnchen noch einmal seine Medizin und die Aufbaunahrung. Es war jetzt etwas wacher, dadurch aber auch scheuer und widerspenstiger, und ich hatte Mühe, es richtig festzuhalten, ohne ihm wehzutun. Ich bekam nun zum ersten Mal die kleinen Krallen zu spüren, weil es versuchte, mich mit seinen Pfoten wegzudrücken. Noch nicht fest, aber stark genug, dass ich mich anstrengen musste. Trotzdem gelang es Manou, die Spritze richtig anzusetzen und den Inhalt in das Tiermaul zu drücken. Onkel Theo saß neben uns auf dem Sofa, sah zu und reichte uns die Gegenstände an, die wir brauchten.

Langsam wurden wir ein eingespieltes Team.

Als das Eichhörnchen schließlich wieder in seinem Käfig

war, lief es einige Schritte hin und her, schnupperte an den Gitterstäben und in den Ecken seines Stalls. Schließlich legte es sich jedoch wieder hin und schlief augenblicklich ein, ganz erschöpft von der Anstrengung des Fütterns.

»Vielleicht stellen wir ihm ein Schälchen mit Wasser hin?«, überlegte ich. »Es wird langsam munterer, und wenn es Durst hat, könnte es schon selbst trinken.«

»Mach ich«, sagte Manou sofort, sprang auf und war in der nächsten Sekunde in der Küche verschwunden.

Als sie kurze Zeit später zurückkam, trug sie eine Glasschale in den Händen, die mit Wasser gefüllt war. Sie musste aufpassen und vorsichtig einen Schritt vor den anderen machen, um nichts zu verschütten, weil sie den Behälter sehr voll gemacht hatte.

Wir platzierten die Tränke in einer Ecke des Käfigs. Das Eichhörnchen war jedoch so müde, dass es nicht einmal den Kopf hob, als Manou mit der Hand durch die Tür griff und die Schale behutsam abstellte. Es schlief einfach weiter. Sein schmaler Brustkorb hob und senkte sich gleichmäßig. Einige Momente lang blieben wir noch sitzen, in der Hoffnung, das Tierchen würde direkt trinken wollen.

Aber das tat es nicht.

Deshalb fragte ich Manou: »Hättest du Lust, draußen ein bisschen Fußball zu spielen?«

»Kannst du überhaupt Fußball spielen?«

»Nicht wirklich. Schlimm?«

»Nö. Ist egal. Ich gewinne sowieso.«

»Gut zu wissen. Kommst du mit?«, fragte ich meinen Onkel.

Der schüttelte den Kopf. »Ich glaube, ich versuche, Schlaf nachzuholen, und chille ein bisschen«, erwiderte er und streckte sich bereits auf der Couch aus. »Außerdem muss ja jemand unseren Patienten im Blick behalten.«

»Mit geschlossenen Augen?«, fragte Manou.

»So sieht man am besten.«

Onkel Theo stopfte sich ein Kissen in den Nacken, nahm seine Brille ab und legte sie sich auf die Brust. Die Arme verschränkte er hinter dem Kopf.

»Dann wollen wir dich nicht stören.« Ich machte eine Kopfbewegung in Richtung Gartentür, und gemeinsam gingen Manou und ich nach draußen.

Während eine kleine Gruppe von Eichhörnchen über die Mauer lief und von dort aus auf die tief hängenden Äste eines Baumes sprang, machten Manou und ich uns daran, mit Blumentöpfen zwei Tore auf dem Rasen zu markieren und mit dem Spielen anzufangen. Manou war schnell und flink und konnte für ihr Alter sehr gut mit dem Ball umgehen. Ich hatte keine Chance gegen sie. Sie umdribbelte mich, lief mir davon, und es dauerte nicht lange, bis ich mit zehn Punkten zurücklag, fix und fertig war und dringend eine Pause brauchte. Während ich versuchte, wieder zu Atem zu kommen, übte Manou, den Fußball auf ihrem Spann zu balancieren.

»Warum kannst du eigentlich so gut spielen?«, fragte ich und stützte keuchend die Hände auf den Oberschenkeln ab.

»Ich bin ein Naturtalent.«

»Offensichtlich.«

»Ich werde mal in der deutschen Nationalmannschaft spielen.«

»Klingt nach einem Plan.«

»Aber ich habe auch viel geübt«, fügte sie nach kurzem Zögern hinzu. »Mit meinem Papa. Früher.«

»Jetzt nicht mehr?«

»Nein.«

»Warum nicht?«

»Weil er keine Zeit hat«, antwortete sie.

Ich sah sie an, doch sie wich meinem Blick aus. Auf mich wirkte sie traurig.

»Wegen meiner Mama. Und allem. Außerdem bin ich längst viel zu gut für ihn«, fuhr sie fort und schmetterte wie als Beweis den Ball zielgenau gegen einen der Blumentöpfe, der daraufhin umfiel. »Er könnte mir gar nichts mehr beibringen.«

»Sieht ganz so aus.«

»Warum redet Onkel Theo eigentlich immer wie ein uralter Teenager?«, fragte sie mich.

»Er war früher Lehrer«, erklärte ich. »Für sehr, sehr lange Zeit. Und ich schätze, das Ergebnis ist ein ziemlich seltsamer, zusammengewürfelter und zermatschter Brei von Jugendsprache aus vier Jahrzehnten oder noch mehr.«

»Weiß er denn immer, was es bedeutet, was er sagt?«

»Ich befürchte nicht.«

»Witzig.«

»Die meiste Zeit ist es sogar sehr witzig, würde ich sagen. Aber ich kenne es gar nicht mehr anders.«

»Bist du eigentlich ein Grufti?«

»Ein *was?*«

»Ein Grufti.«

»Nein.«

»Warum trägst du dann immer Schwarz?«

»Ich mag die Farbe.«

»Ich mag nur bunt.«

»Habe ich mir fast gedacht«, sagte ich und deutete auf ihren gelben Pullover, die grüne Hose und die roten Schuhe.

»Hast du gar keine bunten Sachen?«

»Ich glaube nicht.«

»Nicht mal Unterhosen?«

»Nope.«

»Und Socken?«

»Die ja.«

»Zeig«, forderte mich Manou auf. Also zog ich meine Hose ein Stück nach oben, und es kamen grellgelbe Strümpfe zum Vorschein. »Sind da Käsestücke drauf?«, fragte sie lachend. »Mega.«

»Danke. Finde ich auch. Was hast du für Socken?«

»Welche mit Pinguinen drauf. Magst du Pinguine?«

»Ja.«

»Ich auch. Aber kannst du Farben nur an den Füßen leiden? Sonst gar nicht?«, wollte sie wissen. Sie setzte sich mir gegenüber auf die Liege, unter die sie gerade noch geklettert war, um den Ball zu holen.

»Doch. Ich kann Schwarz nur etwas mehr leiden. Allerdings hatte ich früher bunte Haare.«

»Bunte Haare?«, staunte Manou. »Welche Farbe?«

»Verschiedene. Meist Blau. Aber auch mal Lila, mal Rot, einmal Grün. Das kann ich allerdings nicht empfehlen.«

»Warum nicht?«

»Es sieht aus, als würde dir Gras aus dem Kopf wachsen. Und wenn du nicht so gut in der Schule bist, ist das eine super Vorlage für deine Lehrer, dumme Witze zu machen.«

Sie sah mich an, als wüsste sie nicht, ob sie mir glauben sollte, dann lachte sie plötzlich.

»Bunte Haare. Mega gut. Ich hätte auch gerne bunte Haare. Aber das würden mir meine Eltern nie erlauben. Hatten deine nichts dagegen?«

»Doch.«

»Aber du hast es trotzdem getan?«

»Jep.«

»Waren sie nicht total sauer?«

»Sie sind beinahe ausgeflippt. Meine Mutter wollte mich sogar rauswerfen. Aber was sollten sie machen? Es waren meine Haare.«

»Heftig«, sagte Manou und schien sich nicht ganz sicher zu sein, ob sie entsetzt oder beeindruckt sein sollte. »Heftig«, wiederholte sie. »Dann warst du ein Punk?«

»Ich bin ein Punk«, verbesserte ich. »Der Punk stirbt nie. Wusstest du das nicht?«

»Nö.«

»Und was ist mit dir?«

»Was soll mit mir sein?«

»Hat deine Oma nichts dagegen, wenn du bei uns frühstückst und zu Mittag isst und zu Abend und so viel Zeit hier verbringst und mit uns ein wildes Eichhörnchen gesund pflegst?«

»Nein«, antwortete Manou knapp.

»Stört es sie nicht, wenn du den ganzen Sonntag nicht zu Hause bist?«

»Das ist nicht mein Zuhause.«

»Du weißt, was ich meine.«

»Meine Oma lässt mich mein Leben leben.«

»Sie lässt dich dein Leben leben?« Ich musste grinsen. Dann schwiegen wir beide für einen Moment.

»Was hast du eigentlich an deiner Hand gemacht?« Ich wies auf den Verband.

»Alte Kriegsverletzung.«

Ich sah sie belustigt an, aber als sie keine Anstalten machte, mehr zu sagen, fragte ich weiter: »Was ist mit deinen Eltern?«

»Was soll mit denen sein?«

»Telefoniert ihr manchmal?«

»Warum sollten wir?«

»Sie wollen doch bestimmt wissen, was du bei deiner Oma so machst.«

»Das interessiert die nicht.«

»Kann ich mir nicht vorstellen.«

»Ist aber so.«

»Ich kenn das, weißt du?«, sagte ich.

»Was kennst du?«

»Wie es ist, wenn Eltern mit sich selbst beschäftigt sind. Das machen sie bestimmt nicht mit Absicht. Sie haben nur so viel mit ihrem eigenen Leben zu tun, dass es einfach passiert.«

»Und?«

»Nichts und.«

Manou antwortete nicht.

»Was ist eigentlich, wenn die Ferien vorbei sind?«, fragte ich weiter.

»Was soll dann sein? Dann haue ich wieder ab. Und jetzt nimm den Ball, damit ich dich richtig fertigmachen kann.«

Manou warf mir den Fußball entgegen, so fest und hart, dass ich Mühe hatte, ihn rechtzeitig aufzufangen, bevor er mich im Gesicht traf. Sie war aufgesprungen und schaute mich herausfordernd an. Sie wollte nicht darüber reden. Das war offensichtlich.

Aber konnte ich es deshalb auf sich beruhen lassen?

Unschlüssig musterte ich sie.

Während ich noch überlegte, was ich tun sollte, kam mir Manou zuvor.

»Jetzt sei kein Glotzbock, Annike«, sagte sie entschlossen. »Und spiel endlich Fußball.«

So wie meine Mutter den Großteil meiner Kindheit und Jugendzeit oben in ihrem Zimmer verbracht hatte, waren es bei meinem Vater vor allem die Sonntage gewesen, an denen er im Keller verschwand. Manchmal ging er bereits nach dem Frühstück mit einer Tasse Kaffee oder Tee nach unten und kam erst zum Mittagessen wieder hoch. An anderen Wochenenden sah ich ihn erst zur *Tagesschau* wieder. Dann saßen wir gemeinsam auf dem Sofa und sahen uns an, was in der Welt passiert war. Als ich noch kleiner war, erklärte er mir die Dinge, die ich nicht verstand, später dann fragte ich nicht mehr, und er sagte nichts mehr.

Was genau er die vielen Stunden im Keller machte, wusste ich weder damals noch heute. Ich verstand nur, dass ich in diesem Haus von Bitte-nicht-stören-Schildern umzingelt war.

Seit mein Vater vor einem halben Jahr gestorben war, schien niemand mehr da unten gewesen zu sein. Zumindest nicht weiter als bis in den Vorraum, wo die Getränkekisten und die schmutzige Wäsche standen. Schon als Kind hatte ich es vermieden, in den Keller zu gehen, und auch heute fiel es mir noch schwer, überhaupt die Treppe hinabzugehen. Seltsam gruselig fühlte es sich an und kam mir auch nach all den Jahren noch verboten vor, nicht für alle, nur für mich.

Es war früher Nachmittag, und mein Onkel und Manou hatten sich entschieden, mit dem Eichhörnchen Karten zu spielen. Das war Manous Vorschlag gewesen. Das Tier bekam einen eigenen Stapel, den Manou stellvertretend bediente. Sie legte und zog für das schlafende Eichhörnchen, und jedes Mal, wenn es gewann, wurde ihm überschwänglich, aber leise gratuliert, damit es nicht gestört wurde.

Ich hatte den dreien eine Weile zugesehen, dann war

ich erst in die Küche gegangen, hatte am Tisch gesessen und auf die Kellertür gestarrt, bis ich mich selbst überredet hatte, sie zu öffnen und nach unten zu gehen. Seit ich hier war, ließ mich der Gedanke an den Keller nicht mehr los, obwohl ich keine Ahnung hatte, wieso.

Suchte ich da unten etwas?

Vielleicht.

Ich wusste nur, dass ich nachsehen musste.

Der Lichtschalter befand sich rechts an der Wand, und als ich ihn betätigte, glühten die Neonröhren an der Decke nacheinander auf, als wollten sie mir den Weg weisen. Ich folgte ihnen, Stufe für Stufe.

Mein Vater war an einem Herzinfarkt gestorben. Onkel Theo hatte mich angerufen. Wer auch sonst?

Ich wusste nichts über Vorerkrankungen. Ich wusste ja ohnehin nicht viel über meine Eltern. Mich traf die Nachricht vollkommen unvorbereitet, am Frühstückstisch, an einem Samstag, den ich gemeinsam mit Leuten aus der Band verbringen und einige neue Songs proben wollte.

Hatte ich danach geweint?

Ich konnte mich nicht erinnern. Aber wahrscheinlich nicht.

Ich war in den vergangenen sechs Monaten zweimal bei meiner Mutter gewesen, das war öfter als in den letzten Jahren zusammen, einmal zur Beerdigung und dann einige Wochen später, um nach ihr zu sehen, wie mein guter Freund Michi es genannt hatte. Ich wusste nicht einmal, was genau das bedeuten sollte.

Ich war überrascht gewesen, wie gut es meiner Mutter gegangen war. Die Frau, die wegen jeder Kleinigkeit das Bett hütete und seit ich klein war die tragische Hauptrolle ihrer eigenen Soap spielte, hatte nach diesem Schicksalsschlag gefasst gewirkt und na ja, in Ordnung, irgendwie.

Hatte ich mich getäuscht?

Hatten mein Onkel und Frau Adanır recht?

Inzwischen war ich im Untergeschoss angekommen. Die Tür zum hinteren Teil des Kellers quietschte, als ich sie öffnete.

War ich jemals hier drin gewesen?

Nicht, dass ich wüsste.

War ich nie neugierig gewesen?

Anfangs vielleicht. Später hatte ich mir dann eingeredet, dass es mir egal wäre.

Was sollte es hier unten schon geben, was mich interessieren konnte?

Was hatte ich mir vorgestellt, was mein Vater hier unten gemacht hatte?

Vielleicht irgendwas mit Modelleisenbahnen?

War das nicht der Klassiker?

Gepasst hätte es.

Mein Vater war mir immer wie der perfekte Beamte vorgekommen. Wenn er nicht zufällig Fußarzt geworden wäre, hätte ich ihn mir gut in einem Ministerium vorstellen können, bei irgendeinem Amt, an einem Ort, an dem man pünktlich und in einem grauen Anzug erscheinen musste und seine Arbeit nach Vorschriften zu erledigen hatte, vielleicht hätte er sogar einen Stempel verwendet. Durch und durch langweilig eben.

Was sollte er da schon Spannendes in seiner Freizeit machen?

Noch dazu im Keller.

Doch jetzt durchflutete Licht den finsteren Raum. Und ich wusste im ersten Moment nicht, was ich vor mir hatte.

Es gab einen Sessel und eine Leselampe, einen Teppich und ein Beistelltischchen, einen Plattenspieler und mehrere Kisten mit Schallplatten.

War mein Vater ein Musikliebhaber?

Hatte ich ihn jemals dabei gesehen, wie er Musik gehört hatte?

Hatte er sich jemals im Takt bewegt, zumindest mal mit einem Finger geschnippt oder dem Fuß gewippt?

Die einzigen Momente, die ich entfernt mit meinem Vater und Musik verband, waren, wenn er meine Anlage leiser gedreht hatte. Einmal hatte er mir sogar meine Kassette weggenommen. Voller Wut hatte ich ihm nachgeschrien und war mir sicher gewesen, er hätte sie sofort in den Müll geworfen, aber als ich Stunden später in die Küche gegangen war, hatte sie auf dem Küchentisch gelegen.

Welche Musik mein Vater wohl gehört hatte?

Und hatte er dabei im Sessel gesessen und sich berieseln lassen?

Womöglich hatte er in der Mitte des Raumes gestanden und sogar getanzt.

Konnte ich mir meinen Vater wirklich vorstellen, wie er die Hüften kreisen ließ?

Mein Blick wanderte weiter in die linke Ecke des Raumes, genauer auf etwas, das dort stand. Eine Staffelei für Bilder, zum Malen.

Das konnte unmöglich sein.

Ich trat näher, um mich zu vergewissern, dass ich mich irrte. Denn anders konnte es nicht sein. Mein Vater war kein Maler. Mein Vater war ein Mann ohne Farben, abgesehen von Grau und Braun und Schwarz. Ich war mir nicht einmal sicher, ob er wusste, dass Gelb und Grün und Blau und Rot existierten. Zumindest nicht in seiner Welt.

Konnte ich ihn mir mit Farbklecksen an den Händen vorstellen?

Mit einem Pinsel in der Hand?

Mit dem Ziel, ein inneres Bild auf eine leere Leinwand zu bringen?

Keine Sekunde.

Was für ein inneres Bild sollte das bei meinem Vater überhaupt sein?

Von Schuheinlagen und Stützkorsetts und grauen Anzügen?

Wie gesagt: keine Sekunde.

Aber da stand sie. Es war eindeutig eine Staffelei. Sogar ein abgedecktes Bild befand sich darauf. Daneben gab es einen kleinen Tisch mit Tuben und Spateln und Pinseln und Töpfchen. All das lag da, als wäre es gerade eben noch benutzt worden, als wäre der dazugehörige Maler nur kurz weg, als würden die Hände, die damit gearbeitet hatten, jeden Moment wiederkommen und genauso selbstverständlich ihre Tätigkeit wieder aufnehmen.

Mein Vater ein Maler?

Mein Vater ein Musikliebhaber?

Es kam mir unvorstellbar vor.

Und was hatte er wohl gemalt?

Was hatte er gehört?

Ich machte einen letzten Schritt auf die Staffelei zu. Das Bild darauf war mit einem Tuch verhüllt, ich konnte nicht sehen, was es zeigte.

Eine Landschaft?

Menschen?

Etwas Abstraktes?

Ich hätte nur den Stoff zur Seite ziehen müssen und es mir ansehen können. Eine kleine Bewegung würde reichen, vielleicht könnte ich auch nur kurz darunter spähen. Ich schaffte es nicht. Ich brachte meine Finger nicht dazu, sich zu bewegen.

Warum nicht?

Was befürchtete ich zu sehen?

Ich musste die Augen abwenden und sah stattdessen auf den Tisch, auf die Tuben und Dosen, daneben lag eine Mischpalette. War das das richtige Wort? Ein Holzbrett mit einem Loch für den Daumen, auf dem malende Menschen, ja, malende Menschen wie mein Vater, ihre Farben vermengten. Die Pasten waren längst eingetrocknet, hatten kleine, harte Gebirge zurückgelassen.

Einige der Tuben waren beinahe ausgedrückt, andere noch voller. Vielleicht war das ja ein Hinweis darauf, welche Farben er besonders gemocht hatte, welche besonders oft zum Einsatz gekommen waren.

Konnte es sein, dass der Mann der grauen Anzüge und braunen Pullover und schwarzen Schuhe eine besondere Vorliebe für Grün gehabt hatte?

Kein dunkles, zurückhaltendes Grün. Kein helles, fast transparentes. Sondern ein sattes, leuchtendes Grün, das sich nicht vor den anderen Farben verstecken musste.

War das möglich?

Bei dem Gedanken wurde mir seltsam mulmig, beinahe schlecht. Das alles passte nicht zu dem Mann, den ich geglaubt hatte zu kennen, weil wir fast zwanzig Jahre im selben Haus gelebt, zusammen gegessen und Sonntagabend die *Tagesschau* geguckt hatten.

Während ich oben in meinem Zimmer gesessen und die Welt verflucht hatte, hatte mein Vater hier, unter der Erde, vermutlich in seinem Sessel gesessen und Schallplatten gehört.

Kam er wirklich gerade vom Malen, wenn er am Wochenende zum Mittagessen die Küche betreten und sich zu meiner Mutter und mir oder nur zu mir an den Tisch gesetzt hatte?

Hatten dieselben Hände, mit deren Hilfe er sein Fleisch zerschnitten hatte, eben noch einen Pinsel gehalten?

Wie konnte es sein, dass ich davon keine Ahnung gehabt hatte?

Einer der größten Vorwürfe, den ich meinen Eltern immer gemacht hatte, war der, dass sie keine Ahnung hatten, wer ich eigentlich war, und mich im Grunde nie wirklich hatten kennenlernen wollen.

Aber was war mit mir?

Wusste ich, wer sie waren?

Hatte ich mir jemals die Mühe gemacht, sie kennenzulernen?

Noch einmal versuchte ich, mich zu überwinden, das Tuch von der Leinwand zu nehmen, um herauszufinden, was genau mein Vater gemalt hatte, an welchem Bild er kurz vor seinem Tod noch gearbeitet hatte.

Aber auch jetzt konnte ich es nicht.

Ich war nicht bereit, mich dem zu stellen. Was auch immer das bedeuten sollte.

Deshalb ließ ich den Blick noch einmal durch den Raum gleiten, über die Dinge, mit denen sich mein Vater umgeben hatte.

War dieser Ort für ihn das gewesen, was mein Zimmer oben für mich gewesen war?

Ein Zufluchtsort?

Ein Rückzugsort?

Ein Ort, an dem man sich verstecken konnte?

Wovor hatte sich mein Vater versteckt?

Auch vor der Welt?

»Sie kommt nicht runter«, sagte Manou, als sie aus dem Schlafzimmer meiner Mutter zurück nach unten und zu uns in die Küche kam.

Nachdem ich aus dem Keller und vor dem, was ich dort gefunden hatte, geflohen war und mein Onkel und Manou das Kartenspiel mit dem Eichhörnchen beendet hatten, waren wir alle hungrig gewesen. Mein Onkel und ich hatten begonnen, etwas zu kochen, während Manou siegessicher nach oben marschiert war, um meine Mutter zum Essen zu holen. Jetzt kehrte sie unverrichteter Dinge zurück und schien ehrlich enttäuscht zu sein.

»Ich wollte sie überreden. Aber sie will nicht.«

Ich hatte es nicht anders erwartet, aber sie schon. Sogar Onkel Theo wirkte, als hätte er auf etwas anderes gehofft.

»Das ist nicht deine Schuld«, versuchte er trotzdem, sie zu trösten. »Es hat nichts mit dir zu tun.«

»Aber ich dachte …«, setzte Manou an, beendete ihren Satz jedoch nicht, sondern ließ sich auf einen der Küchenstühle fallen und machte ein unglückliches Gesicht.

»So ist sie eben«, sagte ich. »Keine zehn Pferde bekommen sie aus diesem Zimmer. Wahrscheinlich müssen wir sie am Ende mit den Füßen voran da raustragen.«

»Annike!«, fuhr mich mein Onkel scharf an.

Manou verstand nicht. »Was soll das heißen?«, wollte sie wissen.

»Nicht so wichtig«, erwiderte er, bevor ich etwas antworten konnte. »Annike spielt mal wieder den Vollhonk. Wie immer.«

Ich verzog das Gesicht.

»Aber ich dachte wirklich, sie würde kommen, wenn ich sie bitte. Ich dachte, sie mag mich ein bisschen.«

»Das tut sie auch«, versicherte Onkel Theo.

»Glaub ich nicht.«

»Doch. Ganz bestimmt.«

»Nein. Sie hat mich angemeckert.«

»Sheesh«, machte mein Onkel.

»Sie hat *was?*«, fragte ich.

»Sie war eine richtige hundsgemeine, schnappermaulige Pampschwester. Sie hasst mich. Wie meine Mama. Und mein Papa auch.«

»Ich könnte kotzen«, schimpfte ich und war mit einem Mal richtig wütend.

»Sie hasst sie doch nicht wirklich«, sagte Onkel Theo zu mir, dann zu Manou: »Sie hasst dich nicht. Und deine Eltern hassen dich auch nicht.«

»Doch.«

»Sie haben dich sehr lieb. Das weiß ich. Aber so was von«, fügte er hinzu.

»Nein. Das ist nicht wahr.« Manou sah beinahe aus, als würde sie gleich weinen.

Mit solch einer Siegesgewissheit war sie nach oben gegangen.

»Ich mach das schon«, hatte sie gesagt.

Klar, sie war ein bisschen überheblich gewesen, aber sie hatte auch wirklich daran geglaubt.

Wie auch nicht?

Sie kannte meine Mutter nicht. Zumindest nicht so, wie ich sie kannte. Die beiden hatten sich nett unterhalten. Meine Mutter war freundlich gewesen, hatte sich von ihrer guten Seite gezeigt. Da musste ein Kind doch glauben, dass sie tatsächlich so war.

Ich wusste es besser.

Aber es war *eine* Sache, dass sie ihre Launen an Onkel Theo oder mir ausließ und uns wie Dreck behandelte. Wir waren erwachsen. Wir konnten damit umgehen, vielleicht, irgendwie.

Aus einem zuversichtlichen, selbstbewussten Kind ein Häufchen Elend machen, war allerdings nicht in Ordnung. Das konnte wirklich nur meine Mutter.

Sie hatte Manou das Gefühl gegeben, sie würde sie hassen. Und auch ihre Eltern würden sie hassen.

»Das geht zu weit«, sagte ich entschlossen und starrte zornig nach oben, als könnte ich meine Mutter durch die Decke mit meinen Blicken aufspießen.

»Was hast du vor?«, fragte Onkel Theo besorgt.

»Ich werde ihr jetzt mal ordentlich die Meinung sagen.«

»Annike. Mach dich locker. Das endet nur wieder im Streit.«

Aber es war zu spät, um mich aufzuhalten.

»Und wie es das wird«, bestätigte ich.

Ich verließ die Küche. Rannte nach oben. Zum ersten Mal wurden meine Schritte nicht kleiner, nicht langsamer, als ich mich der Schlafzimmertür näherte. Sie wurden sogar größer und schneller. Ich hatte eine Mission.

»Was ist eigentlich los mit dir?«, schleuderte ich meiner Mutter entgegen, noch bevor ich ins Zimmer rauschte.

»Aber bitte, Annike, komm doch gerne rein. Nett, dass du klopfst«, gab meine Mutter zurück.

»Du kannst mich mal.«

»Wenn du nur gekommen bist, um mich zu beschimpfen, kannst du gleich wieder gehen. Diese Unverschämtheiten habe ich mir in deiner Jugend genug anhören müssen.«

»Ist das so, ja? Dass ich nicht lache. Du warst immer diejenige, die …«

»Ich möchte gerne meine Sendung zu Ende sehen«, sagte sie kühl, drehte sich demonstrativ von mir weg und dem Fernseher zu.

Mein Blick schoss von ihr zum Gerät und wieder zurück. Mit wenigen großen Schritten war ich beim Fernseher, hob die Hand und schaltete ihn aus.

»Mach sofort wieder an«, verlangte meine Mutter.

»Zwing mich doch.« Provozierend funkelte ich sie an.

Einige Momente lang zögerte sie und schien zu überlegen, was sie tun sollte. »Was habe ich dir jetzt wieder getan, Annike?«, fragte sie schließlich, behielt aber die Kopfhörer weiter auf den Ohren.

»Mir nichts.«

»Willst du mich jetzt für alle Katastrophen dieser Welt verantwortlich machen? Wäre neu, käme aber nicht überraschend.«

»Manou.«

»Was soll mit dem Kind sein?«

»Sie sitzt unten und weint sich die Augen aus«, behauptete ich.

Gut, das war etwas übertrieben, aber ich hatte das Gefühl, der Ernst der Lage erlaubte das.

»Warum? Das hat nichts mit mir zu tun.«

»Und das soll ich dir glauben?«

»Es ist mir egal, was du glaubst. Aber nur aus Interesse: Was soll ich dem Kind angetan haben?«

»Sie hat dich gebeten, nach unten zu kommen.«

»Und ich habe ihr gesagt, dass ich nicht möchte. Besser, sie lernt früher als später, dass nicht alle Wünsche in Erfüllung gehen.«

»Das tut sie schon, keine Sorge«, antwortete ich bissig.

»Dann weiß ich nicht, was du mir vorwirfst.«

»Du hast sie angemeckert.«

»Ich habe nur mit etwas mehr Nachdruck erklärt, dass ich nicht vorhabe, dieses Zimmer zu verlassen, egal, wie sehr sie mir deswegen auf die Nerven geht. Das ist alles.«

»Du machst mich wirklich sprachlos, Mutter, weißt du das?«

»Schön wär's«, gab sie zurück.

»Ich weiß, wie du bist. Ich hatte vierundvierzig Jahre

Zeit, das zu lernen. Aber Manou fand dich nett. Sie dachte, du wärst ein freundlicher Mensch. Jetzt ist sie überzeugt, dass du sie hasst.«

»Das Kind sollte nicht so empfindlich sein.«

»Und sie glaubt, dass ihre Eltern sie auch hassen.«

»Was gehen mich ihre Eltern an?«

»Sie macht gerade eine schwere Zeit durch. Ihre Eltern lassen sich scheiden. Und ihre Mutter ist depressiv.«

»Was hat das bitte mit mir zu tun?«, fragte meine Mutter. »Ich kenne doch ihre Eltern nicht einmal.«

»Ich verstehe dich einfach nicht. Weißt du selbst überhaupt noch, warum du dieses beschissene Zimmer nicht verlässt? Oder hast du das in deinem Trotz längst vergessen?«

»Als würde dich das überhaupt interessieren«, gab sie bitter zurück.

Ich zögerte, schluckte, dann versuchte ich es ruhiger: »Natürlich interessiert mich das.«

»Und warum hast du mich nicht einmal gefragt?«

»Was?«, fragte ich irritiert zurück.

»Du willst also wissen, warum ich nicht mehr rausgehen kann? Warum ich nicht einen einzigen Schritt vor die Tür schaffe? Das willst du wirklich wissen?«

»Will ich.«

»Dein Vater ist vor einem halben Jahr gestorben.«

»Das weiß ich. Stell dir vor.«

Meine Mutter schwieg.

»Tut mir leid«, murmelte ich. »Das wollte ich nicht … Das war …« Ich fuhr mir übers Gesicht, versuchte, durchzuatmen und mich wieder etwas zu sammeln. »Ich verstehe, dass das schwer sein muss«, fuhr ich fort. »Ihr wart lange verheiratet. Du hast ihn geliebt. Er fehlt dir. Aber …« Ich zögerte. »Aber du darfst dich deshalb nicht hier oben verkriechen. Das Leben muss irgendwie für dich weitergehen. Auch wenn ich weiß, dass das nicht leicht ist«, fügte ich hinzu.

Meine Mutter hatte auf den Rand ihrer Bettdecke geschaut, hob jetzt den Kopf und sah mich direkt an.

»Hast du das aus einem Glückskeks?«

»Einem was?«

»Du weißt gar nichts«, erwiderte sie kühl. »Du hast keine Ahnung.«

Ich musste schlucken. »Dann erklär es mir.«

»Ich war fast fünfzig Jahre mit deinem Vater verheiratet. Das ist ein halbes Jahrhundert.«

»Ja, ich kann mir vorstellen, dass ...«

»Kannst du nicht«, widersprach sie sofort. »Du hast keine Ahnung, wie das ist, wenn man sein Leben so lange mit einem Mann geteilt hat. Du hast keine Ahnung, wie es ist, wenn man ihn jeden Tag gesehen und mit ihm geredet hat. Du weißt nicht, wie es ist, wenn man nie ein eigenes Leben hatte. Und jetzt ist es zu spät. Jetzt ist alles zu spät. Deshalb habe ich nicht vor, dieses Zimmer jemals wieder zu verlassen.«

»Kein eigenes Leben? Natürlich hattest du ein eigenes Leben. Und warum zum Teufel sollte es jetzt zu spät sein?«

»Weil ich ...«, setzte sie an, stockte jedoch. »Ich habe nie gearbeitet.«

»Weil du nicht wolltest«, erwiderte ich. »Ich dachte, das wäre ...«

Doch sie verbesserte mich: »Weil ich nicht *konnte*. Und weil dein Vater es für das Beste gehalten hat.«

»Das Beste? Für wen?«

»Für mich.«

Irritiert musterte ich meine Mutter.

»Er wusste immer, was das Beste für mich ist. Er hat mir immer geholfen. Und jetzt weiß ich nicht, wie man das macht.«

»Wie man *was* macht?«

»Alles. Einfach alles.«

»Mutter.«

»Ich kann nicht alleine einkaufen. Ich kann nicht zur Bank gehen. Ich kann nicht einmal richtig Auto fahren. Oder tanken. Oder in so eine Waschstraße. Das hast du selbst gesagt.«

»In eine Waschstraße?«

»Eine Zeit lang sind wir jedes Wochenende in die Waschstraße gefahren. Dein Vater, du und ich. Wahrscheinlich erinnerst du dich nicht mehr daran, weil du noch recht klein warst, aber ...«

»Doch. Ich erinnere mich.«

»Das war damals so schön, oder? Wenn dann das ganze Wasser kam und der Schaum und die großen Rollen, die über uns drübergefahren sind. Weißt du noch?«

Ich nickte.

»Und am Ende hat dann dieser große Föhn alles trocken gepustet. Du meintest damals, das wäre wie ...«

»... in einem U-Boot«, beendete ich ihren Satz.

Meine Mutter schaute zu mir herüber.

»Ja«, murmelte sie. »Wie in einem U-Boot, mit dem man in die tiefste See hinabtaucht. Das hast du gesagt. Weißt du noch?«

»Weiß ich noch.«

Mir glitt ein etwas schiefes Lächeln in die Mundwinkel. Und einen Moment sah es so aus, als würde meine Mutter es erwidern.

»Nur, damit ich das richtig verstehe«, sagte ich. »Du kommst also seit Wochen nicht aus dem Bett und hockst in deinem Zimmer, weil du nicht weißt, wie man durch die Waschstraße fährt?«

Es sollte ein Scherz sein. Ich lachte. Meine Mutter nicht.

»Ich habe gewusst, dass du das nicht verstehst.«

»Nein, ich wollte nicht ... Das sollte nur ...« Ich rieb mir über die Stirn.

Ich hatte es versaut.

»Aber warum glaubst du, dass es für dich zu spät ist?«, versuchte ich es noch einmal.

»Ich will nicht darüber reden.«

»Du kannst es mir sagen. Wirklich«, fügte ich hinzu, aber meine Mutter blieb unnachgiebig.

»Es wäre schön, wenn du die Tür hinter dir zumachen würdest, wenn du gehst«, sagte sie.

»Mutter.«

»Und mach bitte den Fernseher wieder an. Ich möchte jetzt weiter meine Sendung schauen.«

Demonstrativ setzte sie ihre Kopfhörer zurecht und blickte durch mich hindurch auf das Gerät, als wäre es bereits wieder eingeschaltet.

»Ich ...«, wollte ich noch einmal ansetzen, doch es war sinnlos.

Sie würde mir nicht mehr zuhören.

Ich gab auf.

Mit einem unterdrückten Seufzen betätigte ich den Fernsehknopf, zögerte noch einen Augenblick, wartete, aber als meine Mutter nicht reagierte, drehte ich mich um und verließ das Zimmer.

Am Abend wurde das Eichhörnchen langsam munterer. Zum ersten Mal schien der Schleier vor seinen Augen zu verblassen und der Blick klarer zu werden. Es machte jetzt selbstständig einige Hüpfer durch den kleinen Käfig, noch etwas wackelig, aber forsch. Dadurch wurde allerdings die Fütterung nicht einfacher, denn nun mussten wir uns anstrengen, es überhaupt in die Finger zu bekommen.

Ich war erleichtert, dass es nicht so panisch war, wie ich befürchtet hatte. Es sah uns zwar sehr misstrauisch an und versuchte, unseren Händen zu entgehen, aber bei einem so scheuen Tier hatte ich es mir schlimmer vorgestellt. Leider gefiel ihm aber sein Verband gar nicht, denn es hatte begonnen, daran herumzunagen und ihn abzuziehen, um an die Wunde an seiner Seite zu kommen.

Manou, Onkel Theo und ich berieten uns und entschieden, dass wir ihm eine Halskrause basteln wollten, wie Hunde und Katzen sie nach einer Operation bekamen. Das war keine gute Lösung, aber die beste, die uns einfiel. Wir zerschnitten dafür etwas Pappe, die wir zusammenklebten und an einem Stück Mullbinde befestigten, die wir um seinen Hals legten.

Das Eichhörnchen war nicht begeistert. Es schüttelte den Kopf und versuchte, mit den Vorderpfoten die Pappkonstruktion abzuziehen, aber für so viel Anstrengung schien es dann doch noch zu schwach zu sein und gab schließlich auf. Das Gesicht in dem gebastelten Trichter versteckt, hockte es in einer Ecke und hatte den Blick auf den Boden gerichtet, nur das Schnäuzchen lugte heraus. Ich konnte mich nicht entscheiden, ob es bemitleidenswert aussah oder zutiefst beleidigt.

»Kann es damit überhaupt schlafen?«, fragte Manou.

»Ich denke schon«, erwiderte ich. »Die Pappe ist ja nicht so hart. Das wird schon gehen. Und es muss die Halskrause ja auch nicht für immer tragen. Nur so lange ... na ja, bis es besser ist.« Ich war mir selbst nicht ganz sicher, was ich damit meinte.

»Wenn ich hier nicht mehr gebraucht werde«, setzte

mein Onkel an, »mache ich so langsam einen Abflug. Ich bin so was von groggy. Alter Schwede.« Wie zum Beweis gähnte er herzhaft.

»Sicher, Digger«, sagte Manou mit einem Grinsen.

»Soll ich dich mitnehmen, Manou? Ich könnte dich an deiner Homebase absetzen.«

Seit unserem Gespräch am Morgen in der Küche hatte Onkel Theo bereits mehrfach versucht herauszufinden, wo Manou wohnte, wer ihre Oma war und ob irgendwer Bescheid wissen musste, dass sie den gesamten Sonntag bei uns verbracht hatte. Bisher jedoch ohne Erfolg.

»Muss nicht«, antwortete sie auch jetzt. »Ich bleib noch.«

»Aber morgen ist Schule.«

»Nee, ich hab doch Ferien.«

»Die Ferien sind schon zwei Wochen vorbei.«

»Ich komm doch aus einem anderen Bundesland, Onkel Theo«, erwiderte Manou.

»Stimmt. Das hatte ich ganz vergessen.«

»Kann passieren.«

Er und ich sahen uns an, dann erhob sich mein Onkel und legte uns beiden zum Abschied die Hand auf die Schulter.

»Also dann, ihr zwei, ihr drei«, verbesserte er in Richtung des Eichhörnchens. »Peace out.« Er lächelte uns zu, drehte sich um und verließ das Zimmer.

Manou und ich warfen uns einen amüsierten Blick zu.

»Soll ich heute Nacht hierbleiben?«, fragte sie.

»Musst du denn nicht nach Hause? Zu deiner Oma, meine ich?«

»Nö.«

»Wie heißt deine Oma eigentlich? Hast du mir das schon gesagt?«

»Nee, hab ich nicht.«

»Vielleicht kenne ich sie ja.«

»Glaub ich nicht.«

»Möglich wäre es. Ich habe hier lange gewohnt. Viel zu lange, wenn du mich fragst.« Ich wartete. Als Manou nicht reagierte, versuchte ich eine neue Strategie: »Aber würde sie dich nicht vermissen, wenn du heute Abend nicht nach Hause kommen würdest? Deine Oma muss doch wissen, wo du bist.«

»Warum?«

»Weil sie die Verantwortung für dich hat.«

»Ich bin doch kein Baby mehr.«

Manou beobachtete das Eichhörnchen, wie es einschlummerte. Seine Nase senkte sich langsam zum Boden, dann zuckte es plötzlich zusammen, blinzelte, um bereits im nächsten Moment wieder von Neuem einzudösen. Ich tat, als würde ich dem kleinen Tier ebenfalls zusehen. Stattdessen musterte ich jedoch Manou aus dem Augenwinkel.

Ihre Worte waren mir bekannt vorgekommen. Vielleicht war ich deshalb auch so wütend gewesen. Auf meine Mutter. Auf Manous Eltern, die ich nicht kannte. Weil ich die Vorstellung schrecklich fand, dass sich ein weiteres Kind ungeliebt und unsichtbar fühlte, wie ich mir all die Jahre vorgekommen war. Für mich hatte es zumindest meinen Onkel und Frau Adanır gegeben.

Musste ich da nicht versuchen, so ein Mensch für Manou zu sein?

Selbst wenn es nur für eine kurze Zeit sein konnte?

Aber was sollte ich sagen?

Wie konnte ich ihr helfen?

Mir kamen gewöhnliche Plattitüden in den Kopf. Dinge, die Erwachsene zu Kindern sagen, weil sie glauben, diese wollten genau das gerne hören oder sollten es hören oder was auch immer. Mich hätten solche Floskeln damals wütend gemacht. Weil sie nichts bedeuteten. Weil sie zeigten, dass die andere Person nichts verstanden hatte. Weil ich mich dadurch noch unverstandener gefühlt hätte.

»Warum glaubst du eigentlich, dass dich deine Eltern hassen?«, fragte ich deshalb.

Meine Stimme klang seltsam, irgendwie fremd, vielleicht nur in meinen Ohren, aber ich räusperte mich. Gleichzeitig war da ein Druck in meinem Bauch, in meiner Brust. Ich kannte ihn von früher und dachte eigentlich, ich wäre ihn längst losgeworden.

Manou schaute mich überrascht an, die Augen ein wenig misstrauisch zusammengezogen. Sie schien zu überlegen.

»Das habe ich nur so gesagt«, antwortete sie schließlich. Ihre Lippen waren ein fester Strich. Auch das erinnerte mich an mich selbst.

»Dann hast du es nicht ernst gemeint?«

»Nope.«

»Deine Eltern hassen dich nicht?«

Sie deutete eine Mischung aus Schulterzucken und Kopfschütteln an. Offenbar konnte sie sich selbst nicht richtig entscheiden.

»Und es hat auch nichts damit zu tun, dass deine Mutter«, ich zögerte kurz, »Depressionen hat?«

»Was sollte das damit zu tun haben?«

»Weiß ich nicht. Deshalb frage ich ja.«

Manou schwieg.

»Gab es irgendeine Situation?«

»Wovon redest du?«

»Ich will nur wissen, ob was passiert ist.«

»Nichts ist passiert.«

»Aber du weißt hoffentlich, dass du mir alles sagen könntest.«

»Pfff. Was soll ich denn sagen?« Sie seufzte gespielt auf.

»Egal was.«

»Von mir aus.«

Es gab kein Durchkommen.

Manou war viel zu sehr wie ich früher. Ich wäre auch nicht auf so fadenscheinige Versuche hereingefallen.

»Dann erzähle ich was über mich«, schlug ich schließlich vor.

Sie zuckte mit den Schultern, aber ihr Gesichtsausdruck hatte sich verändert. Zum ersten Mal hatte ich das Gefühl, dass sie mir ernsthaft zuhörte, obwohl sie so tat, als würde sie es nicht tun.

»Die Beziehung zu meinen Eltern war früher sehr schwierig«, begann ich. »Wir sind so komplett verschieden. Es hätte mich nicht gewundert, wenn irgendwann herausgekommen wäre, dass ich eigentlich adoptiert bin. Und einige Jahre habe ich mir das wirklich gewünscht.« Ich verdrehte grinsend die Augen.

Manou ging nicht darauf ein, war aber nicht mehr ganz so abweisend.

»Meine Eltern haben sich nie die Mühe gemacht, mich zu verstehen. So kam es mir zumindest all die Jahre vor. Aber wenn ich ehrlich bin ... und glaub mir, es fällt mir echt schwer, das zuzugeben, aber: Ich auch nicht.«

Sie warf mir einen Blick zu, nur ganz kurz, doch ich hatte ihn gesehen.

»Das Leben als Erwachsene ist nicht so einfach«, fügte ich hinzu, merkte aber sofort, dass es ein Fehler gewesen war.

»Das musst du ja sagen«, gab Manou zurück.

»Wieso?«

»Weil du selbst eine bist.«

»Ich habe es so lange aufgehalten, wie ich konnte, glaub mir.« Ich lachte, aber sie reagierte nicht, sondern drehte stattdessen das Gesicht weg.

»Wie sieht es nach den Ferien aus, Commander?«, versuchte ich es noch mal anders.

Manou ging nicht darauf ein. »Wie soll es aussehen?«, gab sie zurück. »Dann sind die Ferien zu Ende.«

»Wohnst du dann wieder bei deinen Eltern?«

»Natürlich. Wieso fragst du das?«

»Nur so.«

»Du redest so einen Mumpitz. Ich bin nur zu Besuch bei meiner Oma. Über die Ferien. Wenn ich noch hier wäre, wenn die Ferien wieder vorbei sind, dann müsste ich doch auch hier zur Schule gehen. In eine neue Klasse. Zu einer neuen Lehrerin. Dann würde ich bei meiner Oma nicht nur im Gästezimmer wohnen, sondern bräuchte ein eigenes Zimmer. Dann müssten meine Eltern meine ganzen Sachen hier vorbeibringen. Inklusive meines Chemielabors. Das wäre doch total bescheuert, oder?«

Zuvor hatte Manou zum Eichhörnchen gesprochen, jetzt drehte sie den Kopf zu mir und sah mich direkt an. »Hältst du uns für komplette Taugenichtse, oder was?«

»Na endlich«, sagte Aisha durchs Telefon.

»Was endlich?«

»Endlich habe ich 'ne waschechte Eichhörnchenretterin am Apparat.« Ich glaubte, ihr Grinsen durch die Leitung hören zu können.

Nachdem auch Manou nach Hause gegangen war, hatte ich es mir mit dem Handy am Ohr in der Sofaecke bequem gemacht, die Beine angewinkelt und mit Blick auf das schlafende Eichhörnchen. Der Fernseher lief im Hintergrund, aber ich hatte den Ton ausgeschaltet. Obwohl ich wusste, dass meine Mutter oben war und nicht herunterkommen würde, sprach ich leise, als könnte sie sonst mithören.

»Die Info hat sich ja schnell verbreitet. Sogar für deine Verhältnisse. Ich habe von den Leuten zu Hause schon eine Million Nachrichten bekommen.«

»Wat soll ich sagen? Heldinnentaten müssen besungen werden.«

»Ich befürchte, so heldinnenhaft war ich gar nicht. Ich habe mir die meiste Zeit in die Hose gemacht. Und wahrscheinlich habe ich es nur getan, weil ich meiner Mutter eins auswischen wollte.«

»So kenne und liebe ich dich. Wollteste dich nich ein kleines bisschen bemühen? Für mich?«

»Aber sie lässt mich nicht«, erwiderte ich, und als Aisha bedeutungsvoll schwieg, fügte ich hinzu: »Ich arbeite dran.«

»Gutes Mädchen. Wie geht's denn dem Hörnchen?«

»Okay, glaube ich. Wir haben ihm eine Halskrause gebastelt.«

»Ich sag doch: Superheldin. Schick ma 'n Foto.«

»Ich muss dir noch was erzählen.«

»Shoot.«

»Ich habe was über meinen Vater rausgefunden.«

»Er war kein langweiliger, spießiger Fußarzt, sondern 'n Schläfer und die grauen Anzüge und Krawatten nur Tarnung?«

»So ähnlich. Ich glaube, mein Vater war ein Musikliebhaber. Ich habe einen Plattenspieler und Schallplatten im Keller gefunden.«

»Andere gehen zum Lachen in 'nen Keller, und dein Vater is nach unten, um Musik zu hören?«

»Scheint so.«

»Wahnsinn«, gab sie ausdruckslos zurück. »Kann ich den anderen nich lieber die Geschichte mit dem Schläfer erzählen?«

»Nein, kannst du nicht. Ich weiß, dass es nach nicht viel klingt. Vielleicht ist es das auch nicht. Aber vielleicht eben doch. Musik war immer mein Ding. Und ich wusste nicht einmal, dass mein Vater überhaupt ein Ding hatte. Also irgendeins.«

»Jeder Mensch hat irgendein Ding.«

»Mag sein. Aber mein Vater kam mir immer so ... so ...«

»... komplett dinglos vor?«, beendete Aisha meinen Satz.

»Total.«

»Is doch schön. Dat er irgendwat hatte. Wär doch traurig, wenn nich.«

»Stimmt«, murmelte ich.

»Wat is mit deiner Mutter?«

»Was soll mit ihr sein?«

»Wat is ihr Ding?«

»Kranksein? Im Bett liegen? Nichtstun?«

»Isse ma endlich runtergekommen?«

»Du meinst, ob die Königin sich herabgelassen hat, das niedere Volk im unteren Teil des Hauses mit ihrer Anwesenheit zu beehren? Nein. Ich glaube, das wird sie auch nicht mehr. Nicht mal unsere Geheimwaffe Manou konnte sie dazu bewegen, dieses verdammte Zimmer zu verlassen.«

»Wer is Manou?«

»Ein Mädchen aus der Nachbarschaft. Sie würde dir gefallen. Und wenn nicht mal Manou es schafft, dass meine Mutter endlich die Treppe runterkommt, kriegt das niemand hin. Sie hat sich nämlich gut mit meiner Mutter unterhalten und fand sie sogar nett.«

»Schockierend.«

»Ja, oder?«

»Aber wer weiß? Vielleicht überrascht dich deine Mutter noch.«

»Was macht dich so optimistisch?«

»Deine Mutter hasst Eichhörnchen und wünscht ihnen den Tod.«

»Und?«

»Und du bringst eins mit in ihr Haus, um es gesund zu pflegen.«

»Und?«

»Und biste noch am Leben oder biste nich mehr am Leben? Ich denke, dann ist wirklich alles möglich.«

Ich hatte mir auf der Couch ein Bett gemacht und war halb eingeschlafen, als ich Geräusche hörte und schlagartig wach wurde.

Mein erster Blick ging zum Käfig, aber das Eichhörnchen schien ruhig. Von ihm kam es nicht.

Woher dann?

Ich hob den Kopf über die Sofalehne und lauschte.

Dann sah ich etwas an der Treppe. Einen Umriss? Einen Schatten? Eine Gestalt?

»Kommst du rein oder schleichst du nur rum?«, fragte ich in die Dunkelheit hinein.

»Du kannst mich gar nicht sehen«, kam es zurück.

»Aber ich höre dich atmen, Mutter. Du klingst wie Darth Vader.«

»Wer?«

»Vergiss es.«

»Woher willst du wissen, dass das nicht das Eichhörnchen ist?«

»Eichhörnchen machen keine Geräusche.«

»Natürlich machen sie Geräusche.«

»Welche?«

»Sie brüllen.«

»Sie keckern vielleicht, aber sie brüllen nicht.«

»Doch. Das tun sie.«

»Hast du sie schon mal gehört?«

»Also ... ich selbst nicht, aber ...«

»Glaub mir, Mutter, sie brüllen nicht.«

»Doch natürlich. Wenn sie von Baum zu Baum springen.«

»Das ist Tarzan.«

»Tarzan ist doch kein Eichhörnchen.«

»Nein. Das weiß ich.«

»Ich auch.«

»Dann sind wir ja wieder mal einer Meinung«, sagte ich seufzend. Als meine Mutter jedoch keine Anstalten machte, näher zu kommen, fügte ich hinzu: »Was ist jetzt?«

»Was soll sein?«

»Setzt du dich zu mir?«

Sie schien zu zögern. Einige Augenblicke lang war alles still, und es war auch keine Bewegung in der Finsternis zu erkennen. Dann hörte ich jedoch langsame Schritte auf mich zukommen, bis meine Mutter hinter der Couch stehen blieb. Im matten Licht, das durch das Fenster ins Wohnzimmer fiel, sah meine Mutter noch älter aus, ihre Haut sehr blass, fast wächsern. Sie trug ein weißes Nachthemd.

»Du weißt schon, dass du wie ein Gespenst aussiehst, oder?«

»Sehr nett.«

»Was denn? Du schwebst doch mitten in der Nacht als Geist verkleidet durchs Haus.«

»Erstens bin ich keineswegs als Geist verkleidet. Das ist ein ganz normales Nachthemd. Und zweitens schwebe ich nicht. Ich laufe.«

Ich musterte meine Mutter aus dem Augenwinkel. Sie hatte tatsächlich ihr Zimmer verlassen. Sie war tatsächlich nach unten gekommen.

Hatten meine Worte vielleicht doch etwas bewirkt?

Ich war mir nicht einmal sicher gewesen, ob sie mir überhaupt zugehört hatte, aber offenbar ...

»Willst du es sehen?« Ich streckte mich über das Sofa und schaltete die Stehlampe daneben ein. Ein warmer gelblicher Lichtschein fiel in den Raum, glitt über die Möbel, den Teppich und den kleinen Käfig, der auf dem Tisch stand. Ich musste blinzeln, meine Mutter auch.

»Das ist es?«, fragte meine Mutter und trat näher zum Eichhörnchen heran. Sie beugte sich vor und schaute in den Stall.

»Das ist es.«

»Es ist ziemlich rot.«

»Ja.«

»Und sehr puschelig.«

»Auch das.«

»Es sieht richtig hübsch aus.«

»Finde ich auch.«

»Für ein Eichhörnchen«, setzte sie hinzu. »Aber so dünn. Und klein. Und irgendwie ... Was hat es denn da um den Hals?«

»Eine Halskrause.«

»Wozu?«

»Damit es sich die Wunde nicht aufbeißt.«

»Habt ihr die selbst gemacht?«

»Warum?«

»Sie sieht nicht sehr professionell aus.«

»Die haben wir aus der Klinik.«

»Ich hoffe, dafür habt ihr kein Geld ausgegeben.«

»Natürlich nicht.«

»Wird es denn ... na ja, ich meine, wird es wieder gesund?«

»Das hoffe ich.«

»Ja«, erwiderte meine Mutter nur. »Und ihr wechselt selber den Verband und gebt ihm seine Medizin und das alles?« Als ich nickte, fragte meine Mutter: »Kannst du das denn?«

»Nein. Aber irgendwie kriegen wir es schon hin.«

Meine Mutter schien erstaunt, fast sogar ein wenig beeindruckt, wenn ich es nicht besser gewusst hätte. »Wie fühlt es sich denn an? Ist es so weich, wie es aussieht?«, wollte sie wissen.

»Du kannst es mal streicheln, wenn du möchtest.«

»Nein danke.«

»Warum denn nicht?«

»Es schläft doch jetzt.«

»Ich meine auch nicht jetzt. Später mal. Irgendwann. Wenn es wach ist und es ihm besser geht.«

»Eher nicht.«

Einige Momente lang schwiegen wir. Meine Mutter hatte sich neben mich auf das Sofa gesetzt, und gemeinsam betrachteten wir den Käfig und das Eichhörnchen, das darin lag und schlief.

»Du bist unten«, sagte ich schließlich und warf meiner Mutter einen kurzen Blick zu.

»Bin ich.«

»Wollen wir darauf anstoßen?«

»Unsinn, Annike. Das ist doch übertrieben.«

»Wir stoßen darauf an«, entschied ich, stand auf und verschwand in der Küche.

Als ich zurückkam, hielt ich zwei gefüllte Schnapsgläser in der Hand, die ich zur Couch trug. Eins gab ich meiner Mutter, das andere behielt ich. Im Lichtschein glänzte die Flüssigkeit beinahe golden.

»Auf dich«, sagte ich und hielt mein Glas in die Höhe.

»Annike. Das muss wirklich nicht sein.«

»Auf dich, Mutter, und den langen Weg nach unten.«

»Meinen langen Weg nach unten? Das klingt furchtbar.«

»Egal«, erwiderte ich.

Meine Mutter musterte mich kurz. Schließlich hob sie die Schultern.

»Also gut. Auf den langen Weg nach unten.«

»Und das Eichhörnchen«, fügte ich hinzu.

»Auf den langen Weg nach unten und das Eichhörnchen.«

Wir stießen an und stürzten beide den Inhalt unserer Gläser hinunter. Überrascht sah meine Mutter mich an.

»Ich habe leider nur Apfelsaft gefunden«, erklärte ich mit einem schiefen Lächeln. »Du hast offenbar nicht einen Tropfen Alkohol im Haus.«

»Findest du den Käfig zu klein?«, fragte ich nach einem kurzen Moment des Schweigens, in dem wir in unsere Gläser geguckt hatten.

»Den Käfig?«

»Ja. Wir haben ihn von der Klinik mitbekommen. Und bisher war er ganz okay, weil das Eichhörnchen sowieso die meiste Zeit geschlafen hat. Aber langsam wird es munterer, deshalb dachte ich …«

»Er ist schon recht klein«, überlegte meine Mutter. »Diese Tiere rennen und springen ja so viel rum und buddeln die ganze Zeit und machen ihre Eichhörnchensachen.«

»Und sind dir deshalb ein Dorn im Auge.«

»Und sind mir deshalb ein Dorn im Auge«, stimmte sie zu. »Aber für diese ganzen Eichhörnchensachen scheint mir da drin zu wenig Platz zu sein.«

»Dann fahre ich vielleicht morgen mal in eine Tierhandlung. Da muss es ja größere Käfige geben. Du könntest mitkommen«, schlug ich vor.

»Ich? In die Tierhandlung?«

»Wir könnten dabei einen Abstecher in die Waschanlage machen.«

Überrascht schaute meine Mutter auf. Einige Augenblicke schwieg sie. Dann bewegte sie unentschieden den Kopf.

»Lieber nicht.«

»Aber vielleicht ein anderes Mal?«

»Vielleicht.«

Fünf

»Es ist doch gar nicht Dienstag«, sagte ich überrascht, als ich am nächsten Morgen die Tür öffnete und Frau Adanır vor mir stand.

Es war kurz vor halb neun, und anders als gestern war Manou noch nicht da. Ich hatte nicht erwartet, dass sie plötzlich klingeln und durch die Eingangstür kommen würde. Aber mit Frau Adanır hatte ich auch nicht gerechnet.

»Oder ist heute Dienstag?«, fragte ich deshalb sicherheitshalber.

»Nein.« Sie lachte. »Heute ist Montag, Annike.«

»Wusste ich's doch. Meine Mutter ist oben«, fügte ich hinzu und deutete in Richtung Treppe. »Wo auch sonst«, murmelte ich.

Nach ihrem nächtlichen Besuch am Eichhörnchenkrankenlager hatte ich ein bisschen gehofft, meine Mutter würde morgens einfach in der Küche stehen. Ganz selbstverständlich. Als wäre alles wieder ... na ja, halbwegs normal zumindest. Aber stattdessen hatte sie in ihrem Bett gethront, als hätte es unser Gespräch nicht gegeben.

»Ich will nicht zu deiner Mutter.«

»Nein?«

»Ich will zu dir. Ich habe einen Job für dich.«

»Einen Job? Warum?«

»Hast du gerade einen?«

»Na ja, nein, aber ...«

»Dann brauchst du einen«, sagte Frau Adanır entschlossen und nickte sich selbst dabei zu.

Frau Adanır hatte mir früher kleine Gelegenheitsstellen besorgt. Mal mit einem Hund Gassi gehen, mal für eine alte Frau die Mülltonnen rausstellen, mal den Rasen mähen. Zu ihren geheimen Superkräften gehörte es, immer zu wissen, wer was gerade suchte und brauchte. Als Teenager hatte ich mir damit mein Taschengeld aufgebessert, um Musikunterricht zu bezahlen.

»Du musst mir doch keinen Job mehr suchen«, sagte ich. »Ich bin jetzt schon groß, und ich ...«

»Aber du bleibst dieses Mal länger.«

»Ähm ... ja, ein bisschen. Gezwungenermaßen sozusagen. Aber woher weißt du das überhaupt?«

»Man hört auf der Straße dies und das. Du weißt ja, wie das ist.«

»Man hört das auf der Straße?«

»Und da dachte ich ...«

»Aber so lange bleibe ich auch wieder nicht. Nur ein paar Tage. Vielleicht eine Woche. Mehr nicht. Auf keinen Fall mehr. Nein. Wirklich nicht.«

»Das passt perfekt.«

»Ich traue mich gar nicht zu fragen, aber: wofür?«

Als wäre das schon eine Zusage, hielt Frau Adanır einen Schlüssel in die Höhe.

»Ich soll heimlich Schlüssel nachmachen für einen Einbruch?«, fragte ich.

»Du bist ein Scherzkeks«, erwiderte sie. »Der gehört Frau Cavalleri. Sie braucht jemanden, der in ihrem Haus die Blumen gießt. Sie ist nämlich im Urlaub. Und jetzt rate, für wie lange?«

»Eine Woche?« Ich kniff die Augen zusammen, als

würde ich einen Schlag ins Gesicht erwarten und wollte nicht hinsehen.

»Ziemlich genau.«

»*Ziemlich* genau?«

»Deshalb ist das der perfekte Job für dich. Außerdem hast du einen grünen Daumen und machst so was doch gern.«

»Aber ...«, wollte ich einwenden, doch Frau Adanır schüttelte sofort den Kopf.

»Keine Widerrede, Annike. Du bekommst dafür hundert Euro. Das ist leicht verdientes Geld. Dazu sagt man nicht Nein. Nimm den Schlüssel.«

Sie hielt mir das kleine Metallding so schwungvoll und bestimmt entgegen, dass ich gar nicht anders konnte, als es zu nehmen. Als ich es tat, machte sie ein zufriedenes Gesicht.

»Das ist die Adresse. Und das sind die Anweisungen.« Sie zog zwei gefaltete Zettel aus ihrer Handtasche. »Du musst die Blumen drinnen gießen. Und draußen den Rasensprenger anmachen. Viel mehr ist es nicht.«

»Wenn du es sagst.«

»Aber ich warne dich vor.«

»Auch das noch«, murmelte ich.

»Frau Cavalleri ist eine große Blumenliebhaberin. Also nicht erschrecken: Es sind vielleicht ein paar mehr Pflanzen«, sagte Frau Adanır.

»Und du behauptest, es wäre leicht verdientes Geld.«

»Ist es trotzdem. Außerdem hast du dann eine Aufgabe und bist ...«

»Von der Straße weg?«

»Ach, Annike.« Sie beugte sich vor und drückte mich fest. »Du wirst dich nie ändern.«

»Eher nicht.«

Sie küsste mich auf die Wange, drehte sich dann um.

»Ich muss los. Aber ich wünsche dir viel Spaß mit den Blumen.«

Damit war sie weg, und mir blieb nichts anderes übrig, als mit dem Gefühl, überrollt worden zu sein, die Tür zu schließen.

Als ich in die Küche kam, saß Manou wie selbstverständlich am Tisch. Sie hielt ihr Telefon in den Händen und las.

»Wann gibt's Frühstück?«, wollte sie anstelle einer Begrüßung wissen.

»Ich schätze, wenn Onkel Theo da ist. Wie immer«, fügte ich hinzu, weil sich zwischen uns bereits eine kleine Routine eingestellt hatte.

»Wann kommt er?«

»Keine Ahnung. Irgendwann gleich? Aber wir können ja schon mal anfangen, den Tisch zu decken.«

»Okay.« Sie nickte. »Ich habe schon nach Flitzi geguckt. Es geht ihr gut.«

»Flitzi? Was für ein starker Superheldinnenname soll das sein?«

»Ich habe mich heute für einen Namen entschieden, der eine besondere Eigenschaft von Eichhörnchen hervorhebt. Und flitzen tun sie ja, deshalb kam mir das sehr passend vor.«

»Klingt einleuchtend.«

»Ja, oder?«, fragte sie mit einem Grinsen. »Guck mal, was ich gefunden habe.« Sie hielt mir ihr Handy hin, auf dessen Bildschirm sie eine Seite über Eichhörnchen aufgerufen hatte.

»Was steht da?«

»Dass wir heute in ein Tiergeschäft fahren und einen großen Käfig kaufen sollen.«

»Ich bin beeindruckt, wie genau das auf unsere Situation passt. Das schafft nur ganz große Literatur.«

»Keine Ahnung, was für einen Unfug du da wieder erzählst, aber wenn es darauf hinausläuft, dass wir nach dem Frühstück für unser Eichhörnchen shoppen gehen, bin ich dabei.«

Manou und ich machten uns daran, den Küchentisch zu decken, als mein Onkel kam. Beim Bäcker hatte er Brötchen und Schokostütchen gekauft, von jedem drei und für sich selbst Abgepacktes aus dem Supermarkt. Falls ich gedacht hatte, dass meine Mutter nach meinem Wutausbruch gestern und unserem nächtlichen Treffen mit uns frühstücken würde, hatte ich mich geirrt. Sie blieb oben, und Onkel Theo brachte ihr einen Teller und eine Tasse Kaffee ans Bett. Ich musste an *Dinner for One* denken. Same procedure …

Als wir alle aufgegessen und die Spülmaschine eingeräumt hatten, machten mein Onkel, Manou und ich uns gemeinsam auf den Weg in ein Tierfachgeschäft. Wir sahen uns eine Weile im Kleintierbereich um, mussten aber ziemlich ernüchtert feststellen, dass es keinen einzigen richtig großen Käfig gab. Die längsten und breitesten schienen immer noch zu kurz und schmal für ein Eichhörnchen zu sein, das hoffentlich bald wieder springen und klettern und laufen wollte.

»Kann ich Ihnen vielleicht helfen?«, fragte uns eine Verkäuferin, deren misstrauische Blicke ich seit einigen Minuten bemerkt hatte. Sie trug eine blaue Weste mit Pfotenmuster, die sie beim Näherkommen zurechtgerückt hatte wie ein Cowboy. Sie hatte sich angeschlichen und sah uns an, als könnten wir jederzeit eines der Kaninchengehege stehlen und unter unseren Pullovern nach draußen schmuggeln. Ihr breitbeiniger Stand mit in die

Hüften gestützten Händen erinnerte mich an das Security-Personal in Kaufhäusern, das bedrohlich wirken wollte, so, als wäre es bereit, sich jeden Augenblick mit einem Hechtsprung auf potenzielle Diebe zu stürzen, die einen Lippenstift für fünf Euro eingesteckt hatten.

»Wir suchen einen Käfig für ein Tier«, sagte mein Onkel, obwohl Manou und ich ihn mit Gesten davon hatten abhalten wollen, auf diese Fangfrage zu antworten.

Ich vermied es grundsätzlich, in Geschäften beraten zu werden, und Manou schien es ebenso zu gehen.

»Da haben wir eine große Auswahl, wie Sie hier sehen«, erwiderte die Verkäuferin und deutete auf die vielen zu kleinen Käfige, die wir bereits für unser Eichhörnchen ausgeschlossen hatten.

»Ja, wir dachten da an etwas ...«, setzte Onkel Theo an.

»Was sollen das für Ministälle sein?«, fragte dagegen Manou entschieden. »Wir wollen einen großen Käfig. Die sind alle viel zu klein. Was soll da reinpassen, zum Teufel? Eine Kaulquappe?«

»Diese Käfige sind sicher nicht für Kaulquappen geeignet. Wenn Sie etwas für eine Kaulquappe suchen, sollten Sie sich lieber in der Aquarienabteilung umsehen«, erwiderte die Verkäuferin ungerührt.

»Wir suchen keinen Stall für eine Kaulquappe«, widersprach ich. »Es sollte nur einfach etwas Größeres sein.«

»Und nicht gegen das Tierrecht verstoßen«, warf Manou ein.

»Tierschutzgesetz«, verbesserte ich.

Die Verkäuferin musterte uns der Reihe nach und schien zu überlegen, was sie von uns halten sollte.

Schielte sie sogar auf das Funkgerät, das an ihrem Gürtel hing?

»Einfach etwas bigger, verstehen Sie?«

»Bigger«, wiederholte die Verkäuferin.

»Größer«, fügte ich hinzu.

»Ich verstehe. Sie suchen also einen Käfig, der etwas größer ist als diese hier.«

»Akkurat.«

»Genau.«

»Die Latschliese hat's geschnallt«, murmelte Manou, und ich musste mich zusammenreißen, um nicht loszulachen.

»Wenn Sie nach einem größeren Tierkäfig suchen, sind Sie hier natürlich falsch.«

»Seht ihr«, sagte ich erleichtert. »Das sind gar nicht die einzigen Käfige, die sie haben. Die großen stehen woanders. Entschuldigen Sie, wir dachten wirklich, diese winzigen Gefängnisse wären für Kaninchen und Meerschweinchen.«

»Die *sind* für Kaninchen und Meerschweinchen.«

»Aber keine ausgewachsenen Tiere. Babys, oder? Winzig kleine ...«, versuchte ich es.

»Für ganz normale adulte Kaninchen und Meerschweinchen.«

»Echt?«

»Adult? Guck mal, Onkel Theo, die Frau quatscht genauso komisches Zeug wie du«, sagte Manou grinsend.

»Das sagt der richtige Schlawiner«, gab mein Onkel zurück.

»Suchen Sie eher eine Art Zwinger?«, fragte die Verkäuferin.

»Ein Hundegefängnis?«, kam mir Manou zuvor, ehe ich antworten konnte. »Pfui nein.«

»Zeigen Sie uns doch einfach die großen Käfige«, schlug ich vor. »Da wird bestimmt was für uns dabei sein. Alles ist besser als ... na ja ... das hier.«

»Dann folgen Sie mir bitte«, erwiderte die Frau säuerlich, drehte sich abrupt um und achtete nicht darauf, ob wir ihr wirklich nachliefen.

Onkel Theo und Manou warfen mir einen fragenden Blick zu. Ich hob die Schultern.

»Fürs Eichhörnchen«, sagte ich.

»Fürs Eichhörnchen«, sagten sie gemeinsam.

»Das hier sind unsere schönen großen Volieren«, erklärte die Verkäuferin, als wir sie eingeholt hatten. Sie deutete auf einige Drahtbehausungen, die nicht viel größer als die Kleintierställe schienen.

»Was sind Volieren?«, wollte Manou wissen.

»Käfige für Vögel«, flüsterte ich ihr zu.

»Darin sollen Vögel leben?«

»So ist es«, bestätigte die Verkäuferin.

»Aber die haben Flügel.«

»Das ist mir bekannt.«

»Sie können fliegen.«

»Nicht alle. Manchen werden die Flügel auch gestutzt, sodass sie nicht ...«

»Was soll das heißen? Gestutzt? Abgeschnitten?«, fragte Manou aufgebracht.

»Natürlich nicht«, widersprach die Frau entrüstet. »Dabei werden nur die Schwungfedern beschnitten, um den Tieren die Flugfähigkeit zu nehmen. Damit sie nicht einfach wegfliegen können.«

»Also doch abgeschnitten.«

»Nur einzelne Federn. Das tut den Vögeln gar nicht weh.«

»Woher weißt du das? Bist du ein Vogel?«

»Außerdem ist es zu ihrem eigenen Schutz.«

»Zu ihrem eigenen Schutz?«, fragte ich nach.

»Ja, damit sie sich beim Fliegen in beengten Räumen nicht verletzen.«

»Wie in den winzigen Vogelgefängnissen hier?«, fauchte Manou und deutete mit einer großen Bewegung auf die Volieren.

»Diese Volieren haben ein Standardmaß.«

»Frag mich, was meine Superkraft wäre, wenn ich mir eine aussuchen dürfte.«

»Wie bitte?«

»Frag mich!«, forderte Manou die Verkäuferin auf.

»Ich will dich nicht fragen. Ich will hier nur meinen Job machen. Ich arbeite seit fünfunddreißig Jahren im Tierfachhandel und habe außerdem eine Ausbildung als staatlich anerkannte Hundemasseurin, und ich ...«

»Fliegen«, unterbrach Manou sie laut. »Ich würde immer Fliegen nehmen. Und du findest es okay, dass den einzigen Lebewesen, die fliegen können, einfach die Flügel abgeschnitten werden, damit sie aus ihren Vogelgefängnissen nicht wegfliegen können.«

»Das habe ich nie gesagt«, erwiderte die Verkäuferin und schaute sich unsicher um, ob andere Menschen sie gehört haben könnten. Hilfe suchend wandte sie sich schließlich an mich: »Das habe ich nie gesagt.«

Es war für mich eine neue Erfahrung, dass man offenbar mich für die Person hielt, mit der man vernünftig reden konnte, und ich war mir nicht ganz sicher, ob ich beleidigt sein sollte. Gleichzeitig tat mir die Verkäuferin fast ein bisschen leid. Sie stand inzwischen nicht mehr breitbeinig wie ein Sheriff vor uns, sondern wirkte stark verunsichert.

»Vielleicht haben wir ja falsch angefangen. Vielleicht versuchen wir es noch einmal?«, schlug ich vor. »Wie fangen Sie denn normalerweise an?«

»Ich frage, ob ich Ihnen helfen kann.«

»Das hatten wir ja schon, und jetzt stehen wir hier. Was kommt danach?«

»Ich frage, für welches Tier Sie einen Käfig suchen.«

»Klingt gut. Also los.«

Die Verkäuferin deutete ein dankbares Lächeln an, richtete ihre blaue Marktweste und ihr Namensschild und setzte neu an: »Für welche Art Tier suchen Sie denn einen Käfig?«

»Ein Eichhörnchen.«

»Ist es ein wild lebendes Eichhörnchen oder ein Zuchteichhörnchen?«, fragte sie weiter und wirkte nicht überrascht.

»Es gibt Zuchteichhörnchen?«

»Natürlich. Eichhörnchen erfreuen sich als Haustiere zunehmender Beliebtheit.«

»Ach ja?«

»In den letzten Jahren ist ein vielfältiges Angebot an Zuchteichhörnchen entstanden. Es sollte aber darauf geachtet werden, dass Eichhörnchen ausschließlich aus einer seriösen Zucht gekauft werden. Nur so kann man sicher sein, dass das Tier nicht krank ist oder total verfloht. Das mag im Zweifel etwas teurer sein, aber das Geld ist es auf jeden Fall wert.«

»Wie teuer sind Eichhörnchen denn?«, wollte ich wissen.

»In Kleinanzeigen findet man sie manchmal schon für hundert Euro.«

»In den *Kleinanzeigen*?«

»Aber davon würde ich Ihnen abraten. Bei seriösen Züchtern bekommen Sie meist auch eine ausführliche Beratung, und diese organisieren auch oft den Tierversand mit einer geprüften Spedition.«

»Und dann was? Kommen die Tiere in eine Papp-schachtel, und es wird eine Briefmarke draufgeklebt?«

»Natürlich nicht. Dafür gibt es spezielle Bestimmungen. Haben Sie denn ein Eichhörnchen aus einer seriösen Zucht gekauft?«

»Nein, es ist ein wild lebendes.«

»Es ist nicht erlaubt, ein wild lebendes Eichhörnchen aus der Natur zu entnehmen.«

»Wir haben Ronaldo nicht entnommen«, widersprach Manou. »Er wurde von der menschlichen Katze gefressen.«

»Was?«

»Ronaldo. Wie der Fußballer Ronaldo. Der richtige. Nicht die ganzen Nachmacher, die danach kamen.«

»Ich glaube, ich verstehe nicht.«

»Unser Eichhörnchen ... Ronaldo«, fügte Onkel Theo hinzu, »wurde von einer Katze angegriffen, die der Legende nach ein menschliches Gesicht hat. Wir pflegen es wieder gesund. Also, das Eichhörnchen ... Ronaldo.«

»Der Legende nach?« Ich musste lachen und stieß meinem Onkel in die Seite.

Die Verkäuferin suchte mit den Augen nach einer Kollegin im Laden, konnte aber offenbar niemanden entdecken, der ihr zu Hilfe eilen würde. Schließlich ergab sie sich ihrem Schicksal und sah wieder zu uns.

»Also gut«, sagte sie geschäftsmäßig. »Halten Sie das Eichhörnchen einzeln oder in Gesellschaft?«

»Da nur Ronaldo von der menschlichen Katze verletzt wurde, halten wir ihn alleine.«

»Oder sie«, warf Manou ein.

»Oder sie«, bestätigte ich. »So genau wissen wir das nicht. Und wir behalten es nur so lange, bis es wieder ...«

»Bei einem einzelnen Eichhörnchen reicht auf jeden

Fall eine Voliere«, sprach die Frau über uns hinweg, »die drei Meter breit, zwei Meter tief und etwa zweieinhalb Meter hoch ist. Außerdem brauchen Sie einen Kobel. Man sagt, es sollte ...«

»Shit, an einen Kobel haben wir überhaupt nicht gedacht«, sagte Onkel Theo.

»Man sagt, dass man ein bis zwei Kobel pro Tier bereithalten sollte. Sie brauchen Äste und Sitzbretter und Seile. Heu und Stroh eignen sich besonders gut zum Auspolstern der Kobel. Sie können dem Eichhörnchen ...«

»Ronaldo.«

»Ich würde Ihnen auch Korkröhren empfehlen. Diese erhalten Sie hier in unserer Reptilienabteilung.« Sie deutete hinter sich. »Wenn Sie gleich mehrere nehmen, kann ich Ihnen einen guten Preis machen. Eichhörnchen nutzen die Röhren sehr gerne, um sich darin zu verstecken. Und im Sommer schlafen sie auch gerne darin.«

»Krass, Sie kennen sich ja ziemlich gut aus«, stellte mein Onkel fest.

»Das ist doch selbstverständlich. Das ist mein Beruf. Und auch meine Berufung. Ich bin wie gesagt seit fünfunddreißig Jahren im Tierfachhandel und zudem staatlich anerkannte ...«

»Hundemasseurin«, beendete ich ihren Satz.

»Genau.« Sie schien sich zu freuen, dass ich mir das gemerkt hatte. »Ich nehme an, über die spezielle Fütterung von Eichhörnchen sind Sie informiert?«

»Natürlich«, antwortete ich langsam und tauschte mit Manou und Onkel Theo Blicke. »Aber man lernt ja nie aus.«

»Dann empfehle ich Ihnen unser Fachbuchsortiment vorne an der Kasse. Da gibt es auch einige Ratgeber zur Eichhörnchenhaltung.«

»Die GU-Ausgabe für Eichhörnchen?«

»Ich weiß nicht genau, ob wir die dahaben. Falls nicht, können wir sie bestimmt bestellen«, sagte sie professionell und setzte sich plötzlich in Bewegung, so schnell, dass wir kaum mithalten konnten.

Aber vielleicht war das auch der Plan.

»Kommen Sie mit, ich zeige Ihnen alles. Und nehmen Sie sich gerne einen unserer praktischen Einkaufskörbe. Damit können Sie die ganzen Sachen leichter tragen.«

Am Ende gingen wir zwar ohne Käfig, aber dafür mit jeder Menge Einrichtungsmaterial und einem Buch über Eichhörnchen nach Hause.

»Warum guckt ihr denn alle so?«, fragte meine Mutter, als sie in die Küche kam.

Onkel Theo, Manou und ich saßen bereits um den Mittagstisch und hatten gerade mit dem Essen anfangen wollen, als wir Schritte gehört hatten. Wir hatten uns Blicke zugeworfen, aber nicht gewagt, etwas zu sagen, ganz so wie bei unserem Eichhörnchen, als wollten wir ein sehr scheues Tier nicht durch ein unachtsames Geräusch verschrecken. Aber offenbar verrieten unsere Gesichtsausdrücke uns trotzdem.

»Wir gucken doch gar nicht so«, behauptete ich trotzdem, und mein Onkel schüttelte zustimmend den Kopf.

Nur Manou widersprach uns: »Also, ich gucke so, weil du nie nach unten kommst«, sagte sie.

»Nie stimmt natürlich nicht«, verbesserte Onkel Theo schnell. »Nur ... ähm ... in letzter Zeit nicht.«

Aber meine Mutter zuckte die Schultern. »Jetzt bin ich ja da«, erwiderte sie.

»Und darüber freuen wir uns sehr. Ist doch so, oder?«
Er warf uns vielsagende Blicke zu.

Manou nickte eifrig. Ich nicht ganz so.

»Setz dich, setz dich.« Onkel Theo stand auf, zog den freien Stuhl für seine Schwester zurück und beeilte sich, einen Teller und Besteck aus dem Schrank zu holen.

Während meine Mutter Platz nahm, räumte er geschäftig um sie herum wie ein Kellner, schenkte ihr Wasser ein, reichte ihr eine Serviette, fragte sie, ob sie mehr Soße wolle. Zumindest war mir ihr Verhältnis immer so vorgekommen. Er lief um sie herum und tat alles für sie, und sie saß da und tat nichts.

»Sind das etwa Fischstäbchen?«, wollte meine Mutter wissen.

»Ja, weil ...«, stammelte Onkel Theo.

»Ich liebe Fischstäbchen«, gab Manou dazu.

»Fischstäbchen sind doch kein richtiges Essen.«

»Ich weiß ... ähm ... aber«, versuchte sich mein Onkel zu entschuldigen.

Manou blieb ungerührt. »Wieso nicht?«, wollte sie wissen.

»Es sind irgendwelche gepressten Fischabfälle mit billiger Panade. Das kann man doch nicht zu Mittag essen.« Der Gesichtsausdruck meiner Mutter war beinahe angewidert.

Onkel Theo sah aus, als würde er sich am liebsten unsichtbar machen.

»Ich kann das«, erwiderte Manou entschieden und spießte wie zum Beweis ein Stäbchen auf, das sie dann von beiden Seiten abnagte, ehe sie sich den Rest in den Mund schob.

»Du bist noch jung. Du weißt es nicht besser«, kommentierte meine Mutter und richtete sich wieder an ihren Bruder: »Aber du schon«, sagte sie. »Und sag mir jetzt bitte nicht, dass das ...« Sie deutete mit dem ausgestreckten Zeigefinger auf die Schüssel in der Mitte, als wollte sie uns alle auf einen schrecklichen Unfall aufmerksam machen.

»Stampfkartoffeln sind?«, beendete Manou ihren Satz.

»Doch, Lady. So ist es.« Sie war auf ihren Stuhl geklettert und lud sich mit dem Löffel einen großen Schwung Püree auf den Teller.

»*Lady?*« Ich lachte.

»Was denn? Passt doch.« Sie grinste mich an.

Meine Mutter fand daran nichts lustig. »Stampfkartoffeln?«, sagte sie und betrachtete mit gehobenen Augenbrauen Manous Teller. »Wirklich? Und wahrscheinlich nicht einmal aus echten Kartoffeln, wie ich dich kenne, Theo. Sondern so komisches trockenes Pulver, das man mit Wasser übergießt.«

»Das schmeckt doch am besten«, erwiderte Manou.

»Möchtest du lieber was anderes?«, fragte Onkel Theo sofort. »Du musst natürlich keine Stampfkartoffeln essen. Ich könnte auch noch was anderes kochen. Willst du lieber Nudeln? Oder Reis?«

»Jetzt guck nicht so böse, Lady Edith«, forderte Manou meine Mutter auf und verstrich das Püree auf ihrem Teller, anschließend schichtete sie Gemüse darauf. »Es gibt nichts Besseres als Stampfkartoffeln.«

Im Gesicht meiner Mutter zuckte ein Muskel. Ich bewunderte Manou für ihren Mut, aber ich war mir nicht sicher, ob sie den nicht mit ihrem Leben bezahlen würde. Einen Moment musterte meine Mutter sie, dann wandte sie sich wieder Onkel Theo zu.

»Es gibt also Stampfkartoffeln, Theo?«

»Ja, also ... Ja, es gibt Stampfkartoffeln, Edith.«

»Bist du dir sicher?«

»Ob ich mir sicher bin, dass es Stampfkartoffeln sind?«

»Für mich sieht es mehr nach Pizza aus«, antwortete meine Mutter.

»Pizza? Wieso Pizza? Willst du lieber Pizza?«

Mir tat mein Onkel richtig leid. Er war so froh, dass seine Schwester endlich ihr Zimmer verlassen hatte, und gleichzeitig so nervös, sie könnte wieder nach oben verschwinden, wenn irgendetwas nicht so war, wie sie es wollte. Mir ging ihr Verhalten dagegen bereits ziemlich auf die Nerven. Wenn sie Pizza wollte, sollte sie sich doch welche bestellen. Es hinderte sie niemand daran.

In diesem Moment fing Manou an zu lachen.

Weder Onkel Theo noch ich hatten damit gerechnet. Überrascht guckten wir sie an. Ich meinte, ein leichtes Grinsen in den Mundwinkeln meiner Mutter entdecken zu können.

Wieso?

Woher kam das plötzlich?

»Pizza!«, sagte Manou und lachte weiter. »Ja, Pizza.«

»Das Kind hat es verstanden«, erwiderte meine Mutter.

»Hat *was* verstanden?« Onkel Theo war verwirrt.

Ich musterte meine Mutter, schließlich sah ich zu Manou, schaute auf ihren Teller. Sie hatte das Püree über die gesamte Fläche gestrichen wie einen Teig und es mit Gemüse belegt. Endlich fiel der Groschen.

»Du hast einen Witz gemacht«, stellte ich nüchtern fest.

»Hin und wieder mache ich so was, ja«, antwortete meine Mutter genauso trocken.

»Einen Witz? Was denn für einen Witz?«, wollte Onkel Theo ratlos wissen. Sein Blick huschte abwechselnd zu meiner Mutter, zu Manou und zu mir.

»Sollen wir ihn erlösen oder noch ein bisschen schmoren lassen?«

»Schmoren lassen, schmoren lassen, schmoren lassen«, rief Manou.

»Von meiner Seite spricht nichts dagegen«, sagte auch meine Mutter, aber Onkel Theo machte ein so unglückliches Gesicht, dass ich nicht anders konnte, als die Sache aufzuklären.

»Ach so.« Jetzt lachte auch er, noch nervös, aber sichtbar erleichtert. »Pizza, ja. Jetzt ... klar.«

Er ging zurück zu seinem Stuhl, ließ sich fallen, als wäre er plötzlich sehr erschöpft, und tat, als müsste er dringend das Essen auf seinem Teller sortieren. Zwischendurch nahm er so hastig einen Schluck Wasser, dass er husten musste.

»Bist du jetzt etwa beleidigt?«, fragte meine Mutter kühl.

»Was? Nein. Nein, natürlich nicht. Alles gut. Wirklich.«

»Der Witz war ja nicht über dich, Onkel Theo.«

»Ein bisschen schon«, widersprach meine Mutter.

»Ja, ein bisschen schon, Onkel Theo.« Manou lachte. »Du hast es einfach nicht gecheckt.«

»Genau, kleiner Bruder. Du hast es einfach nicht gecheckt.«

Ich sah die beiden strafend an.

Keine Ahnung, wieso mein Onkel sich dieses kleine Geplänkel so zu Herzen nahm. Aber es war offensichtlich, dass er es tat. Da mussten meine Mutter und Manou ihn nicht zusätzlich ärgern.

»Es war nur ein Scherz, Onkel Theo«, flüsterte ich ihm zu und hoffte, meine Mutter würde mich nicht hören.

Aber natürlich tat sie es.

»Es war nur ein Scherz. Sei nicht immer so schrecklich empfindlich, Theo«, sagte sie tadelnd und pikste mit der Gabel in eine Paprika.

Ich sah, wie schwer Onkel Theo schluckte. Schweiß stand auf seiner Stirn, etwas zuckte in seiner Wange, die Unterlippe zitterte leicht. Er rang mit sich.

Verborgen von der Tischplatte griff ich nach seiner Hand. Seine Finger wirkten kalt und verkrampft. Ich umschloss sie mit meinen und drückte sie sanft. Erst dachte ich, meine Berührung würde nicht ankommen, aber dann bemerkte ich seinen kurzen, dankbaren Blick in meine Richtung. Ich nahm seine Hand noch etwas fester.

»Wenn hier die Stimmung offenbar so mies ist, kann ich auch wieder nach oben gehen«, sagte meine Mutter, legte bereits ihr Besteck zurück und machte Anstalten aufzustehen.

Es ging ein Ruck durch meinen Onkel, den ich in meinem Arm spürte. Er sah aus, als würde er die Luft anhalten. Auch Manou wirkte erschrocken.

»Nein«, hörte ich plötzlich meine eigene Stimme.

»Wie bitte?«

»Nein«, wiederholte ich und schaute meine Mutter entschlossen an. »Nein, du gehst nicht wieder nach oben. Wir essen jetzt hier zusammen. Wie eine ganz normale Familie. Es gibt leckere Stampfkartoffeln mit Fischstäbchen und Gemüse.«

Alle sahen mich erstaunt an. Ich war nicht weniger überrascht von mir selbst. Meine Mutter schien unsicher, was sie sagen oder tun sollte. Aber zumindest blieb sie sitzen. Auf mehr konnte ich gerade nicht hoffen.

»Und es werden jetzt keine Witze mehr gemacht«, fügte ich hinzu.

»Gar keine?«, fragte Manou leise.

»Gar keine«, bestätigte ich.

Einige Momente lang war es still zwischen uns. Ich beobachtete erleichtert aus dem Augenwinkel, dass meine Mutter Messer und Gabel wieder aufgenommen hatte und weiteraß, wenn auch auf eine vorwurfsvolle Art, wie ich fand. Das konnte auch nur meine Mutter. Vorwurfsvoll essen. Manou hatte ihre Kartoffelpizza fertig belegt und zerschnitt sie nun, als würde sie tatsächlich Teig essen und nicht Püree. Onkel Theo trank noch einige Schlucke Wasser und stocherte mit der Gabel in seinem Essen.

»Gar keine Witze, das muss auch nicht sein«, murmelte er.

»Ein Glück«, seufzte Manou daraufhin so laut und erleichtert auf, dass wir alle lachen mussten.

Sogar meine Mutter, zumindest ein kleines, ein ganz kleines bisschen.

»Wolltet ihr nicht ein größeres Gehege kaufen?«, fragte meine Mutter, als sie nach dem Essen ins Wohnzimmer kam.

Onkel Theo hatte sich ans Spülen gemacht, während Manou und ich das Eichhörnchen versorgen wollten. Mittags bekam es eine weitere Dosis seiner Medikamente, gemischt mit Aufbaunahrung, und wir waren gerade dabei, alles vorzubereiten, als die Stimme meiner Mutter mich innehalten ließ. Ich war mir sicher gewesen, meine Mutter wäre gleich wieder nach oben in ihr Zimmer verschwunden, doch da hatte ich mich offenbar geirrt.

»Das war ein totaler Reinfall«, antwortete Manou, während ich noch versuchte, meine Überraschung zu verdauen, und mich darauf konzentrierte, die richtige Menge an Tropfen in die Futterpampe zu rühren.

»Wieso?« Meine Mutter kam näher, betont gleichgültig, wie ich fand, so als würde sie den Eichhörnchenkäfig nicht einmal bemerken.

»Da gab es keine Gehege. Nur winzige Zellen«, sagte Manou, immer noch erbost. »Da könnten wir unser Eichhörnchen gleich in einen Schuhkarton sperren.«

»Und was jetzt?«

»Nichts jetzt.« Sie machte eine dramatische Geste. »Sie zwingen uns, unser Eichhörnchen in diesem winzigen Stall zu halten, weil sie meinen, dass das artgerecht sein soll. Die Verkäuferin wollte uns sogar eine Vogelvoliere andrehen. Aber die war auch nicht größer als ...«

»Wer zwingt euch?«, unterbrach sie meine Mutter.

»Die Tiergeschäfte. Der Zoobedarf. Die weltweite, globalisierte, kapitalistische Käfigindustrie.«

»Das Kind hat definitiv schon zu viel Zeit mit dir verbracht«, sagte meine Mutter.

»Haha«, gab ich zurück. »Wir wollen gleich mal im Internet gucken. Ich kann mir nicht vorstellen, dass es nichts Größeres geben soll. Nirgendwo.«

»Aber so ist es.« Manou war nicht bereit, sich aufmuntern zu lassen, und machte ein düsteres Gesicht, während sie missmutig in das Gehege schaute.

»Gibt es im Internet nicht alles?«, fragte meine Mutter.

»Habe ich auch gehört«, erwiderte ich und warf ihr einen dankbaren Blick zu.

Sie hatte sich inzwischen hingesetzt, auf den letzten noch freien Platz, hatte sich aber so gedreht, dass sie an dem Käfig vorbei uns ansah.

Hatte meine Mutter wirklich vor, das Eichhörnchen komplett zu ignorieren?

»Aber keine großen Eichhörnchenkäfige«, sagte Manou.

»Hast du schon geguckt?«

»Ja.«

»Überall?«

»Überall.«

»Du hast also das gaaanze Internet abgesucht?«

»Hab ich.«

»Jeden Winkel?«

»Jep.«

»Jedes noch so kleine …«

»Alles«, sagte Manou.

»Puh. Da bist du ja schon ziemlich viel rumgekommen.«

»Ungewohnt, oder?«, kam es in diesem Moment von der Tür.

Wir alle schauten uns um. Mein Onkel war offenbar mit dem Spülen fertig, hielt aber noch das Geschirrtuch in der Hand und trocknete seine Finger ab. Er wirkte, als hätte er schon einige Minuten dort gestanden und uns beobachtet.

»Was?«, fragte ich zurück.

»Dass jemand eine größere Dramaqueen ist als ihr beide.« Ein leicht amüsiertes Grinsen stahl sich in Onkel Theos Mundwinkel.

Manou, meine Mutter und ich tauschten Blicke.

»Wie bitte?«, sagte ich mit gespielter Empörung.

»Ich bin doch keine Dramaqueen«, kam es von Manou.

»Und schon gar nicht eine größere als wir, oder, Mutter?«

»Ich weiß gar nicht, was das ist«, erwiderte die.

»Das ist …«, wollte Manou erklären, aber mein Onkel kam ihr zuvor.

»Wenn du das im Wörterbuch nachschlägst, findest du ein Foto von euch dreien.«

»Soll das komisch sein, Theo?«, fragte meine Mutter.

»Ja.«

Mir kam es vor, als würden wir alle angespannt auf ihre

Reaktion warten. Sie ließ sich Zeit und strich sich mit den Händen über die Oberschenkel.

»Gut«, sagte sie dann.

»Gut.« Ich lachte erleichtert.

»Aber was macht ihr jetzt mit eurem Käfigproblem?«, wollte meine Mutter wissen und deutete in Richtung Eichhörnchen, ohne es anzusehen. »Ihr könnt ja schlecht selbst einen bauen für die kurze Zeit, in der das Eichhörnchen noch hier ist.«

Manou, mein Onkel und ich sahen einander an.

»Nein, natürlich nicht«, sagte ich.

»Das wäre ja eine vollkommen abgespacede Idee«, stimmte Onkel Theo zu.

»Wir sind doch keine Bohnenjockel«, fügte Manou hinzu.

Als wir einige Stunden später aus dem Baumarkt nach Hause kamen, hatten wir alles dabei, was man für den Bau eines Eichhörnchengeheges brauchte. Ohne es zu beabsichtigen, hatte meine Mutter uns auf die Idee gebracht. Wenn es nicht möglich war, einen passenden Käfig zu kaufen, würden wir ihn eben selbst bauen.

Was sollte daran so schwer sein?

Warum waren wir nicht selbst darauf gekommen?

Natürlich ahnte sie davon nichts. Wir hatten gewartet, bis sie nach oben gegangen war, ehe wir uns auf den Weg zum Baumarkt gemacht hatten, aber früher oder später würde sie es merken. Denn wir hatten vor, den Stall draußen zu bauen, auf der Terrasse, groß genug, damit unser Eichhörnchen bis zu seiner vollständigen Genesung auch im Käfig springen und rennen und klettern konnte.

Fast zwei Stunden hatten wir in den verschiedenen Abteilungen verbracht, hatten das richtige Holz ausgesucht, einige der Latten zurechtschneiden lassen, hatten nach passendem Drahtgitter geschaut, durch dessen Löcher das Eichhörnchen nicht hinausschlüpfen konnte, und waren schließlich bei Nägeln und Schrauben hängen geblieben, um uns mit jeder Größe und Länge einzudecken, die wir vielleicht brauchen konnten.

Im Internet gab es fantastische Volieren, die mit Baumstämmen, Ästen und Grünzeug dekoriert waren, wie die Frau im Tierladen sie beschrieben hatte, teilweise so hoch wie ein einstöckiges Haus. Ein wenig juckte es mich in den Fingern, so etwas Tolles für She-Ra, Flitzi oder Ronaldo zu bauen, aber das war natürlich Unsinn. Das Eichhörnchen würde nur so lange bei uns bleiben, bis es ganz gesund war. Dann sollte es zurück in den Garten, zu den Bäumen und dorthin, wo es sonst wohnte. Zu seinen Eichhörnchen-Freunden und seiner Familie. Damit konnte selbst die schönste und größte Voliere nicht mithalten.

Aber ein bisschen nett sollte es unser Eichhörnchen bis dahin trotzdem haben. Auch wenn ich keine Ahnung hatte, wie wir das meiner Mutter beibringen sollten. Ihre Reaktion konnte ich mir ansatzweise vorhersagen.

Da es heute schon zu spät war, um mit unserem Bauprojekt zu starten, lagerten wir die Materialien erst einmal zwischen und gingen anschließend zurück ins Haus, um das Eichhörnchen zu versorgen und den Verband zu wechseln.

Schmusi, wie Manou das Tier auf dem Rückweg aus dem Baumarkt getauft hatte, weil es so kuschelig-puschelig aussah, wie sie fand, war inzwischen deutlich munterer geworden. Es lief durch den Käfig und machte bereits erste Kletterversuche, die Seitenwände hinauf. Wenn ich die Hand zu ihm reinstreckte, um es zu berühren, flitzte es jedes Mal in die entlegenste Ecke.

»Das kann ja was werden«, sagte ich.

Passte einen Moment nicht auf.

Und da war es geschehen.

»Scheiße. Au. Verflucht«, entfuhr es mir.

Das Eichhörnchen hatte mich gebissen. In den Finger. Ziemlich kräftig. Ich zog die Hand zurück. Ruckartig. Stieß mit dem Ellbogen gegen die Gitterstäbe. Es schepperte. Der Käfig erzitterte. Das Tier erschrak noch mehr. Und Blut quoll aus der Wunde.

»Scheiße. Scheiße. Scheiße.«

»Ich hole Verbandszeug«, sagte mein Onkel und war bereits aufgestanden, um den Raum mit eiligen Schritten zu verlassen.

Manou wartete, bis ich die Hand weit genug zurückgezogen hatte, dann schloss sie eilig die Käfigtür.

»Scheiße, tut das weh«, fluchte ich weiter, während das Blut mir bereits den Unterarm hinunterlief. Ich presste die andere Hand auf die Wunde, um es zu stoppen. »Schmusi?«, fragte ich in Manous Richtung. »Ernsthaft?«

»Vielleicht passt der Name doch nicht so gut.«

»Würde ich auch so sehen. Killer würde es wohl eher treffen.«

»Ich denke noch mal drüber nach.«

»Ist vielleicht keine schlechte Idee.«

»Dein Blut tropft auf den Teppich.«

»Kann ich leider nicht ändern.«

»Musst du ins Krankenhaus? Muss Annike ins Krankenhaus?«, wandte sich Manou mit großen Augen an Onkel Theo, der in diesem Moment mit Desinfektionsmittel, Mullbinden und Kompressen ausgestattet zurück ins Wohnzimmer kam.

»Ich sehe mir das jetzt erst einmal an«, erwiderte er, setzte sich neben mich und nahm meine Hand.

»Das verfluchte Eichhörnchen hat mir den Finger abgebissen.«

»Wirklich?«, fragte Manou erschrocken.

»Guck mal nach. Kaut es noch?«, erwiderte mein Onkel und wies in den Käfig.

Manou beugte sich vor und spähte hinein. »Ich weiß nicht. Ich glaube nicht.«

»Dann hat es wohl schon runtergeschluckt. Schade, sonst hätte man ihn wieder annähen können. Jetzt wird Annike wohl ein Leben lang mit einem halben Finger rumlaufen müssen. Kann man mit einem halben Finger noch Saxofon spielen?«

»Was?«

»Das war ein Scherz, Manou«, klärte ich das Mädchen auf. »Onkel Theo hat einen schlechten Witz gemacht.« Ich warf ihm einen vorwurfsvollen Blick zu.

»Du bist nicht die Einzige, die das kann.«

»Ihr seid alle Halunken. Eure ganze Familie hat einen ganz, ganz furchtbaren Humor.«

»Du bist nicht die Erste, die das festgestellt hat.«

»Jetzt halt mal still und mach die Hand da weg«, forderte mein Onkel mich auf.

»Was denn jetzt? Stillhalten oder die Hand bewegen?«

»Beides. Ich muss mir das ansehen.«

Vorsichtig hob ich die Finger. Ich erwartete, dass das Blut erneut zu sprudeln beginnen würde. Aber es war bereits ein wenig geronnen.

»Keine Panik auf der Titanic. Alles halb so wild«, entschied Onkel Theo, nachdem er sich die Wunde genauer untersucht hatte.

»Das kannst du leicht sagen. Dir wurde ja nicht die Hand von einem wild gewordenen Eichhörnchenmonster zerfleischt.«

»Und du willst wirklich behaupten, im Lexikon findet man unter Dramaqueen nicht dein Foto?«, fragte er.

Als Antwort verdrehte ich die Augen.

»Es hatte nur Angst«, verteidigte Manou das Tier. »Das hat es nicht absichtlich gemacht. Pfötchen hatte nur Angst, weil du mit deiner Hand so nah gekommen bist. Es wollte sich verteidigen.«

»Diese Bestie von einem Eichhörnchen wird nicht Pfötchen heißen.«

»Schnuffel?«

»Hannibal Lecter.«

»Wer ist das?«

»Ein Serienmörder.«

»Wir können das Eichhörnchen doch nicht nach einem Serienmörder nennen. Wie wäre es mit Cookie oder Keks oder Brownie.«

»Weil es meinen Finger mit etwas zu essen verwechselt hat?«

»Das Eichhörnchen ist doch kein Killer.«

»Jetzt halt mal still«, murmelte mein Onkel, der die Wunde mit Desinfektionsmittel gereinigt hatte und nun damit begann, den Finger zu verbinden.

»Wir können es auch Dracula nennen. Denn offenbar will es unser Blut. Oder Zombie. Schließlich ernährt es sich von Menschenfleisch.«

»Nein. Ich erlaube nicht, dass Sternchen ...«

»Nie im Leben.«

»Teddy?«

»Nope.«

»Krümel?«

Ich schüttelte den Kopf.

»Okay, dann eben nicht Krümel. Aber ich erlaube nicht, dass unser Eichhörnchen nach einem Killer oder einem fleischfressenden Monster benannt wird«, erklärte Manou entschieden.

»Und ich erlaube nicht, dass dieses Teufelshörnchen einen so verniedlichenden Namen bekommt. Es hat sogar die Ohren angelegt, bevor es zugebissen hat. Ich wusste gar nicht, dass Eichhörnchen das können. Richtig fies sah es aus. Also braucht es auch einen fiesen Namen.«

Anklagend sah Manou mich an.

»Ich denke noch mal nach«, sagte sie schließlich mit einem säuerlichen Gesichtsausdruck.

»Ich bitte darum.«

»So, ready when you are«, kam es in diesem Moment von meinem Onkel, der den letzten Rest Mullbinde um mein Handgelenk rollte und das Ende feststeckte.

»Ist gut geworden.«

»Jetzt sind wir Händezwillinge«, fügte Manou hinzu und hielt ihren Verband neben meinen.

»Eine Sache hat das teuflische Eichhörnchenbiest zumindest richtig gemacht.«

»Und die wäre?«, fragte Onkel Theo.

»Die Wahl des Fingers«, antwortete ich und hielt den dick umwickelten Mittelfinger in die Höhe. »Ich gehe gleich nach oben und zeige ihn meiner Mutter.«

»Untersteh dich, Annike.«

Sechs

Eine große Blumenliebhaberin. So hatte Frau Adanır die Frau genannt, bei der ich Blumen gießen sollte. Und ich sollte mich auf ein *paar* mehr Pflanzen einstellen.

Das war eine unglaubliche Untertreibung.

Als ich am Dienstagvormittag die Tür zum Haus von Frau Cavalleri aufschloss, musste ich sogar einen Moment stehen bleiben, um die geballte Pflanzenkraft auf mich wirken zu lassen, die mich schon in der Diele begrüßte. Blumentöpfe standen und hingen überall und bedeckten beinah jeden freien Zentimeter. Die Fensterbank füllten sie dicht an dicht. Teilweise waren sie so eng nebeneinandergestellt, dass für die verschiedenen Blätter und Blüten kaum Platz blieb. Nicht viel anders erging es dem Regal, das wohl mal Bücher hatte beherbergen sollen, die aber längst den Rückzug angetreten und Bogenhanf, Glücksfeder und Co. das Feld überlassen hatten. Sogar links und rechts des Türrahmens baumelten Blattbegonien in ihren Hängetöpfchen.

»Ach du Scheiße«, entfuhr es mir.

Doch es wurde noch besser.

Das Wohnzimmer war der Kakteenraum.

Ich hatte in meinem ganzen Leben noch nie so viele kleine und große Dornengewächse auf einem Haufen gesehen. Einige von ihnen kannte ich. Die auf einem Tisch versammelten Bauernkakteen waren mir genauso vertraut wie der Blattkaktus mit seinen hübschen Blüten. Aber dazwischen fanden sich die unterschiedlichsten Stachelformen und -farben. Einige waren klein und gedrungen, andere hatten sich hoch aufgerichtet und machten die außergewöhnlichsten Verrenkungen.

Anders als im Flur, wo alle Blumen zusammengepfercht schienen, hatte sich Frau Cavalleri hier die Mühe gemacht, jeden einzelnen Kaktus sorgfältig anzuordnen. Am Fenster, auf verschiedenen Anrichten, um den Fernseher herum oder neben dem Sofa, jeder Platz wirkte gewissenhaft ausgesucht. Ich war mir nicht sicher, nach welchen Kriterien, aber dass eine Ordnung dahintersteckte, daran hatte ich keinen Zweifel.

Die Küche war den Schlingpflanzen überlassen worden.

Vermutlich, weil Hängeschränke, Arbeitsfläche und diverse Küchengeräte hier auf den Flächen weniger Platz ließen, befanden sich in diesem Raum lange blättrige Pflanzenarme, die sich in alle Ecken ausgestreckt hatten. Einige waren dünn und fast feingliedrig wie Finger, andere erinnerten mich durch ihre Dicke und Festigkeit an den Bizeps von Bodybuildern. Sie wohnten in Töpfen, die oben unter der Decke aufgestellt waren, aber sie hatten sich mittlerweile so ineinander verschlungen, dass ich nicht hätte sagen können, welche Pflanze wohin gehörte.

Die Ranken hatten sich überallhin ausgebreitet. Sie lagen um Salz- und Pfefferstreuer, umwickelten den Wasserhahn und die Fenstergriffe und hatten sogar die Ofenhandschuhe fest im Griff. Keine Ahnung, ob Frau Cavalleri jemals versucht hatte, sich die Küche von den Schlingpflanzen zurückzuerobern. Wenn ja, dann war sie damit definitiv gescheitert.

Den Weg nach oben in den ersten Stock begleiteten Bubiköpfe.

Sie standen links und rechts auf jeder einzelnen Treppenstufe, manche wild und buschig, bei anderen war das Haar offenbar etwas schütter geworden mit den Jahren.

Im Schlafzimmer von Frau Cavalleri befand sich das Orchideenwunderland.

Ich hatte Orchideen nie besonders gemocht. Sie kamen mir spießig und elitär vor. In meiner Jugend hatte sich in unserer Straße hinter jedem Küchenfenster mindestens ein kahler Stängel gefunden, und ich hatte nie verstanden, warum man sich so viel Mühe mit so einem überempfindlichen Gewächs geben sollte, wenn das höchste der Gefühle eine nicht einmal besonders schöne Blüte alle paar Jahre sein sollte. Ich hatte irgendwo gehört, dass man Orchideen entweder liebte oder hasste. Beim Anblick des Schlafzimmers wusste ich sofort, dass Frau Cavalleri und ich in dieser Sache auf entgegengesetzten Seiten standen.

Die Königinnen der Blumen waren bei ihr nicht dicht an dicht gestellt. Sie wurden präsentiert. Anders konnte ich es nicht beschreiben. Der Anblick erinnerte mich an ein Museum oder die Auslage eines Juweliers. Die einzelnen Blumen hatten nicht nur besonders schöne Töpfe, die aufwendig verziert waren. In ihren extravaganten Behausungen waren die Orchideen noch dazu auf eleganten Tischchen drapiert.

Über vielen von ihnen hing außerdem eine eigene Lampe. Ob es sich um spezielle Tageslichtlampen handelte, die das Wachstum anregen sollten, konnte ich nicht sagen.

Der andere Raum in der oberen Etage glich einem Farbenmeer.

Hier standen die verschiedensten Pflanzen, aber ihnen allen war gemein, dass sie wunderbar bunte, leuchtende Blüten trugen. Das schien das einzige Auswahlkriterium zu sein, um sich in diesen vier Wänden aufhalten zu dürfen. Es war beinahe überfordernd: Gelb stand neben Rot, Blau neben Orange, Lila neben Pink, Weiß neben Türkis und dazwischen jede Menge Grün. Es wirkte wie ein kunterbunter Flickenteppich. Ich hatte keine Ahnung, wohin ich zuerst sehen sollte.

»Leicht verdientes Geld«, murmelte ich, als ich die Treppe nach unten ging. »Schon klar.«

Auf dem Zettel mit den Anweisungen war notiert, dass ich die Gießkanne im Garten hinter dem Haus finden würde. Ich solle schon die Sprinkleranlage einschalten, während ich mit dem Gießen anfinge. Jetzt verstand ich auch, warum. Ich würde Stunden brauchen, um einmal durch das ganze Haus zu kommen.

Der Rasensprenger war nicht ganz selbsterklärend, und ich brauchte einen Moment, bis ich das System verstanden hatte. Außerdem klemmte der Hebel, den ich umlegen musste, was mit meiner verbundenen Hand nicht ganz einfach war. Als das geschafft war und das Wasser als Regen auf den Garten niederging, machte ich mich mit einer vollen Kanne auf den Weg zurück ins Haus und begann in der Küche mit dem Gießen und arbeitete mich nach und nach durch das Haus.

Obwohl es anstrengend war, immer wieder zurück in die Küche zu gehen und nachzufüllen, um dann die schwere Kanne durch die Räume zu manövrieren, ohne dabei zu viel zu kleckern, gefiel mir, was ich tat. Frau Cavalleris Blumen waren gut gepflegt und schön anzusehen. Hier ließ keine ihren Kopf hängen. Ich konnte nicht einmal braune oder gelbe Stellen entdecken. Allein ein paar verblühte Blüten zupfte ich ab und warf sie in den Mülleimer. Während ich wieder einmal Wasser nachfüllte und in der Küche vor dem Waschbecken stand und wartete, versuchte ich herauszufinden, welcher Pflanzenarm in welchen Topf gehörte. Das Gewirr erinnerte mich an die Suchspiele in Kinderheften, bei denen man mit dem Stift aus einem Durcheinander an Strichen herausfinden musste, welche Leine zu welchem Hund gehörte. Es war aussichtslos, deshalb gab ich schließlich wieder auf und drehte den Wasserhahn zu.

Für jeden Raum hatte Frau Cavalleri eigene Anweisungen auf das Papier geschrieben. Aber für ihre Orchideen gab es nur eine Notiz: Anweisungen oben beachten.

Ordentlich verpackt in einer Klarsichthülle hatte sie eine doppelseitig beschriebene Gebrauchsanleitung für mich auf einem der Tischchen bereitgelegt. Darauf war jede einzelne Blume mit Namen benannt, und darunter wurden ihre besonderen Bedürfnisse aufgelistet. Sie waren nach dem Alphabet sortiert und so genau beschrieben, dass nicht einmal ich als Orchideenlaiin sie verwechseln konnte. Die Aerangis wollte gerne zwanzig Minuten Licht, die Epidendrum radicans mochte nur Wasser aus der Sprühflasche, bei der Trichoglottis brachiata mussten vorsichtig die Blätter abgetupft werden, und ihre Vanda ampullacea hörte gerne eine menschliche Stimme. Woher Frau Cavalleri das so genau wusste, konnte ich nicht sagen, aber ich wurde dafür bezahlt, also redete ich auf die Blume ein, während ich die anderen so versorgte, wie sie es am liebsten hatten.

Nachdem ich im Haus alle Pflanzen gegossen hatte, ging ich wieder nach draußen, um die Sprinkleranlage auszuschalten. Sie hatte ihre Arbeit getan, Wassertropfen glitzerten auf den Blättern und Grasspitzen, an einigen Stellen hatten sich glänzende Pfützen gebildet, und die Erde roch herrlich feucht. Frau Cavalleris Garten war überraschend einfach gehalten. Ich hatte erwartet, auch hier von einer Blumenpracht erschlagen zu werden, aber stattdessen warteten hier ein gepflegter Rasen, einige wenige Sträucher und ein kleiner Staudenapfelbaum. Mehr nicht.

Ich wollte gerade zurück nach drinnen, als mein Blick auf eine Reihe von Blumentöpfen fiel, die seitlich neben der Gartentür im Schatten der Mauer aufgereiht waren. Im ersten Moment dachte ich, sie wären leer, aber als ich näher kam, entdeckte ich die vereinzelten vertrockneten und vergammelten Stängel und Blättchen.

Ich war überrascht. Im Haus und auch hier draußen im Garten waren alle Pflanzen so gut gepflegt, sahen gesund und prachtvoll aus. Man merkte ihnen an, dass Frau Cavalleri viel Zeit und Mühe in sie investierte und ihr die Blumen sehr am Herzen lagen. Dieser kleine Haufen zusammengeschobener Kübel hatte dagegen große Ähnlichkeit mit einem Pflanzenfriedhof, der sich selbst überlassen wurde.

Wie passte das zusammen?

Ich hockte mich auf den Boden und betrachtete die abgestorbenen Blümchen, die zum Teil aus nicht viel mehr als einzelnen kümmerlichen Halmen bestanden. Die meisten hatten kaum genug Erde und waren offenbar schon so lange nicht mehr gegossen worden, dass der Boden genauso vertrocknet aussah wie die Pflänzchen selber.

Wollte Frau Cavalleri diese Blumen wegschmeißen und war nur noch nicht dazu gekommen?

Warum standen sie hier, wenn sie offenbar nicht einmal mehr Wasser bekamen?

Vorsichtig strich ich durch die einzelnen Stängelchen und Blättchen. In meinen Fingern fühlten sie sich fast wie Stroh an, hölzern und hart. Aber die meisten von ihnen waren noch nicht tot.

Konnte das sein?

Ich beugte mich vor, um genauer hinzusehen. Bei einigen schien jede Hilfe tatsächlich zu spät zu kommen. Aber diese hier vorne? Und die andere etwas weiter hinten?

Würde man die nicht mit ein bisschen Pflege wieder hinbekommen?

Sollte man sie wirklich einfach aufgeben und hier draußen an der Mauer ihrem Schicksal überlassen?

Das konnte ich nicht.

Eilig nahm ich eine Schaufel, die ich in einem kleinen Korb neben der Tür fand, und machte mich daran, jedes einzelne der kleinen, traurig aussehenden Blümchen umzutopfen. Dafür buddelte ich sie zunächst vorsichtig aus ihrer vertrockneten Erde, die in Brocken herabfiel. Anschließend wusch ich ihre Wurzeln behutsam mit etwas Wasser ab, befüllte den Kübel neu und goss sie ein wenig. Am schlimmsten stand es um ein Pflänzchen, bei dem ich vermutete, dass es vielleicht mal eine Orchidee gewesen war. Davon jedoch war kaum etwas übrig geblieben.

Wie passte das mit dem Orchideenwunderland im ersten Stock zusammen, in dem jede Blume eine eigene Lampe hatte und ihnen zum Schlafengehen sogar vorgelesen wurde?

Warum war diese aussortiert und in den Garten verbannt worden?

Als ich den mickrigen Stiel der Orchidee in die Finger nahm, musste ich besonders achtsam sein, damit ich ihn nicht in einer zu schnellen und zu festen Bewegung zerdrückte. Zurück in frischer, weicher Erde, die ich aus einem der Beete genommen hatte, sah die Pflanze beinahe noch verlorener aus, und ich wagte kaum, sie zu gießen, weil ich Angst hatte, sie würde ertrinken.

Wahrscheinlich war das alles ohnehin umsonst. Und ich fragte mich, warum ich mir ausgerechnet für eine Orchidee so viel Mühe machte.

Aber ich wollte es zumindest versuchen. In unserer kapitalistischen Leistungsgesellschaft, in der nur die Starken was zu melden hatten und die Schwachen sich selbst überlassen wurden, sollten sie eine faire Chance haben. Deshalb stellte ich auch diesen Topf zu den anderen, dieses Mal ein Stück von der Mauer weg, damit die armseligen Blumenreste zumindest noch ein wenig Licht abbekamen.

Manchmal konnte das ja Wunder bewirken.

Nachdem ich fertig war, setzte ich mich auf einen der Gartenstühle und hörte einige Momente den Geräuschen aus den Nachbargärten zu, spielenden Kindern, bellenden Hunden, jemandem, der seine Hecke schnitt. So sah wahrscheinlich die perfekte Reihenhausidylle aus. Und welcher Zeitpunkt wäre da besser gewesen, um Aisha anzurufen?

»Hör mal«, sagte ich deshalb sofort, als sie abnahm, und hielt mein Handy in die Höhe.

»Klingt wie Spießertown unplugged. Wo biste?«

»In einem Garten von einer Frau mit ausgeprägter Blumenobsession.«

»Und wie kommste dahin?«

»Ich hab einen Job.«

»Du hast wat?«

»Frau Adanır hat mir den besorgt. Ich gieße Blumen.«

»Um dir dein Taschengeld aufzubessern?« Aisha lachte.

»So ähnlich.«

»Pass aber auf. Sonst darfste bald nich mehr zum Spielen raus, weil du noch Hausaufgaben machen musst.«

»Wahrscheinlich.«

»Und wie isset sonst so?«, fragte sie.

»Mir fehlt ein Finger.«

»Wat?«

»Na ja, ganz so schlimm ist es nicht, aber das Eichhörnchen hat mich gebissen, und jetzt laufe ich mit einem riesengroßen Verband durch die Gegend.«

»Welcher Finger?«

»Mittelfinger.«

»Das passt ja.«

»Das hab ich auch gesagt.«

»Wir sind uns so ähnlich.«

»Wie Zwillinge.«

»Gruselig.«

»Total.«

»Aber ich hoffe, damit kannste noch spielen. Wir zählen auf dich. Ohne unsere Saxofonfrau klingen wir wie 'ne Fünfzigerjahre-Blaskapelle.«

»Das will ich mir gar nicht vorstellen, aber ich denke, in ein paar Tagen ist das verheilt. Wenn sich das Ganze nicht entzündet und mir die gesamte Hand abfault.«

»Von wem hatteste das Katastrophieren noch ma? Ich komm gerade nich drauf.«

»Ja, haha.«

»Ich musste übrigens gestern an dein Killerhörnchen denken.«

»Ach ja?«

»In der Mediathek gibt's 'nen Film. *Die Vergesslichkeit der Eichhörnchen.* Vielleicht kannste davon noch wat lernen. So als Eichhörnchenmami.«

»Guck ich mir mal an.«

»Mach dat. Und weil wir gerade bei Rabenmüttern sind. Wie geht's denn der Königin der Seifenopern in Überlänge?«

»Sie hat mit uns gegessen.«

»Wann?«

»Gestern.«

»Wo?«

»Unten.«

»Is nich wahr.«

»Wenn ich es doch sage. Und es kam auch nur zu kleineren Gemetzeln. Keine Toten. Keine ernsthaft Verwundeten.«

»Bin beeindruckt.«

»Nur Onkel Theo hat ein bisschen Federn gelassen.«

»Ich versteh nich, warum er der Dame nich schon längst 'nen Vogel gezeigt hat. Ich würd mir so wat nich bieten lassen. Keinen einzigen Tag. Und schon gar nich siebzig Jahre oder wat.«

»Mir ist das auch ein Rätsel. Vielleicht liegt es daran, dass ich keine Geschwister habe, aber ...«

»Ich hab welche. Und eins kann ich dir sagen. Wenn einer von denen so mit mir umspringen würde, wär Schicht im Schacht. Vielleicht hat sie wat gegen ihn in der Hand? Irgendwelche schmutzigen Geheimnisse?«

»Ich befürchte, Onkel Theos Wäsche ist makellos rein.«

»Wat könnte es sonst sein?«

»Keine Ahnung. Eine Art Pflichtgefühl? Oder blinde Liebe?«

»Wohl eher blinde und taube Liebe. Anders kann ich mir dat alles nich erklären. Wat steht heute noch bei dir an? Babysitten? Zeitungaustragen? Rasenmähen?«

»Wir bauen einen Eichhörnchenpalast.«

»Als Belohnung, weil es dir den Arm abgebissen hat?«

»Ist das etwa die falsche Erziehungstaktik?«

»Da fragste die Falsche. Ich pädagoge seit Jahren an Mett-Ingo rum. Den Erfolg sehn wir ja.«

»Keinen.«

»Genau. Aber schick mir auf jeden Fall ein Foto von dem Palast. Ich will doch wissen, wie dat eine Prozent so lebt.«

»Mach ich. Apropos Fotos. Kannst du Michi mal sagen, dass es super lieb von ihm ist, dass er mir ständig von allem ein Bild schickt, damit ich das Gefühl habe, trotzdem überall dabei zu sein, und kein Heimweh habe? Aber aufs Klo muss ich nicht unbedingt mit. So live dabei sein ist mir dann doch ein bisschen zu live.«

»Richte ich aus«, lachte Aisha. »Dat liegt nur daran, datte uns allen hier mächtig fehlst«, fügte sie hinzu.

»Ihr fehlt mir auch.«

»Dann sieh ma zu, datte dein Rattenschloss baust, damit du bald nach Hause kannst.«

»Wird gemacht.«

»Also: adios.«

»Au revoir.«

Damit legten wir beide auf. Eine Weile blieb ich noch sitzen und sah auf mein Handy, als könnte ich dadurch die Verbindung zu Aisha halten. Dann stand ich endlich auf, ging zurück ins Haus, drehte eine letzte Runde durch die Pflanzenzimmer, um sicher zu sein, dass ich nichts vergessen hatte, und machte mich anschließend auf den Rückweg.

Leicht verdientes Geld, Frau Adanır.

Na klar ...

»Dann fangen wir mal an«, sagte ich und sah auf den großen Stapel an Brettern, Maschendrahtzaun, Schrauben und Nägeln, den Manou und ich nach dem Mittagessen zusammengetragen hatten.

Im hinteren Teil des Gartens hatte ich einige Eichhörnchen entdeckt, die neugierig wirkten, was wir dort taten, aber zu ängstlich waren, um näher zu kommen. Sie hielten sicheren Abstand, ließen uns jedoch nicht aus den Augen.

Wir hatten beschlossen, zuerst die Seitenwände und den Deckel zu bauen. Ich war mir nicht sicher, ob sich Eichhörnchen wie Kaninchen unter ihrem Stall durchbuddeln konnten. Klar, sie gruben viel, vor allem in den Blumenkästen meiner Mutter. Aber richtige Tunnel? Das glaubte ich eher nicht. Deshalb verzichteten Manou und ich darauf, den Zaun in der Erde zu versenken. Stattdessen würde das Gehege auf dem festen Untergrund der Terrasse stehen.

Ich war geschickt mit dem Akkuschrauber. Auch in meiner WG wurde immer ich für alles Handwerkliche gerufen, und beim Aufbau auf der Bühne war ich ebenfalls regelmäßig dabei. Aber mit meiner verbundenen Bissverletzung war ich etwas eingeschränkt. Zum Glück konnte Manou ebenfalls gut mit Hammer und Nägeln umgehen. So waren wir ein gutes, wenn auch leicht lädiertes Team.

Wir brachten das Gitter von innen an den Brettern an, weil ich über Pferdeweiden gelesen hatte, dass man dort auf keinen Fall den Fehler machen sollte, die Latten von außen anzunageln, weil die Pferde sie so viel zu leicht rausdrücken konnten. Mir war klar, dass unser Eichhörnchen nicht sechshundert Kilo wog, aber sicher war sicher.

Wir hatten gerade mit den ersten Seitenteilen angefangen, und der Akkuschrauber, den ich in der Garage gefunden hatte, hatte einige Male ordentlich aufgejault, als sich über uns ein Fenster öffnete. Meine Mutter streckte ihren Kopf heraus, sah nach links, nach rechts, dann zu uns nach unten.

Ich hatte es befürchtet.

»Was macht ihr für einen Krach?«, rief sie.

»Wir arbeiten«, antwortete Manou und schwang den Hammer in die Luft.

»Und was arbeitet ihr?«

»Wir werkeln.«

»Was?«

»Wir bauen ein Gehege für Jumper.«

»Wer ist Jumper?«

»Das Eichhörnchen«, antwortete Manou ganz selbst-verständlich.

»Seit wann heißt es Jumper?«, fragte ich, leiser, damit meine Mutter uns nicht hörte.

»Seit heute.«

»Wieso baut ihr denn jetzt ein Gehege?«, wollte meine Mutter wissen. »Ihr habt doch selbst gesagt, dass das eine ... abgespackte Idee wäre.«

»Abgespaced«, korrigierte ich.

»Abgespackt oder abgespaced ist doch dasselbe. Das sind doch überhaupt keine Worte. Aber ihr habt gesagt, ihr würdet keinen Käfig bauen. Also habt ihr gelogen.«

»Wir haben nicht gelogen. Genau genommen hast du uns ja erst auf den Gedanken gebracht, dass wir das selbst machen könnten.«

Mit verkniffenem Gesicht starrte meine Mutter auf uns herunter. Es war ihr deutlich anzusehen, dass sie nicht wusste, was sie darauf sagen sollte.

»Habe ich nicht«, antwortete sie schließlich.

»O doch, hast du, Mutter.«

»Das ist nicht wahr«, beharrte sie.

»Leider ja. Und weil wir deine Idee so gut fanden, ha-ben wir entschieden, dass unser Eichhörnchen eine formi-dable Luxuswohnung erhalten soll.«

Der Blick meiner Mutter verdunkelte sich weiter. »Und wo soll diese Luxuswohnung stehen? Ich hoffe nicht, in meinem Haus.«

»Natürlich nicht«, antwortete ich. »Da ist doch gar nicht genug Platz.«

»Dann ist ja gut.«

»Außerdem soll das Eichhörnchen jetzt draußen leben. Damit es sich wieder an das Wetter gewöhnen kann«, gab Manou dazu.

»Von mir aus. Solange das Ding nicht in meinem Garten steht.«

»Also genau genommen ...«, setzte ich an.

»Es wird in meinem Garten stehen?«

»Jaaa«, erwiderte ich gedehnt und versuchte, ein möglichst unschuldiges Gesicht zu machen. »Eigentlich ...«

»Wohin wollt ihr es stellen, Annike?«

»Vielleicht ... eventuell ... wir hatten überlegt ...« Ich kniff die Augen zusammen, als wäre ich in einem Boxkampf und würde einen Schlag erwarten.

»Es kommt auf die Terrasse«, kam mir Manou zuvor und deutete neben sich. »Hier. Direkt neben den Tisch, damit wir es immer gut sehen können.«

»Annike!«, rief meine Mutter aufgebracht.

»Wir können es auch noch hier an die Seite ...« Ich deutete nach links. »Dort wäre es nicht so ganz im Weg.«

»Aber dann kann man es nicht vom Fenster aus sehen«, protestierte Manou.

»Ich versuche hier, Schadensbegrenzung zu betreiben«, flüsterte ich.

Aber es war zu spät.

»Ich komme runter«, sagte meine Mutter entschieden, und ihr Kopf verschwand vom Fenster.

Manou und ich sahen uns an. »Und jetzt?«, fragte sie. »Warten wir?«

»Wir warten.«

»Okay.« Sie schob sich den Hammer in den Hosenbund, als würde sie eine Waffe einstecken.

Es dauerte einige Minuten, bis meine Mutter bei uns

unten stand, aber das Erste, was sie sagte, war: »Das ist nicht euer Ernst.«

»Wieso nicht?«, fragte Manou unbeeindruckt.

»Was soll denn dieser ganze Müll ...?«

»Das ist Baumaterial.«

»Was soll dieses ganze Baumaterial? Das ist viel zu viel. Was für ein Gehege wollt ihr denn bauen?«

»Ein großes«, erwiderte Manou.

»Aber doch nicht auf meiner schönen Terrasse. Dafür ist kein Platz. Wo sollen denn dann die Möbel hin?«

»Wir dachten, wir könnten sie vielleicht ...«, setzte ich an, aber wieder wurde ich von Manou unterbrochen.

»Der ganze Krempel kommt weg.«

Ich warf ihr einen vorwurfsvollen Blick zu. So würde das Ganze eskalieren. Das war sicher. Bei meiner Mutter musste man strategisch vorgehen und ihr die Informationen in kleinen, wohldosierten Häppchen servieren, sonst flog einem das komplette Gericht um die Ohren.

»Krempel?«, wiederholte meine Mutter schrill. »Und was soll das heißen, *kommt weg*? Annike?«

Genau das hatte ich befürchtet.

»Wir dachten, wir könnten die Möbel vielleicht zur Seite stellen. Vielleicht nach ... da.« Ich deutete hinter mich. »Nur solange das Eichhörnchengehege den Platz braucht. Es ist ja nur für kurze Zeit. Danach kommen sie natürlich wieder an Ort und Stelle.«

»Und wie lange wird das dauern?«

»Nicht lange.«

»Wie lange, Annike?«

»Einen Tag ...«

»Einen Tag?«, fragte Manou.

»Vielleicht auch zwei.«

»Warum macht ihr euch dann so viel Mühe für einen

217

Tag oder vielleicht auch zwei?«, wiederholte meine Mutter meine Worte in verändertem Ton.

»Hast du mich gerade nachgeäfft?«, wollte ich wissen.

»Was redest du wieder für einen Unsinn, Annike? Ich habe nichts dergleichen getan«, widersprach meine Mutter. »Also in ein oder zwei Tagen ist das hier wieder weg?«, fragte sie und deutete mit dem Zeigefinger auf unseren Berg aus Holz und Draht, als wäre es etwas sehr Ekliges.

»Vielleicht dauert es auch ein bisschen länger. Ein ganz kleines bisschen«, erwiderte ich.

»Jumper muss erst wieder ganz gesund werden«, sagte Manou entschlossen.

»Ja, Jumper muss erst ganz gesund werden.«

»Aber dann lasst ihr es wieder frei?«, fragte meine Mutter.

»Natürlich.«

»Und danach räumt ihr hier alles wieder weg?«

»Fest versprochen.«

»Großes Baumeisterinnenehrenwort«, fügte Manou hinzu.

»Genau«, bestätigte ich.

Prüfend sah meine Mutter erst mich an, dann Manou, dann wieder mich.

»Also gut«, sagte sie schließlich.

Ich wollte gerade aufatmen, als sie nach einem Stuhl griff.

»Was machst du da?«

»Ich setze mich hin.«

»Und warum?«

»Ich beaufsichtige euch.«

»Und warum?«, wiederholte ich.

»An jeder Baustelle gibt es eine Bauaufsicht. Und das bin ich.«

»Findest du das nicht ein bisschen übertrieben?«, fragte Onkel Theo, als ich am Abend ins Wohnzimmer kam, wo er, Manou und das Eichhörnchen bereits auf die Abendfütterung warteten.

Wir hatten die letzten Stunden mit dem Bau des Geheges verbracht, waren jedoch nicht ansatzweise fertig geworden. Wir wollten, dass es schön wurde, aber auch sicher, und das brauchte länger, als ich gedacht hatte. Wir hatten deshalb entschieden, dem Eichhörnchen erst übermorgen sein neues Zuhause zu zeigen, wenn wir die letzten Arbeiten abgeschlossen und es eingerichtet hatten. Zwei Nächte musste es also noch in seinem kleinen Käfig verbringen.

»Was meinst du?«, gab ich zurück. »Ist die Schwimmbrille zu viel?«

Nach der Attacke von gestern hatte ich mir mit Dingen aus Keller und Garage ein Sicherheitsoutfit für die Raubtierfütterung zusammengestellt. Ich trug eine Angelhose meines Vaters und Gummistiefel, eine Warnweste, große rote Gehörschützer um den Hals, eine Schwimmbrille und Arbeitshandschuhe, in die auch meine verletzte Hand hineingepasst hatte. Ein wenig unbeweglich war ich dadurch, aber Sicherheit ging vor.

»Du siehst aus wie ein Yeti«, lachte Manou.

»Und läufst auch so«, fügte mein Onkel hinzu.

»Ich möchte nur vorbereitet sein, wenn das Eichhörnchen ...«

»Lennard.«

»Wenn Lennard heute wieder hungrig ist«, sagte ich. »Ich habe sogar noch einen Schnorchel dabei, falls die Situation eskaliert.« Grinsend deutete ich an meinen Hosenbund, wo ich das Rohr befestigt hatte.

»Falls das Eichhörnchen dich in seiner Wasserschüssel ertränken will?«

»Alles schon vorgekommen.«

Manou musste noch mehr lachen.

»Freu dich nicht zu früh«, wies ich sie an, »für dich habe ich auch Handschuhe dabei.« Ich hielt ihr ein Paar für Kinder hin, die ich in einer Schublade gefunden hatte. Wahrscheinlich waren es früher meine gewesen, aber ich wusste nicht, warum sie aufgehoben worden waren.

»Die brauche ich nicht.«

»O doch«, widersprach ich.

»Aber Lennard hat das nicht extra gemacht.«

»Das weiß ich. Aber er ist ein Wildtier. Ich hätte früher daran denken müssen, dass wir uns schützen. Und ich bin froh, dass nur ich gebissen wurde. Wenn du das Eichhörnchen anfassen möchtest, musst du Handschuhe anziehen. Zur Sicherheit. Und Onkel Theo hält trotzdem schon mal den Verbandskoffer bereit.«

»So ist es, meine Kerle.« Mein Onkel klopfte auf die Kiste neben sich.

»Meine Kerle?«, fragte ich.

»Das sagt man jetzt so.«

»Wer?«

»Die jungen Leute.«

»Nein, Onkel Theo, das sagt kein Mensch«, antwortete ich, und auch Manou schüttelte den Kopf. »Hier«, fügte ich hinzu und wedelte mit den Handschuhen, bis Manou sie endlich nahm.

»Aber nur die Handschuhe«, forderte Manou und steckte ihre Finger mit betont missmutigem Gesicht in den Stoff.

»Nur die Handschuhe.«

»Ja, okay. Manchmal bist du echt ein Schuft.«

»Wusstest du nicht, dass das mein zweiter Vorname ist?«

»Stimmt. Das steht sogar auf ihrer Geburtsurkunde«, kam es von Onkel Theo.

»Ihr seid alle voll die Brauseköpfe«, entschied Manou.

»Vielen Dank für das Kompliment. Tausend Mal zurückgeschenkt«, erwiderte ich.

»Hä?«

»Das hat man in meiner Kindheit so gesagt.«

»Vor hundert Jahren oder was?«

»Ganz knapp daneben«, antwortete ich.

Ich zog meine Handschuhe höher, setzte den Gehörschutz auf und die Schwimmbrille zurecht. Dann schaute ich Manou und meinen Onkel nacheinander an.

»Sind alle Brauseköpfe auf ihren Posten?«

»Aye, aye, Captain.«

»Kann losgehen, Commander.«

»Dann lassen wir die Bestie mal aus ihrem Käfig.«

»Du willst reden, stimmt's?«, fragte ich, als ich Onkel Theo mit zwei Gläsern Rotwein ins Wohnzimmer kommen sah.

Es war schon spät, Manou war zu ihrer Oma nach Hause gegangen, und ich saß im Schneidersitz auf dem Sofa und beobachtete das Eichhörnchen, wie es sich putzte. Es hockte sich dafür auf die Hinterbeine, hob die Vorderpfoten und begann, die einzelnen Finger und Krallen mit der Zunge zu säubern. Es ging sehr gewissenhaft vor, knabberte hin und wieder an seinem Fell, nahm erst das eine Füßchen, dann das andere, dann beide zusammen. Einige Mal schien es die Krallen ineinander zu verschränken, als würde es beten wollen, doch schon im nächsten Moment löste es die Pfoten wieder und fuhr sich erst mit links, schließlich mit rechts über die kleine bebende Nase und die Schnurrbarthaare. Als Nächstes kam das Köpfchen dran. Es sah aus, als würde das Eichhörnchen seine Pfötchen befeuchten und mit ihnen danach bis hinauf über die Ohren streichen, erst wieder mehrmals die eine Seite, dann mehrmals die andere. Bis es endlich zufrieden war. Es machte noch einige kleine Sprünge durch den Käfig, ehe es in seinem Kobel verschwand, den wir in einer Ecke aufgestellt hatten. Das kleine Häuschen wackelte ein wenig, als das Tier im Inneren nach dem richtigen Platz suchte. Am Ende kam alles zur Ruhe, und nur die winzige Eichhörnchennase lugte daraus hervor.

Ich war erleichtert, dass es unserem kleinen Patienten langsam besser zu gehen schien. Er wurde munterer und flink. Wir mussten jetzt ständig aufpassen, dass er uns nicht ausbüxte, wenn wir ihn versorgten. Aber vor allem war es so schön, ihm zuzusehen, wie er wieder gesund wurde.

»Was hat mich verraten?«, fragte Onkel Theo mit einem verschmitzten Lächeln und kam zu mir.

Wir alle gingen und redeten leise, wenn sich das Eichhörnchen in seine Höhle zurückgezogen hatte. Niemand von uns wollte es stören oder gar wecken, nicht einmal meine Mutter, die jetzt regelmäßig bei uns unten war.

Ich deutete auf die beiden Gläser. »Aber das trifft sich eh gut«, erwiderte ich.

»Wieso?«

»Ich wollte auch mit dir über eine Sache sprechen.«

»Da bin ich gespannt.«

Mein Onkel reichte mir mein Glas, setzte sich neben mich, und einige Augenblicke sahen wir beide schweigend in den Eichhörnchenkäfig und nahmen erste Schlucke von unserem Wein. Mein Onkel war ein Weintrinker, es passte zu ihm. Er hielt auch die Gläser auf eine besondere, beinahe elegante Art. Ich dagegen mochte eher Bier und dann auch am liebsten aus der Flasche.

»Wo hast du denn den Wein gefunden?«, fragte ich. »In diesem Haus gibt es ja keinen Tropfen Alkohol.«

»Den habe ich mitgebracht«, erwiderte mein Onkel.

»Willst du anfangen?«

»Ich will nur ein bisschen ... quatschen.«

»Quatschen?«, wiederholte ich. »Und worüber möchtest du *quatschen*?«

Die ganze Situation, Onkel Theos Verhalten, all das erinnerte mich sehr an die ernsten Gespräche meiner Jugendzeit. Fast nie hatte meine Mutter selbst mit mir gesprochen. Fast immer hatte sie meinen Vater oder Onkel Theo vorgeschickt. Egal, ob es um meine Leistungen in der Schule gegangen war, um jemanden aus der Nachbarschaft, der mich mit vermeintlich seltsamen Typen gesehen hatte, oder später um die Frage, welche Ausbildung ich machen könnte oder warum ich nicht studieren wollte. Jedes Mal hatte mich Onkel Theo oder mein Vater auf diese Weise angesehen, besorgt und mit der Bitte, nicht den Boten zu töten.

»Was meinst du?«

»Sie hat dir doch was aufgetragen, oder? Müssen wir wieder eine Münze werfen? Worum geht es? Wieder um mein Aussehen? Was stört sie denn jetzt?«

»Ich weiß nicht ...«, setzte mein Onkel einen letzten Fluchtversuch an, doch ich schüttelte den Kopf.

»Onkel Theo, wir sind nun schon lange genug im Geschäft, um nicht die Karten auf den Tisch zu legen. Meine Mutter hat etwas, das ihr nicht gefällt, aber sie will es nicht sagen. Deshalb schickt sie dich vor. Also? Was ist es?«

Onkel Theo zögerte kurz, dann seufzte er ergeben.

»Sie möchte wissen, ob du Arbeit hast ...«

»Und?«, hakte ich nach.

»Und ich soll dir ins Gewissen reden, dass du noch was aus dir machen kannst. No judging.«

»Sie ist so eine Strippenzieherin«, sagte ich.

»Sie macht sich einfach Sorgen.«

»Das ist Kontrollsucht, die sie als Sorge tarnt.«

»Da tust du deiner Mutter unrecht. Sie möchte wirklich nur ...«

»Hör zu, Onkel Theo, sei mir nicht böse. Wir können von mir aus gerne dieses Gespräch führen, damit du ihr gegenüber nachher sagen kannst, du hättest mit mir darüber geredet. Aber ich werde mit dir nicht über meine Mutter diskutieren, denn du bist ihr Bruder und nicht ihr Kind. Und so leid es mir tut, und das sage ich wirklich, weil ich dich lieb habe. Aber du hast keine Ahnung.«

Einige Momente lang sah mich mein Onkel an. Er wollte noch etwas erwidern. Das war ihm deutlich anzusehen, trotzdem schien er sich schließlich dagegen zu entscheiden. Er deutete ein leichtes Schulterzucken und ein Nicken an.

»Dann lass mich dazu auch noch eine letzte Sache sagen. Und Schicht im Schacht«, fügte er hinzu und hob abwehrend die Hände, als ich ihm einen strengen Blick zuwarf. »Ich glaube, und das sage ich auch nur, weil ich dich lieb habe, aber ich glaube wirklich, dass du, was deine Mutter angeht, auch nicht alles weißt. Nicht einmal genug.«

Ich zögerte. »Wie du meinst«, erwiderte ich schließlich leichthin.

»Wollen wir uns darauf einigen?«, fragte er und hob sein Glas in meine Richtung. »Als Friedensangebot.«

»Meinetwegen«, sagte ich und stieß etwas halbherzig mit ihm an.

»Also?«, fragte ich, als mein Onkel nicht anfing zu reden. »Was sollst du mir sagen?«

Etwas verlegen kratzte sich mein Onkel am Kopf. »Hast du aktuell eine Arbeit?«

»Definiere Arbeit.«

»Eine sozialversicherungspflichtige Anstellung mit regelmäßigen Arbeitszeiten und im besten Fall einer zusätzlichen betrieblichen Altersvorsorge.«

»Ähm, nein.«

»Ohne zusätzliche betriebliche Altersvorsorge?«

»Auch das nicht. Nein.«

»Ich hatte es befürchtet.«

»Wieso befürchtet?«

»Annike. Das sage ich jetzt, weil ich dich wirklich von Herzen lieb habe ...«

»Wir sagen heute offenbar alles nur, weil wir uns von Herzen lieb haben«, warf ich dazwischen.

»Aber du bist keine zwanzig mehr.«

»Stell dir vor, Onkel Theo. Das weiß ich. Und es ist nichts, worüber ich mir Sorgen mache.«

»Das solltest du vielleicht.«

»Warum? Du und meine Mutter macht euch da offenbar genug Sorgen für mich mit. Ich denke, das reicht.«

»Ich will bestimmt nicht darthvadern. Aber du musst doch langsam mal an deine Zukunft denken. An das Alter. Deine Rente.«

»Darüber denke ich nach, wenn es so weit ist.«

»Kommst du dir nicht total lost vor? Du lebst doch nicht in der Realität.«

»Ich lebe im Hier und Jetzt. Das reicht mir vollkommen.«

»Aber sieh doch mal den Tatsachen ins Auge.« Mein

Onkel hatte die freie Hand nach mir ausgestreckt und legte sie auf meine.

»Und was sind die Tatsachen?«, wollte ich wissen.

»Du hast bereits die Hälfte deines Arbeitslebens hinter dir. Und hattest du jemals einen Job länger als ein Jahr, höchstens zwei?«

»Nicht, dass ich wüsste.«

»Das ist doch kein Zustand. Wovon willst du im Alter leben?«

»Im Alter werde ich wahrscheinlich gar nicht leben. Sondern sterben. Das macht man doch so im Alter, oder?«

»Annike!«

»Onkel Theo.«

»Ich meine das wirklich ernst. Die Dinge sind nicht so easy, wie du dir das vorstellst.«

»Ich stelle sie mir gar nicht easy vor. Im Gegenteil. Mir ist sehr wohl bewusst, dass ich keine guten Aussichten habe. Wirklich«, fügte ich hinzu. »Aber warum sollte ich mir das Leben jetzt vermiesen, nur weil auf mich mit ziemlicher Sicherheit ein mieses Leben in der Zukunft wartet?«

»Noch kannst du daran etwas ändern.«

»Das glaube ich nicht.«

»Doch ...«, wollte er mir widersprechen, deshalb kam ich ihm zuvor: »Und selbst wenn, warum sollte ich es jetzt um jeden Preis versuchen?«

»Weil du ...«

»Hör zu. Ich weiß, dass ich ein Leben führe, das meine Mutter und du nicht versteht, weil es ganz anders ist als eures. Nein, ich hatte noch nie einen Job länger als zwei Jahre. Das stimmt. Weil *ich* das so wollte. Ich bin Musikerin. Ich habe meine Band.«

»Aber das sind doch Träumereien. Davon kannst du nicht leben.«

»Nein, leben kann ich davon nicht. Das ist mir bewusst, aber es ist das, was ich machen möchte. Du warst gerne Lehrer. Und du warst sicher ein sehr guter Lehrer. Für dich war das wahrscheinlich so etwas wie deine Berufung. Wenn ich einen Lehrer wie dich in der Schule gehabt hätte, wer weiß. Möglicherweise hätte ich die Schule dann nicht für komplette Zeitverschwendung und einen Ort der Zwangshomogenisierung gehalten, um kleine Arbeitsarmeen für den Kapitalismus auszuspucken. Aber dafür hätten auch die Kinder andere sein müssen«, fügte ich hinzu. »Vielleicht wäre alles anders gekommen, wenn ich mich für etwas so hätte begeistern können wie du«, fuhr ich fort. »Vielleicht hätte es mir dann nichts ausgemacht, den Großteil meines Lebens mit Arbeit zu vergeuden. Obwohl ich mir da ehrlich gesagt nicht sicher bin. Aber es spielt auch keine Rolle, denn das habe ich nicht.«

»Du magst Pflanzen. Schon immer. Daraus könntest du doch was machen.«

»Ich will daraus nichts *machen*«, widersprach ich. »Ja, ich kümmere mich um Blumen, und das *mache* ich wirklich gern. Warum sollte das nicht reichen?«

»Vielleicht wenn du eine Ausbildung gemacht hättest. Oder studiert. Deine Mutter hätte ...«

»Ja, meine Mutter hätte sich gewünscht, dass ich auch Fußärztin werden würde.«

»Fußärztin?«, fragte mein Onkel dazwischen.

»Ja, wie mein Vater.«

»Er war Orthopäde.«

»Sag ich doch«, sagte ich schulterzuckend. »Wenn es nach ihr gegangen wäre, hätte ich auch Anwältin werden können. Oder etwas ähnlich Elitäres, mit dem man gut vor anderen angeben kann.«

»Darum ging es ihr nie.«

»Darum ging es ihr immer.«

»Glaubst du wirklich, dass sich deine Mutter so sehr nach der Meinung anderer richtet?«

»Das tue ich allerdings. Ich bin das alles nicht geworden. Und ich habe auch nicht vor, irgendwas davon noch zu werden. Auch wenn ihr offenbar nicht glauben wollt, dass dieser Zug endgültig abgefahren ist. Ich finde es übrigens fast ein bisschen witzig, dass ausgerechnet eine Frau wie meine Mutter mir deswegen ständig in den Ohren gelegen hat, dass ich studieren soll und was aus mir machen.«

»Was soll das heißen? Eine Frau wie deine Mutter?«

»Eine Frau, die nie gearbeitet hat. Die – und ich denke überhaupt nicht in diesen Kategorien – im wahrsten Sinne des Wortes nichts aus sich gemacht hat.«

»Ist dir denn jemals der Gedanke gekommen, dass sie genau deshalb für dich etwas anderes wollte. Hast du darüber mal nachgedacht?«

Ich sah meinen Onkel an. »Nein«, erwiderte ich dann ehrlich.

»Vielleicht solltest du das mal.«

Ich hielt einen Moment inne. »Darum geht es hier doch gar nicht«, sagte ich dann ausweichend.

»Und worum geht es?«

»Es geht darum, dass ich nicht lebe, um zu arbeiten. Ich arbeite, um zu leben. Nicht mehr und nicht weniger mache ich.«

»Im Moment arbeitest du gar nicht, wenn ich das richtig verstehe.«

»Ich besuche meine Mutter. Ich denke, mehr Arbeit geht nicht«, erwiderte ich mit einem schiefen Grinsen.

»Touché«, gab mein Onkel schmunzelnd zurück. »Aber im Ernst, Annike.«

»Ganz im Ernst, Onkel Theo. Mir ist klar, dass ihr das nicht nachvollziehen könnt. Aber ich führe nun mal nicht ein Leben wie ihr. Ich brauche nicht viel. Ich *will* nicht viel. Ich will Musik machen. Das macht mich glücklich. Und ich arbeite nur so viel und so lange, wie ich muss. Es muss zum Leben reichen. Zum Spielen. Mehr nicht. Ich bin sparsam. Ich fahre nicht groß in den Urlaub. Ich habe kein Haus, kein Auto, keine Kinder.«

»Aber willst du das nicht alles?«

»Nein. Das will ich nicht. Ich mag mein Leben so, wie es ist. Ich wohne gerne in meiner WG. Ich brauche nicht mehr als ein Zimmer. Mir fehlt es an nichts. Ich leide nicht Hunger. Ich habe genug anzuziehen. Ich habe mein Saxofon. Ich bin für niemanden verantwortlich. Außer für mich selbst. Und wenn ich doch mal etwas haben wollen würde, das etwas teurer ist, dann suche ich mir eine Möglichkeit, um das Geld dafür zu verdienen.«

»Du suchst dir eine *Möglichkeit?*«, fragte Onkel Theo misstrauisch.

»Ich suche mir einen Job, Onkel Theo. Das meinte ich. Aber meistens stellt sich dann heraus, dass ich es gar nicht so dringend wollte. Zumindest nicht so sehr, um dafür arbeiten zu gehen«, fügte ich lachend hinzu.

Mein Onkel konnte darüber nicht lachen.

»Aber ich frage mich auch, was daran so schlimm sein soll«, sagte ich. »Ich liege niemandem auf der Tasche. In der Zeit, in der ich nicht arbeite, lebe ich von meinen Ersparnissen. Ich bezahle meine Miete, meinen Strom und meine Rechnungen. Meistens sogar pünktlich. Niemand muss für mich aufkommen, und ich pumpe niemanden an.«

»Aber was ist mit deiner Rente?«

»Was soll damit sein? Die wird kaum existent sein, ob ich nun mein Leben lang schufte und davon krank und depressiv und verbittert werde. Oder mein Leben lebe, wie es mir gefällt. Meine Generation wird nicht mehr mit dem Kopf voran in den Berg aus Gold springen wie Onkel Dagobert und deine Generation. Für uns wird es am Ende, wenn wir ganz viel Glück haben, für eine warme Mahlzeit am Tag reichen. Aber schon den Obstsalat bekommen nur die Privatpatienten. Der Zug ist abgefahren.«

»Aber was machst du dann? Wenn du alt bist und arm und allein.«

»Auf einen frühen Tod hoffen?«

»Annike!«

»Was denn? Alt und arm werde ich wahrscheinlich so oder so. Aber wer sagt dir, dass ich am Ende allein sein werde? Vielleicht gibt es ja Menschen, mit denen ich dann mein Arme-Leute-Essen teile? Obwohl ich ja mit dem Gedanken spiele, richtig alt zu werden. Hundert oder hundertzwanzig. Nur um diesem ausbeuterischen Schweine-System richtig den Stinkefinger zu zeigen.« Ich hielt meinen umwickelten Mittelfinger in die Höhe.

Mein Onkel warf mir einen vorwurfsvollen Blick zu.

»Ich weiß, Onkel Theo. Es ist nicht die Art, wie du lebst oder leben möchtest. Und es ist auch nicht die Art, wie meine Mutter leben möchte. Obwohl der einzige Unterschied zwischen ihr und mir ist, dass ich manchmal arbeite und sie nie. Und dass ich mit meiner freien Zeit etwas anzufangen weiß.«

»Und was fängst du damit an?«

»Ich mache Musik. Und andere schöne Dinge. Dinge, die ich mag. Dinge, die mir wichtig sind. Dinge, bei denen ich mich für andere einsetze, für die Umwelt, gegen Krieg, für eine gerechtere Gesellschaft. Dinge, die mir Spaß, mich vielleicht sogar ein kleines bisschen glücklicher machen. «

»Aber was wäre, wenn sich alle so verhalten würden wie du?«

»Erstens mache ich mir da keine großen Gedanken. Den Menschen wird durch diese ganze neoliberale Panikmache viel zu viel Angst eingejagt, als dass Leute wie ich nicht in der Minderheit bleiben.«

»Und zweitens?«, fragte mein Onkel weiter.

»Und zweitens: Ja, Onkel Theo, was wäre dann? Dann wären die Menschen vielleicht etwas weniger unglücklich und gehässig und frustriert und bösartig zueinander. Wäre das so schlecht? Ich glaube, die Welt könnte ganz gut ein paar mehr Menschen vertragen, die ...«

»So sind wie du?« Er zwinkerte mir zu.

»Vielleicht.« Ich grinste zurück. »Aber vor allem Menschen, die nicht ständig über andere herziehen und glauben, sie dürften sie und deren Leben verurteilen, nur weil es nicht zufällig so aussieht wie ihr eigenes. Meine Mutter und du sagt ständig, ich würde nichts aus meinem Leben machen. Aber ganz ehrlich? Ich finde, ich mache das Beste daraus.«

Ich sah meinen Onkel an. Er schien über meine Worte nachzudenken. Schließlich antwortete er: »Dass die Welt mit mehr von deiner Sorte ein besserer Ort wäre, ist überhaupt keine Frage.« Er drückte meine Hand. »Chaotischer und an der Grenze zur Anarchie. Aber definitiv besser«, fügte er mit einem Lächeln hinzu. »Vielleicht können wir einfach festhalten, dass ich mir trotzdem ein bisschen Sorgen um dich machen darf?«

»Können wir«, antwortete ich und erwiderte die Berührung.

»Und was sag ich jetzt deiner Mutter?«, fragte er schließlich resigniert, nahm seine Brille ab und rieb sich über die müden Augen, ehe er die Gläser wieder aufsetzte.

»Du sagst ihr, dass du es versucht hast, aber gescheitert bist und unverrichteter Dinge wieder abziehen musstest.«

»Solche Erfolgsmeldungen hört sie doch immer gern.« Er lachte leicht auf, was sehr nach Galgenhumor klang. »Aber jetzt haben wir nur über mein ...«, er suchte nach dem passenden Wort.

»Deinen Auftrag?«, schlug ich vor.

»Mein Anliegen«, verbesserte Onkel Theo. »Wir haben nur über mein Anliegen gesprochen. Worüber wolltest du reden?«

»Habe ich vergessen«, erwiderte ich etwas ausweichend.

Das erste Gespräch hatte mich schon so angestrengt, wieder einmal, dass ich gerade wenig Lust verspürte, das anzusprechen, was ich eigentlich ansprechen wollte. Vielleicht war für einen Abend auch schon genug geredet worden.

»Hast du nicht«, widersprach mein Onkel jedoch sogleich.

Und dieses Mal war ich diejenige, die aufgab: »Habe ich nicht«, gab ich zu. »Hätte ich aber gern.«

»Klingt ernst.«

»Ach ... ist es eigentlich gar nicht. Glaube ich. Es beschäftigt mich nur. Irgendwie.«

»Jetzt machst du mich neugierig.«

»Ja? Das war nicht meine Absicht«, sagte ich halb grinsend. »Bist du dir sicher, dass du nicht ins Bett willst?«, fragte ich. »Du schielst schon.«

Sobald mein Onkel etwas zu viel Alkohol trank, begann sein rechtes Auge nach innen zu drehen.

»Nicht ablenken, Annike«, erwiderte Onkel Theo jedoch und nahm stattdessen einen weiteren Schluck Rotwein.

»Es geht um meinen Vater.«

»Ohne Scheiß? Das überrascht mich jetzt.«

Ich musterte meinen Onkel kurz, um herauszufinden, ob er das ernst meinte, aber ich war mir nicht sicher.

»Wusstest du, dass er gemalt hat?«, fragte ich schließlich. Ich deutete dabei in Richtung Keller.

»Gewusst? Wahrscheinlich irgendwie.«

»Was soll das heißen?«

»Ja, ich habe es gewusst. Aber nicht, weil er es mir erzählt hätte. Er hat nie darüber gesprochen. Zumindest nicht mit mir.«

»Aber woher wusstest du es dann?«

»Deine Mutter wird es mir gesagt haben«, antwortete mein Onkel und hob ungenau die Schultern.

»Weißt du, was er gemalt hat?«

»Du meinst, ob es eher Malen-nach-Zahlen oder ein kubistisches Gemälde à la Picasso war?«

»So was in der Art, ja.«

»Nein. Überhaupt nicht. Ich habe ihn auch nie gefragt.«

»Warum nicht?«

»Ich nehme an, weil ich nicht einmal offiziell davon wusste. Aber dein Vater und ich hatten ja auch nicht so eine Art von Beziehung.«

»Was soll das heißen?«

»Wir waren keine Best Buddies oder so.«

»Ihr habt doch so viel Zeit miteinander verbracht.«

»Das stimmt. Aber wahrscheinlich mehr wegen deiner Mutter.«

»Also erzwungenermaßen?«

»So würde ich es auch nicht ausdrücken. Es ist auch

nicht so, dass wir uns nicht gemocht hätten. Ich habe deinen Vater sehr geschätzt. Wir hatten nur nie den richtigen Draht zueinander, um wirklich befreundet zu sein. Dein Vater war ja auch eher ein verschlossener Mensch, der nicht viel von sich preisgegeben hat.«

»Kam er dir denn jemals wie ein Maler vor? Ein Künstler?«, wollte ich wissen.

»Puh, da fragst du mich was. Darüber habe ich nie nachgedacht. Die Menschen haben ja oft verborgene Talente und versteckte Seiten. So ist das einfach.«

»Aber Malen? Ich hätte nie gedacht, dass er ... Ich meine, war es wirklich ein verborgenes Talent. Oder hat er sich nur gern mit Farbe bekleckert?«

»Auch dazu kann ich dir leider nichts sagen. Ob ich glaube, dass hier im Keller Meisterwerke schlummern, die die gesamte Kunstwelt auf den Kopf stellen würden? Eher nicht. Wenn ich etwas vermuten müsste, würde ich wahrscheinlich an Stillleben mit Fisch denken«, fügte er mit einem leisen Lachen hinzu.

Ich musste ebenfalls lächeln. Ja, das hätte tatsächlich zu meinem Vater gepasst. Er war mir auch immer wie ein Angler vorgekommen, obwohl er fast nie geangelt hatte. Oder ein Golfspieler.

»Aber wie gesagt«, fuhr Onkel Theo fort. »Das sind nur Vermutungen. Und wahrscheinlich sind sie nicht ...« Er beendete seinen Satz nicht. »Aber wie kommst du darauf? Woher weißt du das überhaupt?«

»Ich war im Keller.«

»Du hast es wirklich in den gruseligen Keller geschafft?«, fragte er neckend, weil er wusste, wie ungern ich da unten war.

»Stell dir vor.«

»Aber dann hast du die Bilder doch gesehen und kannst dir selber ein Urteil ...«

»Nein«, sagte ich.

»Nein?«

»Ich war zu schockiert davon, dass mein Vater überhaupt malte, dass ich mir nicht angucken konnte, was er gemalt hat.«

»Hattest du Angst, es könnten Aktbilder sein?«, kicherte mein Onkel.

»Scheiße! Bring mich doch nicht auf solche Gedanken.« Ich schlug lachend die Hände vor die Augen. »Das bekomme ich nie wieder aus dem Kopf.«

»Ich merke gerade, dass ich es auch lieber nicht erwähnt hätte.« Auch er musste grinsen.

»Das ist die gerechte Strafe.« Gespielt streng hob ich den Zeigefinger.

»Kannst du dir deinen Vater in einem von diesen Aktmalkursen vorstellen, mit einer nackten Frau in der Mitte?«

»Das *will* ich mir gar nicht vorstellen.«

»Oder meinst du, deine Mutter hat im Keller für ihn Modell ...«

»Du bist ein ganz böser Mann, Onkel Theo«, unterbrach ich ihn. »So kann man Menschen für ihr Leben traumatisieren.«

Wir mussten beide heftig lachen und brauchten ein wenig, um uns wieder zu beruhigen und halbwegs zu Atem zu kommen. Ich rieb mir Tränen aus den Augenwinkeln.

»Aber wenn es dich so beschäftigt«, sagte mein Onkel schließlich. Ihm fehlte noch etwas Luft. »Dann geh doch einfach runter und sieh nach. Go ahead. Was soll schon passieren? Schlimmstenfalls lernst du eine Seite an deinem Vater kennen, die du bisher nicht kanntest.«

»Aber will ich das überhaupt?«

»Ich denke schon«, antwortete Onkel Theo zuversichtlich. »Und wenn es doch Nacktbilder sind, weise ich dich direkt ein.«

Sieben

Endlich war der Moment gekommen.

Nachdem wir den gestrigen Mittwoch damit verbracht hatten, das neue Gehege fertigzustellen, durfte das Eichhörnchen, das im Moment Elvis hieß, heute umziehen. Es war inzwischen so munter und lebhaft, dass es höchste Zeit für einen größeren Stall wurde. Manchmal kletterte es bis an die Decke seines kleinen Käfigs und ließ sich kopfüber nach unten fallen. Obwohl ich wusste, dass Eichhörnchen in der freien Wildbahn noch viel spektakulärere Akrobatik veranstalteten, hielt ich dabei jedes Mal die Luft an.

Wir hatten ihm heute Morgen den Verband und die selbst gebastelte Halskrause abnehmen wollen, aber das hatte das Eichhörnchen in der Nacht bereits selbst erledigt. Die Naht sah aus der Entfernung ein wenig gerötet aus, weil es sich offenbar daran zu schaffen gemacht hatte, aber nichts war offen oder entzündet, deshalb mussten wir Elvis' Entscheidung wahrscheinlich einfach akzeptieren und das Beste hoffen.

Noch war es jedoch zu früh, um das Tier auszusetzen. Es bekam weiter Medikamente, und in die Wunden durfte kein Dreck gelangen. Ein wenig musste es auf die große Freiheit deshalb noch warten. Aber in seinem neuen Auslauf würde es zumindest mehr Platz haben.

Wir hatten uns alle versammelt. Sogar meine Mutter

war nach unten gekommen, um zuzusehen, auch wenn sie sich wie immer betont gleichgültig gab.

Das neue Gehege war schön geworden. Es kam uns zwar immer noch zu klein vor, aber es war auf jeden Fall eine wesentliche Verbesserung für die letzte Tage, die das Eichhörnchen hierbleiben würde. Wir hatten es mit Hölzern und Ästen aus dem Garten dekoriert. Manou war gestern sogar mit einer halben Baumkrone aus dem Park zurückgekommen, die wir etwas verkleinert und in einer Ecke des Auslaufs aufgestellt hatten. Wir hatten gleich mehrere Schlaf- und Sitzplätze eingerichtet, und Onkel Theo hatte Nistmaterial besorgt, das wir an mehreren Stellen verteilt hatten, damit das Eichhörnchen sich selbst alles zusammensuchen konnte. Es gab eine Futter- und eine Wasserschüssel, und wir hatten unterschiedliche Nüsse und Obstsorten gekauft, weil wir nicht wussten, was das Eichhörnchen am liebsten aß.

Nun stellten wir den Käfig in das Gehege, öffneten die Tür und schlossen eilig den Eingang des Auslaufs, ehe wir uns alle gespannt davor hockten und genau beobachteten, wie sich das Eichhörnchen langsam dem Ausgang näherte. Vorsichtig spähte es aus der Käfigöffnung hinaus. Sein kleines Näschen bewegte sich hastig, und es sah sich aufmerksam um. Das Tier war jedoch noch zu nervös, um den ersten Schritt nach draußen zu machen.

»Es traut sich nicht«, flüsterte Onkel Theo.

»Warum traut es sich denn nicht?«, wisperte Manou zurück.

»Weil es dumm ist«, antwortete meine Mutter, viel zu laut.

Das Eichhörnchen zuckte erschrocken zusammen.

»Pst«, machte ich.

»Mach nicht pst zu mir. Das hier ist mein Haus, und in meinem Haus darf ich ja wohl noch ...«

»Elvis ist nicht dumm.«

»Hieß das Tier nicht Mo?«, fragte meine Mutter.

»Es hieß niemals Mo«, erwiderte ich.

»Natürlich hieß es Mo.«

»Nein. Was soll Mo für ein komischer Name für ein Eichhörnchen sein?«, wollte Manou wissen.

»Ich finde das dämlich. Das alles hier«, schimpfte meine Mutter. »Ein Eichhörnchen sollte gar keinen Namen haben. Es ist nur ein dummes, vergessliches, hässliches Tier. Und für so was baut man kein Gehege. Wenn es draußen nicht überlebt, hat das Eichhörnchen es auch nicht anders verdient. Und ich hoffe, ihr behaltet es nicht länger hier als nötig. Wenn ihr mich fragt, könntet ihr dieses scheußliche Tier einfach der Katze überlassen. Ich tue mir das hier nicht länger an. Das ist eine blöde, alberne ...«

»Es ist draußen!«, rief Manou begeistert und gleichzeitig so leise wie möglich. Meine Mutter, die sich bereits von ihrem Stuhl hatte erheben wollen, blieb sitzen und blickte nun ganz konzentriert auf das Tier.

Endlich hatte das Eichhörnchen all seinen Mut zusammengenommen und einen beherzten Satz aus dem Käfig gemacht. Aufmerksam und in alle Richtungen lauschend sah es sich jetzt um, lief einige Schritte, blieb wieder stehen, horchte erneut, schaute, machte die nächsten kleinen Sprünge. Es entdeckte die Wasserschüssel und trank.

»Wie süß es trinkt«, flüsterte Manou, als hätte sie es zum ersten Mal dabei beobachtet.

Das kleine Tier fand die ersten geknackten Nüsse und aß sie auf.

»Wie süß es frisst.«

»Willst du jetzt bei allem, was es tut, sagen, wie süß es

ist?«, brummte meine Mutter, aber Manou ließ sich davon nicht beeindrucken.

»Ja«, sagte sie, ohne zu zögern. »Und jetzt nimmt es sich eine ganze Walnuss. Wie süß ist das denn?«

»Sehr, sehr, sehr süß«, erwiderte ich, mit einem Seitenblick auf meine Mutter, die ein abfälliges Geräusch von sich gab.

Das Eichhörnchen hielt die große Nuss einen Moment in den Pfoten, drehte sie und schien zu überlegen, was es damit tun sollte. Dann nahm das Tier sie zwischen die Zähne und lief los, über einzelne Äste bis zu einem Sitzplatz, auf dem es kurz anhielt, ehe es weiterging.

»Was macht es jetzt?«, fragte Onkel Theo.

»Sucht nach einer geeigneten Stelle.«

»Wofür?«

»Um es zu verbuddeln.«

»War ja klar«, seufzte meine Mutter.

Und wir anderen mussten lachen.

Nachdem meine Mutter wieder in ihrem Zimmer verschwunden war und Manou und Onkel Theo mit dem Eichhörnchen Karten spielten, setzte ich mir Teewasser auf, um mich darauf vorzubereiten, in den Keller zu gehen und mir die Sachen meines Vaters anzusehen. Während der Wasserkocher zu grummeln und schließlich zu pfeifen begann, spürte ich eine leichte Nervosität in mir aufsteigen. Ich war mir nicht sicher, ob ich bereit für das war, was ich dort unten über meinen Vater erfahren würde. Aber ich hatte gleichzeitig das Gefühl, dass es an der Zeit war. Ich konnte mich nicht ewig davor verstecken.

Mein Vater hatte oft Tee getrunken, Schwarztee, ausschließlich Assam, bei dem er manchmal vergessen hatte, den Beutel rechtzeitig herauszunehmen, und der deshalb viel zu bitter geworden war, ein grässliches Gebräu. Ich hatte noch genau das Bild vor Augen, wie er nach dem Frühstück am Sonntagmorgen mit der Tasse in der Hand in den Keller verschwunden war.

Mit meinem eigenen heißen Tee machte ich mich schließlich auf den Weg nach unten, schaltete das Licht ein und stieg die steilen Treppenstufen hinab. Wieder fiel mir dieser besondere Geruch auf, der in der Luft lag, etwas muffig, wenig Sauerstoff, zu viele Erinnerungen.

Als Erstes ging ich zum Schallplattenspieler. Ich wollte eigentlich einfach eine Scheibe auflegen und ein bisschen Musik hören. Aber dann fand ich mich plötzlich auf dem Fußboden wieder, die unterschiedlichsten Hüllen um mich herum ausgebreitet. Ich war verblüfft. Ich hatte Volksmusik erwartet, irgendwelche peinliche Schunkelmusik, wie sie wahrscheinlich viele in seinem Alter gerne hörten, vielleicht auch ein wenig Klassik. Aber mein Vater hatte Platten mit den unterschiedlichsten Musikstilen. Sein Interesse hatte von Jazz über Blues bis zu Swing und Soul gereicht.

Mein Vater hatte die Sonntage hier unten verbracht. Saß er mit geschlossenen Augen in seinem Sessel und gab sich dem Blues hin?

Hatte er vielleicht sogar getanzt?

Ich konnte es mir kaum vorstellen.

Mein steifer Vater mit den grauen Anzügen?

Über meine zu laute Musik hatte ich mit meinem Vater viel öfter gestritten als mit meiner Mutter. Ich hatte das damals nicht verstanden, aber jetzt wurde es mir etwas klarer. Jemand, der hier unten Jazzklängen lauschte, fühlte sich von dröhnenden Gitarrenbeats, die durch das Haus wummerten, wahrscheinlich gestört.

Früher hatte ich nichts anderes gehört als Punkrock.

Erst später hatte ich angefangen, mich auch für andere Musikrichtungen zu interessieren.

Hätten mein Vater und ich uns vielleicht sogar über Musik austauschen können?

Vielleicht hätte das etwas sein können, das wir gemeinsam hatten.

Dieser Gedanke kam mir ganz plötzlich. Und er machte mich seltsam traurig.

Hatten mein Vater und ich eine Chance verpasst? Wenn auch nur eine kleine?

Ich ging eine Weile die Plattensammlung durch, las die Namen und Songs, die mir wenig sagten, und entschied mich schließlich für ein Blues-Album, weil mir das Bild auf dem Cover gefiel. Ich legte die Scheibe auf und musste beim leisen Knarzen und Knarren unwillkürlich lächeln. Irgendwie fühlte es sich an, als wären es Geräusche eines Grenzübertritts. Weg von der Realität, hinein in die Musik. Ein Gefühl, das kein CD-Player der Welt auslösen konnte.

Ich hatte es schon immer geliebt, meine Stereoanlage laut aufzudrehen. Es kam mir dann vor, als würde die Musik den gesamten Raum erfüllen, ihn abdichten gegen die Welt da draußen, mich vor ihr verstecken. Ich war in Sicherheit. Dafür brauchte es eine bestimmte Lautstärke, sonst funktionierte das nicht. Doch jetzt erlebte ich, dass selbst feine Töne ein undurchdringliches Netz weben konnten, die den Keller hier unten von innen auskleideten wie eine Schallmauer und mich sicher einschlossen. Es war nicht unbedingt meine Musik, aber es war schön, in ihr aufgehoben zu sein.

Ich setzte mich in den Sessel, in dem mein Vater wohl immer gesessen hatte, und es fühlte sich seltsam an. Er war dieser beherrschte, ruhige, manchmal strenge Mann, dem ich mich selten wirklich nahe gefühlt hatte. Nicht einmal die einsamen Zeiten, in denen meine Mutter ihr Zimmer nicht verlassen hatte und in denen er und ich die Abendessen allein verbracht hatten, konnten uns zusammenschweißen, sondern hatten uns im Gegenteil eher noch weiter voneinander entfernt.

Aber jetzt und hier, während ich in seinem Sessel saß, die Füße vielleicht genau an derselben Stelle auf dem Teppich wie er, sein Kissen im Rücken und umgeben von seiner Musik, fühlte ich mich ihm unerwartet nah.

Er war mehr gewesen als der langweilige Fußarzt mit den grauen Anzügen, der die besondere Fähigkeit besaß, sich hinter einer Zeitung komplett in Luft aufzulösen. Weil wir alle natürlich mehr waren. Aber bei ihm verstand ich es tatsächlich erst in diesem Kellermoment.

Und das war gut.

Und natürlich war es auch sehr traurig.

In diesem Augenblick fehlte er mir so sehr wie vielleicht noch nie zuvor.

Außerdem tauchte ein weiterer Gedanke in mir auf. Mir war es immer unverständlich vorgekommen, warum meine Eltern mir ausgerechnet ein Saxofon geschenkt hatten, nachdem sie mir sonst eigentlich nie meine Wünsche erfüllt hatten. Warum dann ausgerechnet ein Saxofon?

War es möglich, dass mir mein Vater ein Saxofon wirklich hatte schenken wollen?

Vielleicht hatte er mich damals zum ersten Mal verstanden.

Eine ganze Weile blieb ich so, wollte das Gefühl festhalten. Aber ich hatte noch etwas vor, und es juckte mich in den Fingern, deshalb stand ich schließlich wieder auf und ging zu den Leinwänden.

Mein Vater hatte also gemalt. Diese Information beschäftigte mich seit Tagen.

Wie konnte ein Mann wie mein Vater wirklich malen? Brauchte man dafür nicht Farben?

Natürlich auch die in der Tube, aber vor allem innere Farben, etwas wie Kreativität.

War es möglich, dass mein Vater ein kreativer Mensch gewesen war?

Einige der fertig aussehenden Bilder hatte mein Vater in einer Truhe aufbewahrt. Ich nahm sie vorsichtig heraus. Etwas übertrieben feierlich stellte ich sie nebeneinander auf eine Kommode, die an die Wand geschoben war, trat einen Schritt zurück und betrachtete sie.

Zwei der vier Bilder zeigten Landschaften, überraschend detailliert, mit viel Farbe. Ich fragte mich, ob er sie von einem Foto abgemalt oder sich ausgedacht hatte.

Gab es diese Orte?

Oder existierten sie nur in seiner Fantasie?

Überhaupt das Wort »Fantasie«. Bei diesem Gedanken spürte ich, wie wenig ich mir vorstellen konnte, dass mein Vater Fantasie gehabt hatte. Oder Träume.

Aber auch er war mal jung gewesen. Er war nicht mittelalt mit Krawatte und schütterem Haar auf die Welt gekommen. Theoretisch wusste ich das natürlich. Praktisch hatte ich, das merkte ich erst jetzt, nie einen ernsthaften Gedanken daran verschwendet.

War mein Vater ein guter Maler?

Ich kannte mich nicht aus. Bisher hatte mich Kunst wenig interessiert, wenn sie nicht politisch, laut und unkonventionell gewesen war. Das waren die Bilder meines Vaters sehr offensichtlich nicht.

Auf einer handwerklichen Ebene war er aber sicher nicht schlecht. Ein Baum sah wie ein Baum aus, die Gräser im Vordergrund wirkten beinahe echt, bei einem Haus, das er in die Landschaft gesetzt hatte, konnte ich sogar die Steine erkennen, aus denen es bestand, das reetgedeckte Dach. Er hatte den Ausschnitt so gewählt, dass alles harmonisch zusammenpasste.

Auch wenn ich mir solche Bilder nicht aufgehängt hätte, gefielen sie mir irgendwie.

Eines der beiden anderen stellte eine Möwe am Meer dar. Wieder hatte mein Vater den Hintergrund sehr genau wiedergegeben, die heranrauschenden Wellen, die Schaumkronen, das glitzernde Sonnenlicht. Die Möwe hatte ihm offenbar Mühe bereitet, vor allem der Bereich des Kopfes schien mehrere Male übermalt worden zu sein. Hier war die Farbe so dick, dass sie sich als kleiner Berg vom Rest der Leinwand abhob. Letztendlich schienen ihm Schnabel und Augen gelungen zu sein, aber durch die vielen Schichten wirkten sie trotzdem etwas schief. Beim Gefieder dagegen war er sich offenbar wieder sicherer gewesen. Sogar einzelne Federn konnte ich erkennen.

Hatte mein Vater mit seiner Malerei gerungen?

War er womöglich unsicher gewesen?

Ich hatte meinen Vater nie zweifelnd erlebt. Er hatte auf mich immer gewirkt, als hätte er zu allem eine feststehende Meinung, auf alles eine Antwort. Ich konnte mich nicht daran erinnern, dass er sich jemals korrigiert oder verbessert hätte. Nie hatte er eingestanden, dass er bei etwas unrecht hatte.

Und dieser Mann hatte wieder und wieder den Schnabel einer Möwe gemalt, bis er ihm endlich gefallen hatte? Vielleicht war er sogar bis zum Schluss unzufrieden mit sich und seiner Arbeit gewesen. Ich hatte keine Vorstellung, was mein Vater überhaupt von seinen Bildern gehalten hatte, was er über sie gedacht hatte oder sich selbst, ob er in seinen Augen ein guter Maler gewesen war.

War es für ihn ein Hobby gewesen, ein harmloser Zeitvertreib?

Oder eine Art Selbstverwirklichung?

Das vierte Bild zeigte spülende Hände. Sie waren nass, man sah einzelne Wassertropfen, Schaum klebte auf der Haut. Auch hier hatte mein Vater kleinste Details erfasst, es war sehr realistisch, trotzdem hätte ich es beinahe nicht erkannt. Es war unsere Spüle, wahrscheinlich waren es die Hände meiner Mutter, ich erkannte die altmodischen Armaturen mit H für heiß und K für kalt.

Ich trat näher heran, beugte mich vor, versuchte, jede Kleinigkeit zu erfassen.

Aber wie sahen die Hände meiner Mutter überhaupt aus?

Gab es etwas, durch das ich hätte sicher sagen können, dass es ihre waren?

Die Form ihrer Finger?

Ein Muttermal?

Ihre Nägel?

Ich war mir nicht sicher.

Vielleicht waren es auch einfach nur Hände. Mehr nicht.

Und trotzdem blieben Fragen.

Hatte meine Mutter meinem Vater für dieses Bild vielleicht Modell gestanden?

Aber Abspülen war nun wirklich nichts, was ich mit meiner Mutter verband. Außerdem war mir die Beziehung zwischen meinen Eltern nie so innig und vertraut vorgekommen. Obwohl sie einander ohne Zweifel mochten, hatte ich immer eine gewisse Distanz oder Reserviertheit zwischen ihnen wahrgenommen.

Hatte meine Mutter überhaupt gewusst, was mein Vater hier unten im Keller malte?

Ich ging zu der Leinwand auf der Staffelei, dem letzten Gemälde, an dem mein Vater gearbeitet hatte. Noch hing das Tuch darüber.

Was würde ich darauf sehen?

Wann hatte mein Vater daran gearbeitet?

Wann hatte er aufgehört?

Ich musste mich zwingen, den Stoff zur Seite zu ziehen. Als ich es tat, atmete ich nicht. Dann sah ich es.

Es war das unfertige Bild einer Frau im Garten, in unserem Garten. Der Ausschnitt zeigte eindeutig unsere Bäume und Blumenkübel.

Im Garten meiner Eltern hatte sich in all den Jahren so wenig verändert wie im Haus. Wann das Bild wohl entstanden war? Vor einem Jahr? Vor zwanzig? Noch länger?

Zeigte das Bild einen Moment, den es wirklich gegeben, den mein Vater wirklich gesehen hatte?

Die abgebildete Frauenfigur stand wenige Schritte von der Tür entfernt, das Gesicht meinem Vater, jetzt mir zugewandt. Sie war noch nicht vollendet, nur ihre Umrisse waren zu sehen. Wieso er das Bild wohl nicht zu Ende gemalt hatte?

Hatte er mit dem Motiv ähnliche Schwierigkeiten gehabt wie mit der Möwe?

Konnte er sie nur nicht fertig malen, weil er ... ich schluckte ... vorher gestorben war?

Ich war mir nicht sicher, wer die Frau war.

Im ersten Moment hatte ich natürlich an meine Mutter gedacht. Wie bei den Händen. Aber zumindest die Haarfarbe war bereits zu sehen, die Frisur. So hatte meine Mutter nie ausgesehen. Sie hatte nie schwarze Haare gehabt.

Konnte es ...?

Die Fragen, die sich in den letzten Minuten aneinandergereiht hatten, als wären sie die Perlen an einer Schnur, hielten plötzlich abrupt an. Ich stellte mich so dicht vor das Bild, dass ich jeden einzelnen Pinselstrich nachvollziehen konnte, wollte jede Kleinigkeit erfassen, nichts übersehen. Trotzdem war und blieb das Bild unvollständig. Und es würde auch niemals fertiggestellt werden.

Die Fragen würden deshalb bleiben. Vor allem eine.

Konnte es sein, dass die Frau auf dem Bild Frau Adanır war?

»Komm schnell, Annike. Schnell!«, rief Manou, als ich zwei Tage später am Samstagmorgen im Schlafanzug in die Küche kam, um mir einen Kaffee zu kochen.

Seit das Eichhörnchen draußen im Gehege schlief, hatte ich mein Lager auf dem Sofa aufgegeben und verbrachte die Nächte wieder oben in meinem zu kurzen und zu schmalen Bett. Trotzdem war ich noch so unruhig, als müsste ich jeden Moment nach unserem Patienten sehen, und war auch heute wieder sehr früh wach geworden. Das kannte ich von mir nicht, schon gar nicht an einem Wochenende.

Sogar meine Mutter hatte noch geschlafen, als ich an ihrem Zimmer vorbeigekommen war, und draußen wurde es erst langsam hell.

»Wann bist du aufgestanden?«, fragte ich Manou, die um diese Uhrzeit nicht nur angezogen, sondern auch so munter war, dass ich mich von ihrer Aufgeregtheit leicht überfordert fühlte.

»Vor einer Weile«, antwortete sie hastig. Sie war mir entgegengelaufen und stand nun vor mir.

»Ich muss dir was zeigen.« Sie fasste mich an der Hand und zog mich zur geöffneten Terrassentür.

»Sollte ich mich fragen, wie du überhaupt hier reingekommen bist?«, wollte ich wissen.

»Nö.«

Wir kamen vor dem Eichhörnchengehege zum Stehen, und Manou hockte sich davor. Als ich nicht gleich reagierte, gab sie mir ein Zeichen, dass ich mich ebenfalls hinknien sollte. Ich tat ihr den Gefallen, und gemeinsam spähten wir in den Auslauf, wo das Tierchen nicht zu entdecken war. Stattdessen bemerkte ich eine kleine Schüssel, die in der Ecke zwischen Hauswand und Gitter stand. Ich spähte hinein.

Waren das Pfefferminzbonbons?

Was hatten weiße und rosafarbene Pfefferminzbonbons hier zu suchen?

»Sind das deine?«, fragte ich Manou.

»Was?«

»Sind das deine Pfefferminzbonbons?«

»Nein. Warum sollte ich Stinkebonbons hier hinstellen?«

»Keine Ahnung. Deshalb frage ich ja.«

»Pass auf«, sagte Manou und stieß mich an.

»Worauf soll ich aufpassen?«

»Warte.«

Sie nahm aus einer Dose kleine Walnussstücke, ging noch etwas näher an den Zaun und pfiff einmal kurz. Und plötzlich war das Eichhörnchen da. Es streckte seine kleine Schnauze durch das Gitter, und Manou hielt ihm das Essen als Belohnung hin. Hastig nahm es das Stück und machte einen Satz zurück, um es in Ruhe aufzuknuspern.

»Hast du das gesehen?«, fragte sie aufgeregt. »Hast du das gesehen?«

»Habe ich«, antwortete ich, nicht weniger aufgeregt.

Wie toll war das denn?

So etwas hatte ich noch nie gesehen.

»Sunny hört aufs Wort. Also, nicht aufs Wort, sondern auf Pfiff. Aber ist das nicht obermegahammercool?«

»Allerdings. Und das hast du ihr ganz alleine beigebracht?«

»Jep«, erwiderte Manou nicht ohne Stolz.

»Genial! Geht das noch mal?«

»Klar.«

Sie nahm ein weiteres Stück, pfiff wieder. Und erneut kam das Eichhörnchen zum Zaun und ließ sich die Nuss geben.

»Ich bin schwer beeindruckt.«

»Wenn ich jetzt noch ganz viel übe, kommt Sunny vielleicht auch, wenn sie wieder draußen ist. Vielleicht hört sie ja dann immer noch auf mein Pfeifen. Meinst du, das wäre möglich?«

»Keine Ahnung«, antwortete ich. »Aber warum eigentlich nicht?«, fügte ich dann hinzu. »Tieren wird doch ständig alles Mögliche beigebracht. Warum sollte ein Eichhörnchen dann nicht auf Pfeifen reagieren? Wenn das jemand schafft, dann du.«

Manou strahlte mich an. »Und Sunny ist gar nicht dumm. Ich weiß nicht, warum Edith das immer sagt.«

»Ignoriere sie einfach. Mache ich auch die meiste Zeit. Ich glaube, sie braucht einfach einen Grund, um sich über die Eichhörnchen aufregen zu können.«

»Warum?«

»So ist sie einfach.«

»Ich finde das gemein.«

»Ja, manchmal kann meine Mutter schon ziemlich gemein sein.«

»Meine auch«, sagte Manou. »Und mein Papa auch.«

Ich überlegte, ob ich nachfragen sollte. Aber Manou konnte wie eine Auster sein und schneller zuschnappen als meine Mutter.

»Wie geht es deiner Hand?«, fragte ich stattdessen und deutete auf die Stelle, an der bisher der Verband gewesen war.

Seit gestern war er verschwunden und ließ eine inzwischen fast abgeheilte Wunde sichtbar werden, die wie eine Brandverletzung aussah.

»Ganz gut«, erwiderte sie knapp. »Und bei dir?«

»Der Finger konnte gerettet werden. Willst du mir erzählen, wie das passiert ist?«, fügte ich vorsichtig hinzu.

»Nein. Aber ich kann es machen, wenn du willst.« Sie hob die Schultern.

»Will ich. Sehr gerne sogar. Und Sunny bestimmt auch.«

Ich wies auf das Eichhörnchen, das begonnen hatte, sich ausgiebig zu putzen.

»Ich wollte meiner Mama Pfannekuchen machen. Sie liebt Pfannekuchen.«

»Wer nicht?«

»Sie ist immer so traurig und weint viel. Ich glaube, wegen ihrer Depressionen. Früher hat sie mir oft Pfannekuchen gemacht, wenn ich schlecht geträumt habe. Und manchmal denke ich, dass Depressionen vielleicht auch wie schlecht Träumen sind. Oder?«

»Wie sehr, sehr langes schlecht Träumen, denke ich.«

»Und deshalb wollte ich ihr eine Freude machen. So, wie sie es immer bei mir gemacht hat. Aber irgendwie ist dann alles schiefgegangen.«

Ich wartete, aber als Manou nicht weitersprach, fragte ich vorsichtig: »Was meinst du?«

»Die Pfanne war echt schwer. Ich wusste gar nicht, dass Pfannen so schwer sind. Und dann hatte ich zu viel Öl reingetan. Als ich versucht habe, das mit einem Tuch wegzuwischen, hat es plötzlich gebrannt. Ich wollte es wirklich nur wegmachen. Mehr nicht. Dann stand plötzlich mein Papa neben mir. Und meine Mama auch. Und er war so wütend. Und sie war so wütend. Und sie haben sich nur noch angeschrien.«

Manou musste Luft holen und sah starr auf das Eichhörnchen. »Und als Strafe bin ich jetzt hier bei meiner Oma«, sagte sie schließlich.

»Warum als Strafe?«

»Ich wusste ja, dass ich nicht allein an den Herd soll«, erwiderte sie. »Ich weiß das. Aber ich wollte wirklich nur meiner Mama eine Freude machen.«

»Ja.«

»Und jetzt zieht meine Mama aus. Ich dachte wirklich, ich könnte das. Aber ...«

»Ist scheiße gelaufen.«

»So richtig scheiße«, sagte Manou.

»Aber meinst du wirklich, dass es eine Strafe sein soll, dass du die Ferien bei deiner Oma verbringst? Vielleicht müssen deine Eltern nur erst einmal ein paar Dinge miteinander klären. Und sind Omas nicht toll? Bei denen ist jeder Tag wie Urlaub.«

»Bei meiner nicht.«

»So schlimm?«, fragte ich.

»Sie ist eigentlich schon ganz okay. Aber bei ihr gibt es so viele Regeln.« Sie machte eine große Geste.

»Was denn für Regeln?«

»Für alles. Welche Gläser für Wasser sind und welche für Orangensaft. Dass ich jeden Schuh dreimal auf der Matte abstreifen soll, bevor ich reinkomme. In welchen

Zahnputzbecher ich meine Zahnbürste stellen darf. Die Tischdecke muss immer genau in der Mitte liegen. Unter jedes Glas gehört ein Untersetzer. Für die Marmelade gibt es einen eigenen Löffel. Die Butter streicht man ab und schneidet sie nicht. Das Ei wird nicht geköpft, sondern die Schale wird aufgeklopft.«

»Das sind wirklich viele Regeln.«

»Sag ich doch«, seufzte Manou. »Sogar die Mülltonnen draußen müssen genau da stehen, wo sie immer stehen, sonst wird sie richtig sauer. Oder wenn die Nachbarn ihren Müll in ihre Tonne werfen. Dann schimpft sie richtig los.«

Der Gedanke kam mir ganz plötzlich. Er war wie ein Schreck, der mir in die Glieder fuhr. Ich musterte Manou aus dem Augenwinkel. War es möglich ...?

Konnte es vielleicht sein, dass Manou Frau Hollanders Enkelin war?

»Wir müssen reden, Theo«, sagte ich, kaum dass mein Onkel durch die Haustür gekommen war.

»Theo. Das klingt ernst«, erwiderte er. »Wie schlimm ist es? Kann ich noch meine Jacke ausziehen?«

»Ich erwarte dich in der Küche«, gab ich zurück, drehte mich um und ging vor.

Es war Sonntag, Manou war oben bei meiner Mutter, und ich wollte den Augenblick nutzen, um mit Onkel Theo über meinen Vater zu sprechen. So viel hatte ich die letzten zwei Tage über ihn nachgedacht und über sein letztes Bild, das ich auf der Staffelei entdeckt hatte. Ich konnte nicht aufhören, mich zu fragen, was es zu bedeuten hatte, dass er Frau Adanır gemalt hatte. Denn dass sie es war, daran hatte ich inzwischen eigentlich keinen Zweifel mehr.

Ich hatte mich bereits an den Tisch gesetzt, eine Tasse Kaffee vor mir, eine zweite mir gegenüber, als mein Onkel in die Küche kam. Einen Moment blieb er stehen, putzte sich die Brillengläser mit einem Taschentuch, das er anschließend wieder in seiner Hosentasche verstaute, und nahm dann ebenfalls Platz, ohne mich aus den Augen zu lassen.

»Was hat sie getan?«

»Was?«, fragte ich irritiert zurück.

»Deine Mutter.«

»Um sie geht es nicht.«

»Wirklich nicht?« Er war sichtlich überrascht. »So siehst du sonst nur aus, wenn sie wieder etwas angestellt hat.«

»Wie sehe ich denn aus, wenn sie was angestellt hat?«

Er lehnte den Kopf leicht zurück und musterte mich. »Als hättest du sie als die Drahtzieherin eines geheimen Komplotts historischer Ausmaße entlarvt. So eben«, fügte Onkel Theo hinzu und malte mit seinem Zeigefinger in der Luft einen Kreis um mein Gesicht.

»Ich habe ein geheimes Komplott historischen Ausmaßes aufgedeckt, aber leider und zu meiner eigenen großen Verwunderung ist meine Mutter nicht die Drahtzieherin.«

»Okay ...«, sagte er gedehnt.

»Nein, das ist wahrscheinlich ein bisschen übertrieben.«

»Übertrieben? Das klingt gar nicht nach dir.«

»Haha.«

»Go ahead.«

»Ich habe mir die Bilder angesehen.«

»Welche Bilder?« Mein Onkel zog die Kaffeetasse näher zu sich heran.

»Die Bilder, die mein Vater gemalt hat.«

»Mutig.«

»Lebensmüde wohl eher.«

»Doch Nacktbilder?«, fragte er mitfühlend.

»Schlimmer.«

»Schlimmer? Jetzt machst du mich wirklich neugierig. Das hätte ich deinem Vater gar nicht zugetraut. Da bin ich gespannt«, fügte mein Onkel hinzu, nahm den Kaffee in beide Hände und setzte sich auf seinem Stuhl zurecht, den Rücken leicht angelehnt.

»Was weißt du über die Beziehung zwischen Frau Adanır und meinem Vater?«

»Über die Beziehung? Was für eine Beziehung? Sie hat das Haus sauber gemacht und deiner Mutter geholfen. Und er hat sie dafür bezahlt. Mehr gab es da nicht zu wissen. Oder hat er etwa Nacktbilder von ihr gemalt?«, lachte er.

Als ich nicht mitlachte, wurde er schlagartig still. »What the ...«, entfuhr es ihm.

»Keine Nacktbilder, nein.«

»Aber?«

»Aber ...«, begann ich zögerlich.

»Nun lass dir nicht alles aus der Nase ziehen, Annike.«

»Er hat sie gemalt.«

»Wie hat er sie gemalt?«

»In Öl.«

»Sehr witzig. In welcher Situation? Wie?«

»Er hat ihre Hände gemalt.«

»Ihre Hände?« Mein Onkel machte ein irritiertes Gesicht.

»Ja. Beim Spülen.«

»Was für ein Genre ist das denn? Stillleben mit Spülwasser?«

»Wohl eher Porträt einer jungen Dame am Wasserbecken. Niederlande, siebzehntes Jahrhundert.«

»Wie bitte?«

»Was fragst du mich das? Ich habe von Kunst noch viel weniger Ahnung als du. Ich weiß nur, dass mein Vater Frau Adanırs Hände gemalt hat.«

»Woher weißt du, dass es ihre sind?«

»Wessen sollten es sonst sein?«

»Die deiner Mutter«, antwortete Onkel Theo. Er hielt inne, schüttelte den Kopf und sagte dann mit einem leichten Grinsen: »So viel Fantasie hatte Wilhelm nicht. Aber im Ernst. Woher weißt du das?«

»Ich weiß es nicht. Ich habe es mir zusammengereimt.«

»Weil sie die einzige Person ist, die in diesem Haus spült, oder was?«

»Nein.« Ich zögerte. »Weil es noch ein anderes Bild gibt.«

»Ein anderes Bild?«

»Ja.«

»Und das wäre?«

»Es ist noch nicht ganz fertig. Offenbar ist er nicht mehr dazu gekommen, es zu Ende zu malen, bevor er ...« Ich machte eine Handbewegung, als wäre mein Vater wie ein Schmetterling davongeflattert.

Wahrscheinlich hätte nichts schlechter zu ihm gepasst.

»Und bei was hat er Frau Adanır da gemalt? Beim Staubsaugen?«

»Im Garten.«

»Im Garten? In diesem Garten?« Mein Onkel deutete nach draußen.

»In diesem Garten.«

»Und es ist sicher Frau Adanır?«

»Ich denke, ja.«

»Du denkst«, wiederholte er.

»Ich bin mir ziemlich sicher, glaube ich.«

»Glaubst du.«

»Und deshalb möchte ich gerne wissen, in welcher Beziehung mein Vater und Frau Adanır standen.«

Onkel Theo schwieg. Die Hände um die Tasse gelegt, sah er durch die Terrassentür nach draußen in den Garten. Seine Augen waren schmal, als versuche er, dort irgendwo Frau Adanır oder meinen Vater oder das gemalte Bild zu entdecken. Ich dachte schon, er würde gar nichts mehr sagen, als er sich plötzlich aufrichtete.

»Das muss ich mit eigenen Augen sehen«, erklärte er und war bereits aufgestanden, während ich noch den Inhalt seiner Worte aufnahm.

»Kommst du?«, fragte er deshalb, als er schon halb aus der Küche in Richtung Keller war und ich weiter auf meinem Stuhl saß.

»Ach so, ja ... klar.« Eilig sprang ich auf und hastete ihm hinterher, erreichte ihn jedoch erst auf der Treppe.

Einige Momente blieb er in der Tür stehen und sah sich genauso überrascht um wie ich, als ich das erste Mal hier unten gewesen war. Sein Blick wanderte über den Sessel, die Platten, den Plattenspieler. Er wirkte, als würde er etwas sagen wollen, doch wüsste nicht, was.

»Sheesh«, murmelte Onkel Theo schließlich, als er das halb fertige Bild meines Vaters entdeckt hatte und wir gemeinsam näher herantraten.

»Das ist sie, oder?«, fragte ich, obwohl ich mir jetzt, auf den zweiten Blick, noch sicherer war. Aber ich musste es von meinem Onkel hören. Er musste mir sagen, dass ich mir das nicht nur einbildete. »Das ist Frau Adanır. Habe ich recht?«

Onkel Theo antwortete nicht gleich. Er starrte nur das Bild an, trank einen großen Schluck Kaffee, starrte weiter, trank weiter.

»Das ist sie«, sagte er schließlich, als die Tasse leer war. »Das ist eindeutig Frau Adanır. Das ist so cringe.«

»Und es ist auch unser Garten. Oder meinst du nicht?«

»Das ist er. Daran besteht kein Zweifel. Dein Vater hat Frau Adanır in seinem Garten gemalt ... eurem ... egal.«

»Aber wieso?«

»Keine Ahnung«, erwiderte Onkel Theo, und die Worte klangen beinahe wie ein fassungsloses Seufzen. »Ich habe absolut keine Ahnung. Wo sind ihre Hände?«, fragte er und sah sich um.

Ich zog das Bild, das ich beim letzten Mal zusammen mit den anderen wieder ordentlich verstaut hatte, nun zwischen ihnen hervor und legte es auf den Tisch. Ich musterte Onkel Theo, wie sein Blick von einem Gemälde zum anderen wanderte. Er trat näher heran, ging zwei Schritte nach hinten, einen vor, blieb stehen.

»Das müssen ihre Hände sein«, murmelte er. »Von wem sollten sie sonst sein?«, fügte er hinzu, aber die Frage schien nicht an mich gerichtet, weil er schon im nächsten Moment sich selbst antwortete: »Sie können nur von ihr sein.«

»Meinst du?«

»Ja. Das ...« Geräuschvoll blies er die Luft aus und strich sich durch das schüttere Haar. »Das ist sie.« Er zeigte auf das unfertige Bild im Garten. »Und das sind ihre Hände.« Sein Finger deutete auf das andere Gemälde. »Es kann gar nicht anders sein.« Ruckartig wandte er sich an mich. »Oder?«, fragte er.

Er schien sich genauso bei mir absichern zu wollen wie ich mich bei ihm.

»Ich denke auch«, erwiderte ich.

Wir schauten uns eine Weile ratlos an. Ich war mir nicht sicher, ob mein Onkel es auch nicht wagte, die Frage, die mir auf der Zunge lag, auszusprechen, so wie ich, oder ob ihm diese Idee noch gar nicht gekommen war. Aber seit ich die beiden Bilder von Frau Adanır gesehen hatte, ging mir der Gedanke nicht mehr aus dem Kopf. Ich musste es aussprechen. Ich musste die Frage endlich stellen.

»Meinst du ...?«, setzte ich an und riss meinen Onkel damit offenbar aus eigenen Gedanken.

»Meine ich was?«, gab er etwas verwirrt zurück.

»Meinst du, sie hatten eine Affäre oder so was? Waren sie ein ... keine Ahnung ... Liebespaar?« Ich verzog leicht das Gesicht.

Mein Onkel sagte lange nichts.

Was hatte sein Schweigen zu bedeuten?

Anstelle einer Antwort fragte er schließlich: »Gibt es noch andere Bilder?«

Nun war ich diejenige, die irritiert war. »Andere Bilder?«

»Von Frau Adanır.«

»Nein.«

»Was ist auf den anderen drauf? Was hat er sonst gemalt?« Er deutete in Richtung Truhe.

»Das ist ja das Seltsame«, sagte ich. »Er hat sonst vor allem Landschaften gemalt.«

»Nur Landschaften?«

»Ja.«

»Keine Menschen?«

»Nein.«

»Überhaupt keine?«

»Überhaupt keine. Zumindest habe ich hier nirgendwo welche gefunden.« Ich deutete ungenau um mich. »Was hat das zu bedeuten, Onkel Theo?«

»Dass die beiden eine Affäre hatten, kann ich mir nicht vorstellen.« Er zögerte wieder.

»Nein?«

»Auf der anderen Seite …«

»Auf der anderen Seite? Was ist auf der anderen Seite, Onkel Theo?«, wollte ich ungeduldig wissen, als Onkel Theo nicht sofort antwortete.

»Auf der anderen Seite: Was weiß ich schon, Annike? Ich war nicht immer hier.«

Wir schwiegen.

Ich versuchte, meine Gedanken zu sortieren, hier unten, im Keller meines Vaters, mit all den Dingen um mich, die ihm wichtig gewesen waren und die er vor der Welt, vor seiner Familie, vor uns versteckt hatte.

Hatte er wirklich eine Affäre mit Frau Adanır gehabt?

Konnte ich mir das vorstellen?

Nein.

Aber war es trotzdem möglich?

»Denkst du, sie wusste es?«, fragte ich.

»Deine Mutter?«

Ich nickte.

»Fragst du mich, ob ich glaube, dass deine Mutter von einer Affäre wusste, von der wir keine Ahnung haben, ob sie jemals stattgefunden hat?«

»Ja.«

»Kann ich dir nicht sagen.«

»Aber denkst du, sie kennt die Bilder? Weiß sie davon, dass er Frau Adanır gemalt hat? Und sie nicht?«, fügte ich hinzu, weil es mir erst in diesem Moment klar wurde.

Die ganze Zeit hatte ich nur daran gedacht, dass es diese zwei Gemälde von Frau Adanır gab. Aber ich hatte nie überlegt, dass es unter den Leinwänden nicht eine einzige gab, die meine Mutter zeigte.

Sagte das nicht alles?

Und plötzlich kam mir noch ein anderer Gedanke.

»Meinst du, Frau Adanır kommt deshalb immer noch zum Saubermachen und nimmt kein Geld dafür? Weil sie sich schuldig fühlt?«

»Um mit Staubsauger und Wischmopp Abbitte zu leisten?«

»So etwas in der Art.« Ich hob die Schultern.

»Daran habe ich bisher noch nicht gedacht.«

»Aber möglich wär's?«, hakte ich nach.

»Möglich ist alles, schätze ich. Zumindest nach dem, was ich hier gesehen habe.« Mein Onkel machte eine ausladende Handbewegung durch den Raum.

»O Mann, Annike!«, stieß er plötzlich hervor und fuhr sich über die Stirn.

»Was?«

»Warum konnte dein Vater nicht einfach Malen-nach-Zahlen machen?«, fragte er.

»Wüsste ich auch gern«, seufzte ich und verdrehte die Augen.

Auch ich ließ den Blick ein letztes Mal schweigend durch den Keller schweifen, über die Staffelei mit dem halb fertigen Bild von Frau Adanır, über die eingetrockneten Farben, den Sessel und den Plattenspieler mit den vielen Jazz- und Soul- und Swingscheiben.

Kam mir mein Vater weniger fremd vor, nachdem ich all das über ihn erfahren hatte? Nachdem ich etwas gefunden hatte, das wir gemeinsam hatten?

Oder war er mir jetzt nicht eigentlich fremder als jemals zuvor?

Mein Onkel wollte sich gerade daranmachen, wieder nach oben zu gehen, als ich ihn zurückhielt.

»Weißt du was?«, fragte ich.

»Was?«

»Mir wären Nacktbilder definitiv lieber gewesen.«

Acht

»So eine Sauerei.«

Erschrocken fuhr ich herum.

Natürlich hatte ich gehofft, Frau Hollander wäre nicht da. Seit ich mir nicht mehr einreden konnte, ich wüsste nicht, mit wem Manou verwandt und wer ihre Oma war, hatte ich mit mir gerungen. Den gesamten gestrigen Sonntag hatte ich damit verbracht, mir auszureden, dass die Nachbarin meiner Mutter wissen musste, wo und mit wem ihre Enkeltochter ihre Zeit verbrachte. War Frau Hollander nicht eigentlich selbst schuld, dass Manou all das hinter ihrem Rücken tat, weil sie eine blöde Pingeltante war? Ich war sogar mit dem Gefühl eingeschlafen, dass ich mir selbst sehr überzeugende Argumente vorgebracht hatte. Aber heute Morgen hatte ich eingesehen, dass das alles Unsinn war.

Ich musste es ihr sagen. Ich musste eine erwachsene Person einschalten. Auch wenn es mir ein bisschen wie Verrat vorkam, als würde ich Manou in den Rücken fallen. Beim Kaffeetrinken hatte ich überlegt, ob dafür wirklich ein persönliches Gespräch nötig war oder ob nicht ein anonymer Zettel in ihrem Briefkasten, Rauchzeichen vom Balkon meiner Mutter oder ein Flugzeug mit einem Werbebanner genauso geeignete Mittel dafür waren.

Irgendwann war mir klar gewesen, dass ich in den sauren Apfel beißen musste. Trotzdem hatte ich mir insgeheim die Daumen gedrückt, dass Frau Hollander nicht zu Hause sein würde. Dann hätte ich mit halbwegs gutem Gewissen behaupten können, ich hätte es versucht. Als hätte sie es geahnt, war sie jedoch irgendwo hinter mir aufgetaucht und zog laut polternd zwei Mülltonnen hinter sich her, während sie vor sich hin schimpfte.

»Dafür bezahle ich schließlich. Da kann ich wohl erwarten, dass die Tonnen wieder zurückgestellt werden. Oder nicht?« Sie sah mich an, als würde sie eine Antwort von mir erwarten.

»Was ist denn?«, fragte ich.

»Die Müllabfuhr. Sie lassen die Mülltonnen jedes Mal am Straßenrand stehen. Ist das zu fassen?«

»Ähm ... nein?«

»Wenn sie zu faul sind, die Tonnen zurückzuschieben, sollen sie diesen Service nicht anbieten. Jede Woche das Gleiche. Ich muss dringend mal wieder bei der Stadt anrufen. So geht das ja nicht. Ständig muss man sich über diese Leute ärgern, oder?«

»Nein.«

»Was?«

»Nein, muss man nicht«, erwiderte ich.

Frau Hollander sah mich einen Moment irritiert an, dann fuhr sie fort. »Wenn ich das meinem Sohn erzähle, werden die ihr blaues Wunder erleben. Habe ich dir erzählt, dass Tim bei der Sparkasse arbeitet, Annike?«

»Haben Sie.«

»Er macht da in Immobilien.«

»Ich dachte, in Mülltonnen.«

»Was? Nein. Wie kommst du da drauf?«

»War nur ein Gedanke.«

»Du bist komisch.«

»Ich weiß. Aber da wir gerade dabei sind«, fügte ich

hinzu, während ich einige Augenblicke zugesehen hatte, wie Frau Hollander die schwarzen Behälter vor- und zurückschob, in Millimeterarbeit, damit alles akkurat nebeneinanderstand.

»Wobei?«

»Beim Komischsein. Wissen Sie, was auch komisch ist?«

»Was, Annike?« Sie war aus der Puste geraten und brauchte einen Moment, um Luft zu bekommen. Dabei stemmte sie die Hände in die Seiten und schaute mich abwartend an.

»Ich habe Ihre Enkelin kennengelernt.«

»Ich weiß.«

»Das wissen Sie?«

»Natürlich. Deinen Eltern mag es damals ganz egal gewesen sein, wo du dich rumtreibst. Aber sie ist meine Enkeltochter. Ich trage die Verantwortung, solange sie hier ist. Da habe ich selbstverständlich ganz genau im Blick, wie und wo sie ihre Zeit verbringt. Man sieht ja, was sonst dabei herauskommt.« Sie machte eine unbestimmte Geste, die aber eindeutig mich einschließen sollte.

»Alles klar«, murmelte ich und rieb mir mit dem Mittelfinger über die Stirn.

Das war so typisch Frau Hollander.

Trotzdem fragte ich sicherheitshalber nach: »Dann sind Sie darüber informiert, dass Manou bei uns ist und wir gemeinsam das Eichhörnchen versorgen?«

Die Nachbarin zögerte kurz. »Ja«, erwiderte sie dann knapp.

»Und es ist in Ordnung für Sie?«

»Du meinst, ob ich damit einverstanden bin, dass meine Enkeltochter ausgerechnet in dem Haus verkehrt, das den mit Abstand schlechtesten Einfluss auf sie haben könnte?

Mit einer verrückten Mutter, einem sonderbaren Onkel und einem verschrobenen Punk, der nicht erwachsen werden will und stattdessen dem deutschen Staat auf der Tasche liegt?«

»Genau das meine ich«, sagte ich kühl.

»Ich akzeptiere es. Reicht dir das als Antwort?«

Ich musterte Frau Hollander einige Momente und rang mit mir. Am liebsten wäre ich wortlos gegangen. Diese Frau hatte es gar nicht verdient, dass ich mich länger mit ihr abgab. Aber hier ging es um Manou. Ihretwegen riss ich mich zusammen.

»War's das?«, fragte Frau Hollander.

»Eins noch«, hielt ich sie auf, als sie sich bereits umdrehen wollte. »Ich weiß nicht, was in Ihrer Familie los ist. Das geht mich nichts an, und es interessiert mich auch nicht. Aber Manou leidet darunter. Das ist offensichtlich. Sie hat sich da Wildes in den Kopf gesetzt. Dass sie für irgendwas verantwortlich ist. Dass ihre Eltern sie hassen. Dass alles ihre Schuld ist. Sie ist da ziemlich von überzeugt. Und ich denke, das sollten Sie wissen. Darüber sollte dringend jemand mit ihr reden.«

Frau Hollander starrte mich an. Ihre Lippen waren schmal geworden. Als sie schließlich sprach, bewegte sich ihr Mund kaum, so stark biss sie die Zähne aufeinander.

»Du hast recht«, sagte sie.

»Ich wollte nur ...«

»Es geht dich absolut nichts an.«

Damit drehte sie sich um und verschwand im Haus.

»Und was jetzt?«, fragte meine Mutter nervös.

»Jetzt nimmst du den Gang raus und den Fuß von der Bremse«, sagte ich. »Das ist der rechte Fuß«, fügte ich hinzu.

»Ich bin zwar schon lange nicht mehr Auto gefahren, aber ich weiß, welcher Fuß auf der Bremse steht, Annike.«

»Tschuldigung.«

»Also wirklich!«

»Und dann entspann dich mal ein bisschen.«

Meine Mutter hatte das Lenkrad so fest umklammert, dass ihre Knöchel weiß hervorgetreten waren und ihr gesamter Arm bis nach oben in die Schultern unter Spannung stand. Sie schien jedes meiner Worte genau zu durchdenken und beobachtete ihre eigenen Hände und Füße, während sie die Kupplung durchtrat, den Schaltknüppel bewegte und schließlich beide Füße nebeneinander in den Fußraum stellte. Mit einem erleichterten Seufzen atmete sie aus und verschränkte die Finger in ihrem Schoß.

Heute war Dienstag, und mir gingen die Fragen nicht aus dem Kopf. Sie waren sogar noch lauter geworden, seit ich mit Onkel Theo am Sonntag darüber geredet hatte. Ich hatte gehofft, es würde besser werden, wenn ich alles ausgesprochen hatte. Aber so war es nicht. Und jedes Mal, wenn ich meine Mutter sah, überlegte ich, was sie wusste, was sie nicht wusste, was das alles für sie bedeutete, und vor allem, was das alles für sie und mich bedeutete.

Änderte das etwas zwischen ihr und mir?

Hatte ich sie vielleicht deshalb heute in die Waschstraße mitgenommen?

Weil sie mir leidtat?

Oder hätte ich es auch gemacht, wenn ich nichts von alledem gewusst hätte?

War das überhaupt wichtig?

»Geschafft«, sagte ich und wollte gerade etwas hinzufügen, als die Förderrolle das Rad unseres Autos ergriff und der Wagen einen kleinen Satz nach vorne machte.

Erschrocken zuckte meine Mutter zusammen. Griff nach dem Lenkrad. Die Füße schossen nach vorne.

»Nicht bremsen!«, rief ich.

Sie erstarrte. Schaute mich an. Die Beine in der Luft. Aber bremste nicht.

»Auf keinen Fall bremsen«, flüsterte ich.

»Aber wir fahren!«

»Das ist vollkommen normal«, versuchte ich, sie zu beruhigen. »Alles gut. Dieses Dingensband zieht uns jetzt nach vorne und durch die Waschstraße.«

»Was für ein Dingensband?«

»Na, so ein Förderdingensband. Aber wir dürfen nicht bremsen und nicht lenken. Das macht es von ganz allein.«

»Warum hast du mir das nicht vorher gesagt?«, wollte meine Mutter wissen und sah mich böse an.

»Ich wusste nicht, dass du das nicht weißt.«

»Woher hätte ich das wissen sollen?«

»Du bist doch schon mal mit dem Auto durch die Waschstraße gefahren.«

»In den Achtzigern, Annike. Da haben sie diese ganzen Rollen und Nudeln wahrscheinlich noch von Hand bedient.«

»Du meinst, draußen haben welche gestanden und gekurbelt?«

»Nehme ich doch an. So ein Förderdingensband hatten sie jedenfalls bestimmt noch nicht.«

»Vielleicht haben sie auch Hunde und Katzen eingeseift und über die Autos gescheucht«, schlug ich vor.

»Jetzt mach dich nicht lächerlich«, widersprach meine Mutter.

Aber Manou schob sich von hinten zwischen den Sitzen nach vorne und sagte: »Vielleicht waren das auch Eichhörnchen.«

»Mit ihren puscheligen Schwänzchen bekommen sie bestimmt jeden Dreck runter.«

»Meinst du, wir können Turbonick beibringen, das Auto sauber zu machen?«

»Turbonick?«, fragte ich.

»Ich dachte, vielleicht sollte es ein Name sein, der deutlich macht, wie schnell unser Eichhörnchen ist.«

»Hieß es deshalb nicht schon Flitzi?«

»Aber passt der Name wirklich zu unserem Eichhörnchen?«

»Du bist die Namensexpertin.«

»Sagen wir einfach, ich arbeite dran«, erwiderte sie mit einem Grinsen. »Wir könnten Turbonick jedenfalls darauf trainieren, mit seinen kleinen Pfoten den Lack zu polieren.«

»Oder wir lassen ihn einfach auf der Motorhaube sitzen, und er bewegt seinen Schwanz über die Windschutzscheibe wie ein Scheibenwischer.«

»O ja!«, rief Manou begeistert.

Meine Mutter warf mir dagegen einen tadelnden Blick zu. »Jetzt unterstütz das Kind doch nicht noch bei seinen Spinnereien. Was soll denn aus ihm werden, wenn es nur Unsinn im Kopf hat?«

»Ein glückliches Kind?«

»Und dann?«

»Eine verrückte Erwachsene wie ich?«

»Genau das habe ich gemeint«, brummte sie.

Eigentlich hatte meine Mutter nicht mit in die Waschstraße kommen wollen. Erst Manou konnte sie überreden. Wie genau, blieb wieder einmal ihr Geheimnis. Sie kam mir manchmal wie eine Zauberin vor, eine Frau-Dr.-Bednarz-Flüsterin. Aus einem Grund, den ich nicht kannte, hatte sie einen Zugang zu ihr, den Onkel Theo und ich nicht finden konnten. Vielleicht war es ihre Entschlossenheit. Vielleicht ihre fehlende Angst. Vielleicht reichte es aber auch schon, dass sie nicht mit meiner Mutter verwandt war.

Als meine Mutter schließlich neben mich ins Auto gestiegen war und ich Manou einen ungläubigen Blick zugeworfen hatte, hatte die nur die Schultern gezuckt und verschmitzt gegrinst.

»Bin beeindruckt«, hatte ich stumm in ihre Richtung geflüstert, und Manou hatte zufrieden die Arme vor der Brust verschränkt und sich nach hinten auf die Rückbank fallen lassen.

Sie war heute ganz selbstverständlich bei uns aufgetaucht. Falls Frau Hollander irgendetwas über unser Gespräch gestern gesagt hatte, ließ sich Manou nichts anmerken. Sie war wie immer und hatte deshalb darauf bestanden mitzukommen.

Ich dachte, für ein erstes Mal in der Waschstraße wäre es am besten, wenn ich fahren würde und meine Mutter einfach dabei sein konnte. So hätte sie sich abschauen können, wie ich alles machte, und beobachten, wie die Dinge funktionierten. Aber kaum waren wir in die Einfahrt eingebogen und hatten uns mit dem Auto in der Schlange angestellt, hatte sie gesagt, sie wolle ans Lenkrad.

»Kannst du denn überhaupt Auto fahren?«, hatte ich gefragt.

»Natürlich kann ich Auto fahren, Annike. Wieso sollte ich denn nicht Auto fahren können? Und im Gegensatz zu dir habe ich sogar noch meinen Führerschein. Du fragst dich, woher ich das weiß?«, hatte sie hinzugefügt.

»Tue ich.«

»Ich habe meine Mittel und Wege, um an Informationen über dich zu kommen.«

Weil mir darauf nichts eingefallen war, hatten wir schließlich die Plätze getauscht. Meine Mutter war näher ans Lenkrad herangerutscht, so nah sogar, dass sie fast eingequetscht ausgesehen hatte, aber ich hatte nicht gewagt, etwas zu sagen. Beim Losfahren war ihr dann gleich viermal der Motor abgesoffen, und zweimal hatte das Auto heftig geruckelt und war auf der Stelle gehüpft, aber schließlich hatten wir es irgendwie ins Innere der Waschanlage geschafft, mit quietschenden Reifen und lautem Jaulen.

»Muss das so?«, hatte Manou leise von der Rückbank wissen wollen, aber ich hatte nur möglichst unauffällig den Kopf geschüttelt.

Der Mann, der den Wagen mit einem Schlauch abgespritzt und uns dann eingewunken hatte, war mir ein wenig verängstigt vorgekommen, als meine Mutter mit der Nase über dem Lenker in kleinen, schnellen Bewegungen nach links und rechts und wieder links gesteuert hatte, als würde sie ein Boot über den See manövrieren. Am Ende hatte der Angestellte einen hastigen Sprung nach hinten gemacht, weil meine Mutter nicht richtig gebremst hatte, obwohl er schon heftig mit einem Lappen gewedelt hatte.

Fast mitleidig hatte er Manou und mich angesehen, als er kurz auf das Dach geklopft und das Auto dem Förderband überlassen hatte. Und auch ich war mir nicht sicher, ob das eine gute Idee war und wir heil aus der ganzen Sache herauskommen würden.

Aber für den Moment konnte meine Mutter nichts mehr falsch machen. Sie hatte die Füße wieder abgesetzt und das Lenkrad losgelassen. Der Gang war raus, und die Förderrolle zog den Wagen gleichmäßig vorwärts und auf die ersten Düsen zu.

»Es geht los!«, rief Manou vom Rücksitz aus und trommelte mit den Händen auf unsere Lehnen.

»Ja«, sagte meine Mutter leise.

Zunächst wurden wir mit einer Flüssigkeit bespritzt, dann kamen die ersten großen Rollen näher. Ich beobachtete meine Mutter aus dem Augenwinkel. Sie hatte sich leicht nach vorne gebeugt und bemühte sich, alles genau zu sehen. Wenn die Walzen von links kamen, drehte sie sich nach links, kamen sie von rechts, wandte sie sich in diese Richtung.

So hatte ich sie noch nie gesehen.

War sie so als Kind gewesen?

Welche Dinge hatten sie früher in Erstaunen versetzt?

»Jetzt geht es rund«, jubelte Manou, als die Lappen laut gegen die Fensterscheiben klatschten.

Auf dem Gesicht meiner Mutter entdeckte ich dieselbe Mischung aus Ängstlichkeit und Freude, die ich früher bei Horrorfilmen verspürt hatte, für die ich eigentlich noch zu jung gewesen war. Ich hatte das Gefühl, dass sie dadurch so ganz anders aussah, sie wirkte beinahe fremd auf mich, aber auf eine gute Art, irgendwie.

»Pass auf«, sagte Manou und zeigte mit dem Finger nach vorne. »Grundgütiger Auswürfling. Gleich gibt's Nudelsuppe.«

»*Nudelsuppe?*«, wiederholte meine Mutter fragend, wollte sich zu Manou umdrehen, als sich die langen, schlangenartigen Arme der nächsten Station über uns hinwegbewegten. »Jetzt verstehe ich«, fügte sie hinzu.

Als Letztes wurde das Auto unter den Föhn geschoben und das Wasser mit Druck von den Fenstern gepustet. Meine Mutter schien jedem einzelnen Tropfen zusehen zu wollen, wie er davongeblasen wurde.

»Jetzt musst du wieder aufpassen«, erklärte ich ihr und deutete auf die Ampel vor uns, die rot leuchtete.

Meine Mutter wartete darauf, dass ich weitersprach,

und hörte mir aufmerksam zu. Das war eine vollkommen neue Erfahrung für mich.

»Wenn das grüne Licht angeht, musst du den ersten Gang einlegen und einmal die Bremsen prüfen und ...«

»Wie macht man das?«

»Indem man einmal kurz bremst.«

»Ach so, in Ordnung.« Sie nickte.

»Und dann sind wir durch und können nach Hause fahren.«

»Nein!«, rief Manou und schüttelte entschieden den Kopf. »Noch mal. Noch mal.«

»Wir können doch nicht noch mal durch die Waschstraße fahren«, erwiderte meine Mutter streng.

»Warum denn nicht?«

»Weil das Auto sauber ist. Das wäre eine ziemliche Verschwendung.«

»Aber ...«, wollte Manou widersprechen, doch meine Mutter kam ihr zuvor.

»Nichts aber«, sagte sie. »Das geht nicht. Und Punkt.«

»Aber genau genommen«, begann ich.

»Du nicht auch noch.«

»Was denn genau genommen?«, wollte Manou wissen.

»Genau genommen war das Auto auch vorher schon nicht schmutzig. Es war also schon beim ersten Mal Verschwendung.«

»Dann macht es eine weitere Verschwendung doch nicht besser.«

»Nicht besser ...«

»Aber?«, fragte meine Mutter kühl zurück.

»Aber ein einziges weiteres Mal ist dann vielleicht auch egal«, antwortete ich mit einem leichten Grinsen.

Ich spürte den musternden Blick meiner Mutter auf mir. Sie schien ehrlich mit sich zu ringen.

Warum?

Warum konnte sie nicht einfach eine Sache wiederholen, die ihr offensichtlich so viel Spaß gemacht hatte?

»Bitte, bitte, bitte«, flehte Manou und klopfte erneut gegen die Lehnen.

Mein Blick wanderte zwischen den beiden hin und her.

»Mutter?«, fragte ich.

Schließlich seufzte diese theatralisch auf. »Von mir aus«, sagte sie.

Unser Ausflug in die Waschanlage schien ein Erfolg zu sein. Danach wirkte meine Mutter irgendwie verändert. Sie verzog sich nicht gleich in ihr Zimmer, als wir zu Hause ankamen. Sie unterhielt sich mit uns allen mehr als nur einsilbig. Und als Onkel Theo sie später fragte, wie es gewesen sei, sagte sie: »Schön.«

»Schön«, wiederholte er und warf mir einen überraschten und leicht anerkennenden Blick zu, wie ich fand.

Konnte es wirklich so einfach sein?

War die Beziehung zu meiner Mutter vielleicht doch nicht vollkommen und für immer verkorkst?

Gab es für uns am Ende doch noch einen Funken Hoffnung?

Mein Onkel kochte Kaffee, und wir setzten uns gemeinsam nach draußen zum Eichhörnchengehege, obwohl das Wetter besser hätte sein können. Manou bekam eine große Tasse Kakao.

»Es gibt sogar Kuchen.« Onkel Theo hatte Bienenstich vom Bäcker mitgebracht und trug die Stücke auf die Terrasse. Für ihn selbst hatte er abgepackten Kuchen aus dem Supermarkt dabei.

Ich deckte den Tisch.

Das Eichhörnchen schien sich dafür zu interessieren,

was wir machten. Es saß vorne an der Tür und beobachtete uns, streckte sogar hin und wieder seine Nase durch das Gitter und bekam dafür von Manou eine Nuss.

»Es ist ganz schön zahm geworden«, stellte meine Mutter fest, während sie einen Schluck Kaffee nahm.

»Es hört sogar auf mein Pfeifen«, erwiderte Manou stolz.

»Aber es ist ein Wildtier.«

»Wäre es nicht toll, wenn es auch noch kommen würde, nachdem wir es wieder freigelassen haben?«

»Wann wollt ihr es denn freilassen?«, wollte meine Mutter wissen und bemühte sich offenbar um einen freundlichen, interessierten Tonfall.

Wir hatten schon mehrfach darüber gesprochen, und jedes Mal waren wir knapp an einem heftigen Streit vorbeigeschrappt. Meiner Mutter konnte es nicht schnell genug gehen, und sie ließ keinen Zweifel daran, dass Eichhörnchen und Gehege ihr ein Dorn im Auge waren. Ich versuchte deshalb, ruhig zu bleiben. Ich wollte den schönen Tag nicht zerstören.

»Wahrscheinlich am Samstag«, antwortete Manou für mich.

»Warum ausgerechnet am Samstag?«

Ich musterte meine Mutter misstrauisch, aber sie wirkte nicht vorwurfsvoll oder ärgerlich, zumindest für den Moment.

Ich konnte nur hoffen, dass es so bleiben würde. Vielleicht hatte sich ja wirklich was geändert.

»Die Klinik hat gesagt, dass es nach zwei Wochen wieder raus kann. Ist doch so, oder?« Manou sah mich kurz an.

Ich nickte.

»Außerdem soll es was Besonderes werden.«

»Was Besonderes?«

»Wir dachten, wir feiern das ein bisschen«, sagte ich. »Vielleicht mit einem gemeinsamen Essen oder so. Das wäre doch nett.«

»Ja«, antwortete meine Mutter zu meiner Überraschung. Nicht mehr, aber es war ein Ja. »Warum nicht?«

Warum nicht?

Sprach ich hier wirklich mit meiner Mutter?

Ich sah Onkel Theo bedeutungsvoll an. Er erwiderte meinen Blick. Was ein Ausflug in die Waschanlage alles bewirken konnte.

»Aber wir haben erst Dienstag. Bis Samstag ist noch eine lange Zeit.«

»Es ist eine ärztliche Anweisung«, gab ich etwas scharf zurück, und es tat mir im selben Augenblick leid.

»Ich meine ja nur.«

»Ich weiß. Ich wollte auch gar nicht ...«

»Es ist eine nette Idee. Wirklich.«

»Danke«, erwiderte ich und deutete ein Lächeln an.

Einige Momente aßen wir schweigend unseren Kuchen und das Eichhörnchen seine Nüsse. Nach dem ersten Stück nahmen Manou und ich noch ein zweites, und auch mein Onkel befreite einen weiteren Marmorkuchen aus der Plastikverpackung.

»Ich werde nie verstehen, warum du diese künstliche Pappe isst, Theo«, sagte meine Mutter.

»Musst du ja auch nicht«, antwortete mein Onkel.

»Schmeckt das denn überhaupt?«

»Mir schmeckt es sehr gut.«

»Kann ich mir nicht vorstellen.«

»Sonst würde ich es wohl nicht essen, oder?«

»Aber glaubst du denn wirklich, dass ein guter Bienenstich vom Bäcker lebensgefährlich ist?« Meine Mutter lachte.

Mein Onkel nicht. »Das habe ich nicht gesagt«, antwortete er.

»Er ist köstlich.«

»Das glaube ich dir.«

»Willst du ein Stück? Du kannst ein Stück von mir probieren.«

»Nein danke.«

»Nimm ruhig. Ich will gar nicht mehr.«

»Wie gesagt: nein danke, Edith.«

»Lass Onkel Theo doch in Ruhe«, mischte ich mich ein. »Er kann wohl essen, was er möchte.«

Aber meine Mutter achtete nicht auf mich: »Jetzt stell dich doch nicht so an«, forderte sie ihn auf.

»Ich stelle mich überhaupt nicht an. Ich will einfach nur nicht von deinem verdammten Kuchen essen.«

»Kein Grund, laut zu werden.«

»Ich werde gar nicht laut.«

»Doch, wirst du. Und du fluchst. Wenn ich dir durch mein Kuchenangebot zu nahegetreten bin, tut es mir leid.«

»Kein Ding«, murmelte er.

»Was sagst du?«

»Kein Ding.«

»Was soll das bedeuten? Warum musst du ständig so ein Kauderwelsch sprechen? Findet ihr dieses Kauderwelsch nicht auch schrecklich?« Wieder lachte meine Mutter.

Ich wusste nicht, ob ich mitlachen sollte.

War es lustig gemeint?

Fand mein Onkel es witzig?

Waren die beiden wirklich kurz davor, sich zu streiten?

Oder bildete ich mir das nur ein?

Ich hatte Onkel Theo und meine Mutter noch nie streiten gesehen. Sie hätten Gründe dafür gehabt, vor allem er, denn sie konnte sehr gemein sein, schon immer, aber meistens schluckte er ihre fiesen Kommentare hinunter und reagierte nicht auf die Sticheleien. Heute war das offenbar anders.

»Glaubst du, dass du damit jugendlicher wirkst? Dann gebe ich dir mal einen guten Tipp, lieber Bruder. Schau in einen Spiegel. Du bist schon eine Weile ein alter Mann.« Ein erneutes Lachen.

Was hatte das zu bedeuten?

Es war doch so ein schöner Tag gewesen.

Ich sah zu Manou. Sie schien ebenfalls verunsichert zu sein.

Woher kam das plötzlich? Warum musste es jetzt sein?

Ich kannte diese Momente der Harmonie in meiner Familie nicht und war deshalb selbst erstaunt, wie sehr ich es mochte. Konnten die beiden es nicht gut sein lassen?

»Wir werden alle nicht jünger ...«, setzte ich an, doch mein Onkel kam mir zuvor.

»Vielen Dank. Gut zu wissen«, gab er zurück. Es lag eine Schärfe in seiner Stimme, die ich nicht von ihm kannte.

»Bist du jetzt eingeschnappt?«, fragte meine Mutter. Sie wirkte tatsächlich überrascht. »Das sollte ein Scherz sein. Hat etwa nur Annike ein Recht auf dumme Scherze?«

»Kannst du mich da bitte raushalten?«

»Das ist wieder so klar, wisst ihr das? Immer haltet ihr zusammen. Gemeinsam gegen die böse Edith. Die ist ja so fies und gemein. Langweilt ihr euch damit nicht selbst?«

»Und du bist mal wieder das arme Opfer?«, erwiderte mein Onkel. »*Das* langweilt mich. Es langweilt mich schon seit Jahren.«

»Und mich langweilt seit Jahren, dass du dich lächerlich machst. Mit dieser komischen Sprache, die du dir von irgendwelchen jungen Leuten abgeguckt hast. Siehst du gar nicht, wie peinlich das ist? Ständig muss man sich für dich schämen.«

»Vielleicht solltest du dich nicht so viel für andere in deiner Familie schämen, sondern mal ein bisschen für dich selbst. Dann würdest du vielleicht merken, wie du dich anderen gegenüber verhältst und dass das absolut nicht in Ordnung ist.«

»Ach, ist das so?«

»Jep.«

»Das höre ich mir nicht länger an. Ich gehe in mein Zimmer.« Geräuschvoll schob meine Mutter den Stuhl zurück und stand auf.

»Das kannst du ja so gut«, murmelte Onkel Theo laut genug, dass sie ihn hören konnte.

»Und wisst ihr was?« Sie hatte bereits die Tür erreicht, wandte sich aber noch einmal um. »Das hier ist mein Haus, und ich will, dass dieses bescheuerte, hässliche, dumme Eichhörnchen endlich verschwindet. Und zwar schnell.«

Damit ging sie nach drinnen.

Manou, Onkel Theo und ich blieben zurück und schauten uns an.

»Was war das denn?«, fragte ich.

»Wart ma kurz«, hatte Aisha gesagt und offenbar ihr Handy weggelegt, denn ich hörte nur noch ganz dumpf und weit entfernt Geräusche, die ich nicht einordnen konnte.

Alle waren gegangen. Mein Onkel hatte sich kurz nach dem Streit verzogen, ohne ein weiteres Wort darüber zu verlieren, meine Mutter machte keine Anstalten, ihr Zimmer heute noch zu verlassen, und Manou hatte sich vor

einer knappen Stunde auf den Weg zu ihrer Oma gemacht, nachdem ich ihr zum dritten Mal versichert hatte,
dass das Eichhörnchen ganz sicher nichts mehr brauchte.
Und nun saß ich hier, dick eingepackt auf einem der Gartenstühle vor dem Eichhörnchengehege, obwohl es schon
spät war, kalt und bis auf den Lichtschein, der aus der Küche auf die Terrasse fiel, bereits fast vollkommen dunkel.
Ich konnte nur die Umrisse des Tieres erahnen. Es hatte
es sich auf einem der Äste bequem gemacht.

»Hast du auch Familie, Patti?«, fragte ich es. Wenn Manou unserem Patienten ständig neue Namen geben konnte, durfte ich es auch nach Patti Smith nennen, zumindest
heimlich, wie ich fand. »Irgendwelche anstrengenden
Verwandten? Einen abwesenden Vater mit überraschen-
dem Hobby, den du eigentlich gar nicht gekannt hast?
Oder vielleicht eine melodramatische Mutter?«

Es raschelte leise als Antwort.

»Sei froh.« Leicht verdrehte ich die Augen. »Hast du den
Streit vorhin mitbekommen? War es ein Streit? Ich glaube,
ich habe Onkel Theo noch nie streiten gehört. Ich wusste
gar nicht, dass er das kann. Du schon? Wirklich? Dann
kennst du ihn besser als ich. Aber man lernt wahrscheinlich so einiges über einen Menschen, wenn man jeden Tag
Walnüsse gereicht bekommt, oder? Wusstest du, dass er sie
von Hand knackt? Nur für dich? Tja, jetzt weißt du es. So
gern hat er dich. Aber verrat ihm nicht, dass du das von
mir hast. Und bitte auch sonst niemandem, dass ich mit dir
rede. Obwohl ... Mich halten hier sowieso alle für eine Irre.
Da macht das wahrscheinlich auch nichts.«

Ich horchte in mein Telefon, um herauszufinden, ob
Aisha inzwischen wieder in der Leitung war. Als alles still
blieb, setzte ich mein Gespräch mit dem Eichhörnchen
fort.

»Außerdem hatte ich ja vor, mit Aisha zu sprechen. Zu meiner Verteidigung. Aber was kann ich dafür, wenn Michis Kinder da sind und Sassi und Cem sich die ganze Zeit streiten? Da muss ich mir doch wohl einen anderen Gesprächspartner suchen, oder, Patti? Was sagst du? Eine Gesprächspartnerin? Hast du auch wieder recht. Aber ich muss zugeben, dass ich mir bei dieser Konversation auch nicht ganz im Klaren bin über meinen Geisteszustand. Wird überbewertet? Du bist ein ziemlich weises Eichhörnchen, kann das sein?«

Ich wechselte das Telefon in die andere Hand, um meine Decke höher und fester zu ziehen. So langsam begann ich zu frieren.

»Findest du gut, dass Onkel Theo meiner Mutter mal die Meinung gesagt hat und sich nicht immer alles gefallen lässt? Ja? Ich auch. Was? Nichts aber ... Vielleicht doch. Du liest ja in uns wie in einem offenen Buch. Ich finde es einfach ein bisschen schade. Wir hatten so einen schönen Ausflug in die Waschstraße. Manou, meine Mutter und ich. Wie man einen Ausflug in die Waschstraße machen kann? Das ist eine lange Geschichte. Ich dachte, es würde ihr gefallen. Und ich hatte gehofft, dass es auch zwischen uns irgendwas ... Ich weiß auch nicht. Aber jetzt sitzt meine Mutter wieder da oben, und wahrscheinlich waren die ganzen letzten Tage für den Eimer. Ja, ja, ich weiß. So was sollte ich nicht sagen. Ich male schon wieder den Teufel an die Wand. Apropos malen ...«

Ich stand leicht auf und rückte den Gartenstuhl näher an das Gehege heran, ehe ich mich wieder setzte und mich zum Eichhörnchen vorbeugte, auch wenn es längst zu dunkel war, um etwas zu erkennen.

»Vielleicht kann ich dich ja bei einer Sache um Rat fragen, die mir nicht aus dem Kopf geht, Patti. Ich hab dir doch schon von meinem Vater erzählt. Ja, dem Fußarzt, genau. Aber wie sich herausgestellt hat, war er daneben auch noch ein begeisterter Hobbymaler. Was er gemalt hat? Tja, da legst du den Finger in die Wunde, Patti. Denn offensichtlich hat mein Vater unsere Haushaltshilfe gemalt. Frau Adanır. Die kennst du ja auch. Warum? Gute Frage. Das wüsste ich selbst gern. Man malt doch nicht einfach irgendwelche Menschen. Würdest du einfach irgendwen malen, wenn du nicht irgendwie ... Was meinst du, dir fehlen die Daumen? Ach so, um einen Pinsel zu halten. Klar, daran hab ich nicht gedacht. Aber davon abgesehen. Man würde doch nur eine Frau malen, die nicht die eigene ist, wenn man irgendwie eine ... und glaub mir, es macht mir keinen Spaß, mit dir über diese Dinge zu sprechen, denn ich möchte mir über so was im Zusammenhang mit meinem Vater wirklich keine Gedanken machen. Mein Vater ist für mich so was von asexuell, dass ich nicht einmal im Entferntesten eine Idee habe, wie ich entstanden sein könnte. Iih«, machte ich und warf dem Eichhörnchen einen vorwurfsvollen Blick zu, »sag doch so was nicht.«

»Aber wenn es das ist, wonach es aussieht«, fuhr ich fort, »was ist dann mit meiner Mutter? Ich meine, zu was macht sie das? Zur betrogenen, hintergangenen Ehefrau? Zu einem Opfer? Für mich war sie immer diejenige, die unsere Familie im Griff hatte, die uns alle irgendwie, ja, terrorisiert hat, weißt du? Sie war für mich immer Täterin und auf keinen Fall Opfer. Aber wenn mein Vater wirklich ... Wie soll ich sie dann sehen? Warum das eine das andere unbedingt ausschließen muss? Keine Ahnung, Patti. Denkst du, mein Bild von meiner Mutter wird sich dadurch ändern? Du meinst, das hat es schon längst? Wie kommst du darauf? Weil ich mit ihr in die Waschstraße gefahren bin, um ihr eine Freude zu machen? Das sind aber gewagte Thesen. Vielleicht sollten wir dich lieber Yoda nennen. Nein, dafür musst du nicht unbedingt grün sein. Wäre dir Miyagi lieber?«

»Wer ist Patti?«, fragte in diesem Moment Aisha durch den Hörer und ließ mich erschrocken zusammenzucken.

»Das Eichhörnchen«, erwiderte ich. »Warum?«

»Weil ich seiner Meinung bin.«

Ich konnte nicht schlafen.

Nachdem Aisha und ich aufgelegt hatten, lag ich eine Weile mit geöffneten Augen im Bett. So viele Gedanken wirbelten in meinem Kopf herum. So viele Fragen. So wenige Antworten. Mir war zu warm. Mir war zu kalt. Ich war mir sicher, ich bräuchte frische Luft. Aber als ich das Fenster öffnete, kam es mir zu zugig vor. Schließlich entschied ich mich, nach unten zu gehen. Vielleicht konnte ich eine Kleinigkeit trinken. Vielleicht noch ein bisschen fernsehen.

In der Küche füllte ich ein Glas mit Leitungswasser und wollte gerade ins Wohnzimmer gehen, um durch das TV-Nachtprogramm zu switchen, als mein Blick auf die Terrassentür fiel, die nicht ganz geschlossen war.

Hatte ich das vorhin vergessen?

Ich war mir sicher, dass ich noch mal meine Runde durch die Räume gegangen war, wie ich es jeden Abend tat. Das hatte schon fast was von einem Ritual.

Ich ging zur Tür und wollte sie gerade energisch zudrücken, als ich eine Bewegung in der Dunkelheit draußen bemerkte. Erschrocken fuhr ich zusammen. Wie Schlaglichter schossen mir alle Überlebensregeln durch den Kopf, die ich jemals in irgendwelchen Selbstverteidigungskursen gelernt hatte. Schreien. Fliehen. Zuschlagen. In welcher Reihenfolge?

Dann jedoch erkannte ich sie.

»Was machst du hier draußen, Mutter?«, fragte ich. »Um diese Zeit.«

»Ich sitze hier.«

»Okay«, erwiderte ich und versuchte mich wieder zu beruhigen. Gerade wollte ich mich zum Lichtschalter drehen, als mich meine Mutter zurückhielt: »Nicht anmachen.«

Ich hielt in der Bewegung inne. »Warum nicht?«

»Du weckst das Eichhörnchen.«

»Ich wecke das Eichhörnchen?«, wiederholte ich ihre Worte lachend. »Nie im Leben hätte ich erwartet, diese vier Worte aus deinem Mund zu hören.«

»Jetzt mach nicht wieder aus einer Mücke einen Elefanten.«

»Du meinst, aus einem Eichhörnchen einen Elefanten. Oder aus einer Mücke ein Eichhörnchen? Ich bin mir nicht sicher, wie es richtig ist.«

»Annike«, brummte meine Mutter. »Du weißt, was ich meine.«

»Mutter«, gab ich zurück. »Ja, ich denke, ich weiß sehr genau, was du meinst. Denn du meinst: Ich soll das Eichhörnchen nicht wecken. Aber ich kann es einfach nicht fassen.«

»Warum schläfst du nicht längst?«, fragte sie stattdessen.

Ich spielte einen Moment mit dem Gedanken, sie noch weiter aufzuziehen, entschied mich aber dagegen. Stattdessen stellte ich mein Glas ab, griff nach einer Decke und trat zu ihr nach draußen. Sie saß auf dem Stuhl, den ich mir wenige Stunden zuvor an das Gehege herangezogen hatte. Ich nahm neben ihr Platz.

»Ich konnte irgendwie nicht einschlafen«, sagte ich. »Aber offenbar bin ich da nicht die Einzige.«

Meine Mutter schwieg.

»Vielleicht redest du noch mal mit Theo«, schlug ich vor.

Keine Antwort.

»Du könntest dich entschuldigen.«

Nichts.

»Ihr werdet euch bestimmt wieder vertragen.«

Ich starrte in die Dunkelheit, in der ich meine Mutter vermutete, aber sie saß so wort- und regungslos da, dass ich mir langsam unsicher wurde, ob sie wirklich da war.

Sollte ich noch irgendwas sagen?

Und, wenn ja, was?

Mein Onkel hatte heftig reagiert. Für seine Verhältnisse. Aber es war längst überfällig. Mich wunderte, dass er sich jetzt erst Luft gemacht hatte. Ich war also sicher nicht die beste Vermittlerin.

»Woher weißt du, dass das Eichhörnchen schläft?«, fragte ich deshalb. »Du kannst es doch gar nicht sehen.«

Erst dachte ich, meine Mutter würde auch weiter kein Wort sagen, aber dann antwortete sie doch: »Ich weiß es eben.«

»Wie würdest du es nennen?«

»Was?«

»Manou gibt ihm ständig neue Namen. Und ich hatte an Patti gedacht.«

»Aha.«

»Nach Patti Smith? Der Godmother of Punk? Welchen Namen würdest du ihm geben?«

»Was für eine alberne Frage, Annike. Ich werde diesem

Eichhörnchen gar keinen Namen geben. Es ist ein wildes Tier. Die haben keine Namen.«

»Wie wäre es mit Flipper? Der war ein Delfin, also auch ein wildes Tier, und hatte trotzdem einen Namen.«

»Und? Das war eine Fernsehserie. Deshalb muss ich diesem Eichhörnchen doch noch lange nicht auch einen Namen geben. Ich finde das sehr albern. Außerdem bleibt es ja nicht mehr lange. Ihr solltet euch nicht zu sehr an ein Tier gewöhnen, das nicht mehr lange bleibt.«

»Hast du es schon gestreichelt?«

»Was? Nein. Natürlich habe ich es nicht gestreichelt. Es ist ein Wildtier. Wahrscheinlich ist es schmutzig und dreckig und überträgt Krankheiten. Hörst du mir überhaupt zu?«

»Es hört auf Pfeifen.«

»Weiß ich.«

»Ha.«

»Sag nicht schon wieder ha zu mir. Manou hat es mir erzählt. Und du warst dabei.«

»Ach so«, sagte ich, nicht ohne Enttäuschung. »Stimmt. Das hatte ich vergessen.«

»Jetzt mach nicht so ein Gesicht.«

»Du kannst mein Gesicht gar nicht sehen.«

»Aber ich kann es hören«, erwiderte meine Mutter. Ihre Stimme hatte einen anderen Klang als sonst. »Ich habe dir doch gesagt, Annike, ihr solltet euer Herz nicht an ein wildes Tier hängen, das ihr gesund gepflegt habt und das ihr schon in ein paar Tagen wieder in die Freiheit entlasst. Das gilt sowohl für dich als auch für Manou. Das gilt sogar für deinen Onkel, der es in seinem Alter wirklich besser wissen sollte. Das bricht euch nur das Herz.«

»Es bricht uns das Herz?«, wiederholte ich, aber dieses

Mal nicht, um sie zu ärgern, sondern weil ich solche Worte noch nie zuvor aus ihrem Mund gehört hatte.

Jetzt war ich diejenige, die einige Augenblicke schwieg. Es war fast vollkommen still. Ich versuchte, im Gehege etwas zu erkennen. Doch nichts bewegte sich. Wahrscheinlich schlief das Eichhörnchen wirklich, wie meine Mutter gesagt hatte.

Ich hatte die Nacht immer gemocht. Früher, als ich noch hier gewohnt hatte, war sie mir wie etwas vorgekommen, das ich ganz für mich hatte. In ihr war ich sicher gewesen. Manchmal war ich mir wie Kevin aus *Kevin allein zu Haus* vorgekommen. Ich hatte meine Familie verschwinden lassen. Deshalb hatte die Nacht nicht nur etwas Tröstliches für mich gehabt, sondern auch etwas Trotziges. Eigentlich bis heute.

Lange war ich mir sicher gewesen, dass der vollkommen gegensätzliche Biorhythmus meiner Mutter und mir einfach nur eine weitere Sache war, bei der wir uns unterschieden. Aber vielleicht war es ja viel eher eine bewusste Entscheidung gewesen. Sie bekam den Tag und ich die Nacht.

Zum ersten Mal hatte ich allerdings jetzt den Eindruck, als würde zwei Uhr nachts meine Mutter und mich nicht trennen. Wir saßen gemeinsam hier, in der Dunkelheit, in der Stille, in der Kälte, während alle um uns herum schliefen. Sogar das Eichhörnchen. Das fühlte sich irgendwie verbindend an.

Und dann wurde es mir klar.

»Du würdest das nie tun, oder?«, fragte ich meine Mutter.

»Was?«

»Dich zu sehr an ein Wildtier gewöhnen, das bald wieder weg ist.«

»Natürlich nicht, Annike. Das kann doch nur in einer Enttäuschung enden.«

Ich nickte, obwohl ich wusste, dass sie es nicht sehen konnte. Dann fragte ich: »Kann ich eins von deinen Pfefferminzbonbons?«

Neun

Dem Eichhörnchen ging es inzwischen richtig gut. An diesem Mittwochmorgen sauste es durch sein Gehege, führte waghalsige Manöver durch und kletterte in einer unvorstellbaren Geschwindigkeit an den Innenseiten des Zauns rauf und runter. Eigentlich hätten wir seine Wunde noch einige Tage mit Salbe einreiben sollen, doch es war nicht mehr daran zu denken, das Tier irgendwie einfangen zu können. Es hörte zwar immer besser auf unsere Pfiffe und ließ sich sogar hin und wieder vorsichtig und nur mit den Fingerspitzen anfassen, wenn wir ihm Wasser oder Futter hineinstellten und uns sehr langsam dabei bewegten. Aber sobald wir Anstalten machten, nach ihm zu greifen, raste es davon und war nicht einzuholen. Wir konnten nur hoffen, dass die Verletzungen inzwischen so gut verheilt waren und es nicht weiter schlimm war.

Onkel Theo, Manou und ich hatten uns gegenseitig so oft dabei erwischt, wie wir vor dem Gehege gesessen und das Eichhörnchen beobachtet hatten, dass wir dazu übergegangen waren, auch jedes Essen zum Eichhörnchengehege zu verlagern, oft mit Decken und dicken Jacken. Meine Mutter schimpfte zwar jedes Mal, aber dann ertappte ich sie dabei, wie sie ebenfalls fasziniert dabei zusah, wenn das Tier Luftsprünge machte oder sich ausgiebig sauber leckte.

Gestern war meine Mutter überraschend selbstverständlich zum Frühstück nach unten gekommen. Nur Onkel Theo hatte bis mittags auf sich warten lassen und sah total fertig aus. Ich hatte ihn wortlos umarmt, und Manou hatte es mir nachgemacht. Danach schien alles halbwegs wieder in Ordnung zu sein, auch wenn Onkel Theo und meine Mutter umeinander herumschlichen wie zwei Katzen, bei der keine wusste, wann die andere die Krallen ausfahren würde. Es blieb an mir, die Vermittlerin zu spielen, was mir mehr schlecht als recht gelang.

Außerdem hatte ich eigene Dinge, über die ich nachdenken musste, weil mir zwei Sachen nicht aus dem Kopf gingen, die mit Frau Adanır zu tun hatten. Als sie gestern zu ihrem gewohnten Termin ins Haus gekommen war, hatte es sich seltsam angefühlt, sie zu sehen. Dabei hatte ich mich noch nie seltsam in ihrer Nähe gefühlt. Aber ich hatte ständig das Bild meines Vaters vor mir, das Bild von ihr.

War es möglich, dass sie einander mehr gemocht hatten, als mir in all den Jahren aufgefallen war? Dass sie sich vielleicht sogar geliebt hatten?

Und, wenn ja, änderte das irgendwas daran, dass sie meine gesamte Kinder- und Jugendzeit hindurch an zwei Tagen die Woche neben Onkel Theo mein Mutterersatz gewesen war?

Ich war mehrfach kurz davor gewesen, sie anzusprechen, aber jedes Mal machte ich wieder einen Rückzieher und redete mit Frau Adanır stattdessen über ihre Enkeltöchter. Eine von ihnen hatte ein Referat über den Eisvogel halten müssen, und sie fragte mich, über welches Tier Manou erzählen würde.

»Manou?«, hatte ich gefragt. »Sie hat doch Ferien. Weil sie aus Hamburg kommt. In Hamburg ist noch nicht wieder Schule.«

»Aber dieses Jahr bleibt sie doch bei ihrer Oma und geht mit meiner Aylin in eine Klasse.«

»Manou geht mit Aylin in eine Klasse?«, hatte ich wiederholt.

Manou hatte mich also angelogen. Die ganze Zeit schon.

Die Frage war nur: wieso?

Und bedeutete das, dass sie die ganze Zeit, die sie bei uns verbrachte, die Schule schwänzte? Half ich ihr dabei?

Nicht, dass ich grundsätzlich etwas gegen das Schwänzen hatte. Meine eigenen Fehlzeiten waren in einigen Schuljahren so hoch gewesen, dass meine Eltern informiert worden waren und ich mächtig Ärger zu Hause bekommen hatte. Außerdem war mir die Institution Schule in ihrer aktuellen Form und elitären Gleichmacherei, die schon Kinder auf ihre Zeit als produktive Arbeitskraft vorbereiten sollte, mehr als suspekt.

Aber natürlich war mir klar, dass Manou durch ihr Fehlen in absehbarer Zeit erhebliche Probleme bekommen würde.

Musste ich mit ihr sprechen?

Für mein letztes Blumengießen bei Frau Cavalleri hatte ich mir meine Bad-Religion-Kassette mitgenommen. Ich hatte beim letzten Mal gesehen, dass sie noch eine Anlage mit Kassettendeck hatte, und konnte es kaum erwarten, die alten Songs wieder so laut aufzudrehen, bis die Wände wackelten, wie ich es früher so oft getan hatte.

Aber zuerst schaltete ich den Rasensprenger im Garten ein und sah nach meiner Invalidenecke an der Mauer. Zu meiner Überraschung schien es den vertrockneten Pflänzchen zumindest ein wenig besser zu gehen. Eine hatte das letzte verbliebene Blatt etwas aufgerichtet, bei einer anderen kam es mir so vor, als wäre unter dem morbiden Braun ein leichter Grünschimmer zu entdecken. Nur die Orchidee wirkte unverändert. Der dürre Stängel sah genauso traurig und verdorrt aus wie bei meinem ersten Besuch.

Vielleicht war hier wirklich jede Hilfe zu spät?

Orchideen waren ja ohnehin sehr empfindlich. Wahrscheinlich waren sie die Ersten, die aufgaben, wenn man sie vernachlässigte. Da waren verzweifelte Reanimationsversuche zwecklos.

Ich goss die anderen Blümchen, sprach ihnen ein wenig Mut zu und wollte mich gerade auf den Weg ins Haus machen, als mein Blick noch einmal auf die armseligen Überreste der Orchidee fielen.

Gab es wirklich keine Hoffnung mehr?

Konnte ich sie einfach sich selbst überlassen?

Ich zögerte.

Dann packte ich kurzerhand den Topf und trug die Blume mit hinein. Frau Cavalleri würde die Pflanze sicher nicht vermissen, und da draußen bei den anderen hatte sie keine Chance. Ich würde sie mit nach Hause nehmen, also erst einmal mit ins Haus meiner Mutter. Vielleicht würde sie sich doch noch berappeln. Und falls nicht, konnte ich sie immer noch wegwerfen. Später.

Drinnen befüllte ich die erste Gießkanne und schob meine Kassette in die Anlage. Zunächst folgte ein leises Knirschen und Knarzen, dann tönten die ersten Takte von *Recipe of Hate* aus den Boxen. Offenbar hörte Frau Cavalleri üblicherweise sehr leise Musik, deshalb drehte ich den Regler fast voll auf, damit Bad Religion ihre Songs durch das gesamte Haus pfeffern konnten. Ich blieb einen Moment stehen, schloss die Augen und spürte die Gitarre, die Drums und den Bass durch mich hindurch scheppern. Es war wie früher. Ich fühlte mich großartig.

Und so ging das unendliche Blumengießen gleich viel besser von der Hand.

Als ich später zum Haus meiner Mutter zurückging, merkte ich selbst erst nach einer Weile, dass ich einen Umweg gemacht hatte und am Haus von Frau Adanır vorbeilief.

Es war unbewusst passiert, und ich überlegte gerade, ob ich vielleicht klingeln sollte, als Frau Adanır mir diese Entscheidung abnahm, indem sie in dem Moment, als ich nur noch wenige Schritte entfernt war, aus der Tür trat. Sie sah sportlich aus. Ich hatte sie noch nie in einem Sport-Outfit gesehen. Sie trug sogar ein Schweißband im Stil der Achtziger.

»Annike«, sagte sie überrascht, als sie mich bemerkte.

Keine Ahnung, was ich hier wollte, aber jetzt war es zu spät. Ich war froh, dass ich den traurigen Orchideenrest schon bei Frau Cavalleri in eine Tüte gepackt hatte. Niemand sollte denken, ich würde eine tote Pflanze stehlen. Unwillkürlich schob ich die Tasche etwas hinter meinen Rücken.

»Gehst du spazieren? Oder wolltest du zu mir?«

»Ich ...«, setzte ich an, ohne zu wissen, was ich antworten sollte.

Zum Glück kam mir Frau Adanır zuvor: »Ich bin auf dem Weg zum Sport. Willst du mit?«

»Nein!«, schoss es so schnell aus mir heraus, dass sie lachen musste und abwehrend die Hände hob.

»Ich meinte, ob du mich ein Stück begleiten möchtest. Ich würde dich doch nie zu sportlicher Betätigung anstiften, Annike. Ich bitte dich.« Amüsiert zwinkerte sie mir zu. »Einfach nur ein paar Schritte zusammen gehen. Daran hatte ich gedacht.«

»Klingt machbar«, erwiderte ich.

»Gut.« Sie lächelte mich an, und wir gingen nebeneinander die Straße entlang.

»Was für einen Sport machst du? Du siehst wirklich sehr ... na ja, sportlich aus.«

»Ich spiele Badminton.«

»Badminton? Ich glaube, ich kenne niemanden, der Badminton spielt.«

Wie zum Beweis drehte sich Frau Adanır mit dem Rücken zu mir, und ich sah ihren Rucksack, in dem ein Schläger steckte.

»Und ... ich weiß nicht ... bist du gut? Was fragt man denn bei Badminton?«

»Ich war sogar mal Landesmeisterin.«

»Du warst *was?*«

»Ist ein paar hundert Jährchen her.«

»Ist Badminton nicht diese Sportart, bei der man alles super schnell machen muss?« Ich deutete einige Bewegungen an.

»Das sieht mir zwar eher nach Karate aus, aber ja, man sollte schon auf Zack sein. Ich schätze, darin bin ich nicht schlecht. Nicht einmal als alte Frau«, fügte sie mit einem schelmischen Grinsen hinzu.

»So meinte ich das nicht. Ich bin nur ... Sportliche Menschen schüchtern mich ein. Und wenn sie dann auch noch eine Sportart machen, bei der man katzenartige Superkräfte braucht.«

»Nenn mich Cat Woman.«

Ich musterte Frau Adanır aus dem Augenwinkel.

Als Kind hatte ich mir oft vorgestellt, wie es wäre, wenn ich bei ihr leben könnte. Ich dachte, es müsste wie der Unterschied zwischen Schwarz-Weiß- und Farbfernsehen sein, als wäre das ganze Leben plötzlich bunt. Ihre

Kinder waren auf dieselbe Schule gegangen wie ich, aber sie waren älter, und nur ihr Jüngster war noch in der Oberstufe gewesen, als ich in die fünfte Klasse gekommen war. Auf dem Schulhof hatte ich ihn manchmal die gesamte Pause hindurch angesehen, so neidisch, dass ich das Butterbrot, das seine Mutter mir gemacht hatte, nicht hatte essen können.

Wir hatten uns zu Weihnachten Geschenke gemacht, sie mir auch zum Geburtstag, aber ich hatte nie herausfinden können, wann sie Geburtstag hatte.

»Warst du bei Frau Cavalleri?«, fragte Frau Adanır.

»Allerdings«, erwiderte ich mit einem leichten Vorwurf in der Stimme.

»Ich habe dir ja gesagt, dass sie eine Pflanzenliebhaberin ist.«

»Aber leicht verdientes Geld? In welcher Welt sind tausend Pflanzen pro Quadratmeter leicht verdientes Geld?«

»Du übertreibst wie immer. Das hast du nicht von mir«, fügte sie hinzu. »Gibt es etwas, das du auf dem Herzen hast?«

»Nein.«

»Wirklich nicht?«

Sie kannte mich einfach zu gut.

»Vielleicht doch.« Ich zögerte, ehe ich weitersprach, und ließ Frau Adanır dabei nicht aus den Augen. Ich wollte genau erkennen, wie sie reagierte, ob sie nervös wurde, unsicher, ob sie sich ertappt fühlte. »Wusstest du, dass mein Vater gemalt hat?«

»Gemalt?«, wiederholte sie.

»Bilder. Unten. Im Keller.« Ich sprach abgehackt und gab jede Information häppchenweise, um zu sehen, was sich in ihrem Gesicht tat.

War das ein nervöses Zucken?

Biss sie sich auf die Unterlippe?

»Ich war nie unten im Keller«, antwortete Frau Adanır.

War das die Wahrheit?

Oder hatten sie unten im Keller ihre heimlichen Liebes-
abenteuer verbracht?

»Der Keller war Sperrgebiet«, sagte sie.

»Für mich auch.«

»Ich wusste nicht, was dein Vater da unten gemacht
hat. Ich dachte immer, er hätte da unten eine Modell-
eisenbahn wie mein Mann.«

Warum erwähnte sie jetzt ihren Mann?

»Aber Malerei, ja?« Sie schien einen Moment darüber
nachzudenken. »Das passt zu ihm.«

»Findest du?«, fragte ich überrascht.

»Ja, schon. Es ist ja eine sehr stille, ruhige Arbeit. Wenn
man nicht gerade Jackson Pollock ist, oder wie dieser
Künstler heißt. Und dein Vater war ein sehr stiller, ruhiger Mensch.«

Außer wenn ihr ...?, setzte ich im Stillen an, konnte den
Satz aber nicht einmal zu Ende denken.

»Da hast du recht«, hörte ich mich selbst antworten.
»So habe ich das noch nie gesehen.«

Das stimmte.

Ich hatte nicht erwartet, dass mein Vater malte, weil ich
Malen als etwas Kreatives gesehen hatte, etwas, bei dem
man sich selbst ausdrückte, mit Farben und Formen. Aber
natürlich war es auch ein Prozess, bei dem man für sich
war und ganz allein an etwas arbeitete, ohne andere Menschen.

»Schön, dass er etwas hatte, das ihm Freude bereitet
hat«, sagte Frau Adanır. Sie war stehen geblieben und
deutete nach rechts. »Da vorne ist die Sporthalle.«

Gemeinsam sahen wir in die Richtung.

»Ich habe mir immer Sorgen gemacht, dass er nichts hat.«

Warum sagte sie das?

Weil sie ihn geliebt hatte?

»Er kam mir immer irgendwie unglücklich vor. Sie beide. Deine Eltern. Er hatte es nicht leicht. Und sie auch nicht«, fügte sie hinzu.

Ich musste ein Geräusch von mir gegeben haben, das mir selber nicht bewusst war. Frau Adanır schaute mich an.

»Und du natürlich auch nicht.« Plötzlich ergriff sie meine Hände. »Aber ich bin so stolz auf dich.«

»Stolz?« Ich musste schlucken.

»Du bist deinen eigenen Weg gegangen.«

»Das wirft mir meine Mutter bis heute vor«, gab ich zurück.

»Du bist ganz du selbst«, sagte Frau Adanır, dieses Mal eindringlicher. »Du führst kein Leben, das du nicht willst. Du weißt, wer du bist. Du bist nicht gefangen in Erwartungen anderer. Du bist du. Und du lebst dein Leben. Nicht das von irgendwem sonst. Das ist eine Stärke. Das ist was Gutes. Sogar etwas ganz Wunderbares. Das tun nicht viele, glaub mir das. Selbst wenn sie es selbst vielleicht glauben. Und davon gibt es eine Menge. Das bewundere ich sehr an dir. Und es macht mich stolz. Denn wenn ich nur ein ganz kleines bisschen dazu beigetragen habe, dass du deinen Weg finden konntest, dann ...«

Sie sprach nicht weiter, sondern zog mich fest in ihre Arme und drückte mich an sich.

»Danke«, flüsterte ich in ihr dichtes Haar.

Eine ganze Weile standen wir in der Umarmung da, ihren Badmintonschläger in meinem Gesicht, ihre warmen Hände auf meinem Rücken. Ich konnte nicht verhindern, dass ich weinen musste.

Und in diesem Augenblick entschied ich, dass ich nicht mehr nachbohren würde, dass es mir egal war.

Hatten mein Vater und Frau Adanır eine Affäre?

Was spielte das für eine Rolle?

Für uns keine.

Zwischen uns beiden änderte es nichts.

Deshalb würde ich es gut sein lassen.

Ich wollte es gar nicht wissen.

»So, jetzt«, sagte Frau Adanır und schob mich ein Stück von sich weg. Sie fuhr mir mit den Fingern über die Wangen und wischte meine Tränen weg. »Ich muss jetzt los. Die anderen warten bestimmt schon auf mich. Aber wir sehen uns Freitag?«

»Wir sehen uns am Freitag«, erwiderte ich.

Ein letztes Mal schaute sie mich an, mein Gesicht in ihren Händen. Dann drehte sie sich um.

»Zeig's ihnen, Landesmeisterin«, rief ich.

Und Frau Adanır wandte sich um und lachte und winkte mir zu.

»Du gärtnerst?«, fragte mich Onkel Theo.

»Ich bin im Einsatz«, erwiderte ich und setzte mich auf, eine kleine Schaufel in der Hand und die Finger voller Erde.

Nachdem ich vom Gießen zurückgekommen war, hatte ich einen kurzen Abstecher in den Baumarkt gemacht und war nun seit zwei Stunden damit beschäftigt, die gekauften Blumen direkt vor der Hecke und dem Gartenzaun, entlang der Grundstücksgrenze, einzubuddeln. Ich hatte Manou gefragt, ob sie mir helfen wolle, aber sie hatte gesagt, sie hätte Besseres zu tun.

Inzwischen waren die drei Paletten beinahe leer, es fehlten noch zwei Pflanzen, für die ich einen Platz links

298

und rechts neben der Gartentür vorgesehen hatte. Es war anstrengend gewesen, mein Rücken meldete sich, aber das Ergebnis konnte sich sehen lassen.

Ich hatte einen Wall aus lilafarbenen Blüten zwischen unserem Garten und den Nachbargärten errichtet und die einzelnen Pflanzen möglichst dicht nebeneinandergesetzt, sodass nur wenig freier Platz zwischen ihnen blieb.

»What?«, fragte Onkel Theo ungläubig zurück.

»Ich bin im Einsatz. Das hier«, ich machte eine ausholende Handbewegung, um meine gesamte Arbeit einzubeziehen, »ist ein taktisches Manöver.«

»Ach so, das hatte ich vorher nicht erkannt. Aber jetzt, da du es sagst.«

»Mach dich nur lustig.«

»Ich mache mich gar nicht lustig«, widersprach er grinsend. »Ich frage mich nur, ob du weißt, dass wir Herbst haben.«

»Und?«

»Und bald wird es Winter.«

»So weit kenne ich mich mit den Jahreszeiten noch aus. Stell dir vor.«

»Dann ist dir vielleicht auch zu Ohren gekommen, dass es im Winter richtig kalt wird. Mit Schnee und Eis.«

»Habe ich von gehört. Ganz am Rande«, fügte ich hinzu. »Was willst du mir damit sagen?«

»Dass in dieser Zeit die Welt in eine Art Winterschlaf fällt. Die Tiere und auch die Pflanzen.« Nun wies mein Onkel mit der Hand großzügig durch den Garten.

»Ich verstehe nicht.«

»Die Bäume werfen ihre Blätter ab. Die Blumen verlieren ihre Blüten. Alle harren aus und warten auf den Frühling.«

»Kommst du irgendwann mal zum Punkt?«, fragte ich.

»Manche Pflanzen überstehen den Winter gar nicht. Üblicherweise werden deshalb im Herbst keine Blumen mehr gepflanzt. Ich will ja sicher nicht deine Fähigkeiten als Gärtnerin infrage stellen.«

»Natürlich nicht«, gab ich zurück.

»Aber hältst du es für eine gute Idee, diese hübschen lila Blumen jetzt noch einzubuddeln? In ein paar Wochen gibt es Frost, da könnte man denken, es wäre sinnvoller, damit vielleicht bis zum nächsten Jahr zu warten. Selbst wenn es sich bei der Pflanzaktion ganz offensichtlich, bitte versteh mich nicht falsch, um ein taktisches Manöver handelt«, ergänzte er.

»Weißt du, was das für eine Pflanze ist?«, fragte ich.

»Eine lilafarbene?«

»Sehr richtig. Das ist eine Plectrantibus orantibus …«

»Auf dem Schild hier steht Plectranthus ornatus«, warf Onkel Theo ein und zeigte auf einen der Zettel, die mit einem Gummiband an den Stängeln befestigt waren und von denen ich sicher gewesen war, alle abgemacht zu haben.

»Sag ich doch«, erwiderte ich.

»Und warum genau ist Plectranthus ornatus ein Game Changer?«

»Weil sie stinkt.«

»Sie stinkt?«

»So ist es.«

»Und weiß deine Mutter, dass du so eine Stinkeblume in ihren Garten pflanzt? Sogar eine ganze Armada von Stinkepflanzen?«

»Nope.«

»Da wird sie sich aber freuen. Hättest du nicht wenigstens vorher …?«

»Nimm mal ein Blatt«, forderte ich meinen Onkel auf.

Ich beugte mich nach vorne und zupfte ein Blatt von einer der Pflanzen. Ich wartete, dass er das Gleiche tat. »Und jetzt zerreiben.«

»Mach ich.«

»Und jetzt riechen.«

Onkel Theo hielt die Nase an seine Finger, sah mich an, roch noch einmal und schaute wieder zu mir hoch, dieses Mal fragend.

»Es riecht ein wenig ... ich weiß nicht ... vielleicht nach Menthol? Aber ich wüsste jetzt nicht ...«

»Stinkt sie?«

»Nope.«

»Dann bist du keine Katze.«

»Das hat mich jetzt verraten?«, fragte er.

»Plectarum ornatorum ist nämlich auch bekannt als Verpiss-dich-Pflanze.«

»What?«

»Katzen und Hunden und Hasen und Mardern stinkt die Blume wohl zu sehr, weshalb sie sich bei ihrem Geruch lieber ...«

»Verpissen«, beendete mein Onkel meinen Satz.

»Genau.«

»Und du hast jetzt den gesamten Garten damit umpflanzt, weil ...« Fragend sah er mich an.

»Weil ich die menschliche Katze vertreiben will. Sie hat doch unser Eichhörnchen angegriffen.«

»Was hat es eigentlich mit dieser Katze auf sich?«

»Sie hat ein menschliches Gesicht.«

»Das habe ich mitbekommen. Aber wie kann das sein?«

»Das musst du sie fragen, nicht mich. Ich stecke mitten im Getümmel. Für die Propaganda sind andere verantwortlich.«

»Bist du nicht Pazifistin?«

»Aus tiefster Seele.«

»Und wie passt das dann alles zusammen?« Mein Onkel schaute die Blumenreihe entlang.

»Erstens wäre mein stolzes Pazifistinnenherz verzückt, wenn man jeden Kampf mit ein paar Blumen entscheiden könnte.«

»Und zweitens?«, hakte er nach.

»Und zweitens reden wir hier von Turbonick, Flitzi, Pfötchen oder wie auch immer dieses Eichhörnchen gerade heißt. Wenn ich irgendwie verhindern kann, dass es noch einmal von einer Katze gefressen wird, dann buddle ich sehr gerne noch das Zehnfache an Pflanzen ein«, erklärte ich nicht ohne Stolz.

»Verstehe«, erwiderte Onkel Theo nickend. »Aber wenn diese Blume nicht nur Katzen und Hunde, sondern auch Hasen und Marder vertreibt ...«

»Was dann?«

»Dann mögen vielleicht auch Eichhörnchen den Geruch nicht.« Ich starrte Onkel Theo an. »Hast du darüber mal nachgedacht?«

»Nein«, antwortete ich kleinlaut. »Habe ich nicht.«

»Vielleicht solltest du das.«

»Aber ...« Ich wollte widersprechen, irgendetwas einwenden, aber ich wusste nicht, was.

Entgeistert sah ich auf die vielen leeren Plastiktöpfchen der vielen eingepflanzten Verpiss-dich-Pflanzen, auf die unzähligen Erdhäufchen, die ich aufgeschüttet hatte, und auf meine schmutzigen Hände.

Warum verdammt noch mal war mir dieser Gedanke nicht ein einziges Mal vorher gekommen?

Und natürlich klang Onkel Theos Einwand nachvollziehbar. Ich war keine Biologin, aber wie groß war die Wahrscheinlichkeit, dass Eichhörnchen eine Blume, die

Katzen, Hunden, Hasen und Mardern mächtig stank, wohlriechend und wunderbar fanden?

»Und was soll ich jetzt machen?«, fragte ich mit leichter Verzweiflung in der Stimme. »Soll ich die Blumen wieder rausreißen? Alle siebenundzwanzig?«

Mein Onkel klopfte mir auf die Schultern, die ich mutlos hängen ließ.

»Wir können sie auch erst mal drinnen lassen und sehen, was passiert. Vielleicht mag das Eichhörnchen die Blumen ja. Who knows?«

»Glaubst du?« Mit meinem letzten Rest Hoffnung sah ich meinen Onkel an.

Er zögerte, dann schüttelte er den Kopf. »Nope. Du?«

»Ich auch nicht«, murmelte ich. »So eine verdammte Glattbacke! So ein verfluchter Ofenpudel!«

Mein Onkel lachte auf. »Hast du die Worte von Manou?«

»Natürlich. Vom wem sonst?«

»Von der Kleinen kann man echt was lernen.«

»Hast du daran gezweifelt?«

»Keine Sekunde«, grinste Onkel Theo zurück.

Einige Augenblicke lang schwiegen wir und sahen uns die lilafarbenen Blumen an.

»Das hat so lange gedauert«, jammerte ich. »Und es war so anstrengend. Und ich ...«

»Ist ja schon gut. Ich helfe dir«, erwiderte mein Onkel und hob ergeben die Hände.

»Ja?«

»Wenn du mich so nice darum bittest.«

»Du bist ein Schatz, Onkel Theo«, sagte ich und schlang ihm die Arme um den Hals.

Er drückte mich kurz und fest. »Was mache ich nicht alles für meine Lieblingsnichte.«

»Du meinst, deine einzige Nichte.«

»Auch das. Dann lass uns mal anfangen, sonst sind wir noch um Mitternacht hier beschäftigt«, fügte er hinzu.

Es stellte sich heraus, dass es gar nicht viel einfacher war, die Blumen aus der Erde zu heben, in ihren Plastiktöpfchen zu verstauen und anschließend die Löcher wieder zu füllen, als es das Einpflanzen zuvor gewesen war. Und Onkel Theo war ein zu penibler Arbeiter, um wirklich schnell voranzukommen. Am Ende saßen wir erschöpft und schmutzig auf den Gartenstühlen neben dem Eichhörnchengehege, die lila Blumen als großer Teppich um uns herum.

»Was machen wir jetzt mit so viel Plectosaurus ornaribus auf einem Haufen?«

»Plectranthus ornatus ... In die Tonne kloppen?«, fragte mein Onkel und verzog das Gesicht.

»Wir können sie doch nicht einfach wegschmeißen. Das sind Lebewesen, Onkel Theo«, antwortete ich vorwurfsvoll.

»Was willst du sonst damit machen?«, wollte er wissen. »Niemand braucht dreißig Verpiss-dich-Pflanzen.«

»Da werde ich mir was einfallen lassen müssen.«

»Und bis dahin stellst du die ganzen Blumen lieber außer Sichtweite deiner Mutter.«

»Wieso?«

»Sie hasst lilafarbene Blumen.«

»Sie hasst lilafarbene Blumen? Hasst sie auch die Sonne? Und den Himmel?«

»Maybe, baby«, grinste mich mein Onkel an.

»Sie hasst ja auch Eichhörnchen«, fügte ich hinzu. »Diese niedlichen, süßen, schnuckeligen Tierchen mit den Puscheln an den Ohren und den plüschigen Schwänzchen.« Ich warf einen Blick in das Gehege, wo unser Eichhörnchen gerade einige Sonnenblumenkerne fraß.

Der Samstag rückte näher. Bald würden wir uns verabschieden müssen. Natürlich freute ich mich für das Eichhörnchen. Es würde endlich wieder über den Rasen rennen und von Baum zu Baum springen können. Und für mich wurde es ebenfalls langsam Zeit, nach Hause zu fahren. Meine Mutter verließ wieder ihr Zimmer. Meine Arbeit war getan. Wahrscheinlich sollte ich mich um ein Zugticket kümmern. Auf diesen Moment hatte ich seit dem Tag meiner Ankunft gewartet.

Aber ein bisschen traurig war es schon. Irgendwie.

Das Eichhörnchen würde mir fehlen.

»Sie hasst Eichhörnchen nicht wirklich«, widersprach mein Onkel.

»Aber sie hasst, dass sie so dumm und vergesslich sind.«

»Dafür hat sie ihre Gründe«, erwiderte er und sah im nächsten Moment aus, als hätte er lieber nichts gesagt.

»Was soll das heißen? Was für Gründe kann es dafür geben, jemanden dafür zu hassen, dass er oder sie ein bisschen vergesslich ist?«

»Denk mal nach, Annike.« Mein Onkel musterte mich kurz. »Manche Menschen hassen an anderen das, was sie an sich selbst am meisten verachten«, erklärte er zögerlich.

»Und das bedeutet in ihrer verdrehten Psychologie?«

»Du bist doch clever.«

»Je nachdem, wen man fragt«, antwortete ich.

»Annike.«

»Onkel Theo«, sagte ich, schwieg dann jedoch und dachte über seine Worte nach. »Sie hasst also an Eichhörnchen«, setzte ich an, »dass die so vergesslich sind«, ich zögerte, »weil sie selbst so vergesslich ist?«

Mein Onkel antwortete nicht, presste nur die Lippen zusammen.

Ich wiederholte im Kopf das, was ich gerade ausgesprochen hatte.

War das möglich?

Meine Mutter hasste die vergesslichen Eichhörnchen nur, weil sie selbst vergesslich war?

Weil sie selbst vergesslich war, sagte ich mir stumm noch einmal vor.

Und plötzlich fielen mir die Situationen ein.

Unser Streit an dem einen Abend, als sie nicht mehr wusste, dass ich sie beim Bewerfen der Eichhörnchen erwischt hatte.

Die Pfefferminzbonbons, die sie am Gehege stehen gelassen hatte.

Der eine Morgen, an dem sie nicht mehr wusste, dass wir uns schon gesehen hatten.

Die vielen kleinen Momente, die ich als Schusseligkeit abgetan hatte. Verlegte Gegenstände, vergessene Namen, die leichte Orientierungslosigkeit in ihren eigenen vier Wänden.

Warum war mir das nicht früher aufgefallen?

Warum hatte ich das nicht erkannt?

Hatte mein Onkel recht?

»Wir alle vergessen Dinge«, versuchte ich es trotzdem noch einmal. »Und mit zweiundsiebzig passiert das schon mal.«

Onkel Theo schüttelte den Kopf: »Nicht so. Nicht in unserem Alter. Da gibt es eine Ursache.«

»Und welche?«

»Vielleicht Demenz.«

»Du glaubst, dass sie dement wird ... ist?«

»Vielleicht sind das die ersten Anzeichen. Ich weiß es nicht. Aber ich mache mir meine Gedanken.«

Mir kam es so vor, als hätte mein Onkel die ganzen letzten Tage, die gesamte Zeit, während ich hier war, eine Maske getragen. Und plötzlich, von einem Moment auf den anderen, war sie jetzt abgefallen, und ich sah sein Gesicht mit all der Sorge und Traurigkeit und Angst, die schon die ganze Zeit da gewesen sein mussten. Aber er hatte sie nicht gezeigt. Ich hatte sie nicht erkannt.

»Ich weiß nur, dass das schlimm sein muss«, fuhr er heiser fort. »Wenn deine Erinnerungen langsam anfangen zu verschwimmen und dir das eigene Leben in den Händen zerfällt. Ich würde da auf jeden Fall Angst bekommen. Und wütend werden. Furchtbar wütend sogar.«

»Sie muss zu einem Arzt«, sagte ich.

»Demenz ist nicht heilbar, Annike.«

»Ich weiß. Aber man muss doch was tun können.«

»Es gibt Therapien, die den Prozess verlangsamen können. Das schon.«

»Dann machen wir das. Sie braucht Hilfe.«

»Dafür müsste deine Mutter erst einmal zugeben, dass sie Dinge vergisst. Und das ...«

»... tut sie nicht«, beendete ich seinen Satz.

Natürlich nicht.

Onkel Theo deutete ein leichtes Kopfschütteln an.

Ich richtete den Blick auf meine Fingernägel und den schwarzen Rand darunter. Ich versuchte einige Augenblicke lang vergeblich, ihn zu entfernen, dann gab ich auf, sah wieder meinen Onkel direkt an.

»Warum hast du nicht früher was gesagt?«, fragte ich und musste gegen die Enge in meinem Hals ankämpfen.

Seit ich hier war, hatte ich geahnt, dass etwas nicht

stimmte, dass es dieses Mal anders war. Doch wie schlimm es wirklich war, hatte ich mir nicht eingestehen wollen. Jetzt konnte ich nicht mehr wegsehen. Und ich hatte keine Ahnung, wie ich damit umgehen sollte.

»Ich dachte, du müsstest dir selber ein Bild machen. Ich dachte, du würdest mir sonst nicht glauben.«

»Hätte ich wahrscheinlich auch nicht«, murmelte ich. Dann fügte ich hinzu: »Wie schlimm ist es, denkst du?«

Er nahm seine Brille ab, rieb sich über die Augen und setzte die Gläser wieder auf. Er blinzelte einige Male, als wollte er erst wieder scharf sehen.

»Deine Mutter ist so gut darin, diese Dinge zu verheimlichen, dass ich es nicht genau sagen kann.«

»Diese Dinge?«, wiederholte ich.

»Sie will keine Hilfe brauchen. Sie will niemandem zur Last fallen.«

»Meine Mutter?« Ich musste beinahe lachen.

Das konnte Onkel Theo unmöglich ernst meinen.

Meine Mutter war die Königin der Hilfsbedürftigkeit. Ihr gesamtes Leben bestand daraus, anderen zur Last zu fallen. Ich konnte mich an kaum einen Tag erinnern, an dem sie nicht die Hilfe von irgendjemandem in Anspruch genommen hätte.

»Du weißt schon, dass du hier von der Frau sprichst, die den sterbenden Schwan wegen einer Nagelbettentzündung am großen Zeh gegeben hat, oder?«

»Die Dinge sind manchmal anders, als sie zu sein scheinen«, erwiderte mein Onkel nach einem Moment des Schweigens.

»Was soll das nun wieder heißen?«

»Deine Mutter war nicht immer so.«

»Wie? Bis zur Perfektion hypochondrisch?«

Er musterte mich und schien zu überlegen, was er wie sagen sollte.

Wahrscheinlich legte er sich wieder einmal eine Verteidigung meiner Mutter zurecht. Das war seine Rolle. Schon immer gewesen. Der kleine Bruder, der zur Ehrenrettung seiner großen Schwester eilt. Doch hatte Loyalität nicht auch Grenzen?

»Ich weiß, dass du das alles nicht verstehen kannst«, setzte er an. »Warum ich mich ständig um deine Mutter kümmere. Warum ich mir ihre komischen Launen gefallen lasse.«

»Du nennst sie komisch, ich würde sie eher als bösartig bezeichnen. Aber du hast recht. Das verstehe ich wirklich nicht.«

»Deine Mutter kann eine ziemliche ... Pissnelke sein«, fuhr mein Onkel mit einem leichten Grinsen fort.

»Das hast du schön gesagt«, gab ich zurück.

»Aber sie hat auch andere Seiten. Und ich habe aufgehört, mich über ihre kleinen Gemeinheiten aufzuregen.«

»Außer gestern.«

»Ja, gut, ich habe fast immer aufgehört, mich darüber aufzuregen.«

»Was war anders?«

»Keine Ahnung. Ich glaube, mittlerweile merke ich kaum noch, wie sie manchmal mit mir redet. Weil ich weiß, dass sie es eigentlich nicht so meint. Es ist einfach ihre Art. Das ist okay. Also nein, es ist natürlich nicht okay. Aber es ist, wie es ist. Sie wird sich nicht mehr ändern. Entweder ich akzeptiere das oder eben nicht. Und ich habe mich dazu entschieden, es zu akzeptieren. Es verletzt mich auch eigentlich nicht. Meistens nervt es mich nicht einmal mehr. Aber dann hast du was dazu gesagt. Und in solchen Momenten wird mir dann wieder bewusst, dass ... Ich weiß auch nicht. Mir wurde klar, wie es wahrscheinlich von außen aussieht. Und das hat mich irgendwie ... Na ja, aber jetzt ist das auch wieder ...«

»Vergeben und vergessen?«

»Kind of.« Er schwieg einige Augenblicke. »Es ist so, Annike«, sprach er schließlich weiter. »Wir haben heute Worte für alles.«

»Worte für alles? Was soll das heißen?«

»Lässt du mich jetzt ausreden?«, fragte er mit einer überraschenden Schärfe in der Stimme.

Sein Tonfall löste in mir den Reflex für Widerworte aus, wie ich ihn so oft hatte, aber ich zwang mich zu schweigen.

»Es gibt heute Worte für alles«, begann er noch einmal. »Worte für ... Dinge, für die wir früher keine Bezeichnungen hatten. Oder wenn doch, kannten wir sie nicht, oder es war nicht möglich, sie zu benutzen, weil sie zu schambehaftet waren, zu peinlich, zu ... Ich weiß auch nicht.«

»Welche Dinge?«, fragte ich vorsichtig, als mein Onkel nicht weitersprach.

»Krankheiten zum Beispiel«, antwortete er. »Wochenbettdepression.«

»Wochenbettdepression?«, wiederholte ich das Wort, als hätte ich es nie zuvor gehört.

»Das ist, wenn ...«, wollte Onkel Theo erklären, aber ich unterbrach ihn.

»Ich weiß, was das ist.«

»Ich nicht. Ich wusste das damals nicht.«

»Was willst du damit sagen? Dass meine Mutter unter einer Wochenbettdepression gelitten hat?«

»Es wurde natürlich nie diagnostiziert. Ich denke, auch dein Vater kannte das nicht. Er war ja Arzt für ...«

»Füße.«

»Ich habe das erst vor ein paar Jahren verstanden. Als

mehr darüber gesprochen und geschrieben wurde«, fuhr mein Onkel fort. »Deine Mutter hatte mehrere Fehlgeburten, bevor sie mit dir schwanger wurde.«

Überrascht sah ich ihn an. »Das wusste ich nicht«, murmelte ich.

»Nein«, sagte er nur. »Das hat sie sehr belastet. Ich denke, sie hat sich sehr unter Druck gefühlt. Weil sich dein Vater so sehr ein Kind gewünscht hat. Und sie sich auch. Als sie dann mit dir schwanger war, war sie so erleichtert und hatte gleichzeitig so große Angst, dass wieder etwas schiefgehen würde und sie dich verlieren könnte. Sie war manchmal richtig in Panik. Und dann warst du da, und es sollte die schönste Zeit ihres Lebens sein, und sie sollte sich nur freuen und das alles. Aber stattdessen ging es ihr schlecht. Richtig schlecht. Das hat niemand verstanden. Ich auch nicht. Wir haben ihr Vorwürfe gemacht. Dein Vater. Ich. Warum konnte sie nicht einfach froh und glücklich sein? Ich glaube, am meisten hat sie sich das selbst vorgeworfen. Aber wir wussten ja alle nicht, was mit deiner Mutter damals los war und wie alles angefangen hat.«

»Angefangen?«, fragte ich, aber er schien mich nicht gehört zu haben.

»Sie war krank. Es war eine Krankheit. Aber mit wem hätte sie darüber sprechen können, wenn es ihr selbst nicht bewusst gewesen ist? Wenn das selbstverständlich gewesen wäre, so wie heute ...«

»Ich denke nicht, dass es heute wirklich selbstverständlich ist«, widersprach ich.

»Aber selbstverständlicher. Damals hieß das, dass du geisteskrank bist und in eine Anstalt gehörst. Da hast du keine Hilfe bekommen, da wurdest du weggesperrt, weil du gestört bist. Wie hätte man sich unter diesen Umständen Hilfe holen können? Oder überhaupt äußern können, dass man vielleicht Hilfe braucht? Alle hatten Probleme. Da musste man einfach durch. So haben deine Mutter und ich das von unseren Eltern beigebracht bekommen. Manchmal hat mein Vater noch von einem Onkel erzählt, Onkel Werner. Nach heutigen Maßstäben hatte der wahrscheinlich eine Art Schizophrenie, denke ich. Aber für die Nazis war er unwertes Leben. Ich will mir gar nicht ausmalen, was die mit dem gemacht haben. Er ist aus der Anstalt nie zurückgekommen.«

Ich wusste nicht, was ich sagen sollte.

Das waren so viele Gedanken, so viele neue Informationen, über meine Mutter, über meine Familie, über die Familie meiner Familie, von denen ich bisher nichts gewusst hatte.

Warum hatte Onkel Theo davon nie erzählt?

Wahrscheinlich weil wir über nichts wirklich sprachen. Über nichts Wichtiges.

In den vergangenen Jahren hatte mich das Schweigen in unserer Familie viel beschäftigt, doch erst die letzten Tage hatten mir gezeigt, dass ich trotz allem versuchen musste, die Mauer zwischen meiner Mutter und mir zu überwinden. Egal, wie schwer es war.

»Das wusste ich nicht«, murmelte ich.

»Woher auch?«, fragte mein Onkel leise zurück.

»Wie ist sie aus der Wochenbettdepression rausgekommen?«

»Ich glaube nicht, dass Edith das alles richtig überwunden hat«, antwortete er.

»Was meinst du damit?«

»Ich habe erst nach und nach wirklich verstanden, was mit deiner Mutter los war. Ich denke, sie war depressiv.« Onkel Theo hielt kurz inne, als müsste er selbst der Bedeutung dieses Satzes nachspüren. »Ich glaube, das ist das erste Mal, dass ich das laut ausspreche«, fügte er hinzu.

»Hast du nicht einmal mit meinem Vater darüber geredet?«

»Das war schwierig. Er hat sich immer viel um deine Mutter gesorgt.«

»Ich weiß.«

»Er wollte, dass es ihr gut geht, dass sie gesund ist, safe. Aber für ihn war es leichter, sich auf das ... Körperliche zu konzentrieren. Verstehst du, was ich meine? Auf Kopfschmerzen, Hexenschuss, eingewachsene Zehennägel. All das. Das war für ihn was Handfestes, etwas, womit er etwas anfangen, das man behandeln konnte.«

»Aber eigentlich ging es gar nicht um eingewachsene Zehennägel, um Migräne, um Rückenschmerzen, oder?«

»Wenn du mich fragst, nein.«

»Und wenn ich meine Mutter frage?«

»Kann ich dir nicht sagen. Ich weiß nicht, ob sie diese Dinge vorgeschoben hat, um nicht sagen zu müssen, was wirklich mit ihr los ist. Vielleicht wusste sie es selber gar nicht und hat gedacht, sie hätte Rückenschmerzen. Es kann auch sein, dass sie tatsächlich Schmerzen hatte, aber die kamen nicht von einer Fehlhaltung, sondern von ihren Depressionen. Keine Ahnung«, sagte mein Onkel und wirkte schlagartig erschöpft. »Ich wünschte, ich wüsste es, aber das tue ich nicht.«

»Meinst du, mein Vater hat das vielleicht auch nur erzählt? Irgendwelche Krankheiten erfunden? Weil er nicht wusste, wie er das sonst begründen sollte?«

»Möglich wär's«, erwiderte er mit einem Nicken, das aussah, als wäre sein Kopf zu schwer.

Ich hatte das Gefühl, ich müsste nachdenken, lang und viel. Ich müsste all die Dinge, die ich jetzt gehört hatte, verarbeiten, sortieren, verstehen und dann mit all dem zusammenführen, was ich immer schon gespürt und vermutet hatte.

Was bedeutete das alles?

Für mich?

Für meine Mutter?

Für meine Beziehung zu meiner Mutter?

Für meine Beziehung zu meinem Vater?

Dass sich mein Vater lieber mit eingewachsenen Zehennägeln und verrenkten Rücken beschäftigte, überraschte mich nicht. Er war Fußarzt. Er war ein pragmatischer Mensch. Das Bild von ihm war mir erhalten geblieben, obwohl ich inzwischen wusste, dass er mehr war als das, dass er auch andere Seiten hatte, dass er malte und Musik mochte und vielleicht eine Affäre mit Frau Adanır gehabt hatte.

Aber meine Mutter?

Meine gesamte Kindheit und Jugendzeit hindurch war sie diese kranke, melodramatische Frau gewesen, um die sich alle kümmerten und sorgten.

Hatte ich ihre Krankheiten und Wehwehchen jemals ernst genommen?

Hatte ich ihr damit all die Jahre unrecht getan?

Wenn ich zurückdachte, war da immer ein komisches Gefühl gewesen, eine Vermutung, vielleicht auch nur eine Ahnung. Aber ich hatte es nicht zulassen wollen, weil es so einfacher war, mich von ihr abzugrenzen und mein eigenes Leben zu leben. Das war so lange so wichtig für mich gewesen, dass nichts anderes einen Platz gehabt hatte.

Ich erinnerte mich an einen Nachmittag, an dem ich etwas früher von der Schule nach Hause gekommen war, mich in meinem Zimmer verkrochen und die Musik laut aufgedreht hatte. Deshalb hatte ich sie nicht klopfen gehört. Vielleicht hatte sie auch gar nicht geklopft. Jedenfalls stand sie plötzlich in der Tür. In Nachthemd und Bademantel, mitten am Tag, die Schlafbrille nach oben in die unordentlichen Haare geschoben, das Gesicht blass und müde und zerknautscht und voller Vorwürfe. Sie schrie mich an, wie ich so rücksichtslos sein könne oder etwas in der Art.

Dieser Moment war für mich eingefroren. Er war wie ein Standbild. So hatte ich meine Mutter all die Jahre gesehen.

Was änderte sich, wenn ich wusste, dass sie depressiv gewesen war?

Was machte das aus ihr?

Was machte das aus mir?

Und plötzlich schob sich ein weiterer Gedanke in meine Fragen, ein Puzzleteil, bei dem ich bisher nicht verstanden hatte, was es zeigte und wo genau sein Platz war.

»Wollte mein Vater nicht, dass meine Mutter arbeitete?«, fragte ich Onkel Theo.

Er wirkte überrascht und zögerte. »Ich glaube, er dachte, sie könnte das nicht. Es wäre nicht gut für sie«, antwortete er schließlich. »Er wollte, dass es ihr besser ging. Und er war wohl davon überzeugt, dass es dafür richtig wäre, wenn sie zu Hause bleiben würde. Er dachte auch, er wüsste am besten, was gut für sie ist.«

»Und du?«

»Ich ...« Mein Onkel atmete geräuschvoll aus. »Ich glaube, es hätte ihr geholfen, etwas zu tun zu haben. Sie hatte als junge Frau so große Pläne und Träume.«

»Hatte sie?«, fragte ich zurück.

Darüber hatte ich nie nachgedacht. Ähnlich wie bei meinem Vater. Auch er war mir so viele Jahre wie ein Abziehbild vorgekommen, ohne Tiefe.

»Sie hat sogar von Abenteuern geträumt. Sie wollte eine Familie, aber sie wollte auch arbeiten. Ich habe einmal mit deinem Vater darüber gesprochen. Als es ihr etwas besser ging. Aber er war überzeugt, dass das zu viel für sie wäre, dass sie damit überfordert wäre und es alles nur noch schlimmer machen würde. Und ich glaube, dadurch hat sie es dann selbst auch geglaubt. Ab da war es gewissermaßen ein Selbstläufer.«

»Was meinst du?«

»Es war keine bewusste Entscheidung, glaube ich. Weder von deinem Vater noch von deiner Mutter. Aber irgendwann war er immer derjenige, der ihr geholfen hat, und Edith war immer diejenige, die Hilfe brauchte. Das hat sich einfach so ... eingespielt, würde ich sagen.«

»Dann war sie früher nicht so?«

Mein Onkel schien zu überlegen. Er wog leicht den Kopf.

»Sie war schon immer ein Mensch, der andere für sich eingespannt hat«, antwortete er nach einer längeren Pause. »Holy shit, du kannst dir nicht vorstellen, wie oft sie mich als Kind dazu gebracht hat, etwas für sie zu tun, das sie nicht tun wollte. Ich musste für sie zur Post, habe ihre Hausaufgaben gemacht, die Nadel des Plattenspielers wieder an den Anfang gesetzt, wenn das letzte Lied gespielt war.«

»Doch, das kann ich mir vorstellen«, widersprach ich, weil es genau zu dem Bild passte, das ich von meiner Mutter hatte. Zumindest bisher.

»Und gleichzeitig konnte sie auch sehr unsicher sein.«

»Unsicher? Meine Mutter?«

»Wenn es um ihr Können ging. Oder um ihr Wissen. Da hat sie sehr an sich gezweifelt. Ich denke, das lag an unseren Eltern. Sie haben ihr als Mädchen nichts zugetraut. Bei mir war klar, dass ich aufs Gymnasium gehen und dann studieren sollte. Hast du gewusst, dass sie deine Mutter sogar ein Schuljahr haben zurückstufen lassen, damit sie mit mir in einer Klasse ist? Sonst hätten sie ihr gar nicht erlaubt, auf eine weiterführende Schule zu gehen. Strange, oder?«

»So was ging?«

»Offensichtlich. Wenn sie gute Noten nach Hause gebracht hat, haben sich meine Eltern kaum dafür interessiert. Ich wurde jedes Mal gelobt, und es wurde vor Verwandten mit mir geprahlt. Ich erinnere mich noch gut an den Tag unseres Abiturs. Deine Mutter hatte ihre Prüfung zuerst, ich nach ihr. Und die ganze Familie hat ihr so lange nicht gratuliert, bis klar war, dass ich ebenfalls bestanden hatte. Wir sind dann abends in ein Restaurant gegangen, und dem Kellner gegenüber wurde nur ich erwähnt, deine Mutter nicht.«

»Eure Eltern waren ja ziemliche Arschlöcher«, sagte ich.

»Stimmt«, antwortete mein Onkel. »In dieser Hinsicht waren sie das sicher. Ich denke, deshalb war deiner Mutter dein Abitur so wichtig. Und deshalb wollte sie unbedingt, dass du studierst.«

»Ja ... okay«, antwortete ich. »Aber ich kann doch nicht das Leben leben, das sich meine Mutter für mich wünscht.«

»Das meine ich damit nicht. Ich versuche nur, es dir zu erklären. Sie hat auch eigentlich nie darüber gesprochen, aber einmal ist es ihr rausgerutscht.«

»Was denn?«

»Sie hat sich deinem Vater immer unterlegen gefühlt.«

»Wieso unterlegen?«

»Er war der studierte Arzt. So viele seiner Freunde waren Ärzte oder Rechtsanwälte oder Lehrer wie ich. Das hat sie uns übel genommen. Und sich selbst. Sie hatte das Gefühl, nicht mitreden zu können, weniger wert zu sein.«

»Und deshalb hat sie dann über andere die Nase gerümpft?«

»Wahrscheinlich.«

»Ich weiß noch genau, wie oft sie über die Nachbarinnen hergezogen ist und ...«

»Vielleicht war es ihre Art, damit umzugehen. Keine feine Art, keine gute. Aber eben ihre Art. Ich denke, sie hat immer sehr mit sich gehadert, mit ihrem Leben, mit ihrer Ehe.«

»Mit mir.«

»In gewisser Weise. Ich sage nicht, dass sie sich in dieser Rolle des sterbenden Schwans nicht auch gefallen hat. Einiges ist sicher auf fruchtbaren Boden gefallen. Und sie hat den Menschen um sie herum das Leben schwer gemacht.«

»Macht sie noch immer«, warf ich ein.

»Macht sie noch immer«, stimmte mein Onkel zu. »Aber es ist wie bei allem: Die Dinge sind kompliziert.« Er machte ein beinahe entschuldigendes Gesicht.

Ich musterte ihn.

Und plötzlich sprudelte alles aus mir heraus: »Wie soll ich damit denn bitte umgehen, Onkel Theo? Ich meine ... Ich bin trotzdem noch so wütend auf sie. Weil sie mir das Gefühl gegeben hat, ich sei nicht in Ordnung so, wie ich bin, ich sei ein schlechter Mensch und nicht liebenswert und ich solle mich für mich selber schämen. Was mache ich denn jetzt damit, wenn ich gleichzeitig weiß, dass sie auch gelitten hat? Dass sie jetzt leidet? Dass sie sich all die Jahre genauso unverstanden gefühlt haben muss und wahrscheinlich dement wird. Was, Onkel Theo? Sag mir, was ich nach all dem, was ich inzwischen weiß, machen soll.«

Die Worte waren so schnell gekommen, dass ich sie kaum hatte sortieren können. Das alles schwirrte mir durch den Kopf. Meine Gedanken und Gefühle waren ein komplettes Durcheinander.

Die letzten Tage hatte ich versucht, das Bild meiner Mutter mit dem einer betrogenen Ehefrau zu verbinden, die nichts davon wusste, dass ihr Mann im Keller Gemälde von seiner Geliebten malte. Es war mir schwergefallen, und gleichzeitig hatte es einige Dinge zwischen uns verändert. Vielleicht waren wir deshalb zusammen in die Waschstraße gefahren. Vielleicht musste mein Bild von ihr Risse bekommen.

Aber das waren keine Risse mehr.

Das war eine Zertrümmerung all dessen, was ich über meine Mutter wusste, was wir erlebt hatten, was sie mir angetan hatte.

Ich wünschte fast, ich hätte das alles nie erfahren.

Ich wünschte fast, ich könnte immer noch an diesem zweidimensionalen Bild von ihr festhalten wie bisher. Ein Aufkleber, den ich irgendwo festpappen konnte.

Das machte alles leichter.

Denn nur weil ich jetzt Dinge wusste und Dinge verstand, hieß das nicht, dass die anderen Dinge zwischen uns nie passiert waren.

Nichts davon ließ sich rückgängig machen.

Nichts davon wurde dadurch irgendwie besser.

Mein Onkel sah mich ruhig an, dann antwortete er: »Es gibt nichts, was du nicht darfst. Es gibt nichts, was du musst, Annike. Ich fand, du solltest diese Sachen über deine Mutter endlich mal wissen. Was du damit machst oder nicht machst, liegt ganz bei dir. Ich will damit nichts entschuldigen. Aber vielleicht kannst du damit einiges besser verstehen. Vielleicht auch gar nicht besser, aber anders.«

»Ein bisschen wie bei unserem Eichhörnchen, oder?«, sagte ich, und gemeinsam sahen wir zum Gehege, wo das Eichhörnchen gerade in seinem Kobel verschwand.

»Unser Eichhörnchen?«, fragte er zurück. »Jetzt bin ich gespannt.«

»Manchmal muss man ziemlich viel Schmutz umbuddeln und durch jede Menge Dreck durch. Aber mit ein bisschen Glück und Geduld entdeckt man hin und wieder eine Walnuss.«

»Ich habe keine Ahnung, ob das auch nur annähernd zu unserer Situation hier passt«, erwiderte mein Onkel, »aber es ist doch ein schönes Bild.«

Ich hatte meinen besonderen Eichhörnchenmoment.

Nach meinem Gespräch mit meinem Onkel hatte ich noch eine Weile vor dem Gehege gesessen und es angesehen. Das Gesagte ging mir im Kopf herum. Ich konnte nicht zurück ins Haus, noch nicht. Es wurde bereits dunkel, und es war kalt, aber ich konnte mich nicht dazu durchringen, meinen Platz zu verlassen.

Wie sollte ich meiner Mutter gegenübertreten?

Wie sollte ich mit ihr reden?

Nach allem, was ich erfahren hatte.

Der Mensch dort oben im Schlafzimmer meiner Eltern war meine Mutter. Und war es doch nicht.

Bisher hatte nur Manou mit dem Eichhörnchen geübt. Auf sie hörte es.

Sollte ich es ausprobieren?

Ob es bei mir auch funktionieren würde?

Aber was, wenn nicht?

Konnte ich das heute, nach allem, wirklich verkraften?

Und dann tat ich es einfach.

Ich pfiff.

Und das Eichhörnchen kam.

Das war aber noch nicht alles. Ich gab ihm ein Stück Walnuss und ließ meine Finger weiter am Zaun. Plötzlich hüpfte es wieder näher. Beschnüffelte meine Haut. Die Nase und Schnurrbarthaare wackelten lustig. Das kitzelte. Ich musste lächeln. Ich wollte es nicht erschrecken, deshalb blieb ich ganz leise und ruhig. Auch, als es plötzlich sein Gesicht an meinem Finger rieb. Als wollte es sich mit meiner Hilfe kratzen. Erst die eine Seite. Dann die andere.

Sein Fell fühlte sich so weich an und irgendwie zart.

Nie hätte ich gedacht, dass ich einmal ein Eichhörnchen streicheln würde.

Nie hätte ich gedacht, dass ich einmal *unser* Eichhörnchen anfassen dürfte.

Ganz ohne dass ich es festhalten musste. Sondern weil das Eichhörnchen es wollte und keine Angst vor mir hatte.

Als das kleine Tier schließlich wieder weghüpfte, klopfte mein Herz immer noch.

Zehn

Es war weg.

Das Eichhörnchen war weg.

Wir hatten Donnerstagvormittag, und ich war gleich nach dem Aufstehen nach draußen gekommen, um neue Nüsse hinzustellen. Ich hatte einige Walnüsse geknackt, außerdem Sonnenblumenkerne auf einen Teller gestreut, weil das Eichhörnchen die so gerne aß, und dazu ein wenig Gemüse, obwohl es das meist liegen ließ. Zunächst hatte ich mich vor sein Gehege gehockt, wie ich es die letzten Tage immer getan hatte, um herauszufinden, wo es gerade war und was es tat.

Aber schon da hatte ich es nicht entdecken können.

Ich hatte es gerufen und gelockt, schließlich gepfiffen.

Nichts.

Vielleicht schlief es?

Vielleicht hatte es sich irgendwo versteckt?

Erst ging ich das Gitter zu allen Seiten ab, weil ich dachte, ich hätte es übersehen. Es konnte manchmal so ruhig an einem Ort sitzen, dass man es nicht sofort bemerkte. Dann hatte ich in den Häuschen und unter den Ästen geschaut. Und schließlich hatte ich sogar die Kobel zu mir gezogen, reingespäht und nach etwas Flauschigem getastet.

Nichts.

Auch dort nichts.

Die Tür war verschlossen gewesen. Und auch sonst konnte ich nirgends ein Loch oder einen Ausgang entdecken. Unmöglich, dass es weggelaufen war.

Ich erstarrte.

Hatte jemand das Eichhörnchen rausgelassen?

Wer sollte denn das Eichhörnchen ...?

Die Antwort war klar, der Rest wie ein Automatismus.

Mit großen Schritten rauschte ich ins Haus, die Treppe nach oben und ins Schlafzimmer. Wütend baute ich mich vor meiner Mutter auf.

»Wie konntest du nur?«, fauchte ich.

Sie sah mich an. Für einen Moment überrascht. Da war ich mir ganz sicher. Ein kleiner Sieg.

Doch schnell hatte sie sich wieder unter Kontrolle.

»Hatten wir das nicht schon, Annike? Was soll ich jetzt wieder gemacht haben?«, fragte sie betont gelangweilt. Nur ein leichtes Zittern ihrer Finger verriet sie, als sie über ihre Bettdecke strich. »Für welche weltumspannende Katastrophe bin ich jetzt wieder verantwortlich?«

»Das weißt du genau«, fuhr ich sie an.

»Bei den vielen Dingen, die du mir jeden Tag vorwirfst, ist es nicht leicht, den Überblick zu behalten. Sag mir doch einfach, worum es geht, damit wir es hinter uns haben.«

»Um Patti.«

»Wen?«

»Das Eichhörnchen«, gab ich vorwurfsvoll zurück, obwohl ich wusste, dass es nur mein Name für das Tier war.

»Was ist damit?«

»Es ist weg.«

»Wie weg?«

»Weg eben. Wie weg aus seinem Gehege.«

»Das kann doch gar nicht«, widersprach sie.

Ihr Erstaunen musste gespielt sein. Sie wollte mich auf eine falsche Fährte locken. Sie wollte von sich ablenken.

»Natürlich kann das«, erwiderte ich scharf. »Wenn jemand die Tür aufmacht und es rauslässt.«

»Und lass mich raten: Dieser jemand soll ich sein.«

»Jetzt tu nicht so. Natürlich warst du das.«

»Und warum sollte ich das tun?«, wollte meine Mutter kühl wissen.

»Weil du Eichhörnchen hasst.«

»Ich hasse Eichhörnchen nicht.«

Ich ignorierte ihren Einwand und sprach einfach weiter: »Weil du sie für dumme, hässliche Tiere hältst. Weil es dich wütend macht, dass sie in deinen Blumenkästen nach Nahrung buddeln und so vergesslich sind. Weil du sie mit Nüssen bewirfst und versuchst, sie zu vertreiben. Zwischendurch dachte ich wirklich, du würdest es mögen. Ich dachte, du hättest Toni vielleicht auch ein wenig ins Herz geschlossen. Aber da habe ich mich wohl geirrt«

»Toni? Ich dachte, Patti.«

»Woher soll ich wissen, wie das Eichhörnchen gerade heißt?«, schrie ich zurück.

»Ich werde mich nicht dafür entschuldigen ...«

»Ich wusste es.« Triumphierend zeigte ich mit dem Finger auf meine Mutter.

Sie zögerte kurz, dann setzte sie neu an: »Ich werde mich nicht dafür entschuldigen, dass ich Toni nicht in meinem Haus haben wollte. Eichhörnchen sind Wildtiere. Sie haben im Haus nichts zu suchen. Sie bringen Parasiten rein oder was weiß ich nicht alles. Aber habe ich es akzeptiert, als ihr ihn tagelang in einem Käfig im Wohnzimmer gehalten habt, oder nicht? Habe ich euch etwa gezwungen, ihn rauszubringen?«

Ich wollte ihr nicht antworten, aber sie wartete und

starrte mich an, sodass mir schließlich nichts anderes übrig blieb, als den Kopf zu schütteln.

»Nein«, sagte ich böse. »Willst du jetzt von mir hören, dass das großzügig von dir war? Das Eichhörnchen war verletzt. Es war schwer verletzt und ...«

»Und als es ihm besser ging und ihr ein Gehege auf meiner Terrasse für das Tier gebaut habt, habe ich da gesagt, dass ihr das nicht tun dürft?«

»Ja, hast du.«

»Aber habt ihr euch dran gehalten?«

»Nein.«

»Und habe ich das Gehege niedergerissen und das Eichhörnchen vertrieben?«

»Na ja, nein. Aber das hättest du bestimmt am liebsten getan.«

»Und nachdem ich euch all das erlaubt habe, in meinem Haus, auf meiner Terrasse, für ein Tier, das ich nicht besonders mochte und von dem ich glaube, dass es uns alle krank machen kann, kommst du tatsächlich wie eine Furie in mein Zimmer gestürmt und wirfst mir vor, ich hätte das verdammte Eichhörnchen freigelassen.«

Ich schwieg.

»Und da fragst du mich, wie ich das tun konnte?«

Meine Mutter hatte die Hände zu Fäusten geballt und presste sie in die Bettdecke. Obwohl sie mit sich rang, kühl und beherrscht zu bleiben, zitterte ihre Unterlippe vor Wut. Ihr Blick war eiskalt.

Es hatte so viele Momente des Zorns zwischen meiner Mutter und mir gegeben, aber meist war ich diejenige gewesen, die zornig gewesen war, sich ungerecht behandelt und verletzt gefühlt hatte. Nun kam es mir zum ersten Mal so vor, als wäre es meine Mutter.

Ich musste schlucken.

Aber war es wirklich jetzt zum ersten Mal?

Oder konnte ich es nur zum ersten Mal erkennen?

Hatte Onkel Theo vielleicht recht?

War die Beziehung zu meiner Mutter doch anders, als ich all die Jahre gedacht hatte?

»Worüber habt ihr jetzt wieder gestritten?«, fragte Onkel Theo, als ich nach unten kam. Er saß mit Manou in der Küche, und sie blätterten gemeinsam durch das Eichhörnchenbuch. Beide wirkten bedrückt.

Wie sollte ich Manou sagen, dass es weg war?

Wie würde sie es verkraften?

Konnte ich sie irgendwie trösten?

»Woher weißt du das?«, wandte ich mich an meinen Onkel, um Zeit zu gewinnen.

»Ihr wart nicht zu überhören.«

Manou nickte zustimmend, sah mich kurz an und dann wieder schnell auf die Seiten vor sich. Sie wirkte nervös.

Warum wirkte sie nervös?

Ich überlegte, ob es mit schlechten Nachrichten wie mit einem Pflaster war. Nicht lange daran herumknibbeln und vorsichtig abpellen, sondern lieber mit einem schnellen Ruck.

»Also«, begann ich und sagte dann mit einem mitfühlenden Gesichtsausdruck in Richtung Manou: »Das Eichhörnchen ist weg. Und ich denke, meine Mutter hat es freigelassen.«

Sie hob den Kopf und starrte mich an, Onkel Theo wirkte bedrückt.

Ich hatte es befürchtet. Es war ein Schock.

»Sag mir nicht, dass du darüber mit ihr gestritten hast«, sagte mein Onkel.

»Doch ... Ich meine, ich wollte sie zur Rede stellen. Aber sie hat natürlich alles abgestritten. Was auch sonst.«

»Ach, Annike«, seufzte er und wirkte richtig traurig.

Mit einem Schluchzen sprang Manou auf, rannte auf mich zu und schlang die Arme um mich.

»Es tut mir leid, Annike. Es tut mir so leid.«

»Das muss dir nicht leidtun«, sagte ich und legte Manou tröstend eine Hand auf den Rücken. »Mir tut es leid. Wahrscheinlich hätte ich es ahnen müssen. Meine Mutter ist nun mal so. Keine Ahnung, wie, aber ich hätte es verhindern müssen. Irgendwie hätte ich ...«

Manou drückte sich eng an mich.

»Glaub mir, Manou, das werde ich ihr nicht verzeihen. Sie kann kein verletztes Eichhörnchen freilassen, nur, weil sie keinen Bock mehr darauf hat. So was macht man nicht. Was ist, wenn es noch zu schwach ist, um sich draußen zurechtzufinden? Oder nicht schnell genug? Was ist, wenn wieder diese schreckliche Katze kommt? Oder ein Vogel? Oder irgendein anderes Tier? Dann hat es keine Chance.«

Manou weinte laut auf. »Oh, Annike, Annike«, stammelte sie.

Ich hatte erwartet, dass sie schockiert und traurig sein würde. Aber auf einen solchen Gefühlsausbruch war ich nicht vorbereitet gewesen. Sie tat mir schrecklich leid. Und die Wut auf meine Mutter wuchs weiter.

»Ich war's!«, rief Manou in diesem Moment, die Stimme kratzig.

Ich verstand nicht.

»Ich bin es gewesen, Annike. Nur einen einzigen Moment habe ich nicht aufgepasst. Und da ist es raus. Ich habe noch versucht, es wieder zu packen. Aber es war zu schnell. Onkel Theo und ich waren gerade draußen und haben überall danach gesucht. Auch in den anderen Gärten. Aber es ist weg. Einfach weg. Und jetzt wird es von einer Katze gefressen. Oder von einem Vogel. Oder von irgendeinem anderen Tier. Weil es noch zu schwach ist. Und erst richtig gesund werden müsste. Und weil ich nicht aufgepasst habe.«

Manou hatte sich leicht von mir abgedrückt und sah zu mir auf. Tränen liefen ihr über die Wangen, sie schniefte und rieb sich mit dem Ärmel den Rotz von der Nase. Dann zog sie sich wieder an mich.

Ich wusste weder, was ich sagen, noch, was ich tun sollte.

Manou hatte das Eichhörnchen freigelassen.

Nicht meine Mutter.

Es war ein Versehen gewesen.

Und ich hatte meine Mutter dafür verantwortlich gemacht.

Ich spürte, wie mir plötzlich kalt wurde, richtig kalt, und gleichzeitig lief mir Schweiß den Rücken hinunter. Mein Kopf wiederholte all die Sachen, die ich zu meiner Mutter gesagt hatte. Immer wieder sah ich sie vor mir, wie sie da in ihrem Bett gesessen hatte, wütend und verletzt.

Weil ich sie zu Unrecht beschuldigt hatte.

Weil ich überzeugt gewesen war, dass sie ...

Ich warf meinem Onkel einen Blick zu. Mir fehlten die Worte. Ihm offenbar auch. Er nickte nur.

»Scheiße«, entfuhr es mir plötzlich.

»Ich weiß«, jammerte Manou auf. »So eine scheißbeschissene Super-Scheiße. Ich weiß nicht, wie mir das passieren konnte. Ich wollte das nicht. Wirklich nicht, Annike. Das musst du mir glauben. Du musst.«

Sie hatte die Hände in meinen Pullover gekrallt und zog an mir.

»Du musst«, wiederholte sie.

Ich atmete tief durch. »Natürlich glaube ich dir«, sagte ich endlich. »Natürlich hast du das nicht mit Absicht getan. Das hätte bei mir genauso sein können. Oder bei Onkel Theo. Solche Dinge passieren einfach. Das ist nicht deine Schuld.«

»Aber jetzt wird es sterben«, weinte Manou. »Weil es zu schwach ist. Und weil die anderen Tiere es fressen werden.«

Ich musste mir etwas einfallen lassen. »Das glaube ich nicht«, widersprach ich. Ich schob sie ein Stück von mir weg, sah ihr direkt ins Gesicht, strich ihr mit den Fingern die Haare aus der Stirn. »Es war schon stark genug. Es war schon gesund. Wir hätten es übermorgen sowieso freigelassen. Aber Turbonick hatte es eben eilig.«

»Little Red«, verbesserte Manou. »Heute heißt es Little Red.«

»Little Red wusste es besser. Wir hatten einfach zu große Angst um ihn.«

»Oder sie.«

»Oder sie. Wir haben uns zu große Sorgen gemacht. Aber Tiere wissen es besser. Sie spüren, wenn es für sie Zeit ist, wieder in die Freiheit zurückzukehren. Und Little Red hat es gespürt. Es war der richtige Augenblick. Deshalb hat es den Moment genutzt. Es hat uns damit gezeigt, dass es so weit ist und dass es draußen wieder zurechtkommen wird.«

»Meinst du wirklich?«, fragte Manou.

»Ja, das meine ich.«

»Du auch, Onkel Theo?« Sie drehte sich in meinen Armen zu meinem Onkel um.

»Annike hat recht«, antwortete er und sah mich an. »Wir stecken in anderen nicht drin. Wir können ihnen nur vor den Kopf gucken. Und manchmal stimmt das, was wir sehen und glauben zu wissen, nicht mit dem überein, was wir eigentlich sehen und eigentlich wissen sollten. Wir kennen immer nur einen Teil. Aber andere Menschen und Eichhörnchen«, fügte er hinzu, »sind mehr als das, was wir glauben über sie zu wissen.«

Manou wirkte, als wäre sie sich nicht ganz sicher, was sie mit dieser Antwort anfangen sollte, aber sie schien erleichtert zu sein.

»Aber wir wollten es doch groß feiern«, sagte sie.

»Das können wir doch trotzdem noch. Wer hindert uns daran?«

»Ja?«

»Auf jeden«, erwiderte Onkel Theo.

»Und was machen wir jetzt?«, fragte sie schließlich.

»Wir stellen Wasser und Nüsse nach draußen. Vielleicht kommt es wieder. Dann steht alles bereit. Und vielleicht erinnert es sich ja an uns.«

»Glaubst du?«

»Warum denn nicht? Es war doch eine tolle Zeit, oder?«

»Ja, das war es.« Manou lächelte breit. »Vielleicht hört es auch, wenn ich nach ihm pfeife.«

»Kann sein.«

»Und vielleicht erzählt es ja seinen Freunden von uns. Dann haben wir bald ganz, ganz viele Eichhörnchen in unserem Garten.«

»Das würde meiner Mutter gefallen«, erwiderte ich mit einem schiefen Grinsen.

Meine Mutter.

Ja, meine Mutter.

»Und was machst du?«, fragte mich mein Onkel und deutete wieder mit dem Finger nach oben, wie am ersten

Tag, als ich gekommen war, und wieder erinnerte er mich damit an E. T.

»Ich werde wohl einen Weg finden müssen, meine Mutter aus ihrem Zimmer zu holen, denke ich.«

Ich hörte ein Geräusch.

Nach der ganzen Aufregung waren mein Onkel und Manou zusammen einkaufen gegangen, und ich wollte meiner Mutter erst einmal aus dem Weg gehen und stattdessen den Moment nutzen, um das Gehege abzubauen. Ich hatte mir vorgestellt, ich würde es ausräumen, alles in Mülltüten packen und dann die Seitenwände auseinanderschrauben, um sie erst einmal in die Garage zu stellen. Ich wollte fertig sein, bevor sie wiederkamen, weil nicht alle deswegen traurig werden sollten. Aber stattdessen hatte ich bisher nur die Futter- und Trinkschalen ordentlich sauber gemacht und ein wenig Heu und Stroh zusammengefegt.

Zu mehr konnte ich mich nicht überwinden, weil ich die Hoffnung auf eine Rückkehr des Eichhörnchens nicht ganz aufgeben konnte, auch wenn ich wusste, wie unwahrscheinlich das war.

Ich wusste, meine Mutter würde mir wahrscheinlich den Kopf abreißen. Das Gehege hatte sie schon gestört, als noch ein Eichhörnchen darin gewohnt hatte. Ohne Eichhörnchen würde sie es garantiert keinen weiteren Tag dulden. Schon gar nicht nach der Szene, die ich ihr gemacht hatte, nach all meinen Anschuldigungen. Aber ich konnte es nicht ändern.

Immer wieder hatte ich mit den Augen den Garten abgesucht in der Hoffnung, ich würde unser Eichhörnchen entdecken.

Fehlanzeige.

Ich hatte sogar einige Male gepfiffen.

Nichts.

Jetzt hörte ich Schritte.

Jemand kam durch das Tor in den Garten.

»Oh, hallo«, sagte der Mann erschrocken, als er mich bemerkte.

»Oh, hallo«, gab ich zurück.

»Ich wusste nicht ... Ich wollte eigentlich ...« Er rieb sich über die Stirn.

»Kann ich Ihnen helfen?«

»Annike?«, fragte er.

Woher kannte er meinen Namen?

Ich betrachtete ihn genauer.

Musste ich ihn kennen?

Ich schätzte ihn auf Mitte fünfzig, vielleicht sogar älter.

»Ja?«, erwiderte ich misstrauisch.

»Meine Mutter hatte recht. Du siehst immer noch ... so ... aus.« Er machte mit der Hand einen ausladenden Kreis, in den er offenbar mich einschließen wollte.

»Kenn ich dich?«

»Ich bin's. Tim.«

Ich starrte ihn an.

»Tim Hollander.«

»Aha.«

»Wir waren früher zusammen in einer Klasse.«

»Wenn du es sagst.«

Natürlich hatte ich ihn längst erkannt.

Wie hätte ich den Namen vergessen können?

Er war einer derjenigen gewesen, die mir die Schulzeit am meisten zur Hölle gemacht hatten. Ständig hatte er sich lustig über mich gemacht, hatte meine Sachen runtergeworfen, hatte mir den Stuhl weggezogen, mir die Tür vor der Nase zugeschlagen, mich mit Papierkügelchen beschossen, fiese Geschichten über mich erzählt und mir gemeine Spitznamen gegeben.

Er war die Personifikation des Bösen.

Und es gefiel mir sehr, dass die Zeit es mit ihm offenbar schlechter gemeint hatte als mit anderen von uns.

Sein schütter gewordenes Haar ließ seinen Kopf riesig wirken. Fast wie einen Wasserschädel.

Aber mit dem Namen verband ich natürlich noch etwas anderes.

»Ist ewig lang her.«

»Für dich offenbar länger«, erwiderte ich.

»Wie meinst du das?«

»Kommst du noch drauf.«

Tim musterte mich. Er wirkte verunsichert.

Ja, oder? Er war tatsächlich unsicher.

Herrlich.

»Ich bin Manous Vater«, sagte er und entschied sich offenbar, das Thema zu wechseln.

Ich hatte es befürchtet.

Seit mir klar geworden war, dass Frau Hollander Manous Oma sein musste, hatte ich darüber nachgedacht, ob Tim Manous Vater war. Ich hatte gehofft, er wäre es nicht. Ich konnte mir kaum vorstellen, wie ein so wunderbares Kind so einen Erzeuger haben sollte.

Aber war dann doch etwas von dem, was ich gesagt hatte, zu Frau Hollander durchgedrungen?

Mir war es nicht so vorgekommen. Doch jetzt stand Tim Hollander vor mir.

»Und du schleichst durch unseren Garten, weil ...?«

»Ich suche Manou.«

»Du hättest klingeln können. An der Haustür«, fügte ich hinzu, als er nicht reagierte. »Wir haben so was. Eine

Klingel. Und eine Haustür. Gleich da vorne.« Ich wies zur Vorderseite des Hauses.

»Meine Mutter hat gesagt, sie würde viel Zeit bei euch verbringen.«

»Sie ist mit meinem Onkel unterwegs.«

»Ich dachte nur, ich würde sie vielleicht hier irgendwo ... Sie geht nicht zur Schule, weißt du?«

»Weiß ich.«

»Ist toll für dich, oder?«

»Wie bitte?«

»Ich war in der Schule ein bisschen gemein zu dir, und jetzt kannst du dich freuen, dass meine Ehe in die Brüche geht und meine Tochter mich hasst.«

»Erstens warst du in der Schule wohl kaum *ein bisschen gemein* zu mir, Tim. Das war Mobbing, und man hätte dich dafür von der Schule werfen sollen.«

»Wie du meinst.«

»Ich bin wirklich froh, dass du dich menschlich so weiterentwickelt hast und heute erkennen kannst, was für ein Arschloch du gewesen bist. Das ist eine große Erleichterung.«

»Und zweitens?«, fragte er stattdessen.

Ich spürte die alte Wut. Sie rauschte mir in den Ohren. So viele Momente kamen zurück, in denen er mich gedemütigt und gequält hatte.

Wieso sollte er sich auch geändert haben?

Aber was spielte das für eine Rolle?

Ja, die Schulzeit war schlimm gewesen. Und er hatte daran einen wesentlichen Anteil. Aber hier und heute ging es um Manou.

Sie war ein so tolles Mädchen und machte eine schwere Zeit durch.

Ich sollte versuchen, ihr zu helfen, auch wenn ihr Vater wahrscheinlich noch immer ein Riesenarschloch war.

»Und zweitens hasst sie dich nicht«, sagte ich schließlich.

»Doch, das tut sie.«

»Es ist im Moment schwer für sie.«

»Nicht nur für sie.«

»Aber sie ist ein Kind. Und du bist fünfhundert Jahre alt und der Erwachsene hier.«

»Fünfhundert ...?«, wollte er ansetzen, aber ich sprach über ihn hinweg: »Es ist hart, eine depressive Mutter zu haben.«

»Woher willst du das wissen?«, gab er zurück.

»Sagen wir einfach, ich habe meine Quellen«, erwiderte ich knapp. »Aber es ist noch härter, wenn man keinen Vater hat, der einem hilft.«

»Und was soll ich deiner Meinung nach tun?«

»Sprich mit ihr. Erklär ihr die Dinge so, dass sie sie verstehen kann. Sonst reimt sie sich nämlich einiges zusammen, und das überschattet eure Beziehung für den Rest eures Lebens. Glaub mir.«

»Das ist nicht so einfach.«

»Hat auch niemand behauptet. Aber mit fünfhundert Jahren Lebenserfahrung wird dir schon was einfallen.«

»Was hast du denn immer mit fünfhundert Jahren?«

»Ist grob geschätzt.«

Tim sah mich irritiert an. »Früher standen wir uns sehr nah. Wir hatten so viel gemeinsam. Ich wusste immer, was sie denkt und was sie so macht. Wenn sie ein Problem hatte, ist sie zu mir gekommen. Einen ganzen Sommer lang habe ich mit ihr das Schießen von Ecken trainiert. Wenn sie schlecht geschlafen hat, stand sie vor meiner Seite des Bettes und hat mich geweckt, damit ich die

Gespenster unter ihrem Bett und hinter den Gardinen wegpusten sollte. Was ist passiert? Ich meine ... Was mach ich denn jetzt?«

»Vielleicht solltest du damit anfangen, zu wissen, wo sie steckt«, schlug ich vor. »Deine Tochter war nämlich die letzten zwei Wochen sehr oft und lange hier.«

»Und was habt ihr gemacht? Meine Mutter hat etwas von einem Eichhörnchen erwähnt.«

»Wir haben es gesund gepflegt, nachdem es von einer Katze angegriffen worden war. Manou hat es gefunden. Wir haben es aufgepäppelt und ...«

»Sind das nicht verkleidete Ratten?«, unterbrach er mich.

»Ähm, nein? Sind sie nicht«, antwortete ich ärgerlich. »Es sind kluge, zauberhafte Tiere.«

»Wenn du meinst.«

»Ja, das meine ich allerdings. Und deine Tochter übrigens auch.« Ich musste mich zwingen, ruhiger zu sprechen. »Darüber könntest du dich mit ihr unterhalten. Sie hat einiges dazu gelesen und kennt sich aus.«

»Aber ...«

»Hör zu. Ich mache das hier für dich. Ich weiß, worüber ich mit ihr reden kann. Ich muss mir nicht ...«

»Du hast recht«, sagte Tim eilig. »Tut mir leid. Ich wollte nicht unhöflich sein.«

»Klingt gar nicht nach dir.«

»Seit wann bist du witzig?«

»War ich schon immer.«

»Habe ich anders in Erinnerung.«

»Ist mir scheißegal«, erwiderte ich mit einem aufgesetzten Lächeln.

Und zu meiner Überraschung erwiderte er es.

Einige Augenblicke schwiegen wir.

»Also Eichhörnchen«, sagte Tim schließlich, als die Stille zwischen uns unangenehm zu werden drohte.

»Willst du dir das aufschreiben?«

»Kann ich mir gerade noch merken.«

»Bist du dir sicher? In deinem Alter ...«

»Wir sind gleich alt. Schon vergessen?«

»Aber du siehst fünfhundert Jahre älter aus. Und ich, als wäre ich um keinen Tag gealtert.«

»Rede dir das ruhig ein.«

»Tue ich. Danke.«

»Wieso denkst du eigentlich immer, ich würde dich nicht bemerken?«, rief meine Mutter mir zu und hatte mich damit wieder erwischt.

Seit einigen Minuten schlich ich auf dem Flur vor ihrer Zimmertür herum und konnte mich nicht überwinden hineinzugehen. Alles wieder auf Anfang. Ich musste mich entschuldigen. So viel war klar. Aber ich hatte keine Ahnung, wie und ob ich das überhaupt lebend überstehen konnte. Leider hatte ich jedoch einmal mehr die spiegelnde Oberfläche des Bilderrahmens vergessen.

»Willst du da noch eine weitere Stunde stehen? Oder kommst du mal rein?«, fügte sie hinzu.

»Ich stehe hier noch gar keine Stunde«, widersprach ich und betrat das Zimmer.

»Ich habe die Zeit gestoppt.«

»Hast du nicht. Hast du?«, fragte ich, plötzlich unsicher. Zuzutrauen wäre es ihr.

»Wer war das?«, wechselte meine Mutter stattdessen das Thema.

»Wer war wer?«

»Der Mann. Unten im Garten. Mit dem du dich unterhalten hast.«

»Ach so. Das war Manous Vater.«

»Ich sollte demnächst Eintritt nehmen. Was ist los mit dieser Familie? Wissen die nicht, was Privatbesitz bedeutet? Und kennen die keine Klingel mehr?«

»Stell dir vor, das habe ich ihn auch gefragt.«

»Du bist die Tochter deiner Mutter.«

»Das will ich nicht gehört haben«, erwiderte ich mit einem leichten Grinsen. »Ich war mit ihm in der Schule. Wir waren in einer Klasse.«

»Mit dem? Wie oft ist der denn sitzen geblieben? Der sieht doch wie Ende fünfzig aus.«

»Kann ich ihn noch mal zurückholen, und du sagst ihm das ins Gesicht?«

»Natürlich.«

»Außerdem heißt er Tim.«

»Was für ein Hundename ist Tim?«

»Ich glaube, für so einen ganz alten, voller Flöhe. Und jetzt rate, wer seine Mutter ist.«

»Ich kenne mich in der Antike nicht gut aus.«

»Frau Hollander.«

»Frau Hollander, die zur Miete wohnt? Jetzt wird mir einiges klar.«

Meine Mutter und ich tauschten Blicke, und dieses Mal war ich mir sicher, dass wir einen Moment hatten. Ganz eindeutig.

Ich nahm meinen Mut zusammen. »Ich möchte mich bei dir entschuldigen«, sagte ich.

»Du möchtest. Aber du tust es nicht?«, fragte meine Mutter zurück.

»Genau. Nein, das wollte ich natürlich nicht sagen«, antwortete ich. »Ich entschuldige mich, dass ich …«

»Wie praktisch.«

»Was?«

»Dass du dich entschuldigst. Dann muss ich das nicht mehr machen. Das erspart mir viel Zeit. Im Übrigen heißt es nicht: was? Sondern: wie bitte?«

»Von mir aus, dann eben: wie bitte?«

»Vielleicht hätte ich dich sogar entschuldigt. Möglich wäre es, aber da du mir zuvorgekommen bist, werden wir es nie erfahren.«

»Ich habe keine Ahnung, wovon du sprichst.«

»Ich spreche davon, dass man sich nicht selbst entschuldigt. Man bittet um Entschuldigung. Und dann kann man nur hoffen, dass die andere Person die Großherzigkeit besitzt und diese Entschuldigung annimmt.«

»Ich soll also auf deine Großherzigkeit hoffen?«, gab ich zurück.

»Du hast wirklich keine Ahnung, wie man sich anständig entschuldigt, Annike.«

»Musst du es mir denn so schwer machen?«

»Darf ich dich daran erinnern, dass du wie eine Furie in mein Zimmer gestürzt bist und mir vorgeworfen hast, ich hätte euch alle hintergangen und heimlich das kostbare Eichhörnchen freigelassen, nur weil ich Lust dazu hatte? Ich weiß, dass du immer nur das Schlechteste von mir annimmst und ich in deiner Erzählung für immer die böse Hexe aus dem Märchen sein werde, aber das war sogar für deine Verhältnisse ein absoluter Tiefpunkt. Und deshalb ja, ich muss es dir so schwer machen.«

Ich schluckte und suchte nach Worten.

Was konnte ich sagen, ohne den nächsten Streit zu provozieren?

Konnte es zwischen uns nicht einfach einmal etwas leichter sein?

Oder machte das meine Mutter und mich aus?

»Das war falsch von mir«, sagte ich endlich. »Ich hätte

nicht ... Ich war so erschrocken, dass das Eichhörnchen weg war. Aber ich hätte nicht vorschnell urteilen dürfen. Das war nicht in Ordnung. Ich wollte dich damit nicht verletzen. Deshalb bitte ich dich dafür um Entschuldigung und hoffe, du kannst mir verzeihen. Es muss nicht sofort sein. Aber vielleicht später. Irgendwann.«

»Ist gut«, antwortete meine Mutter.

»Ist gut?«, wiederholte ich.

Was genau hatte das zu bedeuten?

Verzieh sie mir?

Oder worauf bezog sich das?

Wollte ich es überhaupt so genau wissen?

War es nicht besser, es einfach dabei zu belassen?

Ich hatte gesagt, was ich sagen wollte. Auf den Rest hatte ich keinen Einfluss.

»Ist gut«, wiederholte ich und überlegte, ob ich gehen sollte. Ich drehte mich leicht zur Tür, blieb aber stehen. »Ich wollte dir übrigens noch was in Bezug auf Eichhörnchen sagen.«

»Ach ja?«

»Ich habe in letzter Zeit viel über sie gelesen. Und es stimmt schon, dass sie nicht immer all die Orte wiederfinden, an denen sie ihre Nüsse für den Winter versteckt haben. Das ist richtig. Aber genau deshalb vergraben sie so viel. Dann ist es am Ende nicht so wichtig, wenn sie die eine oder andere Stelle vergessen. Weil noch genug da ist, weißt du? Darauf können sie vertrauen. Sie haben gelernt, mit dieser kleinen Schwäche zu leben, und machen das Beste draus. So können sie sich auch über jede einzelne Nuss freuen, die sie finden. Und na ja«, ich sah meine Mutter direkt an, »es ist immer noch genug da.«

Hatte sie verstanden, worauf ich hinauswollte?

Meine Mutter ließ sich nichts anmerken. Schließlich deutete sie jedoch ein leichtes Nicken an.

»Du bist doch sonst nicht so eine Optimistin«, sagte sie.

»Stimmt.«

»Du bist eigentlich ein Sauermaul. So würde das Kind dich wahrscheinlich nennen.«

»Ich schätze, dann haben wir doch was gemeinsam, oder? Du und ich«, fügte ich hinzu. »Du dachtest, es gäbe nichts. Aber eine Sache haben wir. Die und *Smacks* zum Frühstück.«

Elf

Je öfter ich die Lieblingsmusik meines Vaters hörte und je mehr seiner Schallplatten ich kennenlernte, desto mehr gefielen sie mir. Mittlerweile erwischte ich mich selbst dabei, wie ich einige Melodien mit den Fingern auf meinem Luftsaxofon nachspielte, und ich konnte es kaum erwarten, sie in einige unserer Songs einfließen zu lassen.

Anfangs war ich mir sicher gewesen, ich würde keine vierundzwanzig Stunden im Haus meiner Eltern aushalten. Inzwischen war Freitag und ich zwei Wochen hier. Natürlich hätte ich jederzeit gehen können, vor allem, nachdem das Eichhörnchen weg war. Aber ich konnte nicht. Ich musste einige Dinge klären, vielleicht sogar in Ordnung bringen. Es war noch zu viel offen.

Ich hatte mir vorgenommen, mir die letzten Bilder meines Vaters anzusehen, die ich bisher noch nicht kannte. Er hatte eine ganze Kiste mit Gemälden, außerdem eine Mappe mit Zeichnungen, die mir beim letzten Mal ins Auge gefallen war. Mehrmals hatte ich daran gedacht sie zu öffnen, aber nicht den Mut gefunden, mir weitere Arbeiten meines Vaters anzuschauen. Meine Angst war zu groß, noch mehr Dinge zu finden, die ich lieber nicht wissen wollte.

Ich hatte die Sache mit dem Bild von Frau Adanır nicht ausreichend verarbeitet.

Zunächst hatte ich mehr schlecht als recht versucht, die

Gedanken daran aus meinem Kopf zu verbannen und so zu tun, als würde es den Keller und die Gemälde darin gar nicht geben. Aber ich hatte bei meinem Besuch inzwischen so viel über meine Familie erfahren, von dem ich bisher keine Ahnung gehabt hatte, und ich hatte verstanden, dass ich nicht ganz unschuldig gewesen war, weil ich selbst absichtlich die Augen davor verschlossen hatte. Das wollte ich nicht mehr. Ich wollte hinsehen. Ich wollte wissen, womit ich es zu tun hatte.

Ich legte deshalb nun eine Soulscheibe auf und kramte die restlichen Malereien und Zeichnungen meines Vaters hervor. Es waren weitere Landschaften, ein Schifferboot, außerdem eine Blume und ein Vogelnest in einer Astgabel.

Ich hatte das Gefühl, dass man sehr deutlich sehen konnte, welches seine ersten Gemälde waren und dass er besser geworden war. Nicht wirklich gut vielleicht, aber eben auch nicht schlecht. Ich fragte mich, wann er mit dem Malen angefangen hatte und ob hier unten alle seine Bilder zu finden waren, ob es noch mehr gab, vielleicht irgendwo im Haus, ob er welche verschenkt hatte oder vielleicht sogar einige weggeschmissen, die ihm nicht gefallen hatten.

Nachdem ich mir die Gemälde eine Weile angesehen hatte, räumte ich sie wieder weg, wechselte die Platte und zog die Mappe mit den Zeichnungen heraus. Es waren überraschend viele Blätter, manchmal richtige Studien, von einem Baum, dessen Äste und Rinde und Wurzeln mein Vater auf mehreren Papierbögen festgehalten hatte, von einem See mit dem Wasser, den Steinen, den Pflanzen am Ufer und von einer efeubewachsenen Tür, den Ranken, dem abblätternden Holz, der Klinke aus Metall.

Und dazwischen entdeckte ich die Zeichnungen eines Eichhörnchens.

Mein Vater hatte versucht, jedes Detail einzufangen, die scharfen Krallen und behaarten Pfoten, die runden Öhrchen mit den Puschelspitzen, den buschigen Schwanz, die kleine Nase. Ich fragte mich, ob er ein Eichhörnchen aus einem Buch abgezeichnet oder ein Tier draußen beobachtet hatte. Aber wäre er überhaupt nah genug herangekommen, um es so genau nachmalen zu können, und hätte es lange genug stillgehalten?

Nicht alles war ihm gut geglückt. Vor allem das Gesicht sah nicht wirklich lebensecht aus, irgendetwas stimmte mit der Perspektive nicht. Dafür wirkte aber das Fell so fein und weich wie das von Moped, wie Manou das Eichhörnchen aktuell nannte. Sie hatte entschieden, dass es weiterhin einen Namen brauchte, auch wenn es jetzt wieder irgendwo draußen unterwegs war.

Warum hatte mein Vater ausgerechnet ein Eichhörnchen gezeichnet?

Hatten ihm die Tiere gefallen?

Hatte er sie vielleicht auch süß gefunden?

Ich blätterte weiter.

Die nächsten Papiere zeigten unseren Garten aus verschiedenen Perspektiven, von der Terrassentür aus, vom Gartentor, vom Balkon nach unten, aus dem hinteren Teil mit Blick auf das Haus. Ich erkannte alles wieder, sogar die vergessene Gießkanne hinter den Hochbeeten und das Vogelhäuschen in einem der Bäume. Es folgten einige Skizzen von einzelnen Körperteilen und Personen, grobe Umrisse, nur flüchtig festgehalten. Ich erkannte Frau Adanırs Hände wieder. Offenbar hatte mein Vater sie vorher mit einem Bleistift geübt.

Ich wollte gerade weitergehen, als mein Blick auf eine ungenaue Zeichnung fiel. Und ich erstarrte.

Es war das Bild. Das Bild von Frau Adanır in unserem

Garten. Aber sie war nicht allein. Es waren weitere Figuren zu sehen, drei, um genau zu sein. Eine konnte Onkel Theo sein, seine Brille und Fliege waren angedeutet, eine meine Mutter, mit einer locker schraffierten Bluse, die mir bekannt vorkam, und eine ich, die Haare wild toupiert. Dazwischen Frau Adanır.

War das die Skizze zu dem Gemälde?

Hatte mein Vater doch gar nicht Frau Adanır gemalt, zumindest nicht sie allein?

War er mit dem Gemälde nur nicht fertig geworden?

Aber was genau zeigte die Zeichnung?

Was wollte er mit dem Bild sagen?

Eilig suchte ich noch einmal das Gemälde heraus. Ich legte es neben die Zeichnung, verglich die beiden miteinander. Leider waren die Bleistiftstriche so flüchtig gesetzt und blass, dass ich Genaueres nicht erkennen konnte.

Also hatte mein Vater nicht Frau Adanır gemalt, weil er in sie verliebt gewesen war und eine Affäre mit ihr gehabt hatte?

Er hatte uns alle malen wollen und nur mit ihr angefangen und war dann nicht fertig geworden, weil er gemerkt hatte, dass es ihm nicht so gut gelang, wie er es sich gewünscht hätte, oder weil er gestorben war?

Hätte er uns andere auch noch ergänzt, wenn er mehr Zeit gehabt hätte?

War das der Plan gewesen?

Hatte ich ihn vorschnell verurteilt?

War er gar kein Betrüger und Ehebrecher, sondern nur ein Maler, der sein Werk nicht hatte vollenden können?

Seltsam erleichtert ließ ich mich mit dem Rücken gegen den Sessel sinken.

Warum war ich erleichtert?

Wegen meines Vaters?

Wegen meiner Mutter?

Vielleicht sogar wegen mir?

Ich konnte es nicht sagen. Ich war mir nicht sicher, ob eine Affäre meines Vaters irgendetwas zwischen ihm und mir geändert hätte, aber ich war froh, dass ich mir diese Frage nicht weiter stellen musste.

Eine ganze Weile saß ich so da, den Kopf komisch leer. Deshalb merkte ich auch nicht, dass die Platte wieder an ihr Ende gekommen war und ohne Musik ihre Kreise drehte. Ich stand auf, um den Spieler auszuschalten, als mein Blick auf einen Gegenstand fiel, der sich im Regal in der Ecke befand.

Ich konnte es nicht fassen.

So also war es meinem Vater gelungen, das Eichhörnchen zu zeichnen.

»Sie kommt nicht«, sagte Manou, als sie mit betont hängendem Kopf auf die Terrasse kam.

Wir hatten den Tisch auf der Terrasse gedeckt. Es sollte wahrscheinlich der letzte laue Herbstnachmittag werden. Für das Wochenende waren Regenschauer und zehn Grad angekündigt. Heute schien jedoch noch die Sonne, und mit einer Jacke und einer Decke um die Beine sollte es gehen.

Ich hatte mir ein Zugticket für morgen gekauft. Es war Zeit, wieder in mein Leben zurückzukehren. Ich freute mich auf die Leute in meiner WG. Ich freute mich auf die Band und Aisha ganz besonders. Ich konnte es kaum erwarten, wieder zu proben, zu spielen, aufzutreten. Ich würde mir Gedanken machen müssen, womit ich in der nächsten Zeit mein Geld verdienen wollte.

Wir wollten noch einmal zusammen essen und trotzdem ein wenig feiern und hatten auch Frau Adanır eingeladen. Nach unserem gestrigen Gespräch hatte ich eigentlich gehofft, meine Mutter würde ebenfalls runterkommen. Ich hatte mich entschuldigt, und ich hatte das Gefühl, dass wir uns wieder angenähert hatten. Hatte ich mich getäuscht? Oder konnte meine Mutter einfach nicht aus ihrer Haut?

Gut, dass ich dafür einen Plan hatte.

Der Tisch war bereits gedeckt. Frau Adanır war gerade dabei, einen ihrer leckeren Nudelsalate nach draußen zu tragen, und Manou und ich hatten überall im Garten kleine Futterschälchen aufgestellt, mit allem, was das Eichhörnchen gerne aß. Seit es weggelaufen war, hatten wir es nicht mehr gesehen. Ich hatte einige Stunden im Garten verbracht, weitere am Fenster, in der Hoffnung, dass es auftauchen würde. Aber das war es nicht. Vielleicht würde es heute kommen oder uns zumindest von einem Baum aus beobachten. Das war ein schöner Gedanke.

Ich vermisste das Eichhörnchen. So seltsam das sein mochte. Erst seit es weg war, spürte ich, wie gern ich mich darum gekümmert hatte. Mir hatte es gefallen, gleich nach dem Aufstehen nach ihm zu sehen, Gemüse und Obst klein zu schneiden, ihm zuzusehen, wie es sich putzte, und sogar seinen Stall sauber zu machen. Natürlich war es besser so, für das Eichhörnchen.

Trotzdem.

Mein Blick wanderte zu Onkel Theo und Manou. Wir hatten in den letzten zwei Wochen so viel Zeit miteinander verbracht. Es würde komisch sein, die beiden nicht mehr jeden Tag zu sehen. Mein Onkel würde mir fehlen. Manou würde mir fehlen. Vielleicht sogar ein bisschen meine Mutter. Da war nicht mehr die große Erleichterung, die ich immer gefühlt hatte, wenn ich das Haus meiner Eltern verlassen hatte und in den Zug gestiegen war. Mit jedem Kilometer, den ich zwischen uns gebracht hatte, war es mir besser gegangen, als hätte ich aufatmen können.

Das war jetzt anders.

Und das war eigenartig.

Ich überlegte sogar schon, wann ich das nächste Mal zu Besuch kommen könnte. Das war mir noch nie passiert.

»Was machen wir denn jetzt?«, fragte mich mein Onkel, und auch Frau Adanır und Manou sahen mich Hilfe suchend an.

Alles war fertig.

Nur meine Mutter fehlte.

»Ich habe mir was überlegt«, antwortete ich zuversichtlich.

»Hast du?«

»Habe ich.«

»Nice.«

Ich machte mich auf den Weg ins Haus. Hier hatte ich bereits das Notwendige vorbereitet, denn obwohl ich auf etwas anderes gehofft hatte, kam das Ganze nicht überraschend.

Meine Mutter wollte ihren großen Auftritt?

Den konnte sie kriegen.

Und dann wartete auf alle ja noch eine Überraschung.

Ich spürte die Blicke der anderen durch die Fenster, als ich ins Wohnzimmer und zur Musikanlage meiner Eltern ging. Ich hatte hier unten zwar so gut wie nie Musik gehört, aber das Gerät war nicht schlecht, etwas in die Jahre gekommen, aber gut. Die Boxen hatte ich ausgerichtet und die Kassette eingelegt. Die Lautstärkeregler waren komplett aufgedreht. Jetzt musste ich nur noch auf Play drücken und abwarten.

Ich hob den Daumen in Richtung Terrasse. Dann betätigte ich den Knopf. Und schon dröhnte Bad Religion aus den Lautsprechern.

Ich musste lachen, als sich Frau Adanır draußen die Ohren zuhielt und mein Onkel hektisch an seinen Hörgeräten herumnestelte. Ich fands gut. Vielleicht ein kleines bisschen zu laut, sogar für meinen Geschmack, aber es sollte ja auch die gewünschte Wirkung erzielen. Und Manou hüpfte wild im Rhythmus.

Es dauerte nicht lange.

Erst war es ein Klopfen. Durch die Musik kaum zu hören. Aber genau darauf hatte ich gelauscht. Wahrscheinlich rief meine Mutter auch, schrie sogar, aber wenn es so war, prallten all ihre Worte an den lauten Gitarrenriffs ab, die mich umgaben wie ein Panzerschild. Es war wie früher. Bad Religion schirmten mich ab vor der Welt.

Und dann stand sie da.

Noch halb auf der Treppe. Meine Mutter war wütend. Das war nicht zu übersehen. Ihr Mund bewegte sich. Zornig fuchtelte sie mit den Händen. Der Kopf hochrot.

»Ich kann dich nicht hören!«, rief ich ihr zu, obwohl ich wusste, dass sie mich ebenfalls unmöglich verstehen konnte, und deutete in einer nicht ernst gemeinten bedauernden Geste auf meine Ohren.

Wieder schrie sie. Wieder gestikulierte sie wild. Die Wut wurde größer.

»Tut mir leid«, behauptete ich und wippte im Takt.

Einen Moment wirkte meine Mutter unschlüssig. Sie starrte mich an. Zeigte noch einmal auf die Boxen. Als ich wieder nicht reagierte, kam sie die letzten Stufen nach unten, marschierte auf die Musikanlage zu, fummelte an den Tasten, fand die richtige und schaltete aus.

Die Stille kam so plötzlich, dass die Lautstärke in mir noch einige Momente nachwummerte.

»Hast du was gesagt?«, fragte ich scheinheilig und lächelte meine Mutter an.

»Den Mist kannst du dir sparen. Was sollte das?« Sie funkelte mich an.

»Was meinst du? Ich habe nur ein bisschen Musik gehört. War das zu laut?«

»Musik? Das ist doch keine Musik. Das ist Lärm. Nichts anderes. Wie kannst du es wagen, in meinem Haus so einen Krach zu machen? Ich dachte, die Zeiten wären endgültig vorbei.«

»Hättest du doch was gesagt, dann hätte ich was anderes eingelegt.«

»Veräppeln kann ich mich selber. Das hast du absichtlich gemacht. Weil ich nicht runterkommen wollte.«

»Du wolltest nicht runterkommen?«, fragte ich zurück. »Das wusste ich gar nicht.«

»Ja, ja«, gab sie böse zurück.

»Aber da du schon mal hier bist …«

»Nichts da. Das könnte dir so gefallen, was? Ich gehe wieder hoch. Ich habe keine Lust auf deine albernen Spielchen. Dafür bin ich wirklich zu alt.«

»Da bist du ja«, sagte in diesem Moment mein Onkel, der aus der Küche ins Wohnzimmer kam.

Manou und Frau Adanır folgten ihm.

»Schön, dass Sie da sind«, fügte Frau Adanır hinzu.

»Total gut«, kam es von Manou.

»Gerade wollten wir essen.«

»Wir haben nur noch auf Sie gewartet.«

»Jetzt können wir anfangen«, sagte Onkel Theo.

»Ich habe schon Hunger wie ein Fressmops.«

Ein wenig hilflos schaute meine Mutter uns alle nacheinander an. Dann ging ihr Blick zur Treppe und wieder zu uns zurück.

»Das hast du dir ja clever ausgedacht«, zischte sie in meine Richtung.

»Ich weiß nicht, was du meinst.«

»Sehr witzig. Du kannst dich freuen. Du hast deine alte Mutter reingelegt und kriegst deinen Willen.«

»Dann freue ich mich wirklich«, sagte ich, dieses Mal ernst.

Meine Mutter musterte mich kurz, während wir uns bereits auf den Weg nach draußen machten.

»Aber es wird mir keinen Spaß machen«, erwiderte sie.

»Wie du willst.« Ich hob die Schultern, als wäre es mir egal.

»Wo soll ich mich hinsetzen?«

»Wo du willst«, antwortete mein Onkel und hatte schon eine Wolldecke dabei.

»Die brauche ich nicht«, knurrte meine Mutter sofort.

»Aber es wird kalt«, wollte er einwenden.

»Wird sie merken«, flüsterte ich ihm zu.

»Ich will was fragen«, rief Manou, als wir gerade alle Platz genommen hatten, und stand halb wieder auf. Sie verschränkte die Finger ineinander, als wollte sie beten.

»Frag«, forderte ich sie auf, aber sie sah nicht mich an, sondern meine Mutter.

»Was möchtest du fragen?«, erwiderte die und machte ein überraschend freundliches Gesicht.

»Ich werde ja noch ein bisschen bleiben. Bei meiner Oma, meine ich. Bis zu Hause wieder alles in Ordnung ist. Und ja«, sie sah Onkel Theo an, der sie so oft darauf angesprochen hatte, »ich gehe dann auch wieder zur Schule.«

»Das höre ich gern«, erwiderte er.

»Aber wenn ich jetzt weiter hier bin, kann ich dann Fußball spielen?«

»Das musst du doch nicht mich fragen. Das müssen

deine Eltern entscheiden, nehme ich an«, sagte meine Mutter.

»In deinem Garten«, fügte Manou eilig hinzu. »Ich meine, wenn Annike es mir nicht mehr erlauben kann, weil sie morgen weg ist, kann ich dann trotzdem weiter in deinem Garten Fußball spielen? Ich weiß, dass er Privatbesitz ist und du fuchsteufelswild wirst, wenn man ohne Erlaubnis da rumläuft und so, aber meine Oma hat keinen richtigen Garten und vor allem keinen so schönen Fußballrasen, deshalb wollte ich dich fragen, Oma Edith.« Es war offensichtlich, dass sie aufgeregt war, und nun hielt sie die Luft an und wartete auf eine Reaktion meiner Mutter.

Ich warf einen Blick in die Runde. Niemand wagte zu atmen.

»Erstens«, begann meine Mutter, und ich konnte weder in ihrer Stimme noch in ihrem Gesicht lesen, was sie antworten würde, »durfte Annike es dir auch nicht erlauben, während sie da war, denn wie du schon richtig gesagt hast, ist dieser Garten Privatbesitz. Es ist mein Garten, und darüber hat Annike nicht zu entscheiden, ob sie nun hier ist oder nicht.«

»Mutter«, stöhnte ich auf, aber sie ignorierte mich.

»Und zweitens ist das kein Fußballrasen, sondern ein ganz normaler deutscher Zierrasen.«

»Der gute deutsche Zierrasen«, murmelte ich und erntete dafür einen strafenden Seitenblick.

»Bist du denn gut?«, fragte meine Mutter.

»Was?« Manou wirkte überrascht.

»Bist du gut? Hast du Talent fürs Fußballspielen? Mütterlicherseits ist unsere Familie sehr sportlich.«

»Ach ja?«, kam es von mir.

»Ach ja?«, kam es auch von Onkel Theo.

»Natürlich«, erwiderte meine Mutter. »Ich hatte immer

gehofft, dass Annike in meine Fußstapfen treten und sich im Mannschaftssport hervortun würde, aber leider hat sie auch hier ihr Talent vergeudet.«

»Das ist so nicht richtig«, widersprach ich. »Ich habe mein Talent nicht vergeudet. Ich habe ganz einfach kein Talent.«

»Das ist nicht wahr, Annike. Du warst schon immer sehr begabt«, behauptete meine Mutter.

»Ähm, nein.«

»Und deshalb würde ich gerne wissen, ob du gut im Fußballspielen bist, Kind.«

»Zum Donnerlittchen aber ja!«, rief Manou entschlossen.

Wir anderen mussten lachen, nur meine Mutter nicht.

»Gut«, sagte sie stattdessen ernst. »Dann werde ich dir das Training auf meinem Zierrasen erlauben.«

Begeistert stieß Manou den Stuhl zurück, rannte um den Tisch und schlang die Arme um meine Mutter. Die ließ sich überschwänglich drücken und versuchte, ein ausdrucksloses Gesicht zu machen. Aber es wollte ihr nicht ganz gelingen. Sie lächelte leicht.

»Aber nur zu geregelten Zeiten«, fügte sie streng hinzu, während sich Manou wieder auf den Weg zu ihrem Platz machte. »Und nicht in aller Herrgottsfrühe oder mitten in der Nacht.«

»Nein, nein.«

»Und deinen Ball lässt du auch nicht überall liegen, damit am Ende noch jemand drüberfällt.«

Manou schüttelte wild den Kopf.

»Dann hätten wir das geklärt.« Meine Mutter nickte zustimmend. »Gibt es hier irgendwann noch was zu essen, oder ist das alles nur Dekoration?«, fragte sie.

»Oh, fast vergessen«, entfuhr es mir, und ich stand eilig wieder auf.

»Was macht sie jetzt? Ich dachte, wir wollten essen«, schimpfte meine Mutter, während ich in der Küche verschwand und die beiden Dinge holte, die ich dort aufbewahrt hatte.

Als ich zurückkam, stellte ich beides in die Mitte des Tisches. »Wenn wir nicht mit einem richtigen Eichhörnchen feiern können, dann wenigstens ...« Ich beendete den Satz nicht, denn die Reaktion ließ nicht lange auf sich warten.

»Iiih«, rief Frau Adanır und schlug die Hände vor den Mund.

»Geile Deko«, bemerkte mein Onkel, und meine Mutter fragte: »Was soll das sein?«

Manou starrte erst mich an, dann den Gegenstand in der Mitte, dann wieder mich.

»Das habe ich im Keller gefunden«, erwiderte ich. »Es gehörte meinem Vater.«

»Ist das ...?«, setzte Manou an.

»Ja, das ist es«, sagte ich.

»Aber ... aber ... wieso?«

»Ich habe keine Ahnung.«

»Es sieht ein bisschen verwahrlost aus«, merkte Frau Adanır an.

»Und traurig«, fügte ich hinzu.

»Und so, als würde es stinken«, kam es von Manou.

»Creepy«, sagte mein Onkel.

»Darf ich es mal anfassen?«

»Was macht ihr alle für ein Theater wegen eines Eichhörnchens?«, wollte meine Mutter wissen und schaute tadelnd in die Runde. »Ich dachte, ihr alle liebt Eichhörnchen. Habt ihr nicht gerade gegen jede menschliche Vernunft eins von denen gesund gepflegt?«

»Aber das hier ist ausgestopft«, antwortete ich.

»Und?« Verständnislos schüttelte sie den Kopf. »Dann hat es das Schlimmste schon hinter sich.« Sie griff nach dem präparierten Tier und reichte es Manou. »Hier hast du was zum Streicheln.«

Manou schien überrascht zu sein, aber dann siegte ihre Neugier. Weniger vorsichtig als ich gestern begann sie, den Tierkörper, der sorgfältig drapiert auf einem Stock saß, von allen Seiten zu begutachten. Man hatte seinen Schwanz in einem anmutigen Bogen über seinen Rücken gelegt, die Haare an den Ohren nach oben gekämmt. Aber der Blick war leer, das Gesicht ausdruckslos, und es hatte bereits Fell und einzelne Krallen eingebüßt. Es war ein schrecklicher Anblick. Ich konnte es mir kaum anschauen.

Warum hatte mein Vater dieses leblose Eichhörnchen in seinem Keller aufbewahrt?

Nur, um es zu zeichnen?

Das schien mir kein guter Grund, um sich so etwas ins Haus zu holen. Es hatte nichts mehr mit den witzigen, süßen Eichhörnchen zu tun, die durch unseren Garten flitzten. Alles, was es ausgemacht hatte, war verschwunden.

»Es fühlt sich komisch an«, berichtete Manou, während sie mit den Fingerspitzen über das Fell strich.

»Was hat dein Vater damit gemacht?«, wollte Frau Adanır wissen.

»Er hat es gezeichnet.«

»Gut?«

»Es geht so.«

»Kann ich es behalten?«, fragte Manou.

»Du willst es behalten?«

»Ja.«

»Aber es ist eklig und gruselig.«

»Und wahrscheinlich gesundheitsgefährdend«, fügte Frau Adanır hinzu. »Das sollte man besser entsorgen.«

»Wegschmeißen? Das könnt ihr doch nicht machen. Dann wäre das arme Tier ganz umsonst gestorben. Wir müssen es behalten und auf es aufpassen. Das hat es verdient.«

»Was stellt ihr euch denn alle so an?«, fragte meine Mutter vorwurfsvoll. »Es ist nur das tote Eichhörnchen deines Vaters aus dem Keller. Mehr nicht. Es ist nicht eklig und nicht gruselig. Es ist einfach nur tot. Ihr müsst kein Drama daraus machen.«

»Du hast doch selbst gefragt, was das sein soll«, erinnerte ich sie.

»Aber damit meinte ich doch nicht das tote Eichhörnchen.«

»Sondern?«

»Das da.« Mit ausgestrecktem Arm zeigte sie auf den Pflanzentopf, den ich ebenfalls in die Mitte gestellt hatte.

»Das ist unsere Blumendeko«, antwortete ich.

»Blumendeko? Was für eine Blume soll das sein?«

»Habe ich mich auch schon gefragt«, fügte Frau Adanır mit einem entschuldigenden Blick zu mir hinzu.

»Das ist eine Orchidee«, sagte ich.

»Das ist keine Orchidee«, widersprach meine Mutter sofort. »Das ist ein mickriger, vertrockneter Halm. Nicht einmal ein richtiger Halm. Nur ein Hälmchen. Aber eine Orchidee ist das bestimmt nicht.«

»Es mag im Moment nicht so aussehen. Aber das ist eine Orchidee«, erwiderte ich entschieden. »Sie hatte eine schwere Zeit, aber sie befindet sich auf dem Weg der Besserung.«

»Woran siehst du das? Daran, dass sie komplett tot ist?«

»Es ist schwer vorzustellen, aber sie sah tatsächlich noch schlechter aus.«

»Noch schlechter?«

»Ja«, wollte ich ansetzen.

Aber meine Mutter sprach über mich hinweg: »Das liegt außerhalb jeder Vorstellungskraft. Nicht mal mit all meiner Fantasie könnte ich mir ausmalen, wie das ausgesehen haben muss. Denn dieser letzte abgestorbene Rest einer Pflanze ist wohl das Traurigste und Erbärmlichste, was ich jemals gesehen habe. Mit einer Blume hat das nun wirklich nichts mehr ...«

»Ja, Mutter. Ich habe es verstanden. Danke.«

»Woher hast du sie?«, fragte stattdessen Frau Adanır.

»Von Frau Cavalleri.«

»Sie hat dir eine ihrer kostbaren Blumen mitgegeben?«

»Das ist doch keine Blume. Und kostbar schon gar nicht.«

»Tja ... also ... wenn man es genau nimmt: nein.«

»Dann hast du sie gestohlen?«, fragte mein Onkel.

Alle sahen mich an.

»Ich dachte ja, es könnte mit dir nicht schlimmer werden, Annike«, jammerte meine Mutter. »Ich dachte, du wärst schon am absoluten Tiefpunkt angekommen. Aber jetzt klaust du auch noch tote Pflanzen?«

»Ich habe sie nicht geklaut.«

»Sondern?«

»Ich habe sie gerettet.«

»Sieht das für dich nach einer Rettung aus?«, wollte meine Mutter wissen und stieß mit dem Finger gegen den Topf.

»Mir ist bewusst, dass es aktuell ...«

»Erst dieses verflohte Eichhörnchen und jetzt diese trostlose, hässliche tote Pflanze.«

»She-Man war nicht verfloht«, rief Manou empört.

»Wer?«

»Jetzt doch wieder She-Man?«, fragte ich.

Als Antwort zuckte sie mit den Schultern.

»Wer soll She-Man sein?«, wiederholte meine Mutter.

Manou, Onkel Theo und ich sagten im Chor: »Das Eichhörnchen.«

»Da ist es«, schrie Manou plötzlich und sprang von ihrem Platz auf.

Wir starrten erst sie an, dann in die Richtung, in die sie zeigte, zu den Bäumen am Rande des Gartens.

»Was ist ...?«, wollte meine Mutter fragen, doch dann sahen wir es alle.

Ein Eichhörnchen, das erst über den Rasen jagte und anschließend ein Stück den Stamm hinauf.

»Das ist es«, flüsterte Manou. »Das ist unser Eichhörnchen. Das ist She-Man.«

»Das weißt du nicht«, widersprach meine Mutter, aber sie klang nicht, als wollte sie sich selbst glauben.

»Und es hat einen Freund«, fügte Onkel Theo hinzu, als ihm ein weiteres Tier folgte.

»Wie schön«, kam es von meiner Mutter. »Was?«, fragte sie, als sie meinen ungläubigen Blick sah. »Ich werde es wohl schön finden dürfen, wenn dieses hässliche, verflohte Tier einen hässlichen, verflohten Freund gefunden hat.«

»Natürlich, Mutter. Ich sag ja nichts.«

»Ich bin mir nicht sicher, ob es wirklich sein Freund ist«, wandte nun Onkel Theo ein.

»Was meinst du?«

»Ich glaube, die beiden mögen sich nicht. Das sieht mir eher nach Jagen und ... na ja, Angreifen aus.«

Einige Augenblicke schauten wir schweigend den beiden Eichhörnchen zu, die um den Baum rannten. Erst in die eine Richtung, dann in die andere. Hin und wieder verharrten sie, als würden sie sich belauern. Dann ging es erneut los.

»Sie spielen nur«, behauptete Manou.

»Glaube ich auch«, stimmte meine Mutter zu.

Auch Frau Adanır nickte.

»Freund oder Feind. Die Unterschiede sind im Leben doch fließend«, sagte ich.

»Und in Familien«, fügte Onkel Theo mit einem leichten Grinsen hinzu.

Es war Samstagmorgen, und ich hatte alles gepackt.

Viel war es ohnehin nicht gewesen. Aber die Kleidungsstücke, mein Kulturbeutel und Kleinigkeiten, die ich mitnehmen wollte, waren alle sicher verstaut in meinem Rucksack. Die traurige Orchidee stand oben auf der Tasche. Ich würde den Topf wahrscheinlich noch in einen Schal einwickeln, damit die Blume den Transport halbwegs gut überstand. Denn der Wetterbericht hatte recht behalten.

Über Nacht waren Regenwolken aufgezogen und die Temperaturen um einige Grad gefallen. Noch hatten nur vereinzelte Tropfen von außen gegen die Scheibe geklopft, aber der Himmel war dunkelgrau, da würde heute noch etwas kommen.

Ich hatte länger darüber nachgedacht, ob ich meine Bad-Religion-Kassette mitnehmen sollte. Mir kam es vor, als könnte ich nicht ohne sie fahren, aber gleichzeitig hatte ich das Gefühl, dass sie in dieses Haus gehörte, vielleicht sogar in diesen Raum, deshalb hatte ich sie schließlich auf den Nachttisch gelegt.

Bevor ich mein Zimmer verlassen hatte, hatte ich noch einige Nüsse und Sonnenblumenkerne auf meine Fensterbank gestreut. Mir gefiel der Gedanke, dass ein Eichhörnchen das Essen in meiner Abwesenheit hier finden und vor meiner Scheibe sitzen und knabbern würde. Schließlich hatte ich mich ein letztes Mal umgewandt und den Blick zurück gerichtet.

So viele Jahre waren diese vier Wände mein Zufluchtsort gewesen. So viele Jahre hatte ich damit gehadert, dass nichts davon geblieben war. Jetzt war es okay.

Ich zog die Tür hinter mir zu.

Viele Dinge waren mir noch nicht klar. Über einiges musste ich nachdenken. Meine Mutter musste zu einem Arzt. So viel stand fest. Onkel Theo und ich hatten uns bereits einen Schlachtplan zurechtgelegt, wie wir das erreichen wollten. Ich konnte nur hoffen, dass er funktionierte. Aber davon abgesehen?

Ich würde öfter kommen müssen. Ich wollte öfter kommen. Irgendwann würde meine Mutter nicht mehr allein wohnen können. Keine Ahnung, was wir dann tun sollten.

»Wenn de den zweiten Schritt vorm ersten machst, fällste auf die Nase«, hatte Aisha gesagt, als ich mit ihr darüber gesprochen hatte.

Daran versuchte ich mich zu halten. Step by Step. Gab es nicht einen Song, der so hieß?

Als ich am Zimmer meiner Mutter vorbeiging, stellte ich überrascht fest, dass es leer war. Auf der Fensterbank stand wieder die Grünlilie, die ich in den vergangenen zwei Wochen aufgepäppelt und schließlich zurückgestellt hatte. Ich schaute mich noch einmal kurz in dem Raum um, aber meine Mutter war tatsächlich nicht da.

Ob sie unten war?

Ich ging die Treppe hinab, stellte meinen Rucksack in

der Diele neben die Tür, abfahrbereit, und sah dann in der Küche nach. Ich dachte schon, hier wäre sie nicht, und wollte mich bereits umdrehen, als ich den Ärmel ihrer Jacke durch die Gartentür entdeckte. Meine Mutter saß draußen.

Bei dem Wetter?

Sie sah aus, als würde sie schlafen.

Ich trat näher heran, spähte hinaus.

Sie bewegte sich nicht. Ich wollte an die Scheibe klopfen und sie fragen, ob sie nicht reinkommen wolle. Als sie sich plötzlich aufsetzte. Zielte. Und eine Walnuss ins Gebüsch warf.

Wie am Tag meiner Ankunft.

Sie konnte es nicht lassen.

Ich nahm zwei Schälchen aus dem Schrank, befüllte sie und trat damit nach draußen.

»Bist du wieder auf der Jagd?«, fragte ich.

Überrascht schaute meine Mutter auf. »Wie du siehst.« Sie griff nach der nächsten Nuss und rollte sie zwischen den Fingern. »Was hast du da?«

»*Smacks*«, erwiderte ich. »Ich dachte, wir könnten noch zusammen frühstücken, bevor ich fahre.«

Sie musterte mich einige Augenblicke schweigend.

War das ein Lächeln?

Vielleicht.

Bei meiner Mutter konnte man sich nie sicher sein.

Eine Weile saßen wir schweigend nebeneinander und löffelten unsere Frühstücksflocken. Ich beobachtete meine Mutter aus dem Augenwinkel.

Wie konnte ein Gesicht so fremd und so vertraut zugleich sein?

»Ich dachte, es würde borstiger sein«, sagte sie plötzlich.

»Was?«, fragte ich irritiert zurück.

»Das Eichhörnchen. Ich dachte, es würde sich borstiger anfühlen. Aber sein Fell ist sehr weich. Fast ein bisschen wie Federn.«

»Dann hast du ...?«

Sie hob die Schultern.

Ich schwieg und lächelte.

»Ich glaube nicht, dass die Eichhörnchen bei diesem Wetter draußen rumlaufen«, überlegte ich, als ich aufgegessen hatte, und wies auf die Walnüsse, als mir meine Mutter einen fragenden Blick zuwarf. »Es sieht nach Regen aus.«

»Ich bin nicht auf der Jagd nach Eichhörnchen«, informierte sie mich.

»Sondern?«

»Ich vertreibe die Katze.«

Danksagung

Während ich an so vielen Morgen die Eichhörnchen auf meinem Balkon beobachtet habe, hätte ich nicht im Traum daran gedacht, dass es zumindest eins von ihnen einmal zwischen zwei Buchdeckel schaffen würde. Dass es genau so aber jetzt gekommen ist, verdanken die kleinen Nager und ich dem Zuspruch und Zutrauen von Regine Schmitt, die mich auf so wunderbare Weise bestärkt und begleitet hat. Hanna Bauer danke ich einmal mehr für ihre wichtigen Anmerkungen und Anregungen, ohne die die Geschichte und die Charaktere nicht so wären, wie sie sind. Mein großer Dank gilt auch Anabelle Assaf, die mich bei meinen viel zu vielen Ideen immer unterstützt. Beim Piper-Team möchte ich mich für seinen Einsatz bedanken und dafür, dass es einen Ort geschaffen hat, an dem sich Little Red nach Herzenslust austoben kann. Und ich danke von Herzen den besonderen Tieren und den besonderen Menschen in meinem Leben. Ohne euch wäre das alles nichts.

Das Leben summt in Gis-Dur

Eileen Garvin

Die Melodie der Bienen

Roman

Aus dem amerikanischen
Englisch von Anja Mehrmann
Piper, 464 Seiten
ISBN 978-3-492-07075-1

Alice ist Imkerin und hat durch den unerwarteten Tod ihres Mannes den Boden unter den Füßen verloren. Jake sitzt seit einem Unfall im Rollstuhl und findet nur noch Freude an der Musik, denn er hat das absolute Gehör. Harry ist äußerst schüchtern und hat Schwierigkeiten, soziale Bindungen einzugehen. Die drei könnten unterschiedlicher nicht sein, doch die Bienen machen sie zu einer Familie. Die beiden jungen Männer helfen der Imkerin, ihre mehr als hunderttausend Bienen zu versorgen, bis Jake ein Problem erkennt: In einigen Bienenstöcken kann er das Summen der Königin nicht mehr heraushören …

PIPER